상처와 치유

김치수

1940년 전북 고창에서 태어났다. 서울대학교 문리대 불문과를 졸업하고 같은 과 대학원에서 석사학위를, 프랑스 프로방스 대학에서 「소설의 구조」로 박사학위를 받았다. 1966년 『중앙일보』 신춘문예 평론 부문 입선으로 등단하였고, 『산문시대』와 『68문학』 『문학과지성』 동인으로 활동하였다. 1979년부터 2006년까지 이화여대 불문과 교수를 역임, 2011년부터 2013년까지 이화학술원 석좌교수로 재직하였고, 2014년 10월 지병으로 타계했다.

저서로는 『화해와 사랑』(유고집) 『상처와 치유』 『문학의 목소리』 『삶의 허상과 소설의 진실』 『공감의 비평을 위하여』 『문학과 비평의 구조』 『박경리와 이청준』 『문학사회학을 위하여』 『한국소설의 공간』 등의 평론집과 『누보로망 연구』(공저) 『표현인문학』(공저) 『현대 기호학의 발전』(공저) 등의 학술서가 있다. 역서로는 알랭 로브그리예의 『누보로망을 위하여』, 미셸 뷔토르의 『새로운 소설을 찾아서』, 르네 지라르의 『낭만적 거짓과 소설적 진실』(공역), 마르트 로베르의 『기원의 소설, 소설의 기원』(공역), 알랭 푸르니에의 『대장 몬느』, 에밀 졸라의 『나나』 등이 있다. 현대문학상(1983), 팔봉비평문학상(1992), 올해의 예술상(2006), 대산문학상(2010) 등을 수상했다.

김치수 문학전집 8

상처와 치유

펴낸날 2016년 12월 30일

지은이 김치수
펴낸이 주일우
펴낸곳 ㈜문학과지성사
등록번호 제1993-000098호
주소 04034 서울 마포구 잔다리로7길 18(서교동 377-20)
전화 02) 338-7224
팩스 02) 323-4180(편집) / 02) 338-7221(영업)
전자우편 moonji@moonji.com
홈페이지 www.moonji.com

ISBN 978-89-320-2792-0 04800

이 책은 〈오뚜기재단〉의 학술도서 연구비의 지원을 받아 발간되었습니다.

이 도서의 국립중앙도서관 출판예정도서목록(CIP)은 서지정보유통지원시스템 홈페이지(http://seoji.nl.go.kr)와 국가자료공동목록시스템(http://www.nl.go.kr/kolisnet)에서 이용하실 수 있습니다.
(CIP제어번호: CIP2016031596)

김치수 문학전집 8

상처와 치유

문학과지성사

지난해 내게 행복한 칠순을 맞게 해준
금영이와 용대,
수연이와 용욱에게

김치수 문학전집을 엮으며

여기 한 비평가가 있다. 김치수(1940~2014)는 문학 이론과 실제 비평, 외국 문학과 한국 문학 사이의 아름다운 소통을 이루어낸 비평가였다. 그는 '문학사회학'과 '구조주의'와 '누보로망'의 이론을 소개하면서 한국 문학 텍스트의 깊이 속에서 공감의 비평을 일구어냈다. 그의 비평에서 골드만과 염상섭과 이청준이 동급의 비평적 성찰의 대상이 되는 것은 자연스러웠다. 문학 이론들의 역사적 상대성을 사유했기 때문에 그의 비평은 작품을 지도하기보다는 읽기의 행복과 함께했다. 그에게 문학을 읽는 것은 작가와 독자와의 동시적 대화였다. 믿음직함과 섬세함이라는 덕목을 두루 지녔던 그는, 동료들에게 훈훈하고 한결같은 문학적 우정의 상징이었다. 2014년 그가 타계했을 때, 한국 문학은 가장 친밀하고 겸손한 동행자를 잃었다.

김치수의 사유는 입장을 밝히는 것이 아니라 입장의 조건과 맥락을 탐색하는 것이었으며, 비평이 타자의 정신과 삶을 이해하려는 대화적 움직임이라는 것을 확인시켜주었다. 그의 문학적 여정은 텍스트의 숨은 욕망에 대한 심층적인 분석에서부터, 텍스트와 사회구조의 대응을 읽어내고 문학과 사회의 경계면 너머 그늘의 논리까지 사유함으로써 당대의 구조적 핵심을 통찰하는 데까지 이르고 있다. 그의 비평은 '문학'과 '지성'의 상호 연관에 바탕 한 인문적 성찰을 통해 사회문화적 현실에 대한 비평적 실천을 도모한 4·19 세대의 문학 정신이 갖는 현재성을 증거한다. 그는 권력의 폭력과 역사의 배반보다 더 깊고 끈질긴 문학의 힘을 믿었던 비평가였다.

이제 김치수의 비평을 우리가 다시 돌아보는 것은 한국 문학 비평의 한 시대를 정리하는 작업이 아니라, 한국 문학의 미래를 탐문하는 일이다. 그가 남겨놓은 글들을 다시 읽고 그의 1주기에 맞추어 〈김치수 문학전집〉(전 10권)으로 묶고 펴내는 일을 시작하는 것은 내일의 한국 문학을 위한 우리의 가슴 벅찬 의무이다. 최선을 다한 문학적 인간의 아름다움 앞에서 어떤 비평적 수사도 무력할 것이나, 한국 문학 비평의 귀중한 자산인 이 전집을 미래를 위한 희망의 거점으로 남겨두고자 한다.

2015년 10월
김치수 문학전집 간행위원회

머리말

대학에서 정년 퇴임식을 치른 것이 엊그제 같은데 벌써 5년째로 접어들고 있다. 은퇴 후의 내 삶은 문학이 있어서 행복한 것이었다. 내 옆에는 항상 시집과 소설책이 쌓여 있기 때문이다. 그것은 고전에서 최신작에 이르기까지 아무리 읽어도 고갈되지 않을 만큼 풍부하다. 내 옆에 쌓여 있는 문학은 내 정신의 양식이며 내 영혼의 샘물이다. 문학이 있는 한 내 정신은 배고픔을 모르고 내 영혼은 갈증을 모른다. 한 가지 유감스러운 것은 어떤 작품을 읽고 쓴 글을 항상 미흡하게 느끼는 것이고, 쓰고 싶은 만큼 많은 글을 쓰지 못한다는 자책감을 갖는 것이다. 내 손길의 느림에 대해서 나는 끊임없이 절망한다.

올해는 4·19 혁명 50주년이 되는 해다. 나는 동시대에 문학을 시작한 사람들과 함께 대학에서 4·19를 경험한 것을 자랑으로 생각한다.

4·19는 우리 정신의 뿌리다. 20여 년 전 김현은 "내 육체적 나이는 늙었지만, 내 정신의 나이는 언제나 1960년의 18세에 멈춰 있었다. 나는 거의 4·19 세대로서 사유하고 분석하고 해석한다. 내 나이는 1960년 이후 한 살도 더 먹지 않았다"라고 썼다. 50년의 세월이 흐른 오늘날에도 그것은 4·19 세대 가운데 문학을 하는 사람을 대변하는 말이다. 부정과 불의로 정권을 유지하고자 한 정부를 무너뜨리고 자유민주주의를 처음으로 쟁취한 역사적 경험을 가진 세대이면서도 그 후의 유신 정권이나 신군부의 폭력이 난무하던 시대에 문학을 포기할 수 없던 사람의 씁쓸한 자기 고백이다. 해방 후 학교에 들어가서 한글을 배우고 한글로 사유하고 한글로 글을 쓴 우리 세대는 일제의 식민지 교육을 전혀 받지 않고 최초로 민주주의 교육을 받고 자랐다. 그것은 우리 세대만이 갖고 있는 언어와 사유와 행동의 일치라는 동류의식을 갖게 만들었다. 그래서 나는 우리 세대의 문학을 읽고 분석하고 해석하면서 거기에 나타난 우리 세대의 정신을 찾고 한글세대의 문체와 감수성, 그들의 문제의식을 밝히는 작업으로 비평 활동을 시작했다. 우리 세대의 특성은 그 이전 세대 문학과의 관련 아래에서 설명되고 그 이후 세대의 문학에 의해 계승 혹은 극복되는 과정을 통해 설명된다. 민족적 열등감을 강조한 식민지 사관을 극복한 새로운 역사관의 영향을 받고 성장한 우리 세대의 비평은 그렇기 때문에 좋지 않은 문학 작품을 비판하는 부정적 비평이 아니라 좋은 작품을 분석하고 해석함으로써 한국 문학의 형태와 정신적 지향을 찾고자 한 긍정적 비평을 목표로 삼았다.

이번 평론집의 교정을 보면서 나는 우리 문학이 다루고 있는 공통된 주제가 개인이 겪은 역사적 상처라는 것을 발견하고 문학 정신의 근본적인 양상이란 환경의 변화에도 불구하고 크게 변하지 않는다는 것을 깨달았다. 그것은 생활환경이 바뀐다고 해서 삶의 원리나 양상이 별로 달라지지 않는 것과 마찬가지 원리다. 어느 시대 어떤 체제에서나 개인은 상처를 입고 고통받는다. 문학은 그 상처와 고통의 정체를 밝혀주고 그 치유의 가능성을 모색하는 것이다. 그것이 값싼 화해나 손쉬운 결말이 아니라 근원적인 문제를 제기하고 생각하게 하는 모색일 때 문학은 우리의 마음에 진정한 위로가 될 수 있다. 내가 은퇴 후에 행복할 수 있었던 것은 삶의 상처와 아픔을 치유하는 길을 찾아서 힘들고 치열한 싸움을 하고 있는 많은 작가들의 모습이 아름다웠기 때문이었다. 우리의 작가들이 그 싸움을 훨씬 더 집요하게 파고들 때 한국문학은 보다 깊어지고 풍성해질 것이다. 나는 그들과 함께 더 큰 행복을 오래 누릴 수 있기를 바란다.

2010년 2월
인왕연구원에서
김치수

차례

\

일러두기

1. 문학과지성사판 〈김치수 문학전집〉은 간행위원회의 협의에 따라, 문학사회학과 구조주의, 누보로망 등을
바탕으로 한 문학이론서와 비평적 성찰의 평론집을 선별해 10권으로 기획되었다.
2. 원본 복원에 충실하되 '한글 맞춤법'과 '외래어 표기법'은 국립국어원에 따라 바꾸었다.

I

하찮은 이야기들의 감동

1

2006년 2월에 대학에서 정년 퇴임을 맞이하며 나는 두 가지 결심을 했다. 그 하나는 은퇴 후에는 대학에서 강의를 하지 않는다는 것이고, 다른 하나는 마감 있는 원고를 쓰지 않는다는 것이다. 나는 몇 번의 유혹을 받았음에도 불구하고 첫번째 결심은 완고하게 지킬 수 있었다. 대학에서 내게 배운 바 있는 후배 교수들에게 앞으로 내가 노욕 때문에 그 결심을 바꾸고자 할 때는 사심 없이 지적하라고 미리 당부한 덕택이다. 거절할 수 없는 관계에 있는 사람에게 청탁을 받았을 때 두번째 결심은 지켜지지 않는 경우가 불가피하게 자주 생겼다. 혼자서 읽고 싶은 책을 읽고, 자유롭게 생각하고, 쓰고 싶은 글을 쓰고 유유자적하며 살고자 한 은퇴 후의 삶에 대한 꿈은 이루어지지 않았다. 내가 혼자 사는 존재가 아니기 때문에 마감이 있는 원고를 쓰지 않겠다는 결심을 지킬 수 없었고 그때마다 마감 있는 원고는 이번이 마지막이라고 스스로에게 다짐하며 원고 쓰는 일에 매달려왔다. 그런데 대부분의 글쟁이들은 그런 경험이 있겠지만, 원고는 마감이 없으면 완성되지 않을 뿐만 아니라 글이 잘 씌어지지 않는다. 그래서 매번 마감에 쫓겨서야 허겁지겁 원고를 끝내게 된다. 물론 내가 읽고 싶은 책이라고 해서 대단히 학술적인 서적만을 말하는 것도 아니고, 쓰고 싶은 글이라고 해도 오랫동안 매달려온 주제를 다룬 연구 논문도 아니다.

은퇴 후에 내가 읽은 책 가운데 가장 많은 책이 소설책이고, 가장 많이 생각한 것도 소설에 관한 것이고, 가장 많이 쓴 것도 소설에 관한 평론이다. 수많은 소설을 읽을 때마다 나는 왜 이처럼 하찮은 이야기들을 좋아할까 자문하게 되고, 소설에 관한 글을 쓸 때마다 나는 왜 이처럼 하찮은 이야기를 글로 쓰는가 자문하게 된다. 그것은 타인의 '꾸며낸' 이야기를 통해서 삶의 허무를 극복하고자 하는 내 자신의 몸부림이 아닐까 생각한다. 프랑스어 사전 가운데 『리트레 사전』은 소설이란 '작가가 열정과 풍속의 묘사에 의해서 혹은 모험들의 특이성에 의해서 흥미를 불러일으키려고 노력하는, 산문으로 씌어진 꾸며낸 이야기'라고 정의하고 있고, 『라루스 사전』은 '상당한 길이를 가진 산문으로 된 상상적 작품으로서 다소간 특별한 모험담으로 독자의 흥미를 끌도록 현실처럼 제공된 상상적 인물들의 감정과 열정의 분석에 도달하고 풍속이나 성격의 연구에 도달하고자 고안해낸 이야기'라고 정의하고 있으며, 가장 나중에 나온 『로베르 사전』은 '상당히 긴 산문으로 된 상상력의 작품으로서 실제처럼 주어진 작중인물들을 제시하고 하나의 환경 속에 살게 하고 우리에게 그들의 심리, 그들의 운명, 그들의 모험을 알게 하는 이야기'라고 정의한다. 이런 사전적 정의를 굳이 다시 거론하는 것은, 하찮은 이야기를 읽으며 재미를 느끼고 감동을 체험하는 것이 문학의 재미고 감동이라면 그 순간마다 나는 '소설이란 무엇인가'라는 질문을 스스로에게 제기하지 않을 수 없기 때문이다. 여기에서 공통적으로 나타나는 요소는 소설이 '상상력으로 꾸며낸 이야기' '산문으로 된 이야기' '사실처럼 제시되는 이야기'라는 것이다. '상상력으로 꾸며낸 이야기'라는 정의는 소설이 만들어낸 거짓말에 지나지 않는다는 것을 의미하고, '산문으로 된 이야기'라는 정의는 이미지나 리듬처럼 언어적 표현이 아니라 그것이 전달하는 줄거리 자체를 중요시하는 문학이라는 것을 의미하며, '사실처럼 제시되는 이야기'라는 정의는 그럴듯한 현실을 제시한다는 사실주의적 성격을 내포한다.

마르트 로베르Marthe Robert는 『기원의 소설, 소설의 기원』에서 소설가가 이야기를 꾸며내서 사실처럼 제시하고자 하는 욕망을 프로이트의 '가족로맨스' 개념으로 설명하고자 한다. 여기에서 말하는 가족소설이란 어린아이에게는 의식적이고, 정상적인 어른에게는 무의식적이며, 신경증 환자에게는 집요하게 나타나는 것으로서 두 가지 단계로 드러난다. 그 하나는 업둥이enfant trouve 단계로서 자기의 부모가 절대적 능력의 소유자가 아니라 보잘것없는 평민임을 발견하고 그들이 자신의 진짜 부모가 아니라고 부모를 부인하며 왕족이나 귀족인 자신의 진짜 부모가 나타나면 자신의 신분을 회복할 수 있으리라는 이야기를 꾸민다. 다른 하나는 사생아batard 단계로서 아버지와 어머니의 성적 차이를 알게 된 아이가 평민인 어머니를 진짜 어머니로 인정하면서도 현재의 평민 아버지를 인정하지 않고 부재하는 왕족 아버지의 이야기를 꾸며낸다. 그것은 어머니를 소유하기 위해 아버지를 제거하거나 죽이는 오이디푸스 콤플렉스의 한 단계이다. 마르트 로베르는 가족소설을 다시 쓰고자 하는 신경증 환자와 마찬가지로, 소설가들이 세상을 알아가면서 꾸며낸 이야기를 쓰고자 하는 욕망에 끊임없이 시달리며 소설을 쓰지 않을 수 없는 존재라면, 나처럼 소설을 좋아하는 독자들이란 소설가가 써놓은 꾸며낸 이야기를 자신의 가족소설로 대체하려는 욕망을 실현하고자 하는 존재라고 한다.

이런 주장을 알게 되면서 나는, 근본적으로 꾸며낸 다른 사람의 이야기에 내가 그렇게 빠져 있고 열광하는 것도 세상을 알아가면서 나 자신의 삶에 대해서 다소간 불안을 느껴 내 자신의 가족소설을 다시 쓰고자 하는 욕망 때문인가, 가끔 스스로에게 묻는다. 2년 전 은퇴 기념으로 낸 내 평론집 『문학의 목소리』에서 나는 삶의 일회성과 소설의 독서가 연관될 수 있다는 것을 다음과 같이 밝힌 바 있다.

우리의 삶은 매 순간 여러 가지 선택의 가능성 앞에 놓여 있다. 그러나 우리가 선택할 수 있는 것은 하나밖에 없다. 우리가 산다는 것은 여러 가지 개연성 가운데 하나를 선택하는 것이고, 일단 선택이 이루어지면 나머지는 모두 버려야 하는 시간적 선택의 운명을 지니고 있다. 그리고 여기에서 이루어진 선택에 대해 우리는 책임을 져야 한다. 왜냐하면 우리의 삶은 그 선택들의 집합이기 때문이다. 한번 선택하면 무를 수 없고 한번 지나가면 다시 오지 않는 것이 지금 이 순간의 삶이다.

나는 나의 가족소설을 다시 쓰고자 하는 무의식 때문에 소설을 읽고 즐긴 것은 아닌 것 같다. 아니, 젊은 시절 소설의 독서는 그런 무의식적 욕망에서 출발했는지도 모른다. 그러나 문학을 전공하며 소설이 무엇인지 알고자 한 이후부터는 적어도 내가 하는 선택이 옳은 것인지 남들이 어떤 선택을 하는지 알고 싶었다. 나는 끊임없이 '타인의 꾸며낸 이야기'를 읽음으로써 일회적이고 무상한 삶에서 내가 살게 될 삶을 미리 살아보고, 한 번이 아니라 여러 번 살아보는 길을 소설의 독서에서 찾고자 한 것이다. 소설을 읽고 문학을 공부하면서 나는 어렸을 때 아버지가 소설을 읽는 아들을 야단치며 소설이란 인생에서 은퇴한 당신 같은 사람이 읽는 것이지 해야 할 공부가 많은 어린 사람이 가까이할 것은 아니라고 금지한 이유나, 어머니나 할머니가 옛날이야기를 좋아하면 가난하게 산다는 이야기를 하며 하나 이상을 들려주지 않은 이유를 알게 되었다. 물론 옛날이야기를 듣거나 소설을 읽는 것은 물질적으로 생산적이거나 재화를 가져다주는 것이 아니다. 그러나 그것은 많은 시간을 소비하게 하고 다른 사람의 사는 모양을 들여다보게 한다. 그것은 내가 다른 사람과 '함께' 살고 있다는 것을 일깨워주고 다른 사람이 살고 있는 모습을 보게 한다. 내가 혼자 사는 것이 아니라 다른 사람과 더불어 살고 있다는 생각은 다른 사람도 나와 비슷한 환경과 조건 속에서 일상적 삶을 살고 있다는 것을 발견하게 한다. 다른 사람의 사정과 형편을 알게 되면 우리는 다른 사람을 이해하게 되고, 그의 선택에 대해서도 관대해질 수밖에 없다. 여기에서 우리는 옛날이야기를 좋아하면 가난하게 산다는 논리를 이해하게 된다. 남의 형편을 고려하면 자신의 이익을 챙길 수 없고 남의 사정을 감안하면 자신의 이익만을 고집할 수 없다. 어렸을 때 우리의 부모들은 자식이 가난하게 살 것을 두려워해서 옛날이야기를 하나 이상 해주지 않고 소설 읽는 것을 금지한 반면에 '공부'할 것을 주장했던 것이다. 공부란

법과 제도 속에서 다른 사람과의 경쟁에서 우위를 점할 수 있는 실력을 갖추는 길이기 때문이다. 실력을 갖추게 하는 공부는 세상에서 여러 가지 권력을 소유하게 하고 다른 사람과 경쟁해서 지배하는 자리를 차지하게 한다. 공부는 이른바 출세로 가는 길을 가르쳐주는 반면에 이야기는 어떻게 사는 것이 사람답게 사는 것인지 알려준다.

2

그런데 근대 이후 소설의 주인공들은 거의 대부분 살인자거나 파렴치범이거나 도박꾼이거나 간통 사건의 연루자들이다. 도스토옙스키의 『죄와 벌』의 주인공 라스콜리니코프는 고리대금업을 하는 노파를 살해하는 살인자고, 『카라마조프가의 형제들』의 주인공들은 반목하는 형제로서 부친 살해의 범죄자들이다. 스탕달의 『적과 흑』의 주인공 쥘리앙 소렐은 자신의 출세와 성공을 위해 귀족 여자를 유혹해서 자신의 애인으로 만들고 파멸에 이르게 한다. 빅토르 위고의 『레미제라블』의 주인공 장발장은 배가 고파서 빵을 훔쳤다가 감옥살이를 하고 나온 다음에 자신을 먹여주고 재워준 사제의 따뜻한 대접을 배반하고 은촛대를 훔쳐 달아난다. 플로베르의 『마담 보바리』의 주인공 엠마 보바리는, 유능하지는 않지만 환자를 찾아 열심히 돌보고 가정에 충실하고자 하는 남편을 속인다. 그녀는 남편 몰래 외간 남자와 간통을 저지르다가 빚에 쪼들려 자살한다. 발자크의 『고리오 영감』의 주인공은 자신이 가진 재산을 모두 딸들에게 줘버린 다음 가난 속에서 "나는 그들에게 생명을 주었으나 그들은 내게 죽음을 주는구나"라고 개탄을 하며 춥고 누추한 하숙방에서 외롭게 죽어간다.

　이들은 모두 사회적 제도로 보면 법률적으로, 도덕적으로, 윤리적으로 문제가 있는 인물들이다. 그들의 이야기를 아주 단순화시키면 그것은 신문의 3면 기사거리이거나 주간지에 나오는 스캔들 기사에 지나지 않는다. 그러나 이처럼 줄거리를 극도로 단순화시키면 '하찮은 이야기'들에 지나지 않는 소설을 읽고서 우리는 인간이 가지고 있는 원초적 본능과 사회적 욕망과 종교적 믿음과 인문적 교양과 이성적 판단이 그렇게 단순화시킬 수 없는 것임을 알게 되고, 때로는 분노를 느끼고 때로는 연민을 갖게 되고 때로는 공감을 하게 되는 자신을 발견하기에 이른다. 이들 19세기 소설의 주인공들은 그들이 비록 살인자거나 파렴치범이거나 도박꾼이거나 패륜아일지라도, 언제나 기독교적 가치의 조명 아래서 인간의 한계와 자기 존재의 의미에 대해서 질문하고 싸운다. 그들은 대부분 비극적 삶의 종말에 가서 개심하고 본연의 자아로 돌아오는 모습을 보여준다. 이러한 작품들을 읽고 나면 그 주인공들이 겪은 사건들이 너무나 엄청난 것이고 그들이 행한 모험들이 너무나 파란만장해서 평범한 일상인들에게는 '영웅' 같은 예외적 존재로 보인다. 그러나 현실에서 이따금 그처럼 기구한 운명을 산 사람을 만나거나 그런 사람의 이야기를 들으면 '그것 참 소설 같은 이야기군요'라고 실제로 있는 이야기를 꾸며낸 이야기와 동일시하며 소설과 현실의 경계를 무너뜨리게 된다. 그 순간 꾸며낸 거짓말이 실제로 있을 수 있는 이야기라는 것을 확인하게 되면서, 우리는 그것이 다른 사람의 이야기라는 것을 인식한다.

이처럼 소설이 다른 사람의 이야기로 끝나버린다면 소설은 옛날이야기처럼 한 번 듣고 흘려버리는 소비재가 되고 말 것이다. 한 번 사용하면 용도가 끝나는 소비재처럼 소설이 한 번 읽고 다시 읽지 않는 것이라면 그것이 우리에게 주는 재미도 일회용에 지나지 않을 것이다.

그런데 우리는 이미 줄거리를 알고 있거나 한 번 읽은 적이 있는 소설을 어느 시기에 가면 다시 읽는다. 그것은 어쩌면 옛날의 감동을 되살리고자 하는 내면의 요구 때문일 수 있다. 그러나 우리는 그 작품을 다시 읽을 때, 옛날과 동일한 감동을 맛보는 것이 아니라 옛날과 다른 감동을 체험하게 된다. 동일한 작품에서 다른 감동을 경험한다는 것은 우리가 살아 있다는 증거가 된다. 우리가 처해 있는 상황이나 형편이 달라짐에 따라서 동일한 작품이 달리 읽히는 것은 소설이 '하찮은 이야기'이면서도 심심할 때 떠는 수다의 수준이 아니라는 것을 말해준다. 그것은 삶의 매 순간의 선택에서 인간으로 겪을 수밖에 없는 심리적 갈등을 표현하고, 개인적 욕망과 사회적 책임 사이에 온갖 저울을 동원하는 과정을 드러낸다. 라스콜리니코프가 고리대금업자 노파를 살해할 때 느끼는 증오와, 살해한 다음에 느끼는 죄의식과 갈등은 그의 인간적인 모습을 구체적으로 제시한다. 엠마 보바리가 보비에사르 성관에서 졸고 있는 남편을 앞혀두고 무도회를 즐기는 장면이나 로돌프와 정사를 벌인 다음에 말을 타고 당당하게 달려가는 장면은 자신의 내면에 감추어졌던 욕망을 충족시킨 사람의 환희를 구체적 실감으로 보여준다. 이 삶의 구체성은 하나의 스캔들에 지나지 않는 사건에 진실성을 부여하여 동일한 분위기와 상황 속에서 주인공이 취할 수 있는 행위의 보편성을 인정하게 만든다. 착한 남편에 대한 미안함이나 죄의식은 자신과 남편의 부부관계를 원상태로 되돌려놓으려는 경우에만 가질 수 있는 감정이지만, 샤를 보바리가 자신의 남편으로 어울리지 않는 존재라고 생각하는 한 엠마 보바리에게는 있을 수 없는 감정이다.

『마담 보바리』에서 샤를 보바리는 자신의 부인 엠마와 동등한 관계를 갖지 않는다. 그것은 샤를 보바리가 작품의 서두에 등장하고 난 다음 사건의 중심에 전혀 나타나지 않다가 작품의 마지막에 자살한 엠마의 시체를 거두는 인물로 나타나는 것으로 드러난다. 샤를 보바리가 등장할 경우 그는 언제나 엠마 보바리의 부속물에 지나지 않는다. 그가 얼마나 어수룩한 존재인가 하는 것은 중학생으로 새로 편입해 오는 첫 장에서 나타나고, 사치와 방탕으로 파산에 이른 나머지 자살한 부인 엠마의 시체를 거두는 마지막 장에서 나타난다. 아무런 취미도 없고 왕진 외에는 아무것도 할 줄 모르는 몰개성적인 그가 소설의 중반에 나타나는 것은 일상생활을 따분해하는 엠마가 헛된 욕망을 갖게 되는 계기를 마련해주기 위한 것처럼 보인다. 왜냐하면 그녀를 보비에사르 성관에 데려가서 무도회의 사치와 낭만적 사랑을 깨우쳐준 것도 샤를이고, 일상적 가정생활에 따분해하는 그녀에게 분위기를 바꿔주기 위해 용빌로 이사 간 것도 샤를이며, 그녀를 루앙으로 데려가서 쇼 공연을 구경시킴으로써 더욱 사치에 빠지게 만든 것도 샤를이다. 반면에 엠마 보바리는 그런 계기가 주어질 때마다 자신의 따분한 일상생활에서 탈출할 수 있는 길을 모색한다. 그것은 엠마가 자신의 내면에서 분출하는 욕망을 제어하지 못하고 그것을 충족하기 위해 온몸을 던지는 것으로 나타난다. 그 심리적 추이를 플로베르는 너무나 냉혹하게 그림으로써 욕망의 실체란 결코 충족될 수 없는 허상에 지나지 않는다는 것을 명백하게 밝히고 있다. 아마도 그 심리 묘사가 빠져 있다면 이 작품은 '들라마르 사건'이라는 신문 3면 기사를 벗어나지 못했을 것이다. 『성 앙투안의 유혹』에 실패해서 낙담해 있는 작가 플로베르에게 시골 신문에 나온 이 기사를 제공한 것은 두 친구 루이 부이예 L.Bouilhet와 막심 뒤 캉Maxime Du Camp이었다. 훗날 보들레르는 이 작

품을 두고 "가장 음란하고 가장 진부한 소재, 가장 낡은 크랭크 오르
간에 한 편의 걸작을 썼다"며 플로베르에게 축하를 보냈다고 한다.

　이처럼 소재만 가지고 보면 한 편의 간통소설에 지나지 않는 하찮은
이야기가 프랑스 역사상 가장 대표적인 걸작이라는 평가를 받는 것은
소설이 위대한 영웅이나 대모험을 소재로 다루어야만 하는 것은 아님
을 말해준다. 우리가 하찮은 이야기에 감동을 받는 것은 그것이 바로
문학적으로 형상화되었음을 의미한다. 하찮은 이야기가 문학적 형상화
에 이르렀다는 것은 거기에 삶의 구체성이 들어 있을 뿐만 아니라 우
리가 발견하지 못한 삶의 진실이 담겨 있다는 것이다. 바로 여기에 소
설이 하찮은 이야기면서도 하찮은 이야기로 끝나지 않는 이유가 있다.

3

나는 매일 일상생활을 하는 것처럼 소설을 읽는다. 하찮은 생활을 하
기 때문에 하찮은 이야기를 읽는다. 최근에 읽은 소설 가운데 김중혁
의 「엇박자 D」와 이승우의 「실종 사례」가 재미있었다.

　김중혁의 「엇박자 D」는 그의 최근 소설집 『악기들의 도서관』에 실
린 작품 가운데 하나다. 이 작품의 화자는 기획 공연 감독으로 성공한
인물로서 록밴드의 공연을 촬영해서 DVD로 만드는 과정에서 20여
년 전 고등학교 때 합창단을 함께한 동창생을 만난다. '엇박자 D'라는
별명으로 불리는 것처럼 음치에다 박치인 그 동창생은 합창단 단장을
자청하지만 정작 합창을 시작했을 때 엉망진창으로 만든다. "엇박자
D의 목소리만 들리면 아이들은 갈피를 잡지 못했고, 음은 뒤죽박죽이
됐으며 박자는 제멋대로 변했다. 그의 목소리는 전파력이 강한 바이러
스였다. 음악 선생은 엇박자 D의 자진 사퇴를 권했지만 그는 받아들

이지 않았다." 그래서 음악 선생은 그에게 소리는 내지 말고 입만 벙긋벙긋하라는 조건을 내걸고 그를 합창단에 그대로 남게 한다. 그러나 정작 합창을 공연하는 날 1절까지는 립싱크를 하던 엇박자 D가 2절부터 노래를 부르기 시작하여 반 박자 빨리 부름으로써 '모든 게 헝클어'지게 된다. "아이들은 우왕좌왕했고 지휘를 하던 음악 선생은 눈을 크게 뜨고 엇박자 D를 바라보면서 노래를 그만 부르라는 신호를 보냈다. 하지만 엇박자 D는 눈을 꼭 감은 채 열심히 노래를 불렀다. 합창에 관심이 없던 주위 사람들이 공연장 앞으로 몰려들었고 엉망진창 노래를 들은 관객들은 우리의 노랫소리보다 더 크게 웃었다." 결국 화가 난 음악 선생이 그의 뺨을 때리고 공연을 중단하는 사태가 벌어진다. 이처럼 엇박자를 놓은 그는 친구들에게 왕따를 당하고 조롱과 소외의 대상이 될 수밖에 없다. 20년 만에 만난 화자가 그에게 "그런데 그때는 왜 노래를 불렀던 거야?"라고 묻자 엇박자 D는 "너무 창피했어. 사람들이 보는 데서 입만 벙긋벙긋하고 있으려니 도저히 참을 수 없었"다고 대답한다. 그는 자신의 존재를 증명할 길이 없게 되자 노래를 부름으로써 자신의 정체성을 찾고자 한다. 그런데 타고난 박치인 그는 남들보다 반 박자 빠르게 부름으로써 박자를 어긋나게 하고 합창을 엉망으로 만든다. 합창단처럼 철저하게 조직화되고 규격화된 사회는 그처럼 엇박자를 놓는 사람을 받아들이지 않을 뿐만 아니라 그대로 놓아두지 않는다. 대개의 경우 그런 사람을 '썰렁하다'고 하면서 기피하거나 아니면 아예 자신들의 사회에서 추방해버린다.

이 작품의 화자도 엇박자 D에게서 만나자는 전화가 오자 그를 따돌리고자 한다. 그러나 엇박자 D가 '음악계의 떠오르는 샛별' '더블더빙'을 소개하고자 한다는 말을 듣고 화자는 엇박자 D를 만난다. 능력 있는 공연 기획자인 화자는 음악적으로 완벽에 가깝다는 '더블더빙'의 연주 기획을 맡는 것이 자신의 경력에 큰 도움이 될 뿐만 아니라 성공하면 많은 돈도 벌 수 있다고 판단한다. 그리하여 공연 기획의 총괄 프로듀서는 엇박자 D에게 맡기고 화자는 무대 매니저 겸 보조 프로듀서 역할을 맡기로 하고 공연의 큰 주제는 '더블더빙과 무성영화의 만남'으로 정한다. 공연의 준비 과정에서 화자는 엇박자 D의 음악에 대한 이해와 공연 기획이 완벽함을 깨닫는다. 20년 전 합창단에서 함께 노래했던 스무 명의 친구들을 공연에 초대하고 싶다는 엇박자 D의 부탁을 받고 화자는 연락이 닿는 열세 명의 옛 친구들을 초대한다. 화자는 다음과 같이 공연장을 묘사하고 있다.

커튼 사이로 관객석을 보았더니 빈틈이 보이지 않았다. 연신 카메라 플래시가 터졌고, 몇몇 팬들은 소리를 질러댔다. 그들도 긴장하고 있었다. 공연장의 불이 꺼지자 관객들의 파도 소리가 잔잔해졌다. 시작은 짧은 무성영화였다. 한 남자가 기찻길에 누워 자살을 시도하고 있다. 남자는 양복을 입고 있었다. 기차는 오지 않았다. 남자는 일어났다. 그리고 다시 누웠다. 누워 있는 자세가 어쩐지 불편해 보인다. 남자는 자세를 바꾸고 다시 누웠다. 다음 날 남자가 다시 나타났다. 이번엔 베개를 들고 나타났다. 베개를 기찻길에 놓고 누웠다. 다음 날엔 담요를 들고 나타났다. 그리고 그다음 날엔 오두막집을 한 채 이고 나타났다. 남자는 오두막집을 기찻길 위에 올려두었다. 오두막집 속에서 불이 켜졌다. 불이 꺼지는 순간 멀리서 기차가 오는 게 보였다. 기차가 조금씩 다가오고 있었다. 기차가 거의 다가왔을 무렵 오두막집의 불이 켜졌다. 그리고, 충돌 직전, 빵, 기타 소리가 터졌다.

"와."

공연장의 조명이 번쩍이며 더블더빙이 나타나자 한차례 해일이 일었다. 내가 봐도 드라마틱한 시작이다. 흑백 무성영화가 영사되던 스크린을 찢고 더블더빙의 멤버들이 나타난 것이다.

이 강렬한 공연 장면은 소설에서가 아니라면 이처럼 경쾌하고 리드미컬하게 실제처럼 묘사될 수 없다. 시끄러운 팝뮤직에 익숙하지 않은 기성세대들조차 이 하찮은 이야기를 통해서 "록보다 강렬했고, 재즈보다 자유로웠으며, 클래식보다 품위 있었고, 펑크보다 리드미컬했다"는 공연 장면을 실감하지 않을 수 없다. 그런데 더욱 감탄을 불러일으키는 것은 일상적 삶에서 하찮은 존재에 지나지 않은 엇박자 D가 청중을 감동시키는 음악의 주제가 되고 있는 다음 문단이다.

관객들이 가장 즐거워했던 순간은 무성영화의 장면에 맞춰 더블더빙이 연주할 때였다. 「재채기」라는 아주 짧은 무성영화였다. 영화가 시작되면 한 여자의 커다란 얼굴이 나타난다. 여자는 코가 간지럽다. 재채기가 나오려고 한다. 참아보지만 쉽지 않다. 내용은 그게 전부다. 재채기가 나올까 말까 하는 장면에 맞춰 더블더빙이 재미난 연주를 들려줬다. 관객들은 무성영화를 보며 한 번 웃고, 더블더빙의 연주를 들으며 또 한 번 웃었다. 여자의 찡그린 얼굴과 더블더빙이 들려주는 음악은 묘하게 리듬이 맞질 않았다. 정확하게 딱딱 들어맞는게 아니라 조금씩 엇박자였다. 관객들은 그걸 더 재미있어 하는 것 같다. 더블더빙이 엇박자 D를 위해 이런 음악을 만든 것은 아니겠지만 마치 그에게 바치는 노래 같다는 생각이 들었다. 엇박자 D를 위한 엇박자 연주곡.

더블더빙의 공연이 엇박자 D를 인간다운 존재로 만들고 대접받게 만든다는 것은 앙코르 곡으로 선정된 20년 전의 「오늘 나는 고백을 하고」라는 합창곡의 연주에서 절정에 이른다. 여기에서 노래를 부르는 것은 엇박자 D이고 20년 전의 친구들은 입을 벙긋거리며 립싱크만 하고 있다. 이 역전의 상황을 통해서 옛 친구들을 모두 행복하게 할 수 있는 것은 이 작가가 가지고 있는 사물에 대한 따뜻한 애정인 것 같다. 이 작가는 삶에서 엇박자로 살아가는 하찮은 사람의 삶을 편견과 고정관념으로 폄하하고 소외시키는 것이 아니라, 그러한 삶도 조화를 이루며 이웃과 함께 살 수 있다고 따뜻하게 감싸 안고 있다. 엇박자를 조화로운 음악으로 바꿔놓은 과정은 화자로 하여금 하찮은 이야기에서 진주와 같은 보석을 발견하게 만들었을 뿐만 아니라 독자인 우리를 감동시키고 있다.

4

이승우의 「실종 사례」(『세계의 문학』 2007년 가을호)는 외형적으로 기발한 인물이 아니라 우리가 일상적으로 만날 수 있는 평범한 인물의 이야기다. 이 인물은 삼십대 중반에 28평 아파트의 중도금을 내려고 마련한 돈을 동대문 근처에서 의류 공장을 운영하는 이웃에게 빌려준다. 평소 가깝게 지내던 이웃이 자금난을 호소하며 빌려달라고 요구하자 주인공은 그 돈을 빌려주었다가 결혼 10년 만에 내 집을 마련하겠다는 꿈을 날려버린다. 무슨 일이 있어도 그 돈만은 갚겠다고 약속한 '홍 사장네'가 사라진 다음, 주인공은 그들을 찾고자 이 세상 끝까지 찾아 나서겠다고 길길이 뛰었지만 헛된 일이었다. 생활은 엉망이 되고 정신은 피폐해져가고 늘어나는 이자를 감당할 길이 없는 주인공은 아파트를 포기한다. 그에게 남아 있는 것은 그들과 함께 강원랜드에 놀러 가서 홍 사장이 슬롯머신에서 딴 50만 원으로 마련한 밭 두 마지기 땅문서다. 강원도 산골 마을의 두 마지기 밭의 문서를 보면서 그의 아내는 "살기도 팍팍한데 여기 가서 묻히면 되겠네"라고 비아냥거린다. 그런데 4년 뒤 그 땅이 새로 뚫린 4차선 간선도로변에 있는 땅으로 휴게소와 주유소가 들어갈 수 있는 유일한 평지라 평당 80만 원에 팔린다. 원래 두 마지기면 4백 평일 텐데 소설가는 '정확히 173.7평'으로 적고 있고, 따라서 가격도 3억 2천만 원이 아니라 1억 5천만 원을 받아 30평짜리 연립주택을 산 것으로 기록되어 있다. 아마도 여기까지라면 이 작품은 한 편의 콩트로서 세간에 떠도는 평범한 이야기의 수준을 넘어서지 못했을 것이다.

그런데 주인공이 TV에서 '대구 지하철 방화 사건'을 연상시키는 사건의 보도를 봄으로써 이야기는 새로운 국면을 맞이한다. 사망자 125명, 부상자 134명, 실종자 385명이라는 참사 현장의 중계 방송을 시청하며 ARS 번호를 누름으로써 건강한 소시민의 윤리 감각을 보인 주인공은 그곳에서 실종자를 찾으며 울부짖고 있는 한 여자를 발견한다. 9년 전에 그의 아파트를 날려버린 홍 사장의 부인이 "제발 우리 재석이 아빠 좀 구해줘요"라고 울부짖는 모습을 보고 주인공은 '끔찍한 참사로 남편을 잃고 탄식과 통곡으로 지내는 사람에게 찾아가 돈을 내놓으라고 윽박지른다는 것이 사람으로서 할 짓인지' 하는 생각과 '이제는 돈을 갚으라고 요구를 해선 안 되지 않느냐'는 생각 사이에서 불편함과 부담감을 느낀다. 주인공은 무엇이라고 말할 수 없는 찜찜한 느낌을 떨쳐버리고자 목욕탕에 가서 뜨거운 물에 몸을 담금으로써 그 느낌이 흐물흐물해지기를 기다리지만 허사였다. 결국 그는 현금인출기에서 50만 원을 찾아 봉투에 넣었다가 다시 인출기에 입금하고 10만 원짜리 수표 30장을 찾아 고속버스를 타고 현장에 달려간다. 현장인 시민회관에 이르러서 주인공은 봉투에 넣은 돈이 너무 적다는 생각을 한다. 그 순간 '지구 끝까지라도 쫓아가겠다는' 마음에 '영원히 나타나지 않기를 바라는 마음'이 자리 잡고 있다는 것을 주인공은 깨닫는다. 현장에서 그는 다음과 같은 내용을 알림판에 검은색 매직 펜으로 쓰고 있는 사람을 발견한다.

　'홍동철. 48세. 이마가 넓고 광대뼈가 튀어나왔음. 짧은 스포츠머리. 보통 키. 청색 면바지에 회색 티셔츠와 베이지 색 잠바 입음……'

그는 홍 사장으로, 자신의 실종 광고를 냄으로써 가족에게 1인당 최대 1억 2339만 6,000원까지 받을 수 있는 보상금을 받게 하려는 것이다. 홍 사장이 거짓 실종 신고로 가족에게 보상금을 받게 하려는 것은, 그의 아내가 TV에 나와서 몇 달 전에 가출한 홍 사장을 마치 지하철 방화 사건의 실종자인 것처럼 위장하고 "제발 우리 재석이 아빠 좀 구해 줘요" 하며 울부짖는 장면을 보고서 "마누라가 자기를 그렇게 지하철 불구덩이 속으로 밀어 넣고 있"다고 느꼈기 때문이다. 홍 사장은 과일 행상, 가게 점원, 택시 기사, 막노동 등 온갖 일을 다 했지만 하는 일마다 실패하자 아내의 마음이 싸늘해진 것을 느끼고 가출했던 것이다. 홍 사장은 다음과 같이 텔레비전에서 아내의 모습을 보았을 때의 느낌을 전한다.

우연히 그 장면을 보게 되었어. 보지 말았어야 했는데…… 보지 않았다면 뭐가 달라졌을까. 하긴 뭐 마음은 편했겠지. 모르면 편하잖아. 무식하면 행복하지. 바닷가 마을 여인숙에 누워 있는데 마누라가 텔레비전에 나오는 거였어. 내가 죽었다고 펑펑 울더라고. 기분이 이상한데. 죽은 것이나 마찬가지인 인생이니 이상해할 건 없는 일이었는데……

'남편의 목숨을 가지고 벌이는 마누라의 장난질'을 보고 홍 사장이 마누라에게 전화를 걸자 그의 아내는 울면서 "내가 미쳤지. 그런 생각을 다 하다니…… 아무리 돈에 시달리며 살았다지만, 인간의 탈을 쓰고 어떻게…… 여보, 미안해요. 내가 뭐에 홀렸었나 봐요"라며 용서를 빌었다. 가정에서의 '자신의 쓰임새를 발견한' 홍 사장은 집으로 돌아와서 아내에게 자신의 실종 신고를 하도록 설득했으나 아내가 받아들이지 않자 "그 스스로 그날 사고 시간에 그 열차에 타고 있다가 실종되었음을 밝히"고자 한다. 주인공은 자신의 실종 사례를 적은 광고를 붙이는 홍 사장을 붙들고 그간의 사정을 듣는다. 이제 자신의 역할이 끝났다는 듯 가족에게서 사라지겠다며 홍 사장이 폭우 속으로 걸어갈 때 주인공은 자신의 주머니 속에 있는 돈 봉투를 떠올리며 "빚을 갚았다는 생각"을 한다.

이 하찮은 이야기가 감동스러운 것은 소시민의 비루한 삶을 참으로 잘, 그리고 서민들의 삶의 비루함을 잘 포착한 데 있다. 부유한 사람에게는 대수롭지 않은 연립주택 하나로 삶의 보람을 느끼는 소시민은, 삶의 매 순간 자신의 손익 관계를 계산하며 마음의 부담을 줄이고자 돈의 액수를 증감하고, 부채 의식만 면할 수 있다면 한 푼도 쓰지 않는 비루한 삶을 살게 된다. 반면에 어려운 생활을 벗어나고자 발버둥쳐도 갈수록 구렁텅이로 빠지는 서민들은 윤리적 문제를 모르지는 않지만 미처 고려할 수 없어서, 궁핍에서 벗어날 수만 있다면 남편의 목숨도 이용할 수 있는 삶의 비루함을 받아들인다. 어려운 여건 속에서는 생존이 그처럼 고상한 것이 아니라 비루한 것임을 이 작가는 꿰뚫어 보고 있다. 사람은 비루하고자 해서 비루한 것이 아니라 비루하지 않고는 생존할 수 없을 때 비루해지는 것임을 작가는 강한 메시지로 주장하고 있다.

5

은퇴 후 하찮은 삶을 살고 있는 나는 『돈키호테』『로빈슨 크루소』 같은 엄청난 모험담을 읽으며 기독교적 윤리관이 지배하는 고전에서 미지의 세계를 향해 떠나는 인간의 끝없는 욕망의 비극성을 간파하기도 하지만, 현대 소설의 이처럼 하찮은 이야기에서 오늘날 삶의 구체적 모습을 발견하고 자신의 생활을 반성하기도 한다. 나는 오늘 이처럼 하찮은 이야기를 가지고 여러분의 시간을 빼앗았지만 내 방에 돌아가면 혼자 소설을 읽으며 소설가들, 작중인물들과 대화함으로써 내가 혼자가 아니라는 것을 일깨워주는 하찮은 이야기의 감동을 맛볼 것이다.

화해와 상처의 치유

1

올해로 우리나라가 분단된 지 60년이 된다. 해방 후 남북이 서로 다른 정부를 세우고 각자가 정통성을 주장해온 이래 그만한 세월이 흘렀다. 그사이에 북한의 남침으로 6·25라는 민족상잔의 전쟁을 치름으로써 두 진영은 너무나 큰 상처를 입고 다른 어떤 나라보다도 먼 나라가 되어버렸다. 남북은 끊임없는 대립과 갈등으로 불안한 정전 상태를 유지하며 군사적 도발과 이에 대응하는 소모적인 낭비에서 헤어나지 못했다. 1968년에 있었던 1·21 무장공비 침투 사건을 필두로 판문점 도끼 만행 사건, KAL기 폭파 사건, 울산 무장간첩 사건, 동해안 무장간첩 침투 사건, 서해안 접전 사건 등 남한에 대한 북한의 무력 도발은 일촉즉발의 위기를 가져왔고, 정전협정 상태에서도 남북 간에는 긴장의 고조와 대결의 연속이라는 적대 관계에 얽매였다. 그 과정에서 무고한 시민들과 많은 군인들이 목숨을 잃거나 부상을 입고 고통을 겪었다.

가난의 극복과 후진국 탈출을 목표로 삼은 남한 정부는 남북 관계의 불안이 경제 발전의 가장 큰 장애가 될 수 있다는 것을 인식하고, 이를 해결하기 위한 노력으로 북한과 세 차례의 접촉을 통해 공동성명을 발표하며 공존·공생의 길을 모색해왔다. '7·4 공동선언문' '6·15 공동선언문' '10·4 공동선언문'으로 나타난 남북 관계는 평화와 협력의 관계로 전환될 가능성을 보여주고 있다. 1970년대 초 남한의 정보 책임자가 비밀리에 북한을 방문하고 체결한 '7·4 공동성명'은 남북이 서로의 체제를 강화하는 초법적 조치를 취함으로써 남북의 긴장 관계를 강화시키는 결과를 가져왔지만, 국민의 정부가 들어선 다음 대통령의 북한 방문으로 발표된 '6·15 공동선언'과 2007년 가을에 이루어진 '10·4 공동선언'은 휴전선의 군사적 긴장을 완화하고, 남북한의 끊어진 철도를 연결하고, 금강산 관광을 가능하게 하고, 개성에 공단을 조성하여 남측의 기업들을 입주시키고, 제한적이지만 이산가족을 교환 방문하여 직접 상봉하게 하거나 화상으로 상봉하게 하는 등 분단 이후 가장 가시화된 화해 분위기를 조성하고 있다. 2008년에는 백두산 관광과 개성 관광도 이루어질 것으로 예고되는 것으로 보면 북한의 개혁과 개방도 머지않은 장래에 이루어질 것이라는 기대를 갖게 한다.

이러한 평화 분위기의 조성과 북한 개방의 기대는 북한의 끝없는 도발에도 불구하고 남한의 포용 정책이 어느 정도 성공했다는 주장에 근거를 제공하고 있다. 2007년 10월 4일 남북은 평양에서 만나 공동성명을 발표했다. 그것은 정전협정을 평화협정으로 바꾸고 종전을 선언함으로써 남북이 평화 공존의 길에 한 발 더 나아가고 있음을 말한다.

물론 종전 선언이나 평화협정은 남북 간의 합의만으로 이루어지는 것이 아니라 정전협정에 참여한 국가들과 남북 당사국이 함께 합의를 보아야 할 사항일 것이다. 그 때문에 그 과정의 진행은 기대만큼 쉽지 않을 수도 있다. 그러나 북한의 핵실험으로 야기된 한반도의 위기가 6자 회담의 성공적인 결과로 해결될 기미를 보이고 북미의 외교관들의 접촉이 북한의 핵 폐기로 연결되고 있어 한반도의 평화가 어느 정도 보장될 수 있지 않을까 기대하게 한다.

2

분단의 아픔을 치유하는 최종적인 목표는 통일이겠지만 통일이 쉽게 이루어지리라고 기대하는 사람은 없을 것이다. 한번 분단된 국가가 대화와 합의로 통일된 경우는 세계사에서도 그 예를 찾기 어렵다. 대부분의 분단국가의 통일이 군사적 무력 행위에 의해서거나 한쪽이 스스로 무너지거나 하는 흡수통일의 형식을 밟은 것이다. 따라서 두 체제가 우선 평화적인 공존의 길을 확보하는 것이 필요한 상황에서 이산가족의 자유로운 상봉과 남북의 대립에서 야기된 상처의 치유는 평화 체제의 유지와 확립에 필연적인 과제가 아닐 수 없다. 해방 후 서로 다른 체제가 들어서고 6·25 사변이 일어남으로써 3백만 명 이상의 동포가 죽었으며, 천만 명의 동포가 이산가족의 아픔을 안고 있고, 남북의 대립과 긴장 관계 속에서 희생된 수많은 사람들의 가족들이 고통을 겪고 있는 분단 현실은 전란을 체험한 우리 민족에게 아직도 깊은 상처로 남아 있다. 이 아픔과 상처를 지닌 세대가 아직 살아 있다는 것은 남북한 사이의 평화와 공존이 양측의 대표가 서명한 선언만으로 이루어질 수 있을 만큼 쉬운 것이 아니라는 것을 말해준다. 왜냐하면 그들은 아직도 북한이 쳐들어오는 악몽이나 흉몽을 꾸기 때문이다.

우리나라의 저명한 종교학자 한 분께 6·25 사변 때 헤어진 자신의 선친 이야기를 들은 적이 있다. 대전에서 판사를 하던 그의 선친이 6·25 사변 때 대전 형무소에 붙잡혀 있었는데 유엔군의 9·28 인천 상륙으로 퇴각하던 북한군이 감옥에 갇혀 있던 3천여 명 가운데 천여 명을 재판도 거치지 않고 학살하여 한곳에 묻고 달아났다. 학살한 날짜가 기록돼 있기 때문에 선친의 제사를 지낼 수 있다는 그 종교학자는 선친의 유골이 천 구의 시신과 함께 묻혀 있다고 말하면서, 선친의 죽음이나 북한의 만행을 객관화시키고 역사적 사실로 받아들일 수 없는 자신의 감정을 고백했다. 이 사실은 6·25 사변을 체험한 세대가 살아 있는 한 개인적 감정 없이 두 체제의 화해를 역사적 사실로 받아들이는 데는 얼마나 많은 어려움이 있는지, 또 분단이나 전쟁으로 인해 그들에게 맺혀 있는 원한을 풀어주고 그들 주위를 떠돌고 있는 원혼들을 위로해서 잠재워주는 과정이 없이는 남북의 진정한 화해와 평화 공존을 이루기가 얼마나 힘든지 말해준다.

이처럼 아직도 분단과 전쟁으로 인한 상처를 지닌 사람들이 많다는 것, 즉 한국인으로 살아가는 데 고통을 겪는 사람들이 많다는 것은 한국 사회가 경제적 발전에도 불구하고 늘 불길한 그림자를 안고 있다는 느낌을 갖게 한다. 그렇기 때문에 분단 문제는 한국 소설에 중요한 테마를 제공하고 있는 것 같다. 문학은 감추어진 상처를 드러내고 그것의 진정한 치유 가능성을 모색함으로써 상처를 입은 사람들을 위로하고 상처가 왜 생기지 않아야 되는지, 모든 폭력이 왜 상처를 만드는지 우리에게 가르쳐주기 때문이다. 전쟁은 폭력 가운데 가장 크고 잔인한 폭력이다. 그것은 인간을 파괴하고 가정을 파괴하고 국가를 파괴하고 인류가 만들어놓은 문화를 파괴하기 때문이다.

3

형제 간에, 동족 간에 서로 미워하고 죽이는 비극은 6·25 사변을 겪고
아직도 분단을 극복하지 못한 우리 문학의 중요한 테마가 되어왔다.
황순원, 오상원, 박경리, 서기원, 이호철, 송병수, 최인훈, 홍성원, 이
청준, 김주영, 현기영, 김원일, 현길언, 김용성 등 수많은 작가들이 분
단과 전쟁과 이념적 대립을 주제로 작품을 발표한 것은 그것이 한국인
의 삶을 지배하는 가장 큰 힘이었기 때문이다. 그 가운데 황순원의 소
설 『카인의 후예』와 황석영의 최근작인 『손님』을 비교해보는 것은 분
단을 체험한 세대가 원죄처럼 갖고 있는 대립적 감정과 그것의 극복을
모색하는 행위를 제시하기 위해 필요한 것처럼 보인다.

황순원의 『카인의 후예』는 1954년에 발표된 것으로 해방 직후부
터 6·25 사변 이전까지의 기간을 다룬 작품이고, 황석영의 『손님』은
2001년에 발표된 것으로 해방 직후부터 6·25 사변 사이에 일어난 사
건을 다루면서 그것이 오늘의 상황에 영향을 끼치는 현상을 다룬 작품
이다. 약 반세기의 시간 차를 두고 씌어진 이 두 작품의 공통점은 무
대가 모두 북한으로, 해방 후 공산당이 집권하는 과정에서 재산에 눈
이 먼 사람들이 악마로 변하고 이에 원한을 품은 사람들이 살인을 저
지르는 모습을 보여주고 있다는 데 있다. 가진 자와 갖지 못한 자, 지
주와 소작인, 기독교인과 비기독교인 사이의 대립과 갈등을 중심으로
한국인들이 겪게 되는 고통과 갖게 된 원한이 가져온 결과는 지금의
아프가니스탄에서 일어나고 있는 폭력적인 상황과 다를 바 없고, 공산
크메르 루주가 자행한 킬링필드라는 만행에서 멀리 떨어져 있지 않은

것 같다.

먼저 『카인의 후예』는 해방 후 북한에서 실시한 토지개혁과 이로 인한 지주 계급의 몰락이 인민재판이라는 폭력적인 방법에 의해 진행되는 과정을 중심으로 묘사하고 있다. 많은 군중을 모아놓고 지주가 저지른 비인간적 행위를 열거하며 군중의 동의를 통해 지주에게서 토지 몰수를 결정하는 과정은 전형적인 폭력이다. 전통적인 농촌에서 맺어오던 인간관계는 여지없이 무너지게 되고, 인간의 내면에 감추어졌던 땅에 대한 욕망이 아무런 제약 없이 겉으로 드러나면서 인간의 본성에 대한 믿음도 없어지게 된다.

이 작품에서 가장 두드러지게 서술된 인물은 '도섭 영감'이다. 지주의 아들 '박훈'의 집에 마름으로 있으면서 소작인들 위에 군림하던 그는 지주를 위해서라면 소작인들을 가차 없이 억압한다. 그는 도지(賭地)를 병작(竝作)으로 바꿔달라는 농민에게 도리깨를 휘두르는 폭력을 행사하거나, 물에 빠진 지주의 조카를 건지기 위해 죽음의 위험을 무릅쓰고 격랑에 뛰어들어 살려내거나, 주인의 죽음에 대해서 누구보다도 슬피 울며 애통해함으로써 주인에게 충실한 마름 역할을 다한다. 그러한 그가 세상이 바뀌자 지주를 비판하는 일에 앞장서고, 자신의 손으로 세운 지주의 공덕비를 깨부수고, 자살한 지주의 집에 가서 "독사는 밟아 죽여야 한다"고 외친다. 도섭 영감은 바뀐 세상에서 자신이 살아남는 길이 과거의 인정이나 은혜에 매달리는 것이 아니라 바뀐 세상의 시류를 타며 현재의 이해타산을 좇는 것이라고 판단하고, 자신에게 마름 일을 맡겼던 지주에게도, 자신이 그토록 사랑했던 가족에게도, 자기 자신에게마저도 냉혹해져서 자신의 과거를 철저하게 부인하는 행위로 일관한다. 이와 같은 그의 변심은 "토지개혁이 실시되어 지주의 토지를 모조리 몰수해가지고 농민에게 무상분배를 한다는 말이 이 가락골 마을에도 떠들어오자" 시작된다. 그는 "세상이 어떻게 돌아가는 줄도 모르는 연놈 같으니라고. 이대로 옛 지주한테 붙어 우물쭈물하다가는 큰코다칠 것도 모르고"라며 자신의 딸 오작녀와 아들 삼득이를 야단치고 자신은 농민위원회 위원장 자리를 차지한다. 그러나 토지개혁이 마무리된 뒤에 도섭 영감은 중간 착취자라는 이름으로 당에서 제거되고 지주의 아들 '박훈'의 칼에 맞아 쓰러진다. 작가는 이 인물을 통해 인간의 내면에 있을 수 있는 생존을 위한 야수적 성질을 파헤치고자 했을 수도 있고, 사회 체제가 개인을 얼마나 타락시킬 수 있는지 보여주고자 했을 수도 있다. 그러나 '오작녀'와 '삼득이'가 아버지 '도섭 영감'의 행동을 말리고 '박훈' 일가에게 헌신을 다하는 모습은 인간의 본성이란 부자간이나 부녀간에도 닮지 않는다는 것을 보여준다.

그러나 이 소설의 실제 주인공은 지주의 아들인 '박훈'이다. 그는 아버지가 심근경색으로 갑자기 세상을 떠나자 낙향해서 집을 짓고 동네 아이들에게 야학을 하며 사는 지식인이다. 그는 결혼도 하지 않은 채 어려서부터 함께 자라온 '오작녀'의 도움을 받으며 생활한다. 도섭 영감의 딸인 오작녀는 시집을 갔다가 남편에게 버림받고 친정에 와 살고 있었다. 그녀는 주인집 아들 박훈을 진정으로 섬기고 남몰래 흠모하기까지 한다. 박훈은 그러한 오작녀에게 고마운 마음을 갖지만 자기 안에서 솟아오르려는 열정을 억누르며 끝까지 절제를 잃지 않는다. 오랫동안 같은 집에서 살며 서로에게 열정을 갖게 되지만 감정의 문턱을 넘어서지 않는 것은 단순한 신분 차이 탓으로 돌릴 수 없다. 여기에 황순원 문학이 가지고 있는 절제의 미학이 드러난다. 상대편에게서 사랑의 감정을 확인하면서도 사회적 제약의 범주를 벗어나지 않고 각자에게 주어진 자리를 유지하는 것은 위선으로 보일 수 있겠지만, 박훈이 발진티부스에 걸린 오작녀를 간호하는 것을 보면 그것은 사랑의 이름이 아니고는 설명할 수 없다. 그럼에도 불구하고 박훈은 오작녀의 옛 남편이 나타나자 그녀의 행복을 위해 자신의 집을 그녀에게 넘겨줄 생각을 한다. 그녀에 대한 박훈의 감정이 단순히 이성 간의 사랑이라고만 할 수는 없을 것 같다. 지주로서의 역할도 뚜렷하게 하지 않고 신념 있는 지식인으로서 행동하지도 않고 세월이 흘러가는 대로 자신을 맡기는 박훈의 소극적인 성격으로 볼 때 그것은 오작녀가 자기에게 바치는 헌신에 상응하는 숭고한 사랑이라고 말할 수 있을 것이다.

그런데 그가 더 큰 탄압이 오기 전에 사촌 동생 박혁과 함께 월남하기로 결심하는 것은 죽음이라는 극한 상황에 직면하게 된 그가 적극적인 성격으로 변신하고 있음을 보여준다. 남한으로 출발 직전 사촌 동생 대신 도섭 영감에게 칼을 든 것은 아무래도 그에게 악령이 들렸다고밖에 설명할 수 없다. 도섭 영감을 살해하는 것이 자신의 현실에 아무런 영향을 미치지 못할 뿐만 아니라 도섭 영감 자신도 그런 세월의 희생자라는 것을 그는 너무나 잘 알고 있다. 하지만 '박훈'은 북한에 공산 정권이 들어섬으로써 지주 출신이라는 자신의 신분 때문에 그가 당한 수모를 도섭 영감의 인간적 배반에 대한 응징으로 갚고자 한 것이다. 많은 사람들이 개인적인 원한을 이처럼 폭력으로 풀고자 하는 것은 그들에게 악령이 들렸기 때문이라 말할 수 있을 뿐이다.

4

황석영의 『손님』에서 악령이 든 인물로 나오는 주인공은 '류요한 장로'이다. 이 작품은 황해도 신천의 장로 집안 출신인 재미교포 류요섭 목사와 류요한 장로의 대화로 시작한다. 동생인 류요섭 목사가 '고국 방문단'에 끼어 북한을 방문하자고 제안하지만 형인 류요한 장로는 이를 단호하게 거절한다. 그래서 혼자 고국방문단에 끼기로 한 류요섭은 형 요한의 갑작스러운 사망 소식을 듣고 장례를 치른 다음 형의 유골 하나를 종이에 싸서 평양으로 간다. 그는 출생지도 평양이라고 속이고 만나고 싶은 가족도 없다고 속이려 했으나 북한 당국은 이미 그의 과거 행적을 조사하고 그가 황해도 신천을 방문하게 만든다. 그는 평양에 도착한 후 다음과 같이 기도한다.

> 하나님 아버지 이제 저는 고향에 돌아왔습니다. 저들이 우리와 다르고 이교도의 무리라 할지라도 제가 증오하는 마음이 일어나지 않도록 하나님께서 도와주시옵고, 저들에게도 한시바삐 하나님의 말씀이 영혼에 깊이 새겨질 수 있도록 제게 능력을 내려주시옵고, 제가 추호라도 주의 뜻을 어김 없이 기독교인으로 당당하게 행동할 수 있도록 용기를 주옵소서. 이곳을 떠나 집에 돌아가는 날까지 주께서 함께하시고 성령이 역사하셔서 부족한 저에게 믿음의 은혜를 내려주시기를 간절히 비옵나이다.

그는 반세기 동안 아물지 못한 상처를 치유하기 위해서 자신이 공정하고 관대하고 포용하는 정신으로 고국 방문을 성공리에 마치기를 간절히 바란다. 그는 평양에서 조카 '류단열'을 만나 그에게 "머 종교야 어두운 시절의 미신이니깐 다 좋다 말입니다. 반동이든 앞잡이든 기것두 거저 넘어갈 수 이서요. 사람은 왜 죽입네까?"라는 항변을 듣는다. 여기에 대해서 그는 "그땐 서루 죽이구 미워했지. 이제 그 사람들두 하나 둘 세상을 떠나구 있다. 서로 용서를 하지 않으면 우리는 영영 못 만나게 된다"라고 대답함으로써 그의 고국 방문의 참다운 의미를 드러내고 있다. 신천에서 '소메 삼촌'을 만난 류요섭 목사는 그들을 통해서 왜 형 요한이 고향에 다시 가고 싶어 하지 않았는지 그 이유를 알게 된다. 신천박물관에서 그가 본 것은, 류요한 장로와 류요섭 목사가 생각한 참경이다. 북한이 '다르게 구성해놓았겠지만' 그 모든 것은 남북한이 함께 저질렀던 악몽의 즉물적 잔재들이라고 그는 생각한다. 해방 후 혼란기에 북한 당국의 토지개혁으로 모든 재산을 빼앗긴 류요한 장로와 그의 친구 조상호는 구월산에 은거한다. 그들은 9·28 수복과 함께 동지들을 거느리고 신천에 와서 그동안 인민위원장, 농민위원장 등으로 부역을 하며 그들의 부모를 살해하고 숙청한 '순남이 아저씨' '이찌로' 등을 붙잡아 무자비하게 처형한다. 그 과정에서 무고하게 희생된 사람들의 기록을 북한 나름의 이데올로기에 입각해서 정리한 신천박물관이나 고국방문단을 그들의 통일 정책의 일환으로 이용하고자 하는 태도는 북한 사회 자체가 철저하게 통제되는 사회라는 것을 뚜렷하게 보여주고 있다.

그러나 류요섭 목사는 도처에서 죽은 자들을 만난다. 그는 사람이 죽으면 모두 한곳에서 만난다며 사자들과 끊임없는 대화를 나눈다. "서로 죽이고 죽언 것덜 세상 떠나문 다 모이게 돼 이서"라고 죽은 형 요한 장로가 나타나서 동생 류요섭 목사에게 말한다. "이제야 고향 땅에 와서 원 풀고 한 풀고 동무들 모두 만나고 낯설고 어두운 데 떠돌지 않게 되었다. 간다. 잘들 있으라"라고도 말한다. 이 말은 모든 원한을 가지고 죽은 자들이 이 소설에서 자신의 이야기를 다 털어놓았기 때문에 편히 죽을 수 있다는 것이다. 그것이 곧 다른 사람의 말에 귀를 기울이고 다른 사람의 형편을 고려하는 것이며 나만의 독선에서 벗어나는 길이다. 류요섭 목사는 비로소 종이에 싸온 형의 유골을 고향인 찬샘골에 묻음으로써 형 류요한 장로의 원한을 풀고 편안히 잠들게 한다.

5

황순원의 『카인의 후예』가 반세기 전에 씌어진 분단의 비극에 대한 문제 제기적 소설이라면 그보다 반세기 후에 씌어진 황석영의 『손님』은 문제 해결적 소설이다. 두 소설의 차이는 6·25 사변으로 전장의 포성이 아직 귀에 울리는 듯한 시대와 대통령이 북한에 가서 '6·15 공동선언'에 합의한 시대라는 상황의 변화에서 비롯되는 것 같다.

황석영은 이 작품에서 '신천 사건'이 북한의 주장과는 달리 '미제의 만행'이 아니라 "우리끼리의 살육" "한동네에서 오순도순 살던 사람들의 행악"이라고 쓰고 있다. 그것은 자생적 근대화를 이루지 못한 우리 민족이 외래 사상, 즉 손님마마귀신에 걸려서 서로 죽이고 죽는 피의 참극을 빚었다는 것이다. 작가가 여기에서 말하는 외래 사상은 사회주의와 기독교다. 작가는 이 작품을 통해서 '아직도 한반도에 남아 있는 냉전의 유령들을 이 한판의 굿으로 잠재우고 싶다'고 말함으로써 남북의 진정한 화해와 평화를 위해 선행되어야 할 것을 명확하게 밝히고 있다. 이 한판의 굿이 『손님』이라는 작품이다. 이 작품에는 오래된 원한으로 상처 입은 영혼들을 치유해서 폭력으로부터 벗어나게 만듦으로써 남북이 함께 살 수 있는 길을 열고자 하는 작가의 열망이 들어 있다. 류요섭 목사가 형 류요한 장로에 의해 억울하게 죽은 영혼들의 이야기를 들어주는 것은 그들의 마음속에 있는 원한을 풀어주는 것이고, 악령을 쫓아내는 것이며, 폭력의 실체를 제거하는 것이다. 그것은 또한 죽어서도 평안히 잠들지 못하고 떠돌고 있는 류요한 장로의 영혼에서도 악령을 쫓아내고, 그를 용서하고, 그를 평안히 잠들게 하는 것이다. 아직도 유령들이 떠돌고 주검들이 울부짖는 한 한반도에 진정한 화해와 평화는 요원하다는 것은 너무나 명확한 일이다.

여기에서 우리는 이청준이 1994년에 발표한 『흰옷』에서 어느 시골 산골에 아직도 '무덤도 없이 백골로 뒹굴고 있는 수많은 주검들,' 즉 '좌익 유격대의 주검도' '우익 토벌대의 주검도' 이제 와서는 '사상이나 이념의 색이 다 바랜 흰 백골로 남아 있'는 모든 혼백들을 한자리에 불러 달래고 위로해야 한다고 주장한 것에 동의하지 않을 수 없다. 어디 유격대뿐인가. 전쟁의 와중에서 어느 쪽에 의해서든 희생된 무수한 양민들의 이름 없는 죽음들을 편히 잠들게 하는 위령제와 같은 과정이 선행되어야 두 진영의 화해와 평화는 가능할 것이다. 그러나 6·25 세대는 자신의 체험으로 인해 달래고 위로해야 할 진정한 세대가 되는 것이 불가능할 것처럼 보인다. 이 작품에서 위령제를 주도하는 것은 아들 '동우'라는 인물이다. 그는 6·25 체험이 없는 제3세대로서 좌우익을 막론하고 분단과 전쟁의 와중에서 희생된 사람들의 혼백을 불러 모으고 그들의 영혼을 위로하며 편안히 잠들 수 있도록 위령제를 지낸다. 그것은 전쟁을 체험한 사람이 아닌 그들이 역사적 사실들을 한쪽에 치우치지 않고 객관적으로 바라보며 양쪽의 희생자들을 함께 위로할 수 있는 입장에 있기 때문이다. 그는 개인적 감정이나 정서적 반응을 개입시키지 않을 수 있는 제3자의 유리한 입장에 서 있다. 그것은 남북의 진정한 화해가 다음 세대에 의해 가능할 수 있으리라는 기대를 갖게 한다.

그렇다고 해서 현실적으로 부딪치고 있는 문제들의 완전한 해결이 이루어지는 것은 아니다. 개인의 자유와 인권이 철저하게 억압되고 가난과 기아에 허덕이는 북한 주민들을 그대로 방치한 채, 평화 공존이라는 말은 하나의 눈가림에 지나지 않기 때문이다. 남북의 평화 공존의 문제가 공동선언문으로 해결되는 것이 아닌 이유도 여기에 있다. 이제부터 진정한 문제 해결에 나서야 할 시점인 것처럼 보인다.

문학은 무엇을 할 수 있는가?

1

문학이 무엇을 할 수 있는가 하는 질문은 어제오늘 제기된 문제가 아니다. 희랍 시대 때부터 제기된 이 문제가 오늘날까지 끊임없이 제기되는 것은 문학의 역할에 대한 사회적 인식이 시대나 체제에 따라 달라져왔기 때문이며 따라서 문학은 무엇인가 하는 질문에 대한 하나의 정답이 없기 때문이다. 문학은 살아 있는 모든 생명체가 그러한 것처럼 어느 시대, 어느 민족에도 고정되거나 굳어 있지 않다. 그것은 모든 예술의 역사가 그러한 것처럼 시대에 따라서 달라질 뿐만 아니라 어느 시점 어느 각도에서 보느냐에 따라서 다르게 보인다. 20세기에 와서 전 세계가 동서로 나뉘고 서로 다른 이데올로기가 지배하게 되었을 때 문학은 세계를 어떻게 보아야 하느냐, 그 세계 속에서 문학은 무엇이어야 하느냐 하는 질문에 답하면서 문학이 할 수 있는 것이 무엇인지 궁구하고자 했다. 문학도 사회를 구성하는 하나의 요소이기 때문에 사회 변혁에서 자유로울 수 없다는 주장과, 문학은 사회의 제도나 풍습에서 자유롭거나 거기에 저항하는 개인적 창조물이기 때문에 사회와는 상관없는 자율적인 존재라는 주장이 나올 수 있었던 것도 그러한 연유이다. 20세기 중반 한국에 폭풍처럼 들이닥친 '참여 순수 논쟁'도 문학을 보는 그러한 시각의 차이에서 비롯된다. 자본주의 사회가 가지고 있는 배금주의와 자유로운 개인주의에 대한 비판적인 입장은 문학의 윤리 의식을 강조하게 되고, 사회주의 사회가 가지고 있는 집단적 삶의 규범으로서의 이념이 개인을 억압하는 체제에 대한 비판적인 입장은 반항적 성질을 강조하게 되지만, 이 두 입장의 구분이나 대립은 삶의 양면성에서 어느 한 측면만을 강조하는 가짜 문제 제기라는 혐의를 벗을 수 없다. 문학은 개인을 억압하는 체제에 저항하는 양식이면서 동시에 헛된 교환가치가 지배하는 체제에서 진정한 가치를 추구하는 양식이기 때문이다.

1960년대 프랑스에서 있었던 '문학은 무엇을 할 수 있는가'라는 토론회에서 당시 참여문학의 이론적 대부로 불렸던 사르트르는 "배가 고파 우는 아프리카의 어린아이 앞에서 나의 『구토』가 한 덩어리 빵의 무게도 나가지 않는다"고 개탄했다. 이 말에 대해서 당시의 젊은 작가이며 이론가인 장 리카르두J. Ricardou는 "어떻게 한 권의 소설을 한 덩어리의 빵과 같은 저울에 올려놓을 수 있는가" 반문하며 문학은 이 지구상에 배가 고파 우는 아이가 있다는 사실을 추문으로 만드는 일을 하는 것이지 어린아이에게 빵을 주기 위해 있는 것이 아니라며 사르트르를 공격한 적이 있다. 당시 오십대의 사르트르는 사회적인 문제에 깊은 관심을 갖고 상황 속의 인간 문제에 천착하면서 모든 반체제 운동에 참여하고 있을 때이기 때문에 이처럼 적극적인 참여론을 내세우며 문학이 현실의 개선에 도움이 되지 않는 현실을 개탄했던 것 같다. 『구토』를 쓴 사르트르나 『콘스탄티노플의 점령』을 쓴 리카르두가 자기 세대의 새로운 소설을 쓴 작가라는 사실은 문학이 가지고 있는 양면성을 그대로 반영하고 있다. 1975년 사르트르는 어느 인터뷰에서 자신이 후세에 『구토』의 작가로 남고 싶다고 고백했다.

그보다 몇 년 후 김현은 『한국 문학의 위상』에서 문학이 권력이나 재력을 갖추는 데 아무런 도움이 되지 않는다는 것을 강조하며 문학이란 '써먹는 것이 아니'지만 '써먹지 못한다는 것을 써먹고 있'는 것이라고 주장한다. 그는 써먹는 것이 아니기 때문에 문학이 인간을 억압하지 않는다고 말함으로써 문학의 무용론을 내세우는 것이 아니라 "억압하지 않는 문학은 억압하는 모든 것이 인간에게 부정적으로 작용하는 것을 보여준다"고 함으로써 문학이 무엇을 할 수 있는지 설명한다. 유신 말기였던 당시에 김현은 폭력적이고 탈법적인 정치적 상황 속에서 문학이 아무것도 할 수 없다는 데 자괴감을 느끼며 문학이 무엇을 할 수 있을지 모색하는 과정에서 이 글을 쓴 것이다. 이 괴로운 자기 성찰은 '억압하지 않는 문학은' '억압하는 것과 억압당하는 것의 정체를 파악하고' '인간으로 하여금 세계를 개조하지 않으면 안 된다는 당위성을 느끼게 한다'는 효용론에 이른다.

그러나 1990년대 베를린의 동서 장벽이 무너지고 독일이 통일되는 것을 출발점으로 소련과 동유럽의 공산주의 체제가 무너진 다음, 세계는 이데올로기나 체제의 대립을 벗어나 사상과 표현의 자유를 누리는 개방 체제의 시대를 맞게 된다. 여기에서 문학은 개인을 억압하던 사상이나 체제나 법률이 집단적 폭력으로 작용하던 외적 요인에서 어느 정도 자유로울 수 있게 된다. 물론 그렇다고 해서 우리가 살고 있는 삶 자체에서 입은 상처와 느끼고 있는 아픔의 문제가 해소된 것은 아니다. 동서 냉전의 시대가 끝나고 세계화의 시대가 열렸다면서도 종교적·이념적 갈등과 민족적 대립이 극복되기는커녕 세계는 오히려 기아와 전쟁과 폭력의 소용돌이에 휩쓸리고 있다. 인류가 만들어놓은 제도나 법률이 완전하지 못한 것처럼 우리가 살고 있는 삶은 아무리 문명이 발달하고 체제가 자유롭다고 해도 그 안에 살고 있는 사람들에게 상처를 입힘으로써 그들을 아프게 하며 불행하게 만든다. 더구나 세계 전체가 자본주의화함으로써 모든 가치 평가가 돈이라는 하나의 기준으로 통일되는 현상이 지배하는 한, 인류가 구축해온 정신적 가치가 혼란에 빠지게 되고 인간의 새로운 욕망이 끊임없이 만들어짐으로써 그 아픔과 불행 의식은 더욱 심화된다. 물질적 풍요 속에서 느끼는 정신적 빈곤과 새로운 욕망은 충족될 수 없는 운명 때문에 개인을 불행 의식에서 빠져나오지 못하게 하고, 새로운 지식과 정보로 세계를 지배하고 있는 눈에 보이지 않는 체제가 행사하는 폭력은 거기에서 소외된 개인을 보다 큰 절망 속에 빠뜨리고 있다. 문학은 그것의 기록과 표현으로서 존재하기 마련이며, 그 존재 자체만으로도 문학이 할 수 있는 것이 무엇인지 가장 확실하게 증언하고 있다.

그러나 지난 세기 말부터 인터넷과 휴대전화라는 디지털 문명의 급격한 도래는 문학을 엄청난 위기 속에 빠뜨리면서 문학적 상황을 혁명적이라고 부를 수 있을 만큼 변화시켰다. 날이 갈수록 기하급수적으로 확장되고 있는 인터넷과 휴대전화는 우리로 하여금 아날로그적 세계와는 전혀 다른 환경 속에 살게 만든다. 사상적으로는 후기 구조주의에서 유래한 해체주의가 아날로그 시대의 온갖 미학적 유산들을 무너뜨리고, 경제적으로는 자본주의의 극대화로 배금주의가 더욱 기승을 부리고, 사회적으로는 물리적 국경이나 경계가 무너짐으로써 우리는 자기 정체성을 상실한 시대에 살고 있다. 이러한 상황의 변화는 우리로 하여금 문학은 무엇이며 무엇을 할 수 있을 것인가, 질문을 던질 수밖에 없게 만든다.

2

그러나 이 질문에 대한 대답은 이론적으로, 혹은 선험적으로 주어지는 것이 아니라 '지금, 여기'에서 읽을 수 있는 작품으로 주어진다. 왜냐하면 작가란 그러한 세계에서의 삶의 표현으로 문학을 선택한 사람이기 때문이다. 문학은 문학이 할 수 있는 것만을 할 뿐 문학이 할 수 없는 것을 하는 것이 아니다. 작가는 문학이 무엇을 할 수 있는지 모색하는 사람이지 할 수 있다고 주어진 무엇을 실천하는 사람이 아니다. 따라서 문학이 무엇을 할 수 있는지 찾아가는 과정에서 작가는 작품을 쓰는 사람이다. 그렇기 때문에 문학이 할 수 있는 것을 이론적으로 주장하는 것은 공허한 이론이 될 수 있는 반면에, 발표된 작품들을 통해서 문학이 할 수 있는 것을 알아보는 것은 실제적이고 구체적인 이해가 될 수 있다. 작가란 문학이 무엇을 할 수 있는지 찾고 있는 사람이며 그 과정이 바로 문학 작품이기 때문이다.

그 첫번째 예로서 김연수의 『밤은 노래한다』를 들 수 있다. 김연수의 이 소설은 문학 작품이 역사에서 알지 못했던 것을 재발견하게 한다. 1930년대 간도에서 있었던 민생단 사건을 다룬 소설이라는 점에서 이 작품은 역사소설이라고 일컬을 수 있다. 소설이 역사적 사건을 정면으로 다룰 때 작가는 그 사건에 대해서 역사가의 해석과 전혀 다른 해석을 내리거나 역사와는 다른 인물을 창조함으로써 우리의 역사를 새롭게 이해하게 한다. 민생단 사건처럼 역사적으로 잘 알려지지 않은 사건을 다룰 때 작가는 역사보다 더 정확하게, 그리고 역사보다 더 많은 것을 말할 수 있도록 철저하게 자료를 조사하고 그 자료를 근거로 이미 알려진 것과는 다른 새로운 역사 이해에 도달하고자 하는 야심을 갖게 된다. 언제나 그 누구도 말하지 않은 것을 말하고자 소설을 쓰는 작가가 뛰어난 작가라면 김연수 같은 작가가 민생단 사건을 파헤치고자 한 것은 독자들에게 많은 기대를 갖게 만든다. 독자는 역사를 제대로 알고자 하는 지적인 호기심을 가질 뿐만 아니라 작가가 재구성해놓은 인물들의 삶에서 커다란 공감을 기대하기 때문이다.

일반적으로 역사소설은 어디까지가 역사적 사실이고 어디서부터 작가의 상상력의 산물인지 그 경계를 구분하기가 쉽지 않다. 더구나 민생단 사건처럼 잘 알려지지 않은 역사적 사실을 다룰 경우 독자들은 역사적 사실에 대한 지식도 얻고 그 속에 살고 있는 인물들의 삶에서 감동도 얻고자 한다. 그러나 역사소설도 소설인 이상, 역사적 서술과는 전혀 다른 문학적 서술, 다시 말하면 문학적 형상화에 초점이 맞춰지기를 기대할 수밖에 없다. 『밤은 노래한다』라는 은유적 제목을 통해서 작가가 이미 문학적 형상화의 의도를 충분히 밝히고 있지만, 실제로 이 작품을 읽는 내내 한편으로 새로운 사실을 알게 됨으로써 느끼는 곤혹스러움과 그 역사의 질곡 속에 죽어간 무수한 인물의 삶과 죽음의 과정을 따라가야 하는 고통스러움을 피할 수 없음은 어쩌면 작가의 야심찬 시도가 그만큼 성공했다는 방증일 것 같다. 아마도 작가자신도 그렇겠지만 이 작품을 읽으면서 지난 세기 내내 전 세계를 대결과 분열과 전쟁의 마당으로 만들고 인류의 가슴을 뛰게 하거나 불안하게 만든 이른바 이데올로기란 무엇을 위한 것인지 질문하지 않을 수 없다. 이미 최서해의 작품들은 일제의 착취와 탄압을 피해 간도로 간 이주민들의 가난과 고통이 갖는 비극성을 깊게 파헤친 바 있다. 최서해 이후에도 안수길의 『북간도』나 박경리의 『토지』 등에 의해서 나라 잃은 식민지 백성의 비참한 생활은 적나라하게 파헤쳐졌다. 식민지화된 조국에서 일제의 탄압과 가난을 피해 간도로 간 우리 민족에게 간도에서의 독립운동은 일제의 총칼에 의해서 탄압을 받고, 많지 않은 재산마저 마적 떼에게 약탈을 당하지만, 항일 독립운동에 나선 이주민들에게 보다 큰 고통을 준 것은 항일 독립운동의 기치를 내건 여러 세력 간의 이념적인 차이 때문에 일어난 갈등과 반목과 투쟁과 살육의 체험이었다는 것을 이 작품은 증언해주고 있다. 우리가 역사에서 배운 것은 청산리 전투처럼 단편적인 승리의 기록을 확대한 독립운동이 일제의 토벌군과 만주군의 대대적인 공세에 밀려 점차적으로 약화되었다는 사실이다. 일반에게는 거의 알려지지 않은 채로 일부 독립운동 기록에 나타난 독립군 사이에 있었던 반목과 숙청이라는 비극적 사실들은 극히 단편적으로 언급되었지만, 이 작품은 항일 독립운동 세력 가운데 공산주의 계열에게는 민족의 해방보다 이념적 동질성의 확보가 더 중요시되고 있음을 보여준다. 이 작품은 이념이 다른 모든 동족들을 숙청함으로써 항일운동의 헤게모니를 장악하고자 한 항일 단체가 이념이 다르다는 이유로 동족을, 나아가서는 항일 독립군을 살해한 사실을 파헤치고 있다. 막강한 일제의 토벌군 앞에서 일제로부터의 해방이 우선이냐 이념의 동질적 순수성이 우선이냐 하는 문제로 독립운동 자체를 분열시킨 이념 투쟁은, 적에게 포위된 상황 속에서 누가 헤게모니를 장악하느냐 하는 문제로 서로에게 총을 겨누는 어리석은 행동이라는 것을 이 작품은 증언하고 있다. 또한 국토를 빼앗긴 민족 수난의 역사가 민족 스스로의 힘에 의해 극복되기는 어려웠다는 사실을 확인하게 되고, 해방이 우리의 자력으로 이루어진 것이 아니라 외세에 의해 얻어진 것임을 고통스럽지만 받아들이게 만든다. 더구나 이 작품이 다루고 있는 '민생단 사건'이 독립운동 가운데서도 조선공산당 계열의 독립운동에 국한된다는 것을 감안할 때, 해방과 함께 찾아온 남북 분단이라는 비극은 이미 항일 독립운동 과정에서 그 불씨가 살아 있었다는 것을 알게 한다. 그것은 조국이 없으면 이념도 없다는 간단한 사실을 망각하고 자기 계파가 헤게모니를 장악할 수 없으면 항일 독립운동도 원하지 않는다는 태도에 지나지 않는다. 러시아 혁명으로 새로운 유토피아에 대한 희망에 들떠 있던 당시 상황으로 볼 때 그 분열상은 과연 국가의 독립을 진정으로 원했는지 되묻지 않을 수 없게 한다. 그것은 3백만 명의 희생자를 낸 6·25 사변을 민족 해방 전쟁이라고 강변하는 논리나, 매년 수십만 명을 기아에 시달리게 하면서 장거리 미사일이나 인공위성을 발사하여 강성대국을 만들겠다는 논리가 냉전 시대의 헤게모니 장악 과정과 동일한 맥락에 놓여 있음을 의미한다. 그것은 남한에서 30년 가까운 군사정권에 대항해온 1980년대 말의 민주화 운동이 어느 정도 성공을 거둘 무렵 NL계와 PD계로 나뉘어 서로를 인정하지 않고 분열과 반목을 거듭한 것과 같은 맥락일 것이다. 어쩌면 이 작품은 오늘의 한국 사회 내부에 잠재해 있는 갈등의 연원을 보여주면서 동시에 북한 정권의 정체를 드러내는 것이라고 생각하게 만든다.

이 작품은 일제강점기에 간도를 중심으로 한 독립운동 세력이 한편으로 우리 민족 독자적인 독립운동으로 반외세의 민족 해방을 꾀하는 민족주의 계열과, 러시아 혁명의 성공을 모델로 삼아 세계를 프롤레타리아 독재 체제로 해방시켜야 한다는 세계주의 계열, 그리고 중공과 합작해서 공산주의 국가 건설을 꿈꾸는 공산주의 계열로 나뉘어 있었음을 말해준다. 이들 세 계열의 독립운동은 만주 정벌의 야욕을 실현시키고자 한 일제의 토벌군이 강화됨에 따라서 그 세력이 약화되고, 갈수록 산간벽지로 밀려가는 처지에 놓여 있음에도 불구하고 민족운동 내부의 이념 싸움으로 서로에게 총을 겨누고 끝없는 숙청과 보복을 자행한다. 독립운동을 하는 세 세력이 상대편을 불신하고 첩자로 몰아붙여 숙청하는 과정에서 '민생단'이라는 이름으로 5백여 명이 살해된 사건을 이 작품은 보고하고 있다. 이러한 보고는 이 작품이 베일 속에 가려져 있던 역사적 사실을 어느 정도 복원한다는 의의를 드러낸다. 그러나 그 의의는 소설로서 이 작품이 거둔 부차적인 의의에 지나지 않는다. 왜냐하면 소설은 역사가 아니라 문학이기 때문이다.

이 작품의 문학적 가치는 그러한 역사의 소용돌이 속에서 매 순간을 살아야 하는 사람들의 모습을 어떻게 형상화했느냐에 더 깊숙이 연관되어 있다. 여기에서 주목할 사건은 만철의 조선인 기사인 김해연과 혁명가가 된 여옥 사이의 사랑이다. 가난한 고학생으로서 고등기술학교를 나와 대련의 만철 기사가 된 김해연은 원래 독립운동과는 상관없는 소시민이었으나 독립운동에 몸담고 있는 이정희라는 인텔리 여성을 사모함으로써 독립운동에 연루된다. 이정희가 그의 소개로 그의 일본인 친구인 나카지마 중위에게 접근하여 일본군 정보를 수집하다가 자살한 사건을 밝히고자 한 김해연은 자신의 출세의 발판인 만철에서 해임되자 폐인처럼 살다가 여옥을 만난다. 그는 여옥과 함께 경성에 가서 토목기사로 살고자 하지만 여옥이 일본군의 토벌 작전으로 한쪽 다리를 잃자 여옥과 함께 독립군 진영에 남아서 정치 학습을 하며 집단생활을 한다. 그는 독립운동의 당위성이나 혁명의 열정에 사로잡힌 인물은 아니지만 자신이 사랑한 두 여자로 인해서 항일운동에 가담하여 민생단 사건의 자초지종을 알게 되고, 그 안에서 싸우며 죽어간 동료들의 삶과 죽음의 증언자가 된다. 시대는 소시민에 지나지 않은 그를 혁명가처럼 살게 하지만, 사람다운 대접을 처음 해준 남자 덕택에 항일운동에 자신의 일생을 바치는 여옥의 처절한 삶의 동반자가 된다. 두 여자에 대한 사랑으로 항일 독립운동에 가담한 그의 변모하는 삶은 이 작품을 단순히 역사적인 기록의 차원에 머물게 하지 않고 문학적 형상화에 이르게 한다. 그것은 개인적인 안락을 추구하던 소시민 김해연의 삶이 여성을 통해 식민지 역사의 모순을 발견하고 그로 인해 고난의 과정을 겪음으로써 여옥이라는 여성과 참다운 사랑에 도달하는 것으로 나타난다.

그런 점에서 이 작품의 의의는 역사의 현장을 생생하게 복원하고 그 격동의 역사 속에서 개인의 변화를 알게 한 데 있다.

3

최근에 읽은 작품 가운데 또 하나 주목하고자 하는 작품은 신경숙의 『엄마를 부탁해』이다. 이 작품은 우리 사회가 산업화되고 도시화되면서 농경 사회에 기반을 둔 전통적인 가족관계가 해체되는 모습을 상징적으로 보여주고 있다. 여기에서는 아직도 농촌에서 농사일에 종사하는 어머니 아버지 세대와, 농촌에서 태어났지만 도시에 나와 각자의 직업에 따라 전혀 다른 생활을 하는 아들 딸 세대 사이의 관계가 엄마의 실종 사건을 계기로 다시 검토의 대상이 된다. 어느 날 서울에 사는 아들 집에 다니러 오던 아버지와 어머니가 서울역에서 지하철을 타는 도중에 서로 헤어지게 된다. 아버지가 먼저 지하철에 탄 다음 문이 닫히는 바람에 어머니 혼자 역에 남게 된 것인데, 어머니의 실종 사건을 접한 가족들은 모두 애타게 어머니를 찾고자 한다. 어머니의 사진이 들어 있는 전단지를 만들어 뿌리거나 시간이 날 때마다 서울역 앞 지하도에서 지나가는 사람들을 살피며 막연하게 어머니를 찾는 가족들의 마음은 자기 존재의 근원을 잃어버린 것같이 참담하다. 어머니의 실종이 상징적인 것은 마치 한 가족 전체가 한자리에 모여 찍은 가족 사진에서 어머니가 앉았던 자리에 어머니 모습이 지워져서 비어 있는 것과 같은 텅 빔, 허전함, 상실감 같은 것을 체험하게 하기 때문이다. 어머니는 언제나 그 자리에 있어야 하고, 어머니는 처음부터 어머니로서만 존재해야 하고, 어머니는 영원히 어머니로서 당연히 존재할 것으로 생각하고 있는 주인공은, 오직 가족을 위해 모든 것을 바친 헌신과 끝없는 노동을 해온 어머니가 사진 속에서 지워진 순간부터 어머니의 모습을 다시 그려놓고자 한다.

　모두 네 장으로 되어 있는 이 작품에서 첫번째 장은 큰딸의 시점으로, 두번째 장은 큰아들인 오빠의 시점으로, 세번째 장은 아버지의 시점으로, 네번째 장은 어머니의 시점으로 어머니의 모습을 복원하고 있다. 처음부터 세번째 장까지는 2인칭 화법으로 서술되어 있고, 네번째 장은 1인칭 화법으로 서술되어 있다. 그것은 1장의 딸이나, 2장의 큰아들이나, 3장의 아버지가 잃어버린 어머니나 아내에 대해서 잊고 있었던 것을 스스로 찾아내지 못하거나 말할 수 없다는 것을 내포하고 있다. 2인칭이란 자신의 이야기를 스스로 하지 못할 때 심문관 같은 상대편이 일깨워주며 확인시킬 경우에 사용하는 인칭이다. 여기에서 심문관의 역할을 맡은 작가는 큰딸과 큰아들 그리고 아버지에게 어머니에 대한 기억을 되살리게 하고, 각자에게 어머니의 존재가 무엇이었는지 확인시키고, 그들로 하여금 말하게 만든다. 반면에 4장에서 어머니가 1인칭으로 말하는 것은, 가족 전체에 대한 깊은 배려와 끝없는 희생으로 마치 비존재인 것처럼 말없이 살아온 어머니가 자신의 목소리를 내고 있음을 의미한다. 이러한 인칭대명사의 사용은 작가 자신의 깊은 의도가 작용한 것 같다. 왜냐하면 잃어버린 어머니를 찾아 나선 사람들에게 어머니는 굳이 말하지 않아도 되는 당연한 존재였지만 정작 되찾고자 하는 어머니의 모습은 한꺼번에 전체적으로 주어지는 것이 아니라 구체적인 사안에 따라 산발적이고 단편적으로 주어지기 때문이다. 작가는 2인칭 화법으로 그들이 잊고 있고 말하지 못하고 있는 것을 그들에게 일깨워주며 말하게 하고 있다. 반면에 일생을 가족에 얽매인 상태에서 희생과 봉사로 말없이 살아온 어머니는 실종 사건을 계기로 가족에서 해방됨으로써 자유를 얻게 되고, 1인칭으로 말하게 된 것이다. 말을 잃어버린 어머니에게 작가는 말을 회복시켜주지만, 정작 이 세상에서 어머니가 말을 하고 있는지 환상 속에서 말을 하고 있는지 독자들은 알 길이 없다.

어머니가 실종된 이후에 어머니를 찾아 나선 큰딸이 자신의 기억 속에서 되찾은 어머니의 모습은 아주 산발적이고 단편적이다. 큰아들을 서울로 보내고 난 뒤 새벽마다 장독대의 항아리를 닦으며 노래를 부르다가 눈물을 글썽이며 아들 이름을 부르기도 하고, 큰딸을 도시로 데려다준 다음에는 딸을 손님 대하듯 꾸지람을 하지 않기도 하고, 가끔 머리가 아파 헛간에 쓰러져 정신을 잃고도 깨어나면 병원에 갈 생각을 하지 않기도 하고, 외삼촌을 '오빠'라고 부르는 모습에서 어린 시절, 유년 시절, 소녀 시절, 처녀 시절, 신혼 시절이 있었다는 사실을 깨닫게 하기도 하고, 큰아들의 편지가 오면 딸에게 읽어달라고 하고 답장을 쓰게 하는 것에서 문맹이라는 사실을 알게 하고, 세상에서 제일 작은 나라에 가면 장미 묵주를 사달라는 이야기를 하기도 하고, 돈을 벌기 위해 누룩을 만들고 누에를 치고 두부 만드는 일을 거들면서 돈을 아끼기 위해 지독한 절약 생활을 하기도 하지만, 끝도 없는 부엌일에 화가 나면 장독대에 가서 못생긴 독 뚜껑을 담벼락에 던져버리기도 하고, 남몰래 보육원을 도우며 소설가인 큰딸의 소설을 읽어달라고도 한다. 어머니에 대한 이러한 단편적인 기억들이 끝없이 많다는 것을 깨달은 주인공은 그 어머니의 모습을 미켈란젤로의 피에타상에서 발견한다. 옆구리에서 피를 흘리며 죽은 아들을 안고 아들에 대한 한없는 연민과 아들을 잃은 슬픔과 하늘의 뜻을 받아들이는 경건함으로 가득 찬 성모의 모습에서 영원한 어머니상을 발견한 주인공은 '엄마를 부탁해'를 간절한 기도처럼 말한다.

이 작품은 그런 점에서 산업화된 도시 생활 가운데 모든 사람이 잊고 있고 잃어버리고 있는 어머니의 모습을 되찾게 하고, 가족사진 속에 사라진 어머니의 모습을 되살려놓고 있다. 농촌에 사는 부모는 전통적인 가족 관념을 잃지 않고 자식들에 대해 항심을 가지고 있지만, 서울에서 서로 다른 직업을 갖고 사는 자식들은 자신의 직업에 따라 다양한 생활을 하면서 전통적인 가족 관념을 벗어난 것처럼 보인다. 하지만 그들의 마음속에는 돌아갈 고향처럼 어머니가 존재한다. 이 작품에서 환상 속의 어머니가 결혼 전의 고향으로 돌아가는 것처럼, 우리 마음속에 어머니상을 새겨 넣게 한다. 금융 위기로 고통을 겪고 있는 오늘의 독자들에게 이 작품이 고통을 견뎌낼 수 있는 진정한 위로 가 된다면 그것이 바로 문학의 힘이라고 말할 수 있다.

4

앞의 두 작품은 문학의 위기를 말하는 오늘의 문학적 상황에서 지나 치게 문학의 서사성에 치우쳐 있다고 평가받을 수 있다. 그러나 문학 의 다양한 실험은 그 바탕에 이야기로서의 문학을 전제하지 않고는 불 가능하다. 반세기 전에 프랑스에서 유행했던 누보로망이 이야기로서 의 문학을 거부하고 새로운 기법으로서의 소설을 주장한 것은 발자크 나 플로베르 같은 19세기적인 이야기를 할 수 없다는 인식에서 출발 해서 20세기적인 인간의 모습을 새롭게 제시하고자 한 것이다. 그것 은 인간 조건이 달라진 상황에서 우리 자신의 진정한 모습을 찾아내어 보여주고자 하는 노력에 속한다. 따라서 아무리 새로운 작품이라 할지 라도 인물이 존재하지 않는 소설이란 없는 것이다. 문학은 새로운 인 물의 창조를 통해서 오늘의 우리의 모습을 재발견하고 우리가 아파하 는 고통의 정체를 밝히고 그것의 적절한 표현에 도달하고자 하는 언 어를 찾아내는 것이다. 이러한 노력을 기울이는 작가들은 문학이 무엇 을 할 수 있는지 모색하는 작가들이다. 그런 점에서 최근에 읽은 작품 가운데 몇몇 작품들, 가령 요즘 일상 언어에서 사용되지 않는 표현들 을 찾아내 촘촘한 밀도로 엮어내서 서사를 회복시키고 있는 김원우의 「재중동포 석물장사」, 통각을 상실하여 통증을 느끼지 못하는 병을 앓 고 있는 사람의 고통스러운 삶의 이야기를 만들어낸 최수철의 「피노 키오」, 개인의 불우한 의식의 정교한 묘사에 이르는 과정에서 '절대적 언어'라고 할 만큼 무의미한 언어를 통해 권위주의적 소설론을 타파하고자 시도한 김태용의 「풀밭 위의 돼지」 등은 문학은 무엇을 할 수 있는가 하는 질문에 유효한 대답을 제시하고 있다. 문학에서 당위론은 문학을 죽이는 위험을 내포하고 있다. 문학이 이래야 된다든가, 문학이 무엇을 위해 봉사해야 한다는 등 문학의 당위론을 주장함으로써 문학을 굳어 있는 고정체로 만들어버리는 모든 음모에 대해서 모든 진정한 문학은 끝없는 반기를 드는 것이고 저항하는 것이다. 그것이 문학을 살아 있게 만든다. 그런 점에서 모든 뛰어난 작품은 전위적이라고 할 수 있다. 전위적인 문학은 문학의 고정관념을 타파하면서 새로운 감동을 창출하는 문학이다. 그것이 바로 문학이 할 수 있는 것이다.

한국 소설의 풍경

1

최근에 언론에 자주 등장하는 표현이 한류(韓流)인 것 같다. '한류'라
는 말은 10여 년 전부터 한국의 영화, 드라마, 가요 등의 대중 예술의
인기가 대만을 출발점으로 해서 일본, 중국, 동남아시아로 확대되면서
폭발적으로 상승한 것에서 비롯된다. 그것은 한국의 대중문화가 외국
에서 인기를 끌고 대중의 열렬한 호응을 받고 있는 현상을 지칭하면서
도 그 저변에는 문화를 상품화하려는 시장경제의 논리가 문화 예술 분
야마저 지배할 수 있다는 것을 대변한다. 한국의 상품이 세계시장에
진출하는 데 문화 상품이 한류를 일으킴으로써 크게 기여할 수 있기
때문이다.

이러한 한류는 텔레비전과 영화 그리고 인터넷이라는 새로운 매체

의 보급과 함께 문화를 창조자 중심으로 보는 것이 아니라 수요자 중심으로 보게 되는 문화의 환경 변화의 영향을 그대로 드러낸다. 문화가 생산자 중심에서 소비자 중심으로 이동하는 것은 생산자와 소비자의 관심이 서로 다르다는 데서 문화의 가치의 차이를 가져온다. 오늘날 영상 문화나 공연 문화가 문자 문화를 압도하는 것은 대중성이 보다 큰 가치로 평가받게 된 데서 기인한다. 멀티미디어의 발달이 문화적 환경 변화를 주도하고 있는 오늘날 한국 문학, 더 구체적으로 한국 소설은 한류와 어떻게 연관될 수 있으며 한류의 파고를 높이는 데 어떤 역할을 할 수 있을까 하는 질문을 받게 된다. 왜냐하면 소설은 문학의 여러 장르 가운데 시대정신을 가장 잘 반영하고 대중성을 가장 많이 갖고 있기 때문이다. 문학적 교양을 갖추었을 때 문학의 재미를 향유할 수 있게 했던 서사시와 비극에 비해서 그런 교양 없이 문자만 읽을 수 있는 사람이면 누구나 즐길 수 있는 소설의 등장은 바로 그 대중성에 힘입은 바 크다. 그래서 소설은 태생적으로 대중문학의 성격을 지닌다고 말할 수 있다. 그러나 프랑스 혁명 이후 교육의 대중화와 대중매체의 발달은 귀족과 평민, 교양인과 시민 사이의 경계를 무너뜨리고 문자를 읽을 줄 아는 사람이면 누구나 즐길 수 있는 문학 장르를 필요로 한다. 여기에서 소설은 새로운 문학 장르로 각광을 받게 되고 대중들의 즐김의 대상이 된다. 그런 연유로 서양에서는 초기의 소설이 신문 연재 소설처럼 대중들의 사랑을 받아서 대중문학으로 분류되고, 시와 희곡 같은 고급 문학과 구분되기도 했다. 대중문학이 비평의 중개 없이 독자에게 직접 전달되는 문학이라면, 고급 문학은 비평의 중개를 통해 독자에게 전달되는 엘리트 문학이다.

한 세기의 역사를 가진 한국 현대 소설은 처음부터 신문 연재소설로 시작했기 때문에 처음부터 대중문학이냐 고급 문학이냐 논란을 일으키지 않고 출발할 수 있었다. 1970년대 한국 사회가 산업화에 접어들면서 한국 소설도 대중문학/고급 문학 논쟁을 불러일으켰지만, 발표 매체가 많지 않고 작가들의 수입이 미미했기에 대중매체에 연재된 사실만으로 작품의 질적 수준을 논할 수는 없었다. 오히려 오늘의 한국 소설은 한국 현대사의 격랑 속에서 다양한 개성을 가진 수준 높은 작가들에 의해 다양하게 전개되어왔다. 특히 분단국가로서 남북의 대립이라는 이데올로기의 시대를 거쳐 디지털 시대라는 문명사적 전환기를 맞은 한국 소설은 다양한 방법으로 한국인의 삶과 꿈, 이성과 감성, 현실과 초월을 다룸으로써 한국인의 정신적 지형도를 제시하고 있다. 오늘의 한국 소설이 많은 독자들을 가지고 있다는 점에서는 소설의 대중성을 이야기할 수 있지만, 독자가 많다는 것은 한국 소설이 역사적·사회적 역할을 수행함으로써 독자와 함께 고민하고 탐색하는 문제의식을 드러냈다는 것을 의미한다. 그렇기 때문에 한국 소설은 영상 문화나 공연 문화 같은 대중문화가 사회 전체를 압도적으로 지배하고 있음에도 불구하고 독자들을 잃지 않고 오히려 고급 문화로서의 역할을 수행할 수 있었다. 한국 소설은 '한류'와 같은 유행의 물결을 일으키지는 못하지만 '한류'의 밑바닥에 흐르는 한국인의 심성과 정서를 이해하는 데 결정적인 단서를 제공해준다. 그리하여 한국 소설은 베스트셀러가 되었다고 해도 대중문학의 범주에 들어가는 것이 아니라 문학적인 가치의 관점에서 높은 평가를 받아왔다. 그것은 한국 소설이 독자들의 관심을 외면하지 않고 독자와 함께 호흡하면서 독자들의 문제를 진지한 방법으로 고민하며 독자와 함께 풀기 위해 끊임없이 문제 제기를 해왔다는 것을 의미한다. 오늘의 한국 소설의 융성은 이렇

듯 많은 독자를 확보함으로써 베스트셀러가 끊임없이 나오는 사회적
풍토에 힘입고 있다. 그렇기 때문에 한국 소설의 풍경은 다양하면서도
풍경 하나하나가 우리에게 감동을 주는 것이다.

2

제일 먼저 주목할 수 있는 경향은 '유년 시절'이라는 잃어버린 시간을
되찾아가는 이야기다. 한 사람의 일생에서 어린 시절의 체험이 그의
인간됨에 결정적인 영향을 미칠 수 있다는 것은 널리 알려져 있다. 어
린 시절에 입은 상처나 느꼈던 행복은 그 사람의 일생에서 결정적인
순간에 치유되거나 불행을 가져다주는 역할을 한다. 김주영의 『홍어』
와 오정희의 「중국인 거리」와 구효서의 「시계가 걸렸던 자리」, 신경숙
의 『외딴방』은 어린 시절의 기억을 되살려놓음으로써 유년 시절의 아
픔과 행복의 정체를 밝히고 그것이 오늘의 어른들에게 어떤 정체성을
제시하고 있는지 알게 한다.

김주영의 작품은 10년 전 발표되자마자 그해의 베스트셀러가 되고 대
산문학상을 수상한 소설이다. 이 작품의 중요성은 발표 당시 산업화의
성공으로 선진국 대열에 오를 것으로 기대한 한국 사회가 외환과 금
융 위기를 맞이하여 절망적 상황에 빠져 있을 때 많은 독자들의 마음
을 따뜻하게 감싸주었다는 데 있다. 엄청나게 많이 내린 눈으로 고립
상태에 빠진 산골 마을에 어머니와 단둘이 사는 열세 살의 주인공 '세
영'은 가난에 대한 의식도 없고 외로움의 감정도 없다. 바느질로 생계
를 유지하는 어머니의 심부름과 자신의 공부가 생활의 전부인 주인공
은 부재하는 아버지의 귀환을 기다리는 어머니의 마음을 헤아리게 되

지만 그 기다림이 가부장적 존재를 회복하기 위한 것이 아니라는 것을 깨달아간다. 툇마루까지 눈이 내린 날 아침에 나타난 새로운 틈입자 '삼례'나 여전히 눈 내린 어느 날 어머니에게 맡겨진 이복동생은 모두 바느질로 생계를 꾸려가는 어머니에게 생활의 짐이라는 것을 깨달아간다. 외부 세계와 단절된 것 같은 고립된 마을에서 어른들의 세계를 이해하지 못하는 내가 어머니와 둘이서 사는 삶은 대단히 서정적이다. 그는 새로운 가족 '삼례'라는 이름의 여자아이를 통해서 삶과 외부 세계에 대한 많은 정보를 갖게 되면서 어머니가 부엌문에 걸어놓은 '홍어'와 그의 집에 들어온 삼례가 아버지의 부재와 관련되어 있다는 것을 어렴풋이 알게 된다. 자신보다 세 살 많은 삼례를 통해서 이성에 눈을 뜨게 되는 과정은 이 작품을 서정적인 성장소설로 읽게 만든다. 그러나 소설의 마지막에 아버지가 귀환한 다음에 이번에는 어머니가 가출하는 것은 그동안 어머니가 아버지를 기다린 것이 권위적인 부권의 회복이 아니었다는 것을 입증한다. 전통적인 유교적 가부장 제도의 영향 아래 있던 그 당시에 어머니는 자신이 책임을 져야 했던 가족의 생계에서 해방되는 길을 선택한다. 그것은 모든 것이 허용되는 가부장적 부권에 대한 도전이며 가정 안에서 여성이 겪어야 하는 인고의 삶으로부터 자유의 선언이다. 따라서 어머니의 가출은 어린 주인공에게 성장소설의 완결을 의미한다. 그 완결이 논리적인 결말이 아니라 정서적인 공감을 불러일으키는 것은 이 작품의 서두에 열세 살의 어린 주인공이 늦잠에 빠지고 싶은 욕망에서 헤어나지 못할 때 어머니가 어린 아들의 코 고는 소리에 불평을 늘어놓으며 툇마루까지 내린 눈 풍경을 이야기하는 서정적 묘사 덕분이다. 그 묘사로 출발한 이 작품은 주인공이 모든 대상에 대해서 갖는 감성적 느낌의 끈을 끝까지 놓치지 않고 있다.

1979년 발표된 오정희의 「중국인 거리」는 유년 시절을 중국인 거리에서 보낸 한 소녀의 성장소설이다. 한국전쟁의 포성이 멎은 지 얼마 되지 않은 시기에 인천의 중국인 거리로 이사 온 주인공이 소름 끼치는 사춘기를 보내는 이 작품은 회충약을 복용했을 때 체험하는 '노란빛'의 이미지로 점철된 가난과 절망의 이야기다. 회충 때문에 '늘 어지럼증과 구역질로, 툇돌에 앉아 침을 뱉'는 주인공은 할머니가 끓여주는 해인초 물을 마시고 온 천지가 노란빛으로 물들고 나른한 혼미 속에 빠지는 체험을 한다. 그 가운데 주인공이 문득 목격하는 것은 중국인 거리인 언덕 위 2층집 덧창이 열리고 나타나는 젊은 남자의 창백한 얼굴이다. 저녁 무렵이면 그 가게 앞에 내놓은 의자에 노인들이 앉아서 대통 담배를 피우는데, 주인공은 그것이 담배가 아니라 아편이라는 것을 알고 있다. 긴 대통을 통해서 나오는 연기가 '노오란 빛'으로 흩어지는 것은 횟배를 앓을 때 체험한 '노란빛'과 상통함을 알게 한다. 그것은 의식의 나른한 혼미 상태의 표상으로서 가난과 무료의 생활을 지배한다. 전쟁으로 인해 시골로 피란을 갔던 주인공은 대도시의 중국인 거리로 이사를 온 다음 날, 낯선 곳에 왔다는 느낌을 갖지 않게 된다. 그것은 '밤의 섬세한 발 틈으로 세류(細流)가 되어 흐르던 냄새'를 통해서 새로운 도시에 대한 '낯선 감정'을 지워버리고 친숙하고 구체적인 감정을 갖게 만든다. "그것은 나른한 행복감이었고 전날 떠나온 피난지의 마음에 깔먹여진 색채였으며 유년(幼年)의 기억이었다." 유년의 기억이란 비록 그것이 가난과 고통으로 점철된 것일지라도 의식의 표면에 정체를 드러내는 순간 친화력을 띠게 된다. 그것은 새로 이사

온 곳이 피란 갔던 시골과 다를 것이 없는 가난한 냄새를 지니고 있기 때문이다. 삶의 공간이 달라졌음에도 불구하고 삶의 내용이 달라지지 않은 것을 알게 된 주인공은 자신이 알지 못하는 미지의 세계인 '언덕 위의 2층집'에 의해 무한한 상상과 호기심을 갖게 된다. 그리하여 주인공은 어두컴컴한 중국인 집에 세 들어 사는 양공주들의 '화려한' 생활을 엿보며 "나는 커서 양갈보가 될 테야"라고 장래의 희망을 말하기도 하고, 주인공의 할머니는 새끼를 낳은 고양이에게 그 새끼를 쥐새끼라고 함으로써 어미 고양이로 하여금 새끼 고양이를 잡아먹게 만들기도 한다. 아무런 희망도 보이지 않는 가난 속에서 어머니는 일곱 번째 아이를 낳고 사치의 상징으로 보인 '메기 언니'는 죽는다. 수많은 출생과 죽음이 끝없이 되풀이되는 일상의 저 깊이 모를 늪 속에 살고 있는 사춘기의 주인공은 할머니의 죽음까지 예견된 가운데 '초조(初潮)'를 겪게 된다. 그것은 메마른 땅에서도 끈질긴 생명력을 보인 잡초처럼 주인공의 강인한 생명력을 상징적으로 보여준다. 그것은 불모의 땅에서 살고 있는 주인공의 성장을 의미하기 때문이다. 작가 오정희는 이 작품에서 탁월한 상상력과 치밀한 묘사와 완벽한 구성으로 한국 단편소설의 정수를 보여주고 있다.

구효서의 「시계가 걸렸던 자리」는 2003년에 발표된 작품으로 47세가 된 주인공이 친구인 의사에게서 위암 선고를 받고 고향 집을 찾아간 이야기다. 죽음을 앞두고 자신의 존재에 대한 근원적인 질문을 갖게 된 주인공은 자신이 살아온 과정을 하나하나 되짚어감으로써 망각 속에 잃어버린 시간을 다시 찾고 자신의 죽음이 자신의 탄생과 어떻게 연결되는지 밝혀가고자 한다. 그가 14세에 떠나온 고향 집은 그의 출생부터 사춘기가 시작될 무렵까지 그의 삶의 터전이었으나 타향살이 33년 동안 무수한 이사를 하며 성묘 길에 한두 번 찾아간 집이다. 고향 집 마당은 잡초가 무성하고, 버려진 절구에는 이끼가 끼어 있고, 대문에는 녹슨 자물통이 잠겨 있고, 방 안의 벽지에는 검은 곰팡이가 슬었고, 방문은 남아 있는 게 없다. 그가 발견한 것은 누님들이 가꾸던 꽃밭에 잡초들이 무성하고, 담 대신 심어놓은 쥐똥나무가 무질서하게 자란 것이다. 무얼 먹어도 배가 아파 고생한 기억과 귀신을 쫓기 위해 온갖 굿을 했던 기억을 되살리며 그가 둘러본 곳은 재봉틀이 놓여 있던 곳, 거울이 걸렸던 곳, 달력이 붙었던 자리, 둥근 시계가 걸렸던 벽이다. 그 순간 '어른들이 장난스레 건넨 술에 취해 다듬잇돌에 이마를 부딪치던 네 살 적의' 자신과, '새벽잠에 깨어 밤새 차가워진 물고구마를 몰래 먹던 여섯 살 적의' 자신과, '뜨거운 방구들에 하루 종일 아픈 배를 대고 엎드린 아홉 살 적의' 자신, '약병아리를 앞에 놓고 국물만 간신히 두어 숟가락 떠먹고 마는 열두 살' 적의 자신을 되살려낸다. 그는 시계 소리와 함께 자신이 태어나던 순간의 풍경을 되살리고 자신의 집에 처음 시계를 걸던 기억을 되살린다. 그것은 신줏단지를 모시던 시렁이 있던 자리에 걸렸다. 마을 사람들은 시계가 걸린 다음부터 아침때 점심때 저녁때로 구분하던 시간 구분을 몇 시 몇 분으로 바꾼다. 바뀐 단위를 사용하게 만든 시계가 걸렸던 못이 세월에 풍화되어 작고 가늘어진 것을 발견한 주인공은 시간 앞에서는 모든 것이 그처럼 소멸되어간다는 것을 깨닫는다. 그는 어머니와 누님들이 무명을 짜던 사랑방을 둘러보고 안방에 들른다. 안방은 어머니의 무릎이 아니면 잠들지 못하던 어린 시절의 자신의 모습을 상기시킨다.

그 순간 주인공은 자신의 시신이 방 한가운데 누워 있는 모습을 보게 된다. 자신의 육체가 빠르게 육탈되어서 깨끗한 뼈로 변화했다가 뼈마저 산화해서 먼지로 풍화되고 만다. 이 환영을 통해서 화자는 자신의 죽음이 자신의 태어남과 함께 시작되었다는 것을 알게 된다. 그것은 삶의 시작이란 곧 죽음의 시작이라는 것을 깨닫게 한다. 그것은 삶이 있는 곳에 죽음도 있는 것이고 삶이 없으면 죽음도 없다는 삶과 죽음의 관계에 대한 철저한 인식이다. 그 순간 그는 자신이 바람이고 비고 하늘이고 햇빛이고 구름이고 바위이며, 과꽃이나 맨드라미와 다를 바 없다는 것을 발견한다. 그 모든 것이 존재하면 자신이 존재하고 자신이 죽으면 그 모든 것이 죽는다는 그의 생명관은 모든 것이 시간 위의 존재임을 입증하고 있다. "나는 눈을 감고 분이나 초 따위로 쪼개거나 잴 수 없는 죽음 뒤의 시간 속에 앉아 있"는 자신을 발견하고 '평온'을 찾는다. 왜냐하면 삶이 없는 곳엔 죽음도 없기 때문이다. 죽음을 앞에 두고 자신의 유년 시절의 기억을 찾아감으로써 시간 위에 있는 자기 존재의 유한성을 극복하고자 하는 이 작가의 존재 탐구는 한국 소설에서 보기 드문 철학적 질문을 담고 있다.

신경숙의 『외딴방』은 '열여섯의 소녀'가 열아홉이 될 때까지 3년 동안의 이야기다. 서른이 넘은 작가가 화자로 등장하는 이 작품은 가난과 억압의 상징인 시골집을 떠나는 열여섯 살 주인공이 자신의 발을 쇠스랑으로 찍는 처참한 과정에서 출발한다. 가난 속에서도 유교적 가부장제도가 지배하는 가정에서 어린 여성이 집을 떠난다는 것은 철저하게 금지된 것이다. 시골에서 중학교를 나온 그녀는 가난 속에서 농사일을 하며 성장기를 보내야 하는 자신의 처지 때문에 절망에 빠지고, 서울에 간 '큰오빠'에게 편지를 써서 자신을 데려가달라고 간청을 한다. 그러나 서울에서 고생하고 있는 큰오빠는 서울을 자신의 여동생이 살 만한 곳이라고 생각하지 않아서 답장을 보내지 않는다. 무료하고 희망이 없는 고향을 떠나고자 서울에서 소식이 오기만을 기다리지만, 주인공은 오빠의 회답을 받지 못한 채 라디오에서 흘러나오는 "나 어떡해"라는 노래 가사로 자신의 마음을 표현한다. 아버지 몰래 어머니의 은밀한 지원을 받은 주인공은 서울로 가서 직업훈련원에 들어간 다음, 세 살 위의 외사촌과 20여 명이 함께 자는 합숙소에서 생활한다. 주인공은 박봉을 받기 위해 낮에는 공장에 근무하고 밤에는 지친 몸을 이끌고 야간학교에 다닌다. 주인공이 서울에 온 것은 단순히 돈을 벌기 위한 것이 아니라 고등학교에 진학하기 위한 것이다. 그 때문에 야간학교를 다니기 위해서 주인공은 어떤 대가라도 치를 준비가 되어 있다. 그녀는 야간학교에 다니기 위해 동료들이나 회사 측에서 온갖 수모와 고초를 겪으면서도 노조에 가입하지 않는다. 주인공이 공부를 더 하고자 그 많은 대가를 치르는 것은 단순히 가난과 절망의 시골 생활에서 완전히 벗어나 다른 사람들의 선망의 대상이 되고 싶어서가 아니라, 자신의 삶이 어떻게 하면 사람다운 삶에 가까워질 수 있는지 모색하기 위한 것이다. 그렇기 때문에 15년 뒤에 작가가 된 주인공은 자신이 겪은 그 수모와 고초를 망각의 세계에서 건져내 언어화한다. 그 언어화는 성장기를 있는 그대로 복원하는 것이 아니라 묻혀 있는 기억의 파편들을 모아서 오래된 지도의 형태로 구축하는 것이다. 그 기억의 지도는 한국 사회의 산업화 과정에서 발생한 온갖 모순과 비리로 채색되어 있지만, 산업화 자체를 고발하는 폭로소설의 차원에 머물지 않는다. 그렇기 때문에 '하계숙'을 비롯한 그 성장기의 친구들에게 '너는 왜 우리들 이야기를 쓰지 않느냐'고 항의를 받지만 주인공은 '……'

생략기호 혹은 말 지연 기호를 사용함으로써 유창한 서술이 아니라 말 더듬기를 통해서 진실에 가까이 가고자 노력하고 있다. 진실은 단순한 사실의 차원에만 있는 것이 아니라 그 사실의 배경과 문맥과 그 표현으로 드러나는 것이기 때문이다. 그래서 작가 자신도 화자의 입을 통해서 "이 글은 사실도 픽션도 아닌 그 중간쯤의 글이 될 것 같은 예감이다. 하지만 그걸 문학이라고 할 수 있을 것인지. 글쓰기를 생각해본다. 내게 글쓰기란 무엇인가? 하고"라고 말한다.

이 작가들은 30~50년 전의 유년 시절을 찾아감으로써 산업화된 오늘의 한국인의 삶의 뿌리를 파헤치고 있다. 그것은 고층 빌딩과 인터넷, 휴대전화로 이루어진 디지털 세계에서 첨단 문명을 제거해버린 옛날의 아날로그 세계에서의 삶과 정서를 일깨워줄 뿐만 아니라, 디지털 세계로 된 한국인의 감추어진 의식의 지도를 그려주고 있다.

3

산업화로 인한 디지털 세계에서 살고 있는 한국인은 그 의식의 밑바닥에 깔려 있는 아날로그적 감성에서 자유로울 수 없는 이중적 모순 때문에 때로는 희극적으로 살 수밖에 없고 때로는 그 모순과 씨름하며 불가해한 삶의 고통을 겪음으로써 비극적으로 살 수밖에 없다. 가령 성석제의 소설은 주인공의 지능이 주변 인물들의 평균치보다 떨어지는 경우를 제시함으로써 주인공을 희극적으로 보이게 하지만, 독서의 끝에 남는 여운은 삶에 대한 참담한 진실의 발견이다.

성석제의 「천애윤락」은 「황만근은 이렇게 말했다」와 함께 성석제 소설의 한 전형을 보여주고 있다. 화자인 기옥이 초등학교 동창인 '동환'과의 관계를 서술하고 있는 이 작품은 '동환'이 주인공이다. 비교적 부유한 집안에서 성장한 '동환'은 '기옥'과 '문학'에게 선망의 대상이었다. '좋은 친구'를 사귈 수 있도록 배려한 어머니에게 두둑한 용돈을 받은 동환은 친구 기옥과 문학에게 학교 주변에서 군것질을 시켜준 것을 시작으로, 대학 시절에는 나이트클럽에서 술을 마음껏 마시게 해주고 예쁜 여자들과 춤을 추게 해준다. 아버지가 부도를 내고 자살하여 중학교를 중퇴한 그는 친구들에게 내색을 하지 않고 자신이 일하는 술집이나 다방에 친구들을 초대하는 일을 계속한다. 술집과 다방을 전전하며 그는 화자에게 직접 전화를 하지 않고 '문학'을 통해서 전화해도 좋은지 물은 다음 전화를 하고 자신의 일터로 초대한다. 그는 자신이 술집을 직접 경영하다가 종업원 여자와 동거하게 되었으나 그녀의 반대로 여자 없는 술집을 하기에 이른다. 결국 그가 질투로 그의 코를 물어뜯은 동거녀와 결혼식을 하는 날 식장에 간 화자는 후배에게 봉변을 당하고 다시는 그의 초대에 응하지 않기로 결심한다. 옛 친구에게 무조건적으로 헌신하고 타인과의 관계에서 계산에 밝지 못하고 자신의 장래에 대한 아무런 전망도 갖지 못한 그는 자신의 결혼을 통해 친구들을 '자유롭게' 해주고 싶었다면서 화자의 무릎을 붙들고 눈물을 흘린다. 「황만근은 이렇게 말했다」의 주인공 황만근이 동네의 온갖 궂은일을 도맡아 하고도 동네 사람들에게 바보 취급을 받아온 것처럼 「천애윤락」의 주인공도 다른 사람들에게 잘해주고자 하지만 바보 취급을 받는다. 이 작품의 전개는 주인공의 순진한 마음처럼 일상적인 이야기의 차원을 벗어나지 않는 것 같다. 일상의 사소한 이야깃거리처럼 작가가 거침없이 쏟아내는 에피소드들은 의미 있는 이야기만 골라서 하는 지적인 문제 제기와 아무런 상관이 없어 보인다. 그러나 끊임없이 화자에게 매달리고자 하는 주인공 '동환'의 순박한 마음은 때로 우리를 화나게 한다. 그렇지만 가진 지식도 없고 물려받은 유산도 없고 자신을 방어할 어떤 능력도 없는 그가 어린 시절의 좋은 친구에 대한 기억에만 매달리고 있는 모습을 읽으면서, 우리는 재미로 읽은 그 이야기가 슬픔으로 변하는 아픔을 느끼게 된다. 디지털 시대는 가진 것이 없는 사람은 누구나 불행하게 만든다는 것을 작가는 꿰뚫어 보고 있다. 성석제는 소설이 말의 힘에 의존하는 문학 장르라는 것을 입증하는 드문 작가이다.

박상우의 「노적가리 판타지」는 제목에서 이미 암시하고 있는 것처럼 대단히 환상적인 이야기다. 영화를 만드는 주인공과 신학 공부를 하고 교회에서 일하는 동생은 어려서 부모를 잃고 고아로 자란 형제다. 동생은 소아마비로 몸의 반쪽을 쓰지 못하는 불구의 몸으로 작은집에 기거하며 조경학과를 나온 다음 교회 일에 매달리고, '나'는 고학을 하며 대학을 마치고 영화 일에 종사한다. 동생은 교회에서 여자를 만나 결혼까지 약속하고, 형인 '나'의 집에 와서 자신의 약혼녀와 '나'가 함께 밤새워 술을 마시는 것을 지켜보다가 새벽에 혼자 교회로 간다. 그 여자는 자신의 부모에게 복수하기 위해 그의 불구 동생과 사랑을 가장하게 된 사연을 고백한다. 그 여자는 대학 시절부터 사랑해온 남자 친구가 있었으나 가난하다는 이유로 장로인 부친의 반대에 봉착하자 부모에게 복수하기 위해 불구인 '동생'과 결혼을 약속하게 된 것이다. 그 여자는 '동생'이 성불구자인 것을 알고 "육체는 형과 살고 정신은 동생과 살면 안 될까요?"라며 형인 '나'와 육체관계를 갖게 된다. 이 사실을 알게 된 동생이 어느 날 자살해버리자 '나'는 불현듯 떠오른 '강마을'의 섬으로 내려간다. 9일째 되는 날 그는 죽고 싶다는 동생의 여자에게 자신도 같은 심정이라면서 강마을로 오라고 전화한다. 그러나 동생의 여자는 오지 않고 그는 혼자서 술을 마시다가 외딴 주막에 든다. 거기에서 그는 삼십대의 주모를 만나 함께 술을 마신다. 그 주모는 자신이 시아버지에게 겁탈당하는 장면을 보게 된 남편이 자살하자 시아버지를 남편으로 삼고 누구의 씨인지 모를 아이와 함께 살고 있다. 이 비극적인 주인공은 자신을 감시하는 시아버지를 구타하고 학대하며 남편처럼 데리고 산다. 그러면서 그 주모는 "저 시아버지가 진짜 시아버지가 아니고, 나와 살던 남편도 진짜 남편이 아니고, 내 뱃속에서 빠져나온 아들도 진짜 내 아들이 아니죠"라고 말하며 그것이 '세상을 겪게 만들기 위해 각자에게 주어진 배역'을 연기하는 것이라고 함으로써 비극적 운명의 각본대로 자신이 산다는 것을 의식화한다. 거의 자학에 가까운 위악적인 태도를 취하는 그 주모는 그가 고통을 겪는 시늉을 함으로써 동생의 죽음을 희화하고 있다고 비난하면서 자신에게 주어진 운명을 보다 철저하게 겪으라고 말한다. 그 순간 그는 의식의 잠에서 깨어나 눈앞에 나타난 노적가리 속으로 사라진다. 그것은 주모가 시아버지에게 아들을 죽게 만든 죗값을 치르게 하는 것과 마찬가지로, 그로 하여금 동생을 죽게 만든 죗값을 치르며 살라는 강한 메시지이다. 왜냐하면 동생의 여자를 범한 형의 죗값이란 아들의 여자인 며느리를 범한 시아버지의 죗값과 마찬가지로 면죄부를 받을 수 없는 것이기 때문이다. 프로이트에 따르면 근친상간의 비극은 엄청난 대가를 치를 수밖에 없는 것이다.

형제간의 문제를 본격적으로 다룬 작품은 천운영의 『잘 가라, 서커스』이다. 이 작품은 '윤호'라는 인물과 '림해화'라는 인물이 화자로 등장하는 두 개의 서사가 서로 교차하는 이야기다. 어렸을 때 서커스를 보다가 사고로 목소리를 잃고 사고 능력마저 제대로 성장하지 못해 정신적 유아 상태에 살고 있는 '형'을 둔 윤호는 스스로 보호자 역할을 떠맡지만 그런 형에게서 자유로워지기를 원한다. 윤호는 형을 결혼시켜 형수에게 맡김으로써 형에게서 벗어날 수 있다고 생각한다. 그는 형을 데리고 중국으로 가서 맞선을 보는 가운데 '림해화'를 만난다. 형에게 판단 능력이 없기 때문에 윤호는 자신이 '냉혹한 면접관' 역할을 하며 형수 될 사람을 고른다. 여자들은 '형'의 마음에 들고자 하는 것이 아니라 그의 마음에 들고자 하고, 그는 어떤 사람이 형과 잘 어울릴 것인지를 판단의 기준으로 삼는 것이 아니라 누가 형을 배반하지 않고 오래 돌보며 살 사람인지를 판단의 기준으로 삼아 '림해화'를 선택한다. 그녀는 윤호의 눈치를 보며 마음에 들고자 하지도 않고 '형'의 결점을 정면으로 응시한다. 림해화와 '형'의 결혼을 성사시키고 그녀를 서울에 오게 한 윤호는 그녀와의 결혼으로 새로운 삶을 살게 된 형의 행복을 온 가족과 함께 보람으로 느낀다. 그러나 어머니의 죽음과 함께 퇴행적인 형이 더욱 유아적 자세로 림해화에게 기대려고 할 때, 윤호는 자기 내부에서 림해화를 욕망하는 자아를 발견하고 죄의식을 갖게 된다. 그는 어떻게 해서든 그녀에게서 멀어지려고 온갖 노력을 기울인다. 그는 중국에 장사를 하러 떠나서 림해화의 친구들을 찾아보기도 하고 창녀들의 몸을 사기도 하지만 그럴수록 그녀에 대한 강한 욕망을 떨쳐버리지 못한다. 림해화는 처음에는 시어머니와 '나그네'라 부르는 남편과 함께 행복한 시절을 보내기도 하지만, 시어머니의 죽음 뒤에 그 행복이 자신의 내부에서 느끼는 것이 아니라 남에게 보이는 행복이라는 것을 발견한다. 박물관에서 발해 무덤의 공주를 본 그녀가 혼절했다가 깨어난 다음 자기 내부에서 발견한 것은 옛날 연변에서 헤어진 정인에 대한 기억이다. 그녀가 나그네를 따라 서울에 온 것도 마음속에 감춰둔 정인을 만날 수 있을지도 모른다는 막연한 기대 때문이었다. 그녀는 자신이 비록 돈에 팔려왔지만 언제까지나 '나그네'의 유아적 삶을 보살피는 역할만 할 수는 없다는 내면적 욕망을 발견하면서부터 자신의 삶이 거짓된 것이라는 생각을 하게 되고, '나그네'에게서 자유를 얻고자 집을 나선다. 그것은 그녀에게 물질적 풍요를 버리고 고난의 길을 선택하게 만든다.

이 작품에는 서두에 서커스를 구경하는 장면이 나온다. 화자는 그것이 한편으로 자신의 몸을 학대하여 초능력의 경지에 도달함으로써 최고의 쾌락을 느끼는 방법이면서 다른 한편으로는 자신의 초능력을 남에게 보임으로써 쾌락을 느끼는 방법이라는 사실에 주목한다. 여기에 등장하는 세 사람의 작중인물은 어느 순간 자신의 삶이 남에게 보이기 위한 하나의 '서커스'에 지나지 않는다는 것을 발견하고 위선적인 서커스와의 결별을 선택한다. 그러나 윤호가 자신의 내면 욕망을 받아들이는 것은 '근친상간'이라는 금기를 깨는 것이고, 림해화가 자신의 정인을 찾아가는 것은 '나그네'와의 이별을 의미한다. 그들은 남에게 보이기 위한 서커스를 더 이상 하지 않는 순간 파국을 맞는다. '나그네'는 자살하고 림해화는 안정된 가정을 버리고 불확실한 미래를 향해 떠나고 윤호는 자신의 모든 것을 바닷속에 던진다. 그가 내뱉은 말은 "잘 가라, 어디든지. 잘 가라"이다. 그 순간 그도 림해화도 남에게 보이기 위한 위선적인 '서커스'와 결별하며 새로운 삶의 길을 떠나게 된다.

4

한국 사회에서 가정이 더 이상 개인 삶의 행복한 보금자리가 되지 못한 것은 산업사회가 진행된 1970년대 중반부터일 것이다. 산업화는 개인에게 전문적 지식이나 기술을 갖춘 능력을 요구하고 그것이 곧 경제적 자립을 의미하게 됨으로써 개인을 가족에서 독립적인 존재가 되게 한다. 경제적으로 자립을 성취한 전문인은 전통적인 가족관계에서 독립함으로써 외로운 삶을 살게 된다. 개인들은 그 외로움을 전통적인 가족관계를 회복함으로써 극복하고자 하는 것이 아니라 자신의 사생활은 침범당하지 않은 채 육체적 욕망을 충족시키거나 대화의 상대가 되어줄 대상을 발견함으로써 일시적으로 해소하고자 한다.

이현수의 작품 「난징의 아침」의 주인공 '박주원'은 책 표지 디자이너로 자신의 아파트에서 혼자 사는 삼십대의 독신녀다. 그녀의 아파트 이웃에는 성적이 떨어졌다고 14층 꼭대기에서 투신자살한 고3 여학생이 있는가 하면, 자살한 여학생을 보고 '복 터진 년'이라고 욕설을 퍼붓는 미대 입시를 준비하는 삼수생도 있고, 재빨리 현장을 수습하고 폴리스라인만 쳐진 현장을 보며 "하여간 잘난 것들은 여러 가질, 부지런히도 하셔요"라고 아쉬움을 표현하는 주민들도 있다. 그녀는 결혼을 '딴 동네 이야기'로 생각하고 이혼 경력이 있는 남자와 '연애와 우정과 동료애'가 섞인 관계를 유지하다가 '젓가락으로 배추김치 찢듯이' 쉽게 헤어진다. 그녀는 자신의 미적 감각에 의한 예술적 디자인과 판매대에서 눈에만 띄게 하는 상업적 디자인 사이에서 타협을 하지 못하고 경영자와 불화에 빠진다. 그녀는 자신과 함께 근무한 적이 있는 편집장 출신의 작은 출판사 사장에게 표지 디자인을 의뢰받는다. '난

징의 아침'이라는 제목의 에세이집 저자는 젊은 시절에 '오브제'라는 초현실주의 서클 운동에 그녀와 함께 참여했던 건축 설계사 '주상도'이다. 자신에게 접근해온 주상도를 단호하게 거부하고, 자신의 예술성과 출판사의 상업성 사이에서 타협점을 정하고, 그것을 벗어나는 것을 완강하게 거부해온 주인공 박주원은 그 책에서 "백발을 휘날리며 전환의 깃발을 높이 치켜든 채 말을 타고 오"는 그의 모습을 보고, 젊은 날에 사라진 '초현실주의' 정신이 '제2의 르네상스를 외치며 중국 대륙을 횡단해오고' 있다는 이미지를 발견하고 표지 디자인에 들어간다. 자신의 정신 속에 살아 있는 전문 분야인 디자인의 예술성과 사회가 요구하는 디자인의 상업성 사이에서 행복한 타협점을 찾아낸 주인공은 가족관계를 맺지 않고 얼마든지 독신 생활을 계속할 수 있음을 예고한다. 그것은 여성의 혼자 사는 삶에 대한 강한 메시지 역할을 하고 있다.

공지영의 『우리들의 행복한 시간』의 주인공 '유정'은 수녀인 '모니카 고모'와 함께 자기 집안의 '이방인'이라고 느낀다. "나는 엉망이었던 사람이다. 나는 나 자신을 위해 살았고, 그들을 위해서가 아니라 나 자신을 위해 누군가를 사랑이라든가 우정이라든가 하는 이름으로 내 생 속으로 끌어들이려 했고, 나만을 위해 존재하다가 심지어 나 자신만을 위해 죽고자 했다. 나는 쾌락의 신도였다"라는 말에서 볼 수 있는 것처럼 '유정'은 세 번이나 자살을 시도한 경력의 소유자다. 그녀는 자기 식구들이 돈이 많고, 자신들이 속물이라는 것을 위장하기 위해 문화 예술인을 가장하고, 그리하여 뼛속까지 외롭고 가여운 인간이라는 것을 깨달을 기회를 박탈당하고 있는 사람들이라고 평가하면서 그들이 그런 반성을 할 수 있는 기회마저 갖지 않기 위해 그들의 삶과 정면으로 마주치고자 하지 않는다고 경멸한다. 그녀는 가족 전체와 불화 속에 살면서 가족관계를 회복할 수 있는 몇 번의 시도에서 가족에게서 매번 거절을 당하고 화해할 수 있는 기회를 찾지 못한 채 철저하게 반가정적인 삶을 산다. 그녀가 인척 가운데 유일하게 의사소통을 하고 사는 사람은 고모인 '모니카 수녀'이다. 모니카 수녀는 교도소 수감자를 교화하는 교화위원 일에 일생을 바치고 있다. 유정은 모니카 수녀를 따라서 교도소에 가서 사형수인 '정윤수'를 만난다. 어려서 동생 은수와 함께 고아원과, 개가한 어머니의 집과, 다시 고아원을 전전하며 조롱과 폭력과 굶주림과 멸시에 시달려온 그는 결국 세상에 대한 환멸과 동생에 대한 보호 의식과 굶주림의 해결을 위해 폭력을 행사하다가 강간, 폭력, 살인이라는 죄목으로 사형선고를 받고 사형수가 된다. 그는 세상에 대한 철저한 거부와 사형의 수용으로 세상 모든 사람에 대한 증오심을 떨쳐버리지 못하고 있다. 그는 처음에는 모니카 수녀를 만나는 것을 거부하고 대화의 문을 열지 않는다. 모니카 수녀가 암에 걸린 유정의 어머니를 만나러 가느라고 정윤수에게 갈 수 없던 날, 조카인 유정은 그를 만나러 가서 그가 자신과 너무나 닮았다는 고백을 한다. 유정은 자신이 열다섯 살 때 사촌 오빠에게 강간을 당하고 남자와 정상적인 관계를 가질 수 없었다고 고백하고, 그로 인해서 사랑하는 사람이 모두 그녀를 떠나갔다고 말한다. 그로부터 문유정과 정윤수는 목요일마다 일주일에 세 시간씩 대화를 하기 시작했고, 두 사람이 모두 목요일을 기다리게 된다. 문유정에게 자신이 만든 커플 목걸이를 선물한 사형수 정윤수는 처음으로 살고 싶다는 말을 한 다음 사형 집행을 당한다. 이 사건을 통해서 세 번이나 자살을 시도했던 문유정은 인간 생명의 존엄성을 발견하고 사형수의 생명까지도 빼앗을 수 있는 권리를 가진 사람이란 없다는 것을 깨닫는다. 모니카 수녀가 마지막 순간에 새롭게 변화한 조카를 보며 "우리 유정이가 어른이 된 걸 보니까 고모의 마음이 기쁘다"라고 말하고 유정은 또한 모든 엄마 잃은 가엾은 사람들의 어머니가 된 고모를 "사랑합니다. 나의 어머니"라고 부르며 아이를 낳고 싶다는 욕망을 느낀다. 이 작품은 가족과의 불화를 이야기하는 작품인 것 같지만 진정한 가족관계의 회복을 꿈꾸는 작품이다. 정윤수가 죽음을 맞이할 때 아이를 낳고 싶다는 유정의 고백은 그녀의 새로운 탄생을 의미한다. 그것은 생명에 대한 예찬의 한 극치를 보여주고 있다.

5

한국은 아마도 세계에서 가장 많은 소설 독자를 가진 나라 가운데 하나일 것이다. 그것은 앞에서 살펴본 것처럼 한국의 작가들이 독자들이 갈망하고 있는 욕망과 독자들이 제기하고자 하는 문제들을 철저하게 파헤치고 그 과정을 통해서 한국 소설의 풍경이 다채롭고 풍요로울 수 있다는 것을 의미한다. 이 작가들의 진지하고 끈질긴 문제의식은 오늘을 사는 한국인들이 가지고 있는 문제의식과 밀접하게 연결되어 있다. 그렇기 때문에 한국의 소설가들은 사람다운 삶에 대한 열망과 전망을 다양한 방법으로 제시하고 있다. 작가와 독자들의 갈망이 이처럼 서로 상통하고 있는 한 한국 소설의 풍경은 그 다양한 아름다움을 잃지 않을 것이다. 그렇게 함으로써 한국 소설은 많은 독자를 잃지 않고 한류의 깊고 풍요로운 밑줄기를 제공할 것이다.

서정시의 시대는 갔는가

아리스토텔레스는 『시학』에서 문학의 최고의 양식이 '비극'이라고 주장한다. 당시의 문학적 양식은 디티람브라는 서정시 다음에 서사시를 거쳐 비극에 이르렀다는 것이다. 이런 주장 한가운데 디티람브라는 서정시가 존재했었다는 과거의 사실만을 이야기할 뿐, 그것이 어떤 것이고 누구의 작품이 전해지는지 밝히지 않는다. 반면에 서사시는 호메로스 같은 대가의 작품이 존재하지만 소포클레스의 비극 같은 작품에 비하면 감동이 떨어진다는 것이다. 아리스토텔레스가 이러한 주장을 펼칠 수 있었던 근거는 무엇일까? 아마도 서사시나 비극이 영웅을 만들어낸 전쟁이나 영웅을 중심으로 전개되는 인간 운명의 비극을 인식할 만큼 도시나 국가의 형태가 자리 잡았던 시대의 문학 형태라면, 서정시는 도시나 국가가 자리 잡기 이전의 문학 형태였던 것 같다. 서정시가 사물이나 세계에 대한 개인의 정서적 반응을 토대로 씌어진 것이라면 서사시나 비극은 집단 사이의 대립과 갈등이 인간의 운명을 좌우하는 결정적 요인으로 작용하고 있다는 인식을 토대로 한 문학 형태이기 때문이다. 사람과 사람 사이의 사랑과 미움의 관계나 이해의 관계는 개인의 운명을 결정하는 사회적 관계이다. 근대 문학은 바로 그 사회적 관계 속에서 인식된 인간의 운명에 관한 탐구이다. 특히 개인과 집단의 대립과 갈등이 첨예화한 근대 이후의 문학은 인간 운명의 비극성을 처절하게 노래하는 형태를 추구하고 있다.

최근 한국 문학에 이야기가, 다시 말해 서사가 사라져간다는 지적이 일반화되고 있다. 시에서뿐만 아니라 소설에서도 이야기가 사라져간다는 것은 오늘의 한국 현실로 보면 당연한 현상이다. 오늘의 세대는 일제 침략 시대의 아픈 상처와 6·25 전쟁이라는 비극적 체험도 없고, 4·19 학생 혁명과 5·16 군사 쿠데타를 겪어보지도 못했고, 산업화라는 사회 변동의 와중에서 '난쟁이' 세대가 겪었던 지배와 피지배의 갈등도 경험하지 못했고, 광주민주화운동의 비극적 좌절과 격렬한 저항의 체험도 없고, 민주화를 통해 보수와 진보의 평화적 정권 교체라는 역사적 체험도 없기 때문에 자신들이 이룩한 역사의 후일담도 내세울 것이 없다. 이러한 과정의 결과 정치적·사회적 안정 속에서 경제적 성장의 덕택으로 절대적 빈곤에서 벗어난 이들 세대의 문학은 2000년대에 들어와서 몸에 대한 관심이나 내면적 의식에 대한 관심으로 확대되고 있다. 이러한 현상은 소설에 있어서는 의식의 흐름 계열의 소설이, 시에 있어서는 서정시가 나올 것을 기대하게 만든다. 그러나 이들의 문학은 소설에 있어서는 개인과 사회 속에 존재하는 규범을 우상으로 매도하며 가볍고 파격적인 사랑을 주제로 한 대중소설을 낳게 만들고, 시에 있어서는 섹스를 위악적으로 다루거나 상품을 즉물적으로 다룸으로써 문학적 표현의 금기를 깨뜨리는 과감한 형태적 실험을 시도하게 만든다. 그것은 어쩌면 기대했던 서정시와는 전혀 다른 방향으로의 전개이다. 이러한 현상을 오늘의 변화된 문명과 연결시켜 필연적인 것으로 판단해야 할까?

오늘날 인터넷과 휴대전화의 사용이 일상화하면서 개인은 더 이상 개인적 체험의 영역에 머물지 못한다. 개인은 자신을 열어놓고 타인과의 끝없는 소통을 시도하면서도 정보의 홍수 속에 빠지고 만다. 그래서 혼자 느끼고 혼자 괴로워하며 혼자 극복하고자 하는 성찰의 기회를 통해 세계를 바라보고 삶 전체를 통찰하는 비전이나 전망은 갖지 못하고, 자신에게 주어진 즉물적 감각이나 눈앞의 현실만을 진정한 삶으로 느낌으로써 타인을 향한, 타인과 공유하는 체험을 받아들이지 못하고 개인의 기괴한 경험만을 문제로 삼는다.

그것은 자신의 삶의 순간들을 '이미지'로 기록하고 기억하는 능력이 없음을 말한다. 19세기 러시아의 시학자는 "예술이란 이미지에 의한 사유다." "예술 특히 시는 이미지 없이는 존재하지 않는다"라고 말했다. 자신이 살아온 삶의 순간들을 어떤 이미지로 그릴 수 있는 사람은 누구나 시인이 된다.

우리의 시 역사에서 미당 서정주 이상으로 이미지에 의한 사유를 시로 보여준 예를 찾아보기는 쉽지 않다.

애비는 종이었다. 밤이 깊어도 오지 않았다.
파뿌리같이 늙은 할머니와 대추 꽃이 한 주 서 있을 뿐이었다.
어매는 달을 두고 풋살구가 꼭 하나만 먹고 싶다 하였으나…… 흙

으로 바람벽

  한 호롱불 밑에

  손톱이 까만 에미의 아들.

  甲午年이라든가 바다에 나가서는 돌아오지 않는다 하는 외할아버
지의 숱 많은

  머리털과

  그 커다란 눈이 나는 닮았다 한다.

  스물세 해 동안 나를 키운 건 八割이 바람이다.

  세상은 가도 가도 부끄럽기만 하더라.

  어떤 이는 내 눈에서 罪人을 읽고 가고

  어떤 이는 내 입에서 天痴를 읽고 가나

  나는 아무것도 뉘우치지 않으련다.

  찬란히 틔어오는 어느 아침에도

  이마 위에 얹힌 詩의 이슬에는

  몇 방울의 피가 언제나 섞여 있어

  볕이거나 그늘이거나 혓바닥 늘어뜨린

  병든 수캐마냥 헐떡거리며 나는 왔다.

──「자화상」

가난한 어린 시절의 기억들을 돌아오지 않는 아버지, 파뿌리 같은 할
머니, 손톱 밑이 까만 어머니, 돌아오지 않는 외할아버지 등을 통해
되살린 시인은 스스로를 '바람의 아들'로 자처한다. 자신이 살아온 피
맺힌 가난이 시의 이슬이 되어 빛나게 되는 것은 '바람' '죄인' '천치'

의 이미지로 지난 순간들을 변형시킨 시인의 탁월한 언어 감각이다. 그것은 가난의 밑바닥까지 내려간 의식의 빈약한 서사, 거기에서 건어올린 이미지에 의한 사유의 풍요로운 결실이다. "병든 수캐"와 같은 부끄러운 자아의 발견에는 삶에 대한 비극적 인식이 참담하게 자리 잡고 있다.

바슐라르의 『불의 정신분석』에는 어린 시절의 행복했던 순간들에 관한 이야기가 나온다. 야외에 나가서 불에 달군 돌 위에 달팽이를 구워 먹은 기억 속에서 잊을 수 없는 맛을 상기시키고, 추운 겨울 벽난로에 불을 지피는 아버지의 솜씨를 이어받아 친구들이 실패한 불 지피기를 자신의 솜씨로 살려놓은 따뜻한 추억을 떠올리고, 감기로 누워서 앓고 있는 자신의 이마에 손을 얹고 따뜻한 시럽 한 숟가락을 먹고 나면 나을 것이라고 안심시키던 의사의 확신에 찬 목소리가 주던 믿음의 처방에서 행복을 느낀다. 그러한 기억이 행복인 것은 그 순간들이 그의 마음속에 하나의 이미지로 남아 있기 때문이다. 이러한 어린 시절은 물질적으로도 풍요를 구가하던 시대가 아니었다. 일상생활에서도 정신을 빼앗아갈 놀이기구가 풍요롭지 않았을 뿐만 아니라 오늘날과 달리 TV나 인터넷이나 휴대전화가 없는 단순한 생활이었다. 그런 생활 속에서도 자신의 삶에 질문을 가진 사람은 순간적인 작은 체험도 행복의 이미지로 기억할 수 있다.

이십대에 「자화상」을 쓴 미당이 오십대에 쓴 「동천(冬天)」은 가난과는 상관없는 아름다움의 어떤 극치를 한 폭의 그림으로 형상화하고 있다.

내 마음속 우리 님의 고운 눈썹을

즈믄 밤의 꿈으로 맑게 씻어서
하늘에다 옮기어 심어놨더니
동지 섣달 날으는 매서운 새가
그것 알고 시늉하며 비끼어가네.

추운 겨울 밤 맑은 하늘은 깊이를 알 수 없는 바다 같은데, 거기에 뜬 초승달은 요염하기 짝이 없다. 너무나 아름다운 미인의 눈썹이 내가 밤마다 꿈에서 그린 것임을 알아본 철새들도 그 아름다운 눈썹을 훼손하지 않으려고 비껴간다. 겨울 하늘의 초승달에서 아름다움의 극치를 발견한 시인은 어린 시절의 가난에서 완전히 벗어나 순간적으로 포착된 자연을 한 폭의 그림으로 완성한다. 이미지에 의한 사유의 한 절정을 보여준 이 시가 쓰여진 것은 산업화 이전인 1960년대다.

그러나 새로운 욕망을 끊임없이 만들어내는 욕망 과잉 사회에서도 그처럼 사소한 풍경에서 소박한 행복이나 아름다움을 느낄 수 있을까? 21세기를 사는 인간은 욕망의 생산과 소비라는 문명의 체제 속에서 아무리 욕망의 뿌리를 찾고 싶어도 발견할 수 없고 충족시키려 해도 만족할 수 없는 비극적 운명을 타고났다. 이제는 싸워야 할 외세도 없고 타도해야 할 독재 정권도 없고 물질적 풍요만 있다. 어쩌면 오늘날 드라마틱한 사건이나 영웅을 만드는 서사가 없는 것은 당연한 것처럼 보인다. 그렇다고 해서 물질적 풍요가 끝없는 욕망을 충족시키지 못한다는 것을 주제로 삼는 것은 욕망의 정체성에 관한 탐구 없이는 설득력이 없고 감동을 주지 못한다. 탁월한 문학은 오늘의 문명이나 욕망에서 한 발 비켜서서 그것들이 얼마나 덧없고 보잘것없는 것인지 보여준다. 동시에 우리를 행복하게 하는 것도 사소한 체험 속에 있다는 것을 보여주는 것이다. 그것은 우리가 당연하게 받아들이는 문명이나 욕망을 낯선 눈으로 바라볼 수 있게 만들어주는 것이다.

우리는 누구나 어린 시절의 이러한 행복의 순간들을 가지고 있다. 고달픈 삶에 힘들어하면서도 우리가 살 수 있는 힘을 다시 추스를 수 있는 것은 그러한 행복의 순간이 다시 올 것이라는 희망을 갖고 있기 때문이다. 아니, 똑같은 행복의 순간이 아니더라도 우리가 행복을 느낄 수 있는 다른 순간이 고달픈 삶 다음에 올 수 있다는 기대를 갖고 있기 때문이다. 그 기대는 행복이 무엇인지 알고 있는 사람, 행복해본 적이 있는 사람에게 더 클 수 있지만 그것을 찾는 사람 모두에게 소박한 형태로나마 존재한다. 그 순간 우리는 누구나 시인이 될 수 있다. 서정시는 어느 시대 어느 곳에서나 씌어질 수 있기 때문이다.

한국 소설의 현대적 신화
—이청준과 김주영의 소설

1

한국을 대표할 수 있는 소설가인 이청준과 김주영의 작품을 읽으면 겉으로 드러난 그들의 세계는 단순한 것처럼 보인다. 이청준의 경우 「남도소리」라는 작품을 보면 전통적인 소리꾼이 득음의 경지에 이르기 위해 기울이는 엄청난 노력과 그 노력에도 불구하고 떠돌이 신세를 면할 수 없는 비극적 운명을 그리고 있다. 명창이 되는 고단한 과정을 통해 세속적인 가치들을 버리고 얻은 득음의 경지는 학의 모양을 한 산으로 하여금 춤을 추는 형상을 보여주게 된다. 이 아름다운 비유의 세계는 독자로 하여금 감동 없이는 읽을 수 없게 하지만, 그러나 소리꾼 자신에게는 가난과 고통의 삶에 지나지 않으며 아무런 보상도 없는 삶이다. 그것은 전통적인 장인인 소리꾼이 추구하는 아름다움의 세계가 물질적 가치만이 존중되는 현대 사회에서 제대로 평가되기 힘들다는 것을 입증하고 있는 것 같다. 그러한 관점에서 보면 이 작품은 '지금 여기'에서의 삶과 아무런 관계가 없는 과거의 삶을 그린 것으로 간주된다. 하지만 이 작품을 그 후에 발표된 「빈방」「잃어버린 말을 찾아서」와 관련해 읽게 되면 그것이 겉으로 보이는 만큼 단순한 작품이 아니라 복합적인 작품이라는 것을 알게 된다. 이 모든 작품들이 군사 독재 정권 아래에서 씌어졌다는 것은 대단히 의미가 깊다.

「빈방」에서 주인공은 외부의 억압적 상황에 정신적 상처를 입고 자신의 말을 잃어버린 인물이다. 그는 딸꾹질 때문에 여러 하숙집을 전전하는 인물이다. 그의 딸꾹질은 그가 어느 공장에서 근무할 때 일어난 작은 사건에서 시작된다. 그 사건이란 공장에서 여성 노동자들이 사용자들의 부당한 횡포와 경찰의 폭력에 항의하여 벌인 나체 시위 사건이다. 그 사건을 보고 충격을 받은 주인공은 말을 하려고 하면 '딸꾹질'만 하게 된다. 그 사건이 있기 전까지 주인공은 회사에서도 어느 정도 신임을 받고 있었고 공장의 노동자들에게서도 신임을 받고 있었다. 그는 그 사건을 목격한 다음 자신이 서야 할 자리를 제대로 찾지 못하고 자신이 해야 할 '말'을 할 수 있는 기회를 놓치게 된다. 그는 진실을 말하지 못하게 되면서 딸꾹질을 하게 된다. 그가 하고 싶은 말을 거침없이 말할 때 그는 딸꾹질을 하지 않는다. 그러나 폭력적인 상황을 연상하는 순간부터 그는 자신이 해야 할 말, 하고 싶은 말을 잃어버리고 딸꾹질을 하게 된다. 그는 진실을 언어화할 수 없는 자신의 무능 때문에 고통을 받고 직장에서 쫓겨 다닌다.

딸꾹질은 극단적인 억압과 공포의 상황에서 주인공이 말 대신 내는 '소리'이다. 그것은 그 자체로 의미하는 바가 없는 소리에 지나지 않는다. 언어가 의사 전달의 수단이라고 할 때 딸꾹질은 의사 전달이 불가능한 상황에서 내는 소리에 지나지 않는다. 작가는 소리의 수준에 머물고 있는 작중인물에게 의사 표현의 통로를 열어주고 잃어버린 말을 되찾게 해주는 역할을 하는 사람이다. 이청준은 말을 잃어버린 사람이 내는 단순한 소리를 그다음 작품에서 '판소리'의 형식으로 바꿔놓고 그 판소리에 감추어져 있는 잃어버린 말을 되찾아가고자 한다. 그에 따르면 작가란 '사물과의 약속을 떠나버린 말, 실제의 옷을 벗어버린 말, 내용으로는 이미 메시지가 될 수 없는 말, 일정한 질서도 없이 그것을 스스로 원하는 형식으로밖에는 남아 있을 수 없는 말' 때문에 고통받고 있는 사람에게 의사 전달이 되는 말을 회복시키는 사람이다. 「선학동 나그네」의 판소리는 기호의 물질적 표현인 기표signifiant에 해당한다. 그 주인공은 자신의 의사 표현이 '소리'에 의해서만 가능한 사람이다. 그가 지니고 있는 '한'의 내용이 무엇인지 전혀 전하지 않은 채 '물 위로 떠오르는 관음봉의 산 그림자가 영락없는 비상학의 형국을 지어'내게 만들 정도의 절창에 도달함으로써 그는 자신의 절절한 '한'을 청각적 차원에서 시각적 차원으로 변환하기에 이른다. 그것은 소리만으로 의미를 전달하는 내용 없는 형식의 극치를 상징한다. 작가는 비상학을 불러일으킨 '소리'에서 문학의 새로운 가능성을 찾고 있다.

억압적인 군사독재가 절정에 달했을 때 발표된 작품들 가운데 「남도소리」와 「잃어버린 말을 찾아서」는 이청준의 소설 세계를 이해하는 데 꼭 필요한 작품이면서 동시에 소설과 현실의 관계를 드러내는 데 한 전범을 보여주는 작품이다. 「남도소리」는 호남 지방의 서민들이 부르던 판소리의 세계를 그리고 있는데 작중인물이 명창의 반열에 오르는 득음의 과정은 그가 억압받고 소외된 자신의 삶에 대해 절창의 표현을 획득하는 고난의 과정이다. 여기에서 '소리'는 서민들의 음악적 세계로서 억압과 소외를 고발하는 것이 아니라 그것에서 야기된 '한'을 표현하는 형태이다. 판소리에서 문제되는 것은 가사가 있는 노래라는 점에서 말의 변형된 형태라고 말할 수 있겠지만 여기에서 중요한 것은 가사 자체에 있는 것이 아니라 '한'을 표현하는 소리의 획득에 있다. 그렇기 때문에 말의 내용이 문제가 되는 것이 아니라 표현적 형태가 중요시되는 판소리는 말이 억압된 폭력적 세계의 산물이다. 1980년 새로 등장한 군사정권에 의해 말이 억압되고 금지된 폭력적 세계에서 이청준은 말로써 이야기할 수 없는 것을 소리의 형태로 표현하는 것이다.

이러한 현상을 바르트의 신화 분석의 틀에 비추어보면 다음과 같은 도식을 도출할 수 있다.

일상 언어	기표	기의		
신화	기표		기의	
문학	기표			기의

여기에서 볼 수 있는 것처럼 일상 언어의 기호는 기표와 기의의 결합으로 의미 작용이 일어난다. 일상 언어에서의 기호가 신화에서는 기표가 되고 그것이 내포하고 있는 의미가 기의를 형성하여 그 둘의 결합은 신화라는 하나의 기호가 된다. 문학이나 예술 작품은 신화라는 기호를 기표로 삼고 그것이 내포하게 된 내용으로 기의를 형성하여 그 둘이 결합함으로써 하나의 작품이라는 기호를 이룩한다. 따라서 일상 언어를 판소리로 바꿔놓으면 기호 전체가 기표가 되고 판소리가 의미

하는 내용이 기의가 된다. 판소리는 따라서 신화가 되어 문학 작품의 기표가 되고 그것이 의미하는 삶의 고통과 한은 기의가 된다.

2

말이 억압된 폭력적 세계에서 판소리가 언어를 대신하는 경우를 극명하게 보여주는 작품의 예로 김주영의 『객주』를 들 수 있다. 이 작품은 19세기 말 보부상들의 이야기다. 그들은 자신들의 생업을 위해 전국을 떠돌아다니며 등짐을 지고 물건을 파는 사람들이다. 양반과 지주들이 지배하던 시대에 생산지에서 물건을 사다가 소비지에 파는 그들의 삶은 고달프고 힘들다. 그들은 권력도 명성도 갖지 못했기 때문에 장사를 하여 돈을 벌고 생계를 유지하고자 한다. 그들은 떠돌이로서 장터를 돌아다니기 때문에 억울한 일을 많이 겪는다. 때로 그들은 그들끼리 동패를 이루어 그들을 억압하는 사람들에게 폭력으로 대응하지만 그 경우 대부분 보다 큰 폭력의 보복을 당함으로써 커다란 대가를 치른다. 그 대가는 때로 그들의 목숨을 앗아가는 것으로 나타나기도 한다. 그들 가운데 성공한 경우를 보면 대부분 폭력에 폭력으로 대응하지 않고 억압을 인내로 견뎌내는 경우다. 그러나 무시무시한 폭력을 인내로 견뎌낸다는 것은 피해자에게 '한'을 남긴다. 오랫동안 억눌려온 사람에게 남아 있는 '한'은 어느 단계에서 풀어주지 않으면 폭발한다. 그 폭발이 폭력으로 표현되는 것이라면 폭발하기 전에 풀어주는 것은 그 인물로 하여금 폭력을 행사하지 않게 하고 맺혀 있는 한을 풀어주는 것이다. 여기에서 '한'을 풀어주는 역할을 하는 것이 '타령'이다. 김주영 소설에서 나타나는 각설이 타령, 방아 타령, 곰보 타령, 양반 타령, 약 타령, 짚신 장수 타령 등 무수한 잡가들은 이청준 소설에서 판소리처럼 등장인물이 억울한 일을 당하거나 폭력적 상황에 빠지는 중요한 순간에 그들의 한을 풀어주는 역할을 한다. 판소리의 일부에 속하는 타령은 일정한 리듬을 지닌 해학적인 표현으로 구성되어 있다. 하지만 그 표현이 의미하는 내용이란 있어도 좋고 없어도 좋을 만큼 사소한 반면에, 그 가락이나 리듬만큼은 듣는 사람의 흥을 돋게 하면서도 애절한 슬픔을 느끼게 한다. 모두 9권으로 되어 있는 『객주』에는 수많은 타령이 등장하는데 그것은 대부분 주인공이 폭력적 상황에 부딪쳤을 때 폭력으로 직접 대항하지 않고 우회적으로 대응하는 방법으로 사용된다. 극도의 억울함, 극단적인 슬픔, 무지막지한 공포와 부딪치게 되면 사람은 말문이 막힌다. 그 기막힌 사연을 말로 표현할 수 없을 때 사람은 비명을 지른다. 그러나 그 본능적 비명을 내면화할 때 노래의 형식을 빌려 아픔을 내면화하고 우회적인 표현에 도달하여 극복하는 시간을 갖게 된다. 유신 정권 아래에서 씌어진 이 작품은 여기에 나오는 수많은 타령뿐만 아니라 소설 전체가 끝없는 비유와 우화적 표현과 일정한 리듬으로 엮어져 있어서 현대에 씌어진 판소리로 읽힐 수 있다.

이처럼 김주영 소설에서 폭력에 대해서 직접적으로 표현하지 않고 소리로 등장인물의 생각과 감정을 나타낸 것은 타령들뿐만 아니라 작품 전체다. 작중인물들이 폭력에 대해서 타령과 비유적 표현으로 대항한다는 것은 이청준의 소설에서처럼 폭력에 말로 대항한다는 것을 의미한다. 그러나 그 말이 소리의 차원에 머물러 있다는 것은 말이라는 기호signe가 기의signifie 없이 기표signifiant만 있는 기호라는 것을 의미한다. 그렇기 때문에 그의 작품이 군사독재의 엄격한 검열 아래서 발표될 수 있었고 많은 독자들에게 읽힐 수 있었던 것으로 보인다.

반면에 이청준의 「잃어버린 말을 찾아서」에서 주인공들은 자신의
아픔과 고통을 소리의 형태로 놓아두지 않고 잃어버린 말의 형태를 회
복시키고자 한다. 그러나 한번 잃어버린 말을 되찾는 것은 쉬운 일도
아니고 가능한 일도 아니다. 그것은 오히려 소리의 형태로 변형됨으로
써 찾기도 쉬워지고 말보다 더 큰 감동을 줄 수 있다. 「선학동 나그네」
의 주인공이 날지 못하는 학의 그림자로 하여금 날아갈 수 있게 하는
것은 소리의 극치인 득음의 경지에 올랐을 때다. 그것은 남도의 판소
리나 문학 작품이 말을 대신할 수 있고 더 나아가서 말 이상의 소통의
가능성을 열어놓고 있다는 것을 의미한다.

3

이러한 과정을 통해서 한편으로 이청준의 작품이 군사독재의 검열을
피할 수 있었고 다른 한편으로 김주영의 작품이 억압받고 소외된 서민
들의 삶과 고통을 표현할 수 있게 되었다. 그것은 군사독재의 폭력에
대해서 폭력으로 대응하는 것이 아니라 폭력이 아닌 다른 방법으로 폭
력을 극복하는 방법을 모색하는 것이다. 폭력에 대해서 폭력으로 대응
하는 것은 더 큰 폭력이라는 악순환을 가져올 뿐만 아니라 그 과정에
서 보다 많은 희생을 불러일으킨다. 이청준의 두 작품은 폭력의 정체
를 밝히고 그것의 부당성을 인식하게 하고 이러한 폭력의 의식화를 통
해서 말을 잃어버린 사람들에게 남도소리 같은 '한'의 표현으로 말을
대신하게 함으로써 맺혀 있는 한을 풀어가게 한다. 말하지 못하는 한
을 판소리로 풀어가는 과정은 폭력에 대해서 복수가 아니라 용서와 포
용이라는 보다 큰 그림을 제시함으로써 거의 종교적 차원으로 승화시
키고 있다. 군사정권이 자신의 권력의 정당성을 확보하지 못할 때 휘

두른 폭력은 국가의 안녕을 빌미로 자연스럽고 당연한 것처럼 받아들여질 수 있지만 그것은 국민 전체를 지배하고자 하는 폭력에 지나지 않는다. 그러한 사실을 명확하게 밝히면서도 거기에 폭력으로 대응하지 않고 폭력으로 이룰 수 있는 것은 아무것도 없다는 것을 깨닫게 하는 길을 이청준은 모색하고 있다. 문학은 우리 사회에 폭력이 존재한다는 사실 자체를 스캔들로 만들 수 있는 것이지 폭력으로 대항하게 만드는 것이 아니라는 것을 이청준의 「다시 태어나는 말」은 말한다. 그런 점에서 바르트가 현대의 신화가 가지고 있는 위선과 거짓의 정체를 밝히고자 한 명제는 어쩌면 바꾸어야 할 것처럼 보인다. 기호학은 자명하게 보이고 자연스럽게 보이는 모든 제도나 현상이 사실은 인위적이고 위선적인 것임을 밝혀주는 것이다. 이들 작가들이 밝히고자 한 현대의 신화도 폭력의 정체를 밝히는 것이다. 국가나 민족이나 제도를 유지한다는 구실로 사용되는 폭력은 외관상 당연하고 정당한 것처럼 호도되고 있지만 그 어느 것도 개인의 생명과 행복을 무시하고 짓밟을 수 없다는 것을 이들 작품은 드러내고 있다. 더 나아가서 이들 작품은 폭력에 대응하기 위해 폭력을 사용하는 것은 또 하나의 가짜 신화를 만드는 것임을 보여준다. 왜냐하면 폭력은 그것이 폭력을 제거하기 위한 것이라 할지라도 또 다른 폭력을 불러오기 때문이다. 영구혁명론과 같은 폭력의 정당화가 가지는 기만적 성격을 이들 작품들은 벗겨내고 있다. 이들 작품들은 판소리나 타령과 같은 노래에 의해 폭력에 대항함으로써 폭력을 무력화하고 폭력을 끌어안아 무화시키는 것이다. 그것은 폭력에 대항하는 새로운 신화를 만드는 것이다. 그것이 이들 작가들이 만든 현대적 신화이다. 이 신화는 주술처럼 우리를 끊임없이 위협하는 폭력을 사라지게 하고 폭력으로 상처받은 영혼들을 위로한다.

　이청준과 김주영은 군사정권이 30년을 지배한 한국 사회에서 평화와 공존, 용서와 화해의 길을 모색한 한국 현대 작가들이다. 한국의 비극적 현대사에서 상처 없는 영혼이 없다면 이청준과 김주영은 지배와 피지배, 갈등과 대립, 원한과 증오로 상처 입은 영혼들에게 사랑과 위로의 메시지를 소리를 통해 보내주고 있다.

Ⅱ

예술가와 사상가
—— 이병주의 「소설, 알렉산드리아」

1

내가 이병주 문학을 처음 알게 된 것은 나 자신 아직 문단에 나오기
전이었다. 대학원에 적을 두고 있었지만 문학청년으로서 동인지에 글
을 쓰고 있던 나는 1965년 그가 쓴 「소설, 알렉산드리아」가 『세대』지
에 발표되었을 때 그 작품을 읽고 일종의 현기증이 이는 체험을 했다.
대학에 다니면서 최인훈의 「광장」을 읽고 받았던 충격 이후 아마도 가
장 강한 인상을 준 것이 그의 중편소설 「소설, 알렉산드리아」였다고
기억된다. 이 작품이 반공을 국시로 삼고 있던 당시 내게 충격을 준
것은 피리 부는 예술가인 화자와 남북통일의 방안을 발표했다가 감옥
생활을 하는 사상가인 그의 형을 동시에 다룸으로써 당시 금기시되었
던 분단 극복의 문제를 편지라는 간접적인 수단을 통해서 제기하고 있

기 때문이다. 4·19 학생 혁명으로 10여 년간 억압되었던 자유가 온갖 사회적 욕구를 분출시키는 것을 혼란으로 규정한 군부는 5·16 군사 쿠데타를 일으켜 국가의 안녕과 민족의 중흥을 목표로 일부 '불온' 세력을 제거하고자 한다. 이에 많은 지식인들이 사상적 불온성이라는 이름으로 투옥될 때 언론인 이병주도 필화 사건으로 군사혁명 재판소에서 10년 형을 선고받고 2년 7개월 동안 복역한다. 이 작품은 그가 출감한 다음 45세에 발표한 그의 데뷔작으로, 종합 월간지 『세대』에 한꺼번에 전재된 중편소설이다. 이 작품은 발표와 동시에 문단의 화제의 중심에 오르면서 뒤늦게 문단에 등장한 작가를 유명 작가로 만들어버린 점에서 그의 대표작이라고 해도 손색이 없다.

2

이 작품은 표면적으로 화자인 '나'가 주인공이다. 외항 선원을 상대로 하는 어느 카바레의 밴드 마스터인 '나'는 어려서부터 책읽기를 좋아한 형과는 달리 책만 보면 머리가 아파서 책을 멀리하며 살았다. 그 대신 '나'는 포플러 가지나 보리 이삭의 줄기로 피리를 만들어 부는 재능을 가지고 있다. 동네에서는 막대기만 입에 갖다 대면 소리가 난다는 소문이 퍼질 정도로 소질을 인정받은 나는 형에게서 '피리를 불리기 위해 하늘이 마련한 사람'이라는 평가를 받는다. 열다섯 살에 전염병으로 부모를 잃은 나는 도쿄의 대학에 유학 중인 형을 따라가서 플루트와 클라리넷을 불었다. 반면에 그의 형은 '부모가 기대하는 입신과 출세와는 먼' 사상 공부를 함으로써 세속적인 눈으로 보면 '스스로의 묘혈을 파는 것 같은 학문'에 몰입한다. '나'가 피리를 부는 것은 '세속에서 초탈하기 위한 자위의 수단'인 반면에 '형의 학문은' '자학의 수단으로' 보인다. 그러한 형은 분단된 조국의 통일에 관해서 2천여 편의 논설을 썼다가 군사 재판에서 10년 형을 선고받고 감옥에 갇힌다. 그의 통일론은 "이북의 이남화가 최선의 통일 방식, 이남의 이북화가 최악의 통일 방식이라면 중립통일은 차선의 방법은 되는 것이다. 그런데 이것을 사악시하는 사고방식은 중립통일론 자체보다 위험하다"로 요약된다. '반공을 국시'로 삼고 있던 당시에 이런 주장은 국가의 존립을 위태롭게 하는 불온한 사상으로 법률적인 제재를 받는 주장이다. 여러 가지 정황으로 볼 때 작가의 분신임에 틀림없는 '형'은 감옥에 있는 동안 동생인 '나'에게 편지를 쓰면서 스스로를 '실패한 황제'로 칭한다. '나'가 외항 선원 마르셀에게 알렉산드리아로 가고 싶다고 고백한 것은 감옥에 갇혀 있는 형이 보낸 편지에서 '황제의 완전한 궁전'인 감옥을 떠날 생각이 없지만 알렉산드리아에 갈 수만 있다면 "황제의 지위를 내놓"고 감옥을 떠날 수 있다는 구절을 읽은 다음이다. '나'는 마르셀의 도움을 받아 알렉산드리아로 가서 2년의 세월을 보내며 형이 출옥하면 알렉산드리아에서 만날 날을 꿈꾼다.

　2년 동안 '나'가 보낸 알렉산드리아에서의 생활은 이 소설의 중심 서사이다. 마르셀의 도움을 받아 알렉산드리아에 온 '나'는 '프린스 김'이라는 이름으로 소개되어 '호텔 나폴레옹'의 지붕 밑 방을 숙소로 정하고 호텔 주인의 소개로 카바레 안드로메다의 악단 연주자가 된다. '이집트식 궁전의 위용에 불란서적인 전아함과 미국식의 편리를 가미한 15층 3백 실을 가진' 건물은 '인간을 일락의 제물로 만들기 위한 신전'이라고 할 수 있을 정도로 호화로운 것으로서 10여 개의 악단을 전속으로 가지고 있다. '나'는 그 가운데 가장 큰 악단의 일원이 되어 카바레 안드로메다의 그랜드 홀의 연주에서 플루트 연주를 맡는다. 카바레 안드로메다의 여왕으로 불리는 무희 '사라 안젤'은 '알렉산드리아의 여왕'으로 불릴 정도로 최고의 여인이다. '나'는 카바레 안드로메다에서 연주를 시작한 지 일주일 만에 그의 연주에 매혹된 사라 안젤에게서 "당신의 플루트 솔로만으로 춤을 추고 싶"다는 제안을 받고, 그 연주를 맡음으로써 사라 안젤과 가까이 지낸다. 천재적인 플루트 연주자가 천재적인 무희를 만난 것이다. 스페인 출신의 사라 안젤은 '게르니카'의 참사에서 독일 전투기의 폭격으로 부모와 자매를 잃고 원한에 사무쳐 그 원수를 갚고자 한다. "비행기를 열 대만 사서 거기 폭탄을 가득 싣고 독일의 도시, 꼭 게르니카만 한 크기의 도시를 폭격할 집념에 사로잡"힌 그녀는 알렉산드리아 최고의 무희가 되어 "수천만금을 벌었을 것임에도 헛돈을 쓰지 않는다".

'나'는 사라 안젤에게 피카소의 작품 「게르니카의 학살」의 복사본을 사 들고 가서 그림에 대해 설명한다. 스페인 사람으로서 프랑스에서 활동하고 있는 피카소는 1937년 4월 28일의 게르니카 사건에 큰 충격을 받고 분노를 억제할 수 없어서 5월 1일 「게르니카의 학살」이라는 그림에 착수했다는 것이다. '나'는 그 그림에 대해서 "아픔을 참고 민절(悶絶)하는 말, 광란하는 소, 우는 여자, 죽은 아이를 안고 통곡하는 어머니…… 이런 이미지를 고전적인 삼각형 구도 위에 큐비즘풍의 평면 분할로 구성하고 이런 장대한 건축적 회화를 만들었다"고 설명하며 그것이 형에게서 배운 것임을 밝힌다. 여기에서 작가는 주인공의 말을 빌려서 사실적 수법으로는 "에센스를 묘사할 수 없"기 때문에 사실 이상의 사실, 상상 이상의 상징을 나타내기 위하여 새로운 기법을 창안할 수밖에 없다는 예술론을 펼치고 있다. 그것은 게르니카의 의미를 그리는 것이 아니라 의미 자체라는 것이다. 이러한 관점은

'나'의 피리와 일맥상통하고 있다. 어렸을 때부터 '나'는 "입신할 생각도 출세할 생각도 갖지 않"고 "그저 피리만 불고 있으면 그만이었다". 그래서 책만 읽는 형에게서 "내가 만 권의 책을 읽고도 이루지 못하는 것을, 너는 한 자루의 피리를 통해서 이룰 수 있을 것이"라는 격려를 받기도 한다. 알렉산드리아에서 플루트의 천재, 음악의 천재로 통하는 '나'를 감옥에 있는 형이 만 권의 책을 읽고도 이루지 못하는 것을 한 자루의 피리로 이룰 수 있다고 하는 것은 '권력'을 싫어하는 형이 '중립통일' 방안까지 지지할 정도로 모든 전쟁 혹은 폭력을 배제하는 길을 모색하고 있다는 것을 의미한다. 음악 혹은 예술은 남을 지배하지도 않고 폭력을 행사하지도 않지만 남을 감동시키고 변화시킬 뿐만 아니라 자신의 감정을 승화시킨다. 그렇기 때문에 전쟁 중에 동생과 어머니를 잃어버린 한스 셸러는 '프린스 김'에게 '피리' 같은 것이 있는 것을 부러워하며 자신은 아무것도 가진 것이 없다고 한탄한다. 자신에게 피리가 없기 때문에 동생의 원수를 갚는 일에 집착한다는 것이다.

반면에 권력은 다른 사람 위에 군림하고 다른 사람을 지배하고 때로는 죽이는 것이다. '형'이 전쟁을 싫어하는 것은 그것이 권력의 극단적인 표현이기 때문이다. '형'이 감옥에서 들은 한 소년의 '고모님'을 부르는 마지막 한마디는 전쟁의 극단적 잔혹성을 드러내준다. 그런데 '나'가 알렉산드리아에서 만난 독일인 한스 셸러는 '형'이 감옥에서 들은 그 소년의 죽음 이상의 잔혹성을 체험한다. 개미 한 마리 죽이지 못하는 요한이라는 한스의 동생은 유대인 친구를 숨겨주었다는 죄로 무자비한 고문을 당한 나머지 고문대에서 죽는다. 한스는 동생을 게슈타포에 밀고해서 고문한 동생의 친구 엔드레드를 찾아 15년 동안 세계를 누비고 다닌다. '나'는, 원수를 갚고자 하는 동일한 일념으로 살고 있는 사라 안젤에게 한스 셸러를 소개한다. 동생을 고문해서 죽게 한 엔드레드가 알렉산드리아에 숨어 산다는 것을 안 한스 셸러는 그를 찾아내 복수를 할 수 있는 방법을 모색한다.

사라 안젤과 한스 셸러는 퀴즈 룸으로 엔드레드를 유인해서 살해한다. 살인죄로 재판에 회부된 사라 안젤과 한스 셸러는 알렉산드리아를 떠나게 되자 태평양의 섬 하나를 사서 또 하나의 작은 알렉산드리아를 만들고자 한다. 그들은 '나'에게 함께 떠나자는 제안을 하지만 '나'는 아직 7년이나 형기를 남겨둔 '형'을 기다리겠다고 하며 그들과 헤어진다. '나'가 알렉산드리아에 온 것은 알렉산드리아에 오고 싶어 한 '형'을 대신한 것이기 때문이다.

3

이렇게 보면 예술가인 '나'는 사상가인 '형'과 대조적인 인물로서 대립적인 입장에 있는 것처럼 보인다. 그는 옛날에는 모르는 것이 없는 '형'을 존경하고 사랑했지만 '형'이 감옥에 들어간 다음부터는 그 존경과 사랑을 버렸다고 고백한다. 그러나 이 작품이 진행되는 2년 동안의 세월 속에서 그는 끊임없이 형의 편지를 읽는다. 형의 편지를 읽는다는 것은 그가 형에게서 자유로워지지 못했다는 것을 의미하며, 피리 부는 것 이외에 삶의 지혜를 알지 못한 그가 형의 가르침을 받으며 살고 있다는 것을 의미한다. 형이 감옥에서 보낸 14통의 편지를 그는 마르셀을 만날 때나 사라 안젤을 만날 때나 한스 셸러를 만날 때마다 다시 읽는다. 그러면서도 '나'는 '중립통일론'을 주장하고 '통일지상주의'를 내세웠다가 감옥에 갇힌 형에 대해서 일정한 거리를 유지하고자 한다. 그것은 군사정권 아래서 자유로운 통일 논의가 금지된 현실, 다시 말하면 '형'이 감옥에 갇히는 빌미를 제공한 현실을 작가가 받아들이지 않으면서도 그것을 '나'의 거리 두기로 비껴감으로써 군사정권의 법률적 제재를 피하고자 한 문학적 조작임이 분명하다. 왜냐하면 예술적 자아인 '나'는 사상적 존재인 '형'의 사상과는 아무런 관계가 없다는 것을, 뿐만 아니라 사상을 부정하는 존재이기까지 하다는 것을 거듭 강조하고 있기 때문이다.

사상이란 무엇인가? 정과 부를 가려내는 가치관이 아닌가. 선과 악을 판별하는 판단력이 아닌가. 그러나 자연의 작용에 정, 부정이 있고 선과 악이 있는가. 사람은 자연의 일부가 아닌가. 자연의 일부인 사람은 자연 그대로 살면 될 것이 아닌가. 사상이란 자연 속에서 벗어져 나오려는 노력이 아닌가. 그렇다면 사상이란 인간을 부자연하게, 그러니까 불행하게 만드는 작용 이상도 이하도 아닌 것이 아닌가.
　이처럼 '나'는 사상가로서의 '형'을 비판하면서 "강한 힘이 누르면 움츠러들 일이다. 폭력이 덤비면 당하고 있을 일이다. 죽이면 죽을 따름이다. 내겐 최후의 순간까지 피리와 피리를 불 수 있는 장소만 있으면 그만이다"라고 함으로써 자신은 사상에 아무런 관심이 없고 오직 피리만 부는 사람임을 강조한다. 그것은 작품이 발표될 당시 법의 제약을 피하고자 한 작가 자신의 소설적 전략임에 틀림없다. 왜냐하면 주인공 '나'는 자신이 비판하고 있는 형의 편지 읽기를 계속하면서 마르셀을 만나고 사라 안젤을 만나고 한스 셸러를 만나기 때문이다. 그뿐 아니라 "강한 힘이 누르면 움츠러들 일이다. 폭력이 덤비면 당하고 있을 일이다. 죽이면 죽을 따름이다"라고 한 자신이 사라 안젤과 한스 셸러의 복수극에 가담하고 있는 것은 자신도 모르는 사이에 형의 사상적 이론을 실천하고 있기 때문이다. '나'는 형을 싫어한다면서 닮아 가고 있고 형과 다르다면서 하나가 되어가고 있다. '나'는 사라 안젤과 한스 셀러가 알렉산드리아를 떠나자고 하지만 그 제안을 받아들일 수 없다. 왜냐하면 자신이 알렉산드리아에 온 것도 '형' 때문이고, 7년 후 감옥에서 석방된 '형'이 찾아올 곳도 알렉산드리아이기 때문이다. '형'은 정신분석학적으로 말하면 '나'의 짝패인 것이다. 예술과 사상은 동전의 안과 밖의 관계라는 것을 작가는 이 작품에서 우회적이지만 집요하게 보여주고 있다. 이러한 그의 문학관은 『관부 연락선』『지리산』에도 그대로 나타나고 있다.

세계화된 시인의 꿈과 언어
──박이문의『부서진 말들』

1

박이문 교수는 철학자로서 한국에서뿐만 아니라 세계적으로 알려진 학자다. 서울대학교에서 프랑스 문학을 전공하고 이화여대 불문과 교수를 지내다가 프랑스에 유학, 파리의 소르본 대학에서 말라르메 연구로 문학 박사학위를 받았다. 곧 미국으로 건너가 서던캘리포니아대에서 철학 박사학위를 받은 다음 보스턴의 시몬스 여자대학에서 철학 교수로 근무하고 1990년 귀국, 포항공대에서 철학을 강의하다가 2000년 정년 퇴임, 연세대에 특별 초빙 교수로 재직하며 철학을 강의하고 있는 철학 교수다. 그는 또한 그 경력이 보여주는 것처럼 1950년대 말에서 1960년대 초에 불문학자로서『사상계』에 프랑스 문학에 관한 소개의 글을 실음으로써 문명을 날렸고, 1955년에는 역시 같은 잡지에「회화를 잃은 세대」라는 시를 발표하여 시인으로 등단한 바 있으며, 말라르메에 관한 학위논문은 프랑스에서 출판되어 말라르메 연구가로도 이름을 알렸다. 그러나 그는 미국으로 건너간 다음부터 철학 교수로서 철학적 사유에 전념함으로써 많은 관련 저서를 출판했다. 『노장사상』 『철학이란 무엇인가』 『현상학과 분석철학』 등의 저자로 알려진 박이문 교수는 끊임없이 철학적 사유에 정진해왔다. 그러나 『시와 과학』 『문학 속의 철학』 『예술철학』 등의 저서를 읽은 독자라면 박이문 교수가 문학적 사유를 중단한 것이 아님을 명백하게 알 수 있을 것이다. 다만 이러한 문학적 사유는 보다 엄밀히 문학에 관한 이론적인 사유로, 시인으로서 품은 시 창작의 열정은 만족시킬 수 없었던 듯하다. 아니 철학 교수로서 이름을 떨치면 떨칠수록 공허감에서 벗어나지 못한 박이문 교수는 자기 내면에 자리 잡고 있는 시인의 꿈을 외면할 수 없었던 것 같다. 따라서 시인으로서의 그는 『눈 덮인 찰스 강변』 『나비의 꿈』 『보이지 않는 것의 그림자』 등의 시집을 출간하고 『공백의 울림』이라는 시선집도 간행함으로써 모국어에 대한 사랑과 시의 열정을 불태워왔다. 그가 영시를 집필했다는 것이 모국어에 대한 태만은 아닐 것이다. 오히려 한국어의 경계를 넘어 세계적인 것으로 자신의 시를 인정받고자 한 시인의 욕망의 발로라고 보아야 옳을 것이다. 그런 점에서 이번 기회에 먼저 영어로 씌어진 것을 한국어로 번역해서 『부서진 말들』이라는 제목의 시집을 출간한다고 해서 새삼스러운 것은 아니다.

이 시집의 작품들은 원래 박이문 교수가 영어로 발표한 것을 우리말로 번역한 작품들이다. 엄격한 의미에서 이 시집의 수록작들은 우리말 창작 시가 아니라 영어에서 번역한 시라고 말해야 옳은 작품이다. 일반적으로 번역 시는 세계적인 명성을 얻은 시 작품을 원어로 읽지 못하는 독자들을 위해 출간되는 것이다. 그런 측면에서 박이문 교수의 시가 이른바 '고전적 명시'라고 할 수는 없으나 일단 한 한국 시인의 작품이 미국과 독일, 그리고 프랑스에서 출판되어 읽히고 있다면 한국의 독자로서 관심을 갖지 않을 수 없다.

원래 영어로 출판된 이 시집은 미국과 독일에서 호평을 받고 독일 일부 지역에서는 몇 편의 작품이 고등학교 교과서에 수록되었다고 전해지고 있다. 그것은 박이문 교수의 시가 철학을 공부하다 여가를 이용해서 씌어진 시가 아니라 상당한 수준의 전문적인 시라는 것을 입증하는 증거가 될 수 있을 것 같다. 원래 서양에서는 시를 쓴다는 행위는 운율이나 이미지나 상징과 같은 작시법에 통달해야 하고 또 언어 자체의 사용이 문학적이어야 한다는 것을 전제로 한다. 그런 의미에서 이 시집은 『시와 과학』에서 시의 언어에 대한 이론적인 성찰에 도달한 박이문 교수가 외국 독자들을 감동시킬 만큼 문학적 실천 능력을 보유하고 있다는 것을 증명한다. 영어가 자유롭지 못한 나 자신은 이 시집의 영어판을 읽을 만한 능력이 없기 때문에 원문을 감상할 만한 위치에 있지 못해 그 번역본을 읽게 된 것을 다행스럽게 생각한다. 젊은 날에 박이문 교수의 『시와 과학』을 문학개론 강의의 교과서로 채택하여 몇 년 동안 강의를 한 바 있는 필자로서는 비록 번역 시이지만 박이문 교수의 시를 읽는 것이 감개무량하지 않을 수 없다. 왜냐하면 대학 시절부터 박이문 교수의 글을 읽고 지식을 습득하고 사유의 실마리를 찾아온 후배로서 박이문 교수의 삶과 꿈을 그 시 작품에서 엿볼 수 있기 때문이다.

2

모두 66편의 시 작품을 싣고 있는 이 시집은 1950년대 말 프랑스로 유학을 떠난 이후 1980년대 말 귀국할 때까지 30여 년간에 걸친 외국 생활 동안 시인으로서 박 교수가 꿈꾸고 상상한 세계와 스스로 살아온 삶과 그 속에서 획득한 언어의 어떤 절정을 지향하는 자신의 몸부림 을 보여주고 있다. 그런 점에서 이 시집은 그를 이해하는 결정적인 단 서를 제공하는 것 같다. 물질적 가난과 정신적 빈곤을 극복하기 위해 외국으로 유학을 떠난다는 것은 다른 사람에게는 동경의 대상이 되고, 떠나는 당사자에게는 미지의 세계에서 무엇을 성취할 수 있을지 모르 는 불안과 낯선 사람들 사이에서 살아야 하는 외로움과 능력의 한계에 봉착하는 좌절감을 맛보게 하는 것도 사실이다. 그러나 일단 이미 네 권의 시집을 출간한 바 있는 박이문 교수는 이 시집에서 유학 시절이 라는 고뇌에 찬 젊은 시절을 기록하고 있는 것이 아니라 대부분 철학 교수로서 비교적 안정된 생활을 하던 시절을 기록하고 있다.

강은 얼고
눈 나린다.

저녁은 하얀 강 위로
번져가고,

외로운 조깅맨 한 사람
강을 따라 달린다.

입에서 쏟아지는 하얀 입김,

살아 있고.

　　　　　　　　　　　　　　　　　——「얼어붙은 찰스 강」

강변에 살고 있는 시인은 눈 내리는 추운 겨울 저녁 무렵 혼자서 창밖의 바깥 풍경을 내다보고 있다. 어둠이 내리기 시작한 거리는 인적마저 끊겨 쓸쓸해 보이는데 한 사람이 홀로 강변을 달린다. 그에게 "외로운"이라는 수식어를 붙인 것은 시인이 자신의 모습을 그에게서 발견하고 있기 때문이다. 모든 것이 얼어붙은 풍경 속에서 살아 움직이는 것은 조깅하는 남자뿐이다. 그의 입에서 쏟아지는 "하얀 입김"은 순간적으로 살아 있는 것 같지만 금방 얼어붙을 운명을 지닌 것이다. 조깅맨처럼 시인은 모든 것이 얼어붙은 세계 – 죽어 있는 세계에서 혼자 살고 있다. 자신은 그 풍경 속에 함몰되지 않기 위해서 홀로 달리는 남자처럼 살아 움직이고자 달린다. 입에서 나오는 하얀 입김으로 자신이 살아 있음을 확인하고 있지만 그러기 위해서는 달리기를 멈출 수 없다. 타향에서 살아간다는 것은 저 홀로 달리는 남자처럼 외로운 일이다. 그 달리기를 멈추는 순간 그 자신도 얼어붙을 것이기 때문이다.

겨울 내내 벌거벗은

잔가지들 바람에 휘어지고

쓸쓸한 새 한 마리 꼭대기에 앉아 있다.

꺾이지 않기 위해서가 아니라

견디기 위해서.

삶의 고뇌,
음울하고 여위었지만,
살아 있다고, 견디고 있다고
그들이 말한다.

——「겨울 잔가지들」

이국 땅에서 사는 시인은 유난히도 겨울 풍경을 자주 노래한다. 겨울 풍경의 헐벗음과 쓸쓸함과 추위는 낯선 땅에 사는 자신의 처지와 상징적 관계에 있는 것 같다. 잎이 떨어진 잔가지에 앉아 있는 새의 모습에서 외로움과 배고픔과 낯섦을 견뎌내는 자신의 모습을 발견하고 살아남은 자의 인고를 노래하는 것이다. "살아 있다고, 견디고 있다고" 말하는 잔가지들의 모습을 보면서 시인은 똑같은 말을 자신에게 끝없이 되풀이하며 다짐한다. '타향 땅'에서 혼자 달려온 삶이 '사랑의 상처들/ 인생의 눈물들'처럼 일상적 삶의 아픔을 시인에게 끝없이 체험하게 하듯, 삶의 고뇌를 '견뎌내야' 살아남을 수 있다는 절대 절명의 순간을 시인은 끝없이 경험하지만, 어느 순간 그러한 자신의 일상이 무슨 의미를 갖는지 스스로를 관찰하고 질문을 던진다.

옷을 벗는다
피부와
마음과, 그리고 나의
영혼을

나 자신을 보기 위해,
나 자신을 알기 위해,
하지만 나는 양파 껍질의
껍질들일 뿐,
텅 빈 중심
이름도 없는
나는 나를 가지고 있지 않다.

입술을 깨문다
나 자신을 느끼기 위해, 그리고
스스로에게 소리를 지른다
맥박을 느끼기 위해
해골의 웃음과
마음의 비명 사이에서.

담배를 피운다,
타이프를 친다,
먹고 섹스하고,
생각하고 가라앉고 그리고
시를 쓴다
나를 찾아내기 위해.

—「자화상」

시인도 다른 일상인처럼 "담배를 피"우고 "타이프를" 치고 "먹고 섹스하"며 살아간다. 기호품을 소비하며 생계 수단을 운용하고 허기를 채우고 성욕을 해결하는 점에서 시인은 다른 일상인과 다를 바 없다. 그러나 시인을 일상인과 구분하는 것은 바로 그가 자신을 보고자 하고 자신을 알고자 하며 진정한 자신의 모습을 찾아내기 위해 "생각하고 가라앉고" "시를 쓴다"는 점에 있다. 시인은 삶에서, 그리고 세상에서 "보이지 않는 것을 보"는 사람이며 "보이는 것을 보지 않"는 사람이기 때문이다. 자기 스스로를 관찰하는 시인은 자신의 진정한 모습을 알기 위해 피부의 옷도 벗고 마음의 옷도 벗고 영혼의 옷마저 벗어버린 순수한 자신에게서 알맹이가 없는 껍질만을 찾아낸다. 그것을 시인은 "텅 빈 중심"이라고 부른다. 그러한 시인에게는 자연도 침묵으로 존재하고 마음도 "아무 데도 없는 곳"으로 난 "길 위로 떨어지"는 "낙엽처럼" 정처 없이 헤맨다. 눈 내리는 한겨울 밤에 '잠 못 이루는' 시인은 철학적 명상에 잠겨서 시간의 절대적 지배와 인간의 한계와 삶의 의미를 생각하지만 그것은 '신의 미로'처럼 아무것도 없는 세계, 무(無)의 세계로 보일 뿐이다. 그렇기 때문에 시인에게 자연은 창문 너머로 보이는 풍경처럼 "의미도 없고, 감각도 없고, 참고서도 없"는 "텅 빈 아름다움"이어서 비사실적으로 느껴진다. 자신이 보고 만질 수 있는 모든 것에 어떤 친화력도 느끼지 못하고 자기 존재와 동떨어진 것으로 받아들여지는 비사실성은 자신이 살고 있는 생활 공간에 동화되지 못하고 자신을 철저한 이방인으로 인식하는 디아스포라의 전형적인 감정이다. 그 쓸쓸함과 외로움은 시인의 일상적 공간이 늘 '비어' 있고 "텅 빈 의자들과 가을만이 남"아 있기 때문이다.

농부의 쓸쓸한 집 하얀 담 벽 뒤

—「감」

쓸쓸한 새 한 마리 꼭대기에 앉아 있다

—「겨울 잔가지들」

시인의 눈에 들어온 대상이 쓸쓸하다는 것은 그 대상을 보는 시인이 자신을 쓸쓸하게 느끼기 때문이다. 어떤 대상을 앞에 두고도 자신을 쓸쓸하게 느끼는 것은 주체가 대상과 화합하거나 하나 된 것이 아니라 대상과 분리되고 불화하고 있는 것이다. 그렇다면 30년 동안 살아온 땅에 동화되지 못하고 겉돌고 있는 시인은 어떤 과거를 가지고 있는가?

3

이 시집에 실린 작품 가운데 많은 작품이 시인의 청년 시절을 회상하고 있다. 「한국전쟁 중에 본 옥수수 밭의 시체」 「출국장」 「어머니를 생각하며」 「전쟁의 기억들」 등은 60년 가까운 세월 저편의 6·25 동란에 관한 기억을 되살려준다. 예를 들면 「전쟁의 기억들」은 갑자기 터진 전쟁으로 인해서 온 가족이 흩어진 기억부터 서로 죽이고 죽는 살육의 기억, 배고픔과 죽음의 위협에서 생명을 보존하기 위한 피신의 기억, 전쟁에 징집된 군대 생활의 기억, 외국 군인들이 군림한 기억, 휴전 후의 폐허가 된 도시에서 살아남은 기억 들을 상기시키고 있다. 그러한 과거를 기억하고 있는 시인은 철학 교수로서 살고 있는 자신의 처지를 행복하게 노래할 수 있을 법도 하지만 이국 땅에서의 삶을 불편해하고 그 속에서 철학을 하는 자신을 고통스럽게 받아들이고 있다.

빌어먹을 형이상학이
도대체 무어란 말인가
빌어먹을 나는
도대체 무어란 말인가

그렇다면 그대와 나, 우리는
모든 것의 없음에 대해
말하지 않기로 하자
술을 들이켜는 동안은
오늘 내가 기억하는 미래의
앞으로 다가올 과거의
배고픔이든 분노든
실망이든 절망이든
잊기 위한, 후회하지 않기 위한
암흑 속으로 우리가 가라앉기 전에는

내가 나비의 꿈이라면,
내가 나비의 꿈을 꾸고 있다면,
내가 꿈꾸기를 꾸고 있다면,
깨어 있거나 말거나,
아무 상관 없어, 그대가 바람에 관한 시를 쓰고 있을 땐

빌어먹을 철학이
도대체 무어란 말인가
빌어먹을 움직이는 나는
도대체 무어란 말인가

그대와 나, 우리는
없음의 모든 것에 대해
말하지 않기로 하자
침상에서 쉬고 있는 동안은
우리가 너무 늙기 전까지는

지금 기억하고 있는 내 죽음의
앞으로 다가올 나의 탄생의
희망들과 주검들,
열정과 환영
그 어느 것도 진지하게 생각하지 않기 위해
그저 궁금해하기 위해

만일 내가 환영의 기만이라면,
만일 내가 환영을 기만하고 있다면,
문제될 건 아무것도 없다.
아무 문제도 없다.
그대가 하늘에 관한 시를 쓰고 있을 땐

──「메타──메타피지카」

어느 순간 자신의 존재의 유한성을 발견한 시인은 철학적 이성으로 형이상학적 진리를 찾고자 한 자신의 노력이 벽에 부딪치는 절망을 체험하고 허무주의로 빠질 위험에 직면한다.

> 만약 모든 것이 끝이라고 생각한다면
> 모든 것이 부조리다
> 나는 부조리다
>
> 신 같은
> 멍청한
> 거대한 공허
>
> 우리는 모두 어딘가로 향하고
> 그곳은 어디에도 없다
> 이해할 수 있는 것은 없다
>
> 우리는 반드시 불행하지는 않지만
> 갈대처럼 여전히 속까지 깊게 비었다
> 우리는 모두 보이지 않는 어떤 무의미에서 빠져나온
> 무의미를 만들려고 애쓸 뿐이다
>
> ──「공허」

모든 살아 있는 것들이 시간의 흐름이나 공간의 이동에서 자유로울 수

없으면서도 '어디로 언제까지' 가는지 목적도 기간도 모르고 이해하
지 못하는 철학적 사유는 결국 '무의미'나 만들어내는 것으로 귀결된
다. 그렇기 때문에 '생각하면 할수록 더욱더 침몰하고' 생각의 늪에서
빠져나오지 못한다. 무신론자를 자처하는 시인은 생로병사의 질곡 속
에서 '대답 없는 질문'과 '해답 없는 문제' 앞에서 철학적 질문을 하며
밤을 보낸다. 무신론자를 자처한 시인은 저항할 수 없는 공허감에서
벗어나고자 '믿지 않는 신'을 찾고 '보이지 않는 신'을 보고자 한다.

어둠과 고요함을 섞어가며,
밤은 떨어지는 눈발과 함께
깊어간다.

잠 못 이루는 12월,
고요 속의
한 영혼.

이성의 바다를 생각하면 할수록,
나는 신의 미로 속으로
가라앉는다.

시간 없는 시간,
한계 없는 한계,
의미 없는 의미,

無를 향한

끝없는 시선

울지 않기 위해, 웃지 않기 위해,

눈발이

생각 없는 생각과

고요한 대지 위로 떨어진다.

───「생각하면 할수록 더욱더 침울하고」

여기에서 시인은 말라르메가 추구했던 절대의 시를 생각한다. 그 순간 시인은 철학적 사유를 떠나서 '오지 않는 고도를 기다리며' 시적 상상력에 자신을 맡긴다. 그렇다고 해서 시인은 '굶어 죽는' 사람들 앞에서, '파괴되는' 나라 앞에서 시가 무엇을 할 수 있는지 알고 있는 것은 아니다. '무엇을 위해서' 시를 쓰는 것이 아니라 '멈출 수가 없'어서 쓰지 않을 수 없는 시 쓰기는 '진짜 부조리' 그 자체지만 시인의 공허를 제거해준다. 왜냐하면 철학자에게는 허용되지 않는 것이 시인에게는 허용되기 때문이다. 시인은 "갑자기 잠을 깨어 보니/ 온 세상의 모든 것이 언어로 바뀌고/ 우주 전체가 우주의 시 외에는 아무것도 아니라는 것을/ 깨달았다." '모든 것이 언어'이고 '우주 전체가 시'가 될 수 있는 것은 시가 시인의 '마음의 풍경'이기 때문이다.

파란 하늘과

점점이 박힌 흰 구름에 기댄

예배당의 황금 첨탑,

케이프 카드 오두막 너머
지붕 너머, 저 멀리,
떡갈나무 마른 가지 아래,
창문 틀 속에 담긴 지평선
그림엽서 같다.

하지만 마을은 고요하고
엽서처럼 비사실적이다. 명상의 거울 속
텅 빔, 텅 빈 아름다움,
진실과 지혜 너머에는
의미도 없고, 감각도 없고, 참고서도 없다,
언어도 없이, 그저
사실로
사물들은 그렇게 존재할 뿐이다.

—「창문 너머」

모든 사물이 마음의 풍경으로 그려질 때 그것은 시가 된다. 그러나 이 아름다운 시가 그림엽서처럼 보이는 것은 그것이 창문 너머의 풍경이기 때문이다. 그림엽서란 이국적인 아름다움이 담긴 풍경이지 시인의 마음의 풍경이 아니다. 그것은 창문 안의 풍경이 아니라 창문 바깥의 풍경이다. 그것은 나의 현실이 아니라 비사실적인 아름다움이어서 텅 빈 공허한 풍경이다. 그것은 시인의 지혜나 진실이 미치는 창문 안의 풍경이 아니기 때문에 의미도 없고 감각도 없고 언어도 없는 사물자체의 풍경에 지나지 않는다. 그 풍경이 사물 자체의 풍경으로 끝나는 것은 나의 '유년기의 기억들'을 공유하지 않기 때문이다. 기억과 연결되지 않는 풍경은 창문 바깥의 풍경일 수밖에 없다. 그래서 시인은 마음의 풍경을 찾아 시를 쓴다. 시는 그의 마음의 풍경이 없는 철학적 사유를 풍요롭게 하는 유일한 수단이다.

4

그렇다고 해서 시인에게 아무런 갈등이 없는 것은 아니다.

> 사람들은 굶어 죽어가고
> 나라들은 파괴되어가고
> 배고픔과 분노
> 폭동과 죽음
>
> 나는 시를 쓴다
> 무엇을 위해서인지 모른다
>
> 낯설음
> 이해할 수 없음
> 하지만 나는 쓰는 것을 멈출 수가 없다,
> 부조리,
> 진짜 부조리, 역시나,
>
> 세상이 무슨 상관이란 말인가?
> 나에게 뭐가 문제란 말인가?

정답이 무엇이란 말인가?

—「시의 효용」

굶주림과 폭동 앞에서 무력한 시를 쓴다는 것에 갈등을 느끼면서도 시를 쓸 수밖에 없는 자신의 부조리한 존재를 시를 쓰는 부조리와 정면으로 마주치는 운명을 시인은 받아들이고 있다. 시인은 세상의 부조리를 밝히고 자기 존재의 부조리를 노래하는 부조리한 존재이지 그것을 해결하는 존재가 아니라는 것을 인식하고 있다. 여기에서 시인은 끊임없이 '정답'만 찾는 철학자의 삶을 떠나 부조리를 노래하는 부조리의 시인으로서 살게 된다. 그것이 아마도 박이문 교수가 철학자로 생활하면서도 시인이기를 포기하지 못하고 시를 쓰는 이유인 것 같다. 그의 시 도처에서 발견되는 철학적 사유에 대한 그의 질문은 그가 시를 쓰는 이유에 해당한다. 냉철한 이성으로 정답을 찾고자 하는 철학자와 해답 없는 질문에 감성과 이미지로 대응하고자 하는 시인이라는 두 겹의 삶은 상보적인 삶이며 조화로운 삶으로서 이 세상에서 사는 박이문 교수의 행복인 것처럼 보인다. 80여 년 가까이 살아오는 동안 어머니에 대한 그리움과 젊은 시절의 가난과 부조리와 폭력이 지배하는 세계에 대한 분노를 철학자로서는 표현할 길이 없지만 시인으로서는 그것들을 특별한 기억과 정서로 삼아서 언어화할 수 있는 것이다. 그것을 보편적 정서로 표현함으로써 사라지지 않는 세상의 원리로 삼고자 하는 시인의 욕망은 철학자로 하여금 시를 쓰지 않고는 견딜 수 없게 만드는 것 같다. 쉽고 명쾌한 논리로 자신의 철학적 사유를 개진하는 그의 많은 저술에도 불구하고 그는 해답 없는 시 쓰기를 철학하기보다도 더 힘들어하고 불평하는 듯하지만 멈추지 못한다. 이러한 시인의 작품

을 읽으며 나는 그가 후세 사람들에게 한 사람의 철학자로 기억되기보
다는 시인으로 기억되기를 바라고 있다고 확신한다. 말년의 사르트르
가 자신을 후세 사람들이 『구토』의 작가로 기억해주기를 바랐던 것처
럼. 그의 시적 열정이 꺼질 줄 모르는 것도 거기에 연유하는 것이리라.

김현 문학에 관한 기억들
──인간적 면모와 일화

1990년 6월 27일 김현이 세상을 떠났을 때 한국의 모든 언론은 그의 때 이른 죽음을 큰 슬픔으로 보도했다. 27년의 비평 활동으로 그는 한국 문학사에 큰 자리를 차지했다. 그는 동시대의 수많은 작가와 시인을 발견하고, 그들의 작품을 가장 다양하고 풍부한 방법으로 읽고 해석하며, 리듬 있는 독창적인 문체로 읽는 즐거움을 제공하는 비평을 써서 한국의 문학사와 정신사에 기념비적인 업적을 남겼다. 그는 문학평론가로서 독보적인 세계를 개척했고, 외국 문학 연구자로서 한국의 문학 연구를 한 단계 끌어올렸으며, 문학지의 편집자로서 계간지 문화의 꽃을 피웠고, 문학을 지망하는 젊은이들의 정신적인 스승 역할을 했다. 그를 두고 황지우 같은 시인은 백 년에 하나 나올까 말까 한 평론가라고 극찬을 했고, 그로 인해서 많은 문인들이 '문지 교실'에 들어오기를 바랐고, 그의 탁월한 리더십으로 '문단의 4K'라는 표현도 나왔다. 그가 죽은 뒤에 그의 친구와 제자, 후배 들은 목포의 향토문화원에 '김현문학비'를 건립하여 그의 공적을 기리게 했고, 문학과지성사에서는 전 16권의 『김현문학전집』을 간행하여 그의 문학 정신을 젊은 문학인들이 계승·발전시키도록 하고 있다. 그는 시인도 소설가도 아니면서 1960년대 문학을 대표하고, 1960년대 정신의 상징으로 남아 있다. 그가 이처럼 큰 영향력을 행사하는 비평가가 된 것은 그가 쓴 엄청난 양의 글이 뛰어났기 때문이지만, 그밖에도 그가 주도해서 창간한 계간 『문학과지성』의 역할의 확대로 뒷받침을 받았기 때문이다.

그는 『문학과지성』 창간호의 서문에서 다음과 같이 쓰고 있다.

이 시대의 병폐는 무엇인가? 무엇이 이 시대를 사는 한국인의 의식을 참담하게 만들고 있는가? 우리는 그것이 패배주의와 샤머니즘에서 연유하는 복합체라고 생각한다. 심리적 패배주의는 한국 현실의 후진성과 분단된 한국 현실의 기이성 때문에 얻어진 허무주의의 한 측면이다. 그것은 문화, 사회, 정치 전반에 걸쳐서 한국인을 억누르고 있는 억압체이다. 정신의 샤머니즘은 심리적 패배주의와 밀접한 관계를 맺고 있다. 그것은 현실을 객관적으로 정확히 파악하여 그것의 분석을 토대로 어떠한 결론을 도출해내는 것을 방해하는 모든 것을 말한다. 식민지 인텔리에게서 그 굴욕적인 면모를 노출한 이 정신의 샤머니즘은 그것이 객관적 분석을 거부한다는 점에서 정신의 파시즘화에 짧은 지름길을 제공한다. 현재를 살고 있는 한국인으로서 우리는 이러한 병폐를 제거하여 객관적으로 세계 속의 한국을 바라볼 수 있는 여건이 형성되기를 희망한다. 그러기 위해서 우리는 한국 현실의 모순을 은폐하기 위한 어떠한 노력에도 휩쓸려 들어가지 아니할 것이다. 진정한 문화란 이러한 정직한 태도의 소산이라고 우리는 확신하고 있으며, 그런 의미에서 우리는 정신을 안일하게 하는 모든 힘에 대하여 성실하게 저항해나갈 것을 밝힌다.

이 창간사는 『문학과지성』 창간 당시의 한국의 문학적·정신적·사회적·정치적 현실에 대한 김현의 진단으로서 『문학과지성』 동인들의 공통된 입장을 대변하고 있고, 그 지향과 목표는 그 후 10년 동안 『문학과지성』의 방향과 성격을 압축적으로 요약해주고 있다. 그것은 우리 사회의 후진성과 분단 현실이 한국 사회에 정신의 패배주의와 샤머니즘의 만연을 가져왔고, 그것으로 인해 야기된 억압과 폐쇄주의가 투철한 현실 인식을 방해하고 있기 때문에 이를 극복하기 위해 객관적이고 보편적인 인식을 추구하겠다고 선언한다. 그것은 이미 정치적 현실로 드러나기 시작한 정치적 폭력과 억압 앞에서 문학적 저항 양식을 탐구하면서 그로 인해 피폐해질 수 있는 문학의 존재 방식에 대한 철저한 반성을 동반하겠다는 강력한 선언이다. 여기에서 패배주의는 4·19 학생 혁명이 5·16 군사 쿠데타로 인해 실패로 돌아간 다음 우리 사회가 사로잡혀 있던 절망감을 의미하며, 그것의 극복을 위해 객관적이고 보편적인 관점의 확립이 필요하다는 주장이고, 샤머니즘이란 실천적인 참여가 아니면 모두 부인되는 맹목적인 독선과 민족과 통일 제일주의와 같은 폐쇄주의를 의미하며, 이를 극복하기 위해서는 이성적 성찰이 필요하다는 주장이다. 1970년은 모든 뜻있는 한국인에게 그러한 것처럼 김현에게도 잔혹한 해였다. 3선개헌을 강행하여 군사독재의 연장을 꾀하고자 한 박정희 정권은 이를 반대하는 국민들의 저항을 억누르기 위해 강온 양면 정책을 펼치고 있었다. 그러한 상황에서 김현은 문학은 무엇을 할 수 있는지 질문하며 괴로워했다. 1960년대 중반에 창간된 『창작과비평』은 문학의 정치적·사회적 역할을 강조하며 사회과학적 저항 이론을 문학에 접목시키며 외로운 싸움을 하고 있었다. 그러나 그 싸움의 격렬함 때문에 문학을 정치와 사회에 종속시킬 수 있다는 우려를 김현은 하고 있었다. 그는 정치적 폭력의 정체를 근원적으로 드러나게 하면서 다양하고 풍요로운 문학을 꿈꾸고 그러한 문학을 가능하게 하는 계간지로 『문학과지성』이라는 동인지를 창간하면서 앞의 창간사를 쓴 것이다. 이러한 그의 문학적 정신과 사상적 태도는 1960년의 역사적 체험과 그 이후에 겪은 문학적 체험에서 연유한다.

1960년은 한국의 민주주의 역사에서 기억해두어야 할 연대지만, 한국의 지성사에서도 빼놓을 수 없는 해다. 1960년 4월 19일에 일어난 학생 혁명은 일제의 억압에서 벗어난 1945년 8월 15일의 해방만큼이나 중요한 사건이기 때문이다. 일제 36년의 압제와 암흑의 시대에서 해방된 것이 민족의 자주와 역사의 발전에 결정적인 발걸음을 내딛는 계기가 되었다면, 4·19 학생 혁명은 남쪽의 민주 정부가 독재화하고 부패한 것에 대한 민중의 저항과 고발정신으로서, 개인의 자유와 사회의 정의를 통해서 민주주의의 참된 정신을 구현하고자 하는 순수한 정신을 표현한 것이다. 1960년은 김현이 대학에 입학한 해고 그해 4월 19일은 김현이 처음이자 마지막으로 학생 시위에 참가한 날이다. 그날 우리는 시위 대열을 따라 적선동을 거쳐 경무대로 향했다. 그 순간 몇 발의 총성과 함께 우리 앞의 시위대가 아스팔트에 엎드렸다. 잠깐의 정적이 소름을 끼치게 한 다음, 한 여성의 비명 소리가 또 다른 소름을 끼치게 했다. 그 순간 시위대가 흩어지면서 우리는 도로변의 일본식 목조 건물로 뛰어들어 피신했다가 광화문 네거리로 돌아왔다. 광화문 네거리는 이미 무법천지처럼 자동차를 탈취한 시위대가 피 묻은 옷을 펄럭이면서 질주하고 있었다. 우리는 학생의 힘으로 독재정권이 무너질 것이라는 확신을 갖고 신당동 하숙집으로 돌아왔다. 우리는 그날의 흥분으로 두 하숙집을 왔다 갔다 하며 통금 시간까지 이야기를 나누며 함께 시간을 보냈다. 며칠 뒤 그와 나는 각자 고향으로 내려갔다가 계엄령이 해제되고 난 다음에야 다시 만날 수 있게 되었다. 그는 우리 세대에 대한 의식을 갖고 새로운 세대가 맡고 나서야 할 짐에 대해서 이야기하기 시작했다. 그는 시간이 갈수록 학생운동이 정치 참여 쪽으로 기울어지는 현실에 대해 우려를 표했고, 학생들의 요구를 이해하지 못하고 정치적 이해에 얽매어서 싸우는 정치인들에 대해서 실망을 나타냈다. 그는 이데올로기가 인간을 억압하며 노예로 만들 수 있다는 것을 깨닫고, 현실 속에 감춰진 이데올로기의 정체를 밝히고 그것에서 자유로울 수 있는 것이 문학이라는 그의 신념을 더욱 굳혀가고 있었다. 그는 그때부터 이미 책 속에 함몰되어 수많은 문학 작품과 이론서를 읽으면서 정치에 관심을 가진 친구들을 멀리했다.

그가 시위에 참가한 것은 4·19 때가 처음이자 마지막이었다. 그러나 4·19의 체험은 그의 일생 동안 그의 정신의 핵심에 자리 잡게 되었다. 그는 그 체험에서 민주주의와 자유에 대한 뚜렷한 의식을 갖고 자신의 정신의 지향점으로 삼게 된다. 그는 4·19가 우리 세대의 정신의 표현이자 자부심이라고 생각하며 정신의 원초적 고향이라고 했다.

진도에서 태어나 목포에서 성장한 그는 1962년 3월 『자유문학』 평론 부문 신인문학상에 당선되어 문단에 등장한다. 그해 1월 1일『한국일보』신춘문예에 김승옥이 단편소설 부문에 당선되었을 때 그는 내게 한 장의 엽서를 보내서 그 사실과 함께 자신이『자유문학』에 응모했다는 것도 알려주었다.

『자유문학』에 그의 글이 발표된 뒤 그는 내게 김승옥과 함께 동인지를 만들자는 제안을 했다. 우리 셋은 의견의 일치를 보고 김현의 제안에 따라 최하림도 동인으로 참가했다. 최하림 시인을 처음 목포에서 만난 김현은 그를 키리코, 모딜리아니, 몬드리안 등의 미술가와 보들레르, 랭보, 말라르메 등의 시인과 베토벤, 바그너 등의 음악가 등 세계적인 예술가에 통달한 천재로 내게 소개하며, 그를 만난 기쁨을 토로하는 편지를 쓴 바 있었다. 동인지의 제목으로 김현이 '질주'를 제안했고 김승옥이 그건 문학소년 냄새가 난다면서 '산문시대'를 제안했다. 김현의 제안은 독일의 '질풍노도'와 프랑스의 초현실주의를 연상시키는 자극적 효과는 있겠지만 지속성을 생각하면 '산문시대'라는 평범한 이름이 좋겠다는 데 의견의 일치를 보았다. 그리하여 1962년 가을에『산문시대』창간호가 나옴으로써 한글세대 최초의 동인지 시대를 열게 된다. 비록 화려한 책은 아니지만 프랑스의 갈리마르 출판사에서 간행한 책처럼 읽는 사람이 재단되지 않은 부분을 칼로 열어서 읽게 된『산문시대』의 창간호에서 김현은 다음과 같은 서문을 쓰고 있다.

태초와 같은 어둠 속에 우리는 서 있다. 그 숱한 언어의 난무 속에서 우리의 전신은 여기 이렇게 초라한 모습으로 서 있다. 이 천년을 갈 것 같은 어두움, 그 속에서 우리는 신이 느낀 권태를 반추하며 여기 이렇게 서 있다. 참 오랜 세월을 끈덕진 인내로 이 어두움을 감내

하며 우리 여기 서 있다. 그러나 이제 우리는 안다. 이 어두움이 신의 인간 창조와 동시에 제거된 것처럼 우리들 주변에서도 새로운 언어의 창조로 제거되어야 함을 우리는 안다. 〔……〕 얼어붙은 권위와 구역질 나는 모든 화법을 우리는 저주한다. 뼈를 가는 어두움이 없었던 모든 자들의 안이함에서 우리는 기꺼이 탈출한다. 〔……〕

그는 여기에서 "태초와 같은 어둠 속에 우리는 서 있다"라고 선언한다. 젊음의 이상과 환희가 충만한 그 시절, 3·15 부정선거를 저지른 독재 정권을 4·19 혁명으로 무너뜨리고 역사상 처음으로 자유와 민주주의를 쟁취한 그 시절, 5·16 군사 쿠데타로 인해 한국의 지성이 체험한 절망적 현실을 그는 이렇게 표현한다. 그는 한글세대의 새로운 언어로, 새로운 문학으로 그 어둠이 제거될 수 있다고 선언한다. 그 선언은 약간 거칠고 약간 도전적이지만 영국의 앵그리 영맨, 프랑스의 누벨바그, 독일의 질풍노도, 일본의 태양족을 연상시키는 정신의 모험과 자유를 향한 어둠 속의 질주를 꿈꾸고 기존의 가치에 도전하는 실험 정신을 내포한다. 여기에 참여한 동인은 강호무, 곽광수, 김성일, 김산초, 김승옥, 김치수, 김현, 염무웅, 서정인, 최하림 등으로서 군사정권 아래지만 4·19 정신을 문학적으로 구현하고자 모인 문학청년들이다. 김현은 김승옥과 함께 당시의 우리들의 모임을 다음과 같이 썼다.

　　그 황량한 벌에서 우리는 초라하게도 만났지
　　헐벗은 옷일랑 보지 말자고
　　아, 우리는 화사하게도 웃었지
　　한없이 너의 주위를 맴돌며

아, 난간에 기대어

아, 난간에 기대어

그 화사한 방에서 우리는 초라하게도 헤졌지

화려한 옷일랑 보지 말자고

아, 우리는 초라하게도 웃었지

한없이 너의 주위를 맴돌며

아, 난간에 기대어

아, 난간에 기대어

군사 쿠데타의 무시무시한 강압 속에서 4·19의 순수한 정신이 꽃도 피기 전에 꺾여버린 그 절망적인 상황에서 문학을 한다는 것이 얼마나 힘든 것인지 나타내는 가사다. 여기에 동인 중의 한 사람으로서 기타 연주를 잘하는 김성일이 곡을 붙여서 우리는 「산문시대의 노래」로 부르곤 했다.

자신이 재정적인 부담을 안고 낸 『산문시대』가 5호에서 중단되자 김현은 우리 문학사에서 첫번째 한글세대로서 자부심을 갖고 4·19 세대의 감수성과 정신을 대표할 수 있는 새로운 동인지를 내는 길을 모색한다. 그의 꿈은 소설가 이청준의 소개로 한명문화사의 지원을 얻어 『68문학』이라는 새로운 동인지를 냄으로써 이루어지는 듯했다. 여기에 동인으로 참여한 사람은 김현, 김승옥, 김주연, 김치수, 박태순, 염무웅, 이청준 등 7명이었고 작품을 발표한 사람은 그 밖에 소설에서 박상륭, 홍성원, 시에서 김화영, 박이도, 이성부, 이승훈, 정현종,

최하림, 황동규, 평론에서 김병익 등이다. 이들의 면모를 보면 1960년 대 문학의 대표적인 작가·시인 들이 대부분 참여하고 있다는 것을 알수 있다. 『68문학』이 『산문시대』의 전통을 이어받았다는 것은 김현이쓴 편집자의 말에서 "태초와 같은 어둠이 정당한 의식의 조작을 거친후 지적인 표현을 얻을 수 있을 것인가, 없을 것인가? 그것은 우리들이 글을 쓰기 시작하고 생각을 의무적으로 표현하기 시작한 때부터 항상 염두에 두어왔던 것이다"라고 쓴 것을 보면 명확하게 드러난다. 그는 그 시대의 위기를 "샤머니즘적인 것과 관념적 유희와 비슷한 것이" "결합하여 빚어내는 정신의 혼란 상태라고 생각한다"고 진단하면서그것을 극복하고자 하는 일이 자유롭게 행해지기 위해서 '정신의 리베라리즘'이 팽창하기를 희망한다. 그러나 이러한 그의 희망도 『68문학』이 한 호로 끝남으로써 꺾여버렸다. 그럼에도 불구하고 그는 절망하거나 포기하지 않고 계간 동인지 발간을 꿈꾸다가 1970년 『문학과지성』을 창간하여 그것을 중심으로 문학 활동을 함으로써 한국 문학의 큰흐름을 주도하는 업적을 남겼다.

이상에서 살펴본 것처럼 『문학과지성』 창간사에서 볼 수 있었던 우리사회와 현실에 대한 김현의 진단은 이미 『산문시대』 『68문학』에서 내렸던 진단에 그 뿌리를 두고 있다. 그리고 그의 문학은 병폐의 치유를위한 평생의 싸움이었다는 것을 우리는 확인할 수 있다. 그는 1988년에 낸 평론집 『분석과 해석』 「서문」에서 "내 육체적 나이는 늙었지만, 내 정신의 나이는 언제나 1960년의 18세에 멈춰 있었다. 나는 거의 언제나 사일구 세대로서 사유하고 분석하고 해석한다. 내 나이는 1960년이후 한 살도 더 먹지 않았다"라고 고백하고 있다. 그것은 그 자신이

4·19 세대의 자부심을 갖고 평생을 살아왔고 문학을 해왔다는 것을 의미한다. 그는 자신이 한글세대임을 자처한다. 그는 한글로 사유하고 한글로 말하고 한글로 글을 쓴 최초의 세대라고 자부한다. 그는 5·16 군사 혁명이나 1972년 유신의 선포나 1980년 광주 항쟁 때 자신이 아무것도 할 수 없는 문학인이라는 것을 자괴감을 갖고 괴로워하며 폭력의 시대에 문학은 무엇을 할 수 있는지 치열하게 질문을 던진다. 그는 그 질문 속에서 동시대의 문학 작품과 끊임없는 대화를 계속하며 분석과 해석만이 자신이 할 수 있는 일이라고 자임한다. 그는 한편으로 동시대의 작가와 시인 들의 작품을 통독하며 의미 있는 작품과 작가를 주목하게 만들고 다른 한편으로 그것을 통해서 개인의 욕망과 사회적 폭력과 문학의 사회적 기능 등을 밝힌다. 그것을 위해서 그는 10여 권에 이르는 평론집과 10여 권의 학술서, 에세이집과 몇 권의 공동 저서와 번역서를 발간한다. 발간 연도에 따라 그 목록을 살펴보면 다음과 같다.

1964년   첫번째 평론집 『존재와 언어』를 전주의 가림출판사에서 간행.

1972년   공동 평론집 『현대한국 문학의 이론』을 김병익, 김주연, 김치수와 함께 민음사에서 간행.
          파쥬의 『구조주의란 무엇인가』를 번역, 문예출판사에서 간행.

1973년   두번째 평론집으로 시 비평집 『상상력과 인간』을 일지사에서 간행.
          발레리의 시집 『해변의 묘지』를 번역, 민음사에서 간행.

1974년   김윤식과 공저로『한국 문학사』를 민음사에서 간행.

세번째 평론집으로 소설 비평집『사회와 윤리』를 일지

사에서 간행.

1975년   네번째 평론집『시인을 찾아서』를 민음사에서 간행.

1976년   곽광수와 함께『바슐라르 연구』를 민음사에서 간행.

1977년   한국 문학을 새롭게 이해하게 하는『한국 문학의 위상』

을 문학과지성사에서 간행.

바슐라르의『불의 정신분석』을 번역, 삼중당에서 간행.

1978년   『현대 프랑스문학을 찾아서』를 홍성사에서 간행.

에세이집『반고비 나그네 길에』를 지식산업사에서 간행.

바슐라르의『몽상의 시학』을 번역, 홍성사에서 간행.

1979년   다섯번째 평론집『우리 시대의 문학』을 문장사에서 간행.

프랑스 신비평의 대표적인 글을 엮어『현대비평의 혁

명』을 번역, 홍성사에서 간행.

1980년   여섯번째 평론집『문학과 유토피아』를 문학과지성사에

서 간행.

골드만의『인문과학과 철학』을 조광희와 함께 번역, 문

학과지성사에서 간행.

1981년   『프랑스비평사 ─ 현대편』을 문학과지성사에서 간행.

1983년   『프랑스비평사 ─ 근대편』을 문학과지성사에서 간행.

대우학술재단의 지원을 받아『문학사회학』을 민음사에

서 간행.

1984년   일곱번째 평론집으로『젊은 시인들의 상상세계』를 문학

과지성사에서 간행.

여덟번째 평론집 『책읽기의 괴로움』을 민음사에서 간행.

1986년   에세이집 『두꺼운 삶과 얇은 삶』을 나남출판사에서 간행.
학술서인 『제네바학파 연구』를 문학과지성사에서 간행.

1987년   학술서 『르네 지라르, 혹은 폭력의 구조』를 나남출판사
에서 간행.

1988년   아홉번째 평론집 『분석과 해석』을 문학과지성사에서
간행.

1989년   편역서 『미셸 푸코의 문학비평』을 문학과지성사에서
간행.

1990년   학술서 『시칠리아의 암소』를 문학과지성사에서 간행.

1990년   열번째 평론집 『말들의 풍경』을 그의 사후에 문학과지
성사에서 간행.

1992년   문학적 일기 유고 『행복한 책읽기』를 문학과지성사에서
간행.

문학과지성사에서는 이상에서 언급된 책들에서 번역을 제외하고 그가
쓴 글만으로 1993년 총 16권의 『김현문학전집』을 완간하여 그의 문학
적 업적을 기리고 후학들에게 그의 문학을 접하게 만들었다. 여기에
서 주목할 사실은 1980년 광주의 비극 이후 그가 남긴 『제네바학파 연
구』『르네 지라르, 혹은 폭력의 구조』『미셸 푸코의 문학비평』『시칠리
아의 암소』 등의 학술서다. 광주의 비극에 대해서 문학인 김현은 그가
살고 있는 세계, 그 세계 속에 존재하는 폭력과 모순, 그러한 현실에
서의 문학의 위상 등에 대해 보다 근원적으로 밝히고자 하는 그의 뜨
거운 정신을 구현하고 있다. 이 시대에 쓰어진 그의 평론들은 세계 속

에 존재하는 폭력의 정체를 밝히고 그것이 인류 역사에서 얼마나 큰 추문인지 드러내면서도 폭력에 폭력으로 대항하는 것이 또 다른 폭력을 낳을 수밖에 없는 모순된 현실에서 최선의 대응 방식이 '말'이라는 것을 깨닫고 절망과 싸우는 모습을 보여주고 있다.

김현은 48세라는 길지 않은 일생 동안 엄청난 분량의 글을 썼고, 예리한 분석력과 탁월한 상상력으로 한국 문학비평에 하나의 이정표를 세웠다. 그 글을 쓰기 위하여 그는 상상을 초월하는 분량의 독서를 했다. 그에게는 독서광이라는 별명을 붙일 수 있다. 그는 언제 어디서나 글을 읽었기 때문이다. 그는 친구들이 바둑을 둘 때도 옆에서 책을 읽었고 여행을 할 때도 책을 읽었다. 그는 단순히 책을 읽는 것이 아니라 남다른 감식력을 가지고 있어서 처음 몇 페이지를 읽음으로써 그 책을 끝까지 읽을 것인지 그 자리에서 내동댕이칠 것인지 결정을 내린다. 그가 책을 버릴 때는 대개의 경우 글이 거칠다거나, 남의 것을 그대로 써서 독창성이 없다거나, 사고의 전개가 제대로 되지 않은 경우이다. 그는 언제나 책을 버리는 이유를 분명히 갖고 있어서 이의를 제기한 사람을 무안하게 한다. 그는 한 시간이면 세계문학전집 3백 페이지를 읽어내는 속독 능력을 갖고 있었다. 더욱 놀라운 것은 그토록 빨리 읽으면서도 디테일에 대한 어떤 질문을 받아도 즉각적으로 정확하게 대답한다는 것이다. 한번은 그가 소설책을 15분쯤 읽은 다음 쓰레기통에 버린 적이 있다. 내가 깜짝 놀라 그 이유를 물었더니 "내가 읽을 가치가 없다고 생각하는 책을 남에게 읽도록 만드는 것은 죄악이야. 그것은 내 몸에 해로운 음식을 남에게 먹게 하는 것과 같아"라고 그는 대답했다. 어느 날 술자리에서 그가 후배를 야단치는 것을 들은 적이 있다. "너, 그 작품 읽었어? 어디에 그런 말이 있더냐? 그 작품의 줄거리를 말해봐!"라고 다그치던 그는 자신이 읽지 않은 작품에 대해서 비평을 하는 것은 죄악이라고 그 후배를 타일렀다. 남의 글을 정확하게 읽고 자신의 의견을 개진하는 것이 그의 비평 원칙이다.

그는 글 읽기만 빨리 한 것이 아니라 글쓰기도 다른 사람의 추종을 허락하지 않았다. 그의 친필을 본 사람은 기억하겠지만 그는 대단히 작은 글자, 흔히 말하는 깨알 같은 글자로 글을 썼다. 어쩌면 최소한의 움직임으로 글씨를 쓰기 때문이라고 생각할 정도로 그는 보통 사람보다 3배 이상은 빠른 속도로 글을 썼다. 그는 언제나 마감 전에 원고를 제출하는 보기 드문 속필의 소유자여서 잡지사나 출판사의 담당자들에게 가장 인기 있는 필자였다. 그럼에도 불구하고 그의 글에는 언제나 새로운 사유가 번뜩이고 우리의 심중을 파고드는 예리한 표현으로 가득 차 있다. 그 때문에 아마도 동시대의 작가나 시인치고 그의 비평을 한번 받고 싶어 하지 않은 사람은 없었을 것이다.

그는 팔봉비평상 수상 소감에서 문학은 "멋진 말의 수사도 아니고, 즉각적인 반응을 유발시키는 힘 있는 구호도 아닙니다. 그것은 그 자체가 하나의 더운 상징이 되어 거기에 대한 뜨거운 반응을 유발하는 하나의 사건입니다." "문학이 인간의 모든 문제를 다 해결해줄 수 있는 것은 아닙니다만, 문학은 그 어떤 예술보다도 더 뜨겁게 인간의 모든 문제를 되돌아보게 합니다"라고 말했다. 그것은 그가 평생 온몸으로 문학을 하며 도달한 깨달음이다. 그는 자신의 문학이 리듬에 대해서 집착하고, 이미지에 편향되어 있으며, 타인의 사유의 뿌리를 만지고 싶은 욕망에 사로잡혀 있고, 거친 문장에 대해서 혐오감을 표현한다고 고백하고 있다. 그러나 그것은 타인의 작품뿐만 아니라 자신의 문학을 '뜨거운 상징'으로 읽은 필연적인 결과라고 생각된다. 그는, 작품을 떠난 주의 주장을 공허한 구호라고 혐오하고 작품에 대한 철저한 분석과 독창적인 해석만이 자신의 비평이 해야 할 일이라는 신념을 끝까지 지킨 최초의 비평가다. "또다시, 좋은 세상이 오고 있다고 풍문은 전하고 있다. 과연 좋은 세상이 올 것인가? 그것은 헛된 바람이 아닐까?" 이런 회의는 그가 1960년대에 겪었던 경험에서 얻은 그의 세계관을 그대로 말해준다. 그의 세계관은 그 후의 한국 사회의 발전 과정을 보면 그 정당성을 인정하게 된다. 6·29 선언과 6월 항쟁을 겪으면서 한국 사회는 군사정권을 무너뜨리고 문민정부, 국민의 정부, 참여정부 등 민주적인 정권을 체험하며 발전된 사회의 모습을 보여주고 있지만 그것이 곧 한국 사회가 안고 있는 모든 문제의 해결을 의미하는 것이 아니라는 것도 알게 되었다. 몇십 년 동안 쌓여 있던 내적인 모순이 갈수록 갈등의 골을 깊이 파고 있다. 그렇기 때문에 문학의 존재는 소중한 것이고 문학의 역할은 강화되어야 한다고 주장한 그는 역사적 격동 속에서도 끝까지 문학을 할 수 있었던 것이다. 정치적 현실과 역사적 사실에 함몰되지 않고 자유로운 입장에서 그것을 비판적으로 볼 수 있는 문학의 필요성을 주장한 그의 문학은 오늘날과 같이 급변하는 사회적 환경 속에서도 여전히 유효한 것이다. 그와 같은 문학이 있기 때문에 우리는 오늘도 인간의 모든 문제를 '뜨겁게' 되돌아볼 수 있다.

완전한 자유의 꿈
—정현종의 『광휘의 속삭임』

1

정현종 시인의 아홉번째 시집 『광휘의 속삭임』은 시인이 문단에 나온 이래 40여 년 동안 추구해온 시적 세계가 절정에 도달했음을 보여준다. 처음 등단할 때 시인이 그리고자 한 것은 발레리나의 비상의 움직임이다. 그 비상의 움직임은 발끝으로만 딛고서 공중으로 솟아오르고자 하는 발레리나를 통해서 육체의 무게를 이겨내고 중력의 작용을 벗어나고자 하는 꿈을 표현한다. 시인은 삶이나 중력의 무게를 힘겨워하는 존재로서 그것에서 벗어나는 자유로운 경지를 꿈꾼다. 그 자유로운 경지를 시인은 '한 꽃송이'로 부른다. 그렇기 때문에 시인은 날아다니는 모든 가벼운 것들을 꽃으로 형상화하고 뿌리에서 올라오는 식물의 향일성의 정점에서 꽃을 인식한다. 꽃은 부력을 가지고 있어서 새들도 날게 하고 봄날의 미풍도 불게 한다. 꽃과 바람이 상통하고 있는 그의 시의 모든 사물들은 항상 바람으로 서술되고 바람과의 관계 속에서 인식된다. 시인의 "심장은 없고 바람뿐이며" "부서진 내 살결과 바람결이 같아지고" "저 밖의 바람은 〔……〕 뼈 사이로 불고" "이 바람결 속에는 모든 게 다 들어 있"지만 "바람은 아주 약한 불의/ 심장에 기름을 부어주"는 것이다. 그 두 물질의 상승작용은 시인의 몸을 가볍게 하고 자유롭게 해서 시인으로 하여금 상상력의 우주 속에 유영하게 한다. 그렇다. 유영이라는 말은 논다는 것과 헤엄친다는 것의 교묘한 결합이다. 그것은 쉽게 이루어지는 것이 아니라 자신의 육체의 무게에 대한 철저한 인식과 그 결과 도달하는 끝없는 절망을 되풀이하는 과정을 거친 것이다. 비교적 초기 시집인 『나는 별 아저씨』에서도 시인은 "제 몫으로 지고 있는 짐이 너무 무겁다고 느껴질 때 생각하라. 얼마나 무거워야 가벼워지는지를. 내가 아직 자유로운 영혼, 들새처럼 날으는 영혼의 힘으로 살지 못한다면, 그것은 내 짐이 아직 충분히 무겁지 못하기 때문이다"(「절망할 수 없는 것조차 절망하지 말고……」)라고 말한다. 자아와 사물들 사이의 역동적인 관계를 통해서 존재의 무게와 삶의 고통을 초월할 수 있는 가능성을 모색하고 있는 시인은 들새처럼 자유롭게 나는 영혼의 소유자이기를 꿈꾼다.

이러한 시인의 꿈은 『광휘의 속삭임』이라는 시집에서 절정에 도달한 것처럼 보인다. "지금부터 쓰는 시는/ 시집도 내지 말고/ 다 그냥/ 공기 중에 날려버리든지/ 하여간 다 잊어버릴란다./ 그럴란다"라고 말하며 시의 무게마저 지니지 않으려 한 시인은 괄호 속에 "아이구 시원해"라고 덧붙인다. 평생 동안 시의 무게에 얼마나 시달려왔으면 "지금부터 쓰는 시는" "공기 중에 날려버리"련다고 말하고 그것을 상상만

해도 "아이구 시원해"라는 감탄사를 내뱉는 것인가! 시에서도 해방되고 싶어 하는 시인은 모든 의무나 규제에서 풀려나 완전한 자유를 구가하고자 한다. 시의 굴레에서 벗어나면 시인이기를 그만둘 수 있다는 위험을 무릅쓰고 시인은 자신의 시가 우주의 물질과 하나가 되는, 그리하여 굳이 시집으로 묶어서 낼 필요가 없어지는 단계를 꿈꾼다. 그래서 시인은 잠결에도 지구라는 알이 스스로 껍데기를 깨고 나오는 "생명의 탄생", 시간의 파동을 느끼게 하는 "푸르른 여명" "어떤 물질이나 통과하는 빛" 등의 "시가 막 밀려오는데" "일어나 쓰지 않고/ 잠을 청하였"다고 고백함으로써 "쓰지 않으면 없다는 생각도/ 이제는 없는" 것이 아닐까 자문하고 있다. 물론 시인은 쓰지 않았다는 고백을 함으로써 「시가 막 밀려오는데」라는 시를 쓰고 있다. 이 말은 시인은 일부러 시를 쓰고자 노력하여 시를 쓰는 것이 아니라 일상적 삶전체가 시가 되는 삶을 살면서 시적 사유 속에 젖어서 살고 있다는 말이다. "방안에 있다가/ 숲으로 나갔을 때 듣는/ 새 소리와 날개 소리는 얼마나 좋으냐!/ 저것들과 한 공기를 마시니/ 속속들이 한 몸이요/ 저것들과 한 터에서 움직이니/ 그 파동 서로 만나/ 만물의 물결,/ 무한 바깥을 이루니……"(「무한 바깥」). 닫혀 있는 공간인 방 안에서 무한으로 열린 바깥으로 나간 시인은 그 공간을 날아다니며 생명의 온갖 소리를 들음으로써 그것들과 한 몸이 되는 것을 느끼고, 그것들의 움직임이 일으키는 파동을 함께 타는 스스로를 발견하고, 자신의 삶의 공간이 '무한 바깥'으로 열리는 희열을 맛본다. 그것은 폐쇄된 공간 안에 있는 생명체가 열린 공간으로 나와서 생명의 소리와 몸짓을 회복하는 것으로서 자연과의 합일을, 그 순간의 희열과 행복을 노래한다.

그 희열과 행복은 자신이 만든 인위적인 공간을 벗어나서 무한 공간인 자연 속으로 나와서 모든 살아 있는 것들의 소리에 귀를 기울이고 그 움직임에 자신의 몸을 맡길 줄 아는 시간을 가질 때 가능한 것이다. 그래서 시인은 "돈과 기계에 마비되어/ 바삐 움직이면서 시간을 돈 쓰듯 물건 쓰듯 쓰기만 하고/ 시간 자체!를 느끼는 일은 전무한" 오늘의 삶을 개탄하며 '시간의 꽃' 향기를 맡는 시심의 회복을 강조한다. 시인의 예술론은 그러므로 시인이 아무것도 없는 무에서 창조하는 것이 아니라 자연 속에 있는 생명체들의 움직임을 자기 것으로 만드는 것이다. "왕희지 놀던/ 소흥 난정(蘭亭)에 가서/ 연못에 금어(金魚)들 헤엄치는 걸 보며/ 저거로군, 무릎을 치네/ 그를 서성(書聖)이 되게 한 건/ 물고기의 몸놀림,/ 그리고// 공중에 마음껏/ 서체(書體)를 만들고 있는/ 나뭇가지들이니"(「어떤 예술론」). 시인은 난정에 가서 중국이 자랑하는 명필 왕희지가 자연과 하나 되어 '시간의 꽃' 향기를 맡는 시간을 갖고 물고기의 몸놀림과 나뭇가지의 움직임을 자기 것으로 만듦으로써 왕희지 필법을 완성하게 되었음을 깨닫는다. 자연과 하나 되고 생명을 예찬하고 느리게 사는 것을 꿈꾸는 시인 자신도 어느 가을날 빨갛게 물든 담쟁이 넝쿨을 보고 심장이 두근거리는 체험을 한다. 그것은 거기에서 시간의 정령, 변화의 정령, 바람의 정령, 즉 '세상의 모든 심장의 정령'이 작용하는 것을 시인이 느꼈음을 말한다. 맑고 깨끗한 귀뚜라미 소리가 시인의 가슴을 '세상에서 제일 맑은 샘물의 발원지'로 만든다. 아파트와 빌딩의 숲에서 사는 시인이 동산 자락으로 난 길을 내려오다 "건물 뒤편/ 나무들 사이에서 고요가/ 불현듯 고요가/ 아 들리는 것이었다"라는 체험을 고백하는 것은 문명의 온갖 소음 속에 살아온 일상적 자아가 경험한 경이의 순간이지만 그것이 사실은 우리의 일상적 삶에 존재했으나 지금은 잃어버린 순간을 되찾은 경험에 속한다. '고요가 들린다'는 어법은 시인이 즐겨 쓰는 모순 어법으로서 고요가 너무 강렬해서 소리나 소음처럼 들리는 상태다. 봄날 산에 오르다가 낙엽 위에 앉아 어린 새싹을 만지며 먼 산을 바라볼 때 불현듯 느껴지는 고요도 들릴 만큼 강렬한 것이어서 소음 때문에 상처 난 마음에 돋아난 생살 같은 것이다.

　이처럼 새소리, 나뭇가지의 움직임, 물고기의 몸놀림, 빨간 담쟁이 넝쿨, 숲속의 고요 등 시인이 노래하고 그리워하는 것은 자연 속에 존재하는 모든 것이지만 그것은 언어 이전의 상태이고 움직임이며 사물이다. 그것들은 자연 상태로 있을 때 눈부신 시적 광휘를 발하지만 언어화하는 순간 그 광휘를 잃어버리는 데 시인의 절망이 있다.

　　저녁 어스름 때
　　하루가 끝나가는 저
　　시간의 움직임의
　　광휘,
　　없는 게 없어서
　　쓸쓸함도 씨앗들도
　　따로따로 한 우주인,
　　(광휘 중의 광휘인)
　　그 움직임에
　　시가 끼어들 수 있을까.

　　아픈 사람의 외로움을
　　남몰래 이쪽 눈물로 적실 때

그 스며드는 것이 혹시 시일까.
(외로움과 눈물의 광휘여)

그동안의 발자국들의 그림자가
고스란히 스며 있는 이 땅속
거기 어디 시는 가슴을 묻을 수 있을까.
(그림자와 가슴의 광휘!)

그동안의 숨결들
고스란히 퍼지고 바람 부는 하늘가
거기 어디서 시는 숨 쉴 수 있을까.
(숨결과 바람의 광휘여)

——「광휘의 속삭임」

우리 삶의 순간에는 도처에서 시적 광휘가 자신의 존재를 알리는 속삭임을 우리에게 전하지만 그것을 언어로 환치하는 것은 시인뿐이다. 그런데 그것을 언어로 바꾸는 순간 광휘가 줄어들거나 약화되는 데 시인은 절망하지 않을 수 없다. 그러나 그 절망을 노래함으로써 광휘의 존재를 알리는 것이 시라면 시인은 그 절망으로부터 완전한 자유를 꿈꾸는 사람이다.

시를 쓰련다는 야심은
그것만으로
시를 죽이기에 충분하다는

앙리 미쇼의 말씀!

시여
굶어 죽지도 않는구나.

——「시 죽이기」

시의 무게에서 해방되어 완전한 자유를 꿈꾸는 시인은 우주 속에 있는
온갖 광휘의 속삭임을 외면할 수 없어서 시를 쓰는 운명을 타고난 사
람이다. 그 운명을 철저하게 살고 있는 시인의 광휘가 우리로 하여금
그의 시를 외면하지 못하게 하고 읽지 않을 수 없게 만든다.

시인의 자리
──마종기론

1

시인은 자신의 언어를 떠나서는 살 수 없다. 시인에게 있어서 언어는 존재의 집이기 때문이다. 그런데 시인이 자신의 고향을 떠나 이국 땅에서 산다는 것은 모국어를 사용하지 않고 외국어를 사용하는 세계에 산다는 것을 의미한다. 모국어를 버리고 외국어를 사용한다는 것은 어쩌면 시인에게 시인이기를 포기하는 것이 될 것이다. 시인이 외국에서 살면서 외국어로 시를 쓰는 것은 또 다른 시인이 되는 길이다. 왜냐하면 그 경우 시인은 외국어로 사유하고 외국어로 느끼고 외국어로 표현하기 때문이다. 따라서 외국에 살면서 시인이 모국어로 시를 쓴다는 것은 어쩌면 모순된 삶이다. 외국 땅에서 생활을 하면서 그 나라 사람이 되지 못하고 한국어로 사유하고 한국어로 느끼고 한국어로 표현한다는 것은 비록 몸은 외국 땅에 있지만 정신은 끊임없이 고향 땅에 머물고 있다는 것을 의미한다. 그러므로 몸은 외국에 있지만 정신은 고국을 떠나지 못하고 있는 시인은 몸과 정신이 분리된 기형적인 이중적 삶을 살게 된다. 그의 삶은 몸과 마음이 일치하지 않고 부딪치는 갈등 구조를 지니고 있어서 자체 안에 끝없는 불화를 내포하고 있다. 그러한 모순과 갈등을 극복하는 가장 단순한 길은 외국에 살면서 외국어로 사유하고 느끼고 표현하거나 그렇지 못하면 고향으로 돌아와서 모국어로 사유하고 느끼고 표현하는 것이다. 그러나 현실은 그처럼 단순한 선택을 허용하지 않는다. 시인이 외국으로 떠난 것은 떠나지 않고는 견딜 수 없는 고통이 시인으로 하여금 떠나도록 결심하게 했을 것이고, 외국에서 모국어를 버리지 못하면서도 고국으로 돌아올 수 없는 것은 돌아오는 것이 문제의 해결이 아니라는 인식을 시인으로 하여금 갖게 했기 때문일 것이다.

마종기의 시를 보다 잘 이해하고 감상하기 위해서 우리는 이 시인이 왜 한국을 떠날 수밖에 없었는지에 대해서 생각을 해보아야 할 것이고, 외국에서의 성공적인 삶에도 불구하고 왜 고국에서의 삶을 꿈꾸고 있는지, 그리고 그럼에도 불구하고 어찌하여 돌아올 수 없었는지 질문을 던지고 해답을 강구해야 할 것이다. 그러한 질문에 대한 해답은 어쩌면 그의 시 전체를 다시 읽고 거기에서 찾아보는 것이 그의 시를 읽고 감상하고 즐기는 독자의 올바른 태도라고 생각된다.

2

마종기는 1959년 시인 박두진 씨의 추천으로 『현대문학』 1월호에 「해부학 교실」로 추천을 받기 시작하여 같은 해 4월호에 「나도 꽃으로 서서」로 두번째 추천을 거쳐 1960년 『현대문학』 2월호에 「돌」로 3회 추천을 완료하고 문단에 등단한다. 등단 초기의 세 편의 시는 어쩌면 마종기 시 세계의 어떤 방향과 큰 틀을 제공해주는 것 같다. 시체를 해부하는 자리에서 시인은 자신에게 다짐을 한다. "여기는 조용한 갈림길, 우리는 깨끗이 직각으로 꺾여져 가자. 다시 돌아볼 비굴한 미련은 팽개쳐버리자"는 다짐은 살아 있는 자신이 죽은 시신을 다룰 때 자칫하면 빠지기 쉬운 살아 있는 자의 오만을 경계하면서 과학적이고 절도 있는 과정을 밟음으로써 의사의 본분을 지키겠다는 의지의 표현이다. 그러면서도 성장하면서 부끄러워 눈길을 피하던 어머니의 젖가슴에 향수를 느끼는 유년 시절의 기억을 되살림으로써 '숨소리'를 들을 수 있게 된 시인은 살아 있는 보람을 구가한다. 그 순간 해부학 교실은 "먼 시대로부터 시작하여 생명의 온기를 감사하는 서정의 꽃밭"이 된다. 그것은 한편으로 의사의 객관성과 시인의 서정성을 융합시키고자 하는 마종기의 문학적 지향성을 드러내준다. 그의 두번째 추천작 「나도 꽃으로 서서」에서 시인은 꽃병에 꽂혀 있는 꽃을 보며 자신도 '한 가지 꽃으로' 환치시켜 스스로를 '이주민'으로 인식한다. 꽃이 자연의 상태에서 이주해온 것처럼 '꿈속을' '구름 속을' '음악 속을' '적막 속을' 끝없이 헤매는 이주민이라는 자아 인식은 뿌리내릴 고향이 없다는 것과 떠돌아다니는 운명을 타고났다는 것을 처음부터 내세우고 있다. 세번째 추천작에서는 그 이주민은 때로는 '해'가 비치고, 때로는 '소나기'가 몰아치고, 때로는 '바람이' 불어오고, '천둥이' 고함치는 가운데 돌이 되어 숨어 있지만 아침에 '의젓한' 돌이 되어 나타난다. 이 작품들에서 시인은 자신의 운명을 예감한 듯한 원-존재를 제시하고 있다. 의과 대학에 다니며 시를 쓰고 시인이 된 마종기는 의사로서도 성공하고 시인으로서도 자기의 세계를 구축한 따뜻한 시의 어떤 경지를 개척한다.

어떤 사람들은 마종기가 미국에 가게 된 계기에 대해서 질문을 할 수 있다. 그것은 그가 의사가 되고자 했는가 아니면 시인이 되고자 했는가 하는 질문과 통한다. 아마도 출발은 연세대 의대의 무시험 입시 제도가 장래의 직업을 생각한 젊은이의 마음을 끌었을 것이다. 의대를 졸업한 후 공군사관학교 의무대 진료부장으로 군복무를 마치고 미국에 갈 예정이었다. 그러나 1965년 이른바 6·3 사태 때 '재경문인 한일회담 반대 성명'에 서명한 것으로 인해 공군 방첩대에 연행되어 심문과 고문을 받은 후 여의도 공군 유치장에 10일간 구금되었다가 공소유예로 석방된 다음 이듬해 만기제대하고 도미한다. 그는 오하이오 데이턴 시 마이애미 벨리 병원 인턴으로 취직하여 미국 생활을 시작한다. 이러한 과정을 보면 그는 분명 당시 의료 후진국인 한국의 의사로서 미국의 선진 의술을 습득하는 것이 절대적으로 필요하다고 느껴서 도미할 예정을 잡고 있었으나 공군 유치장에 구금된 것이 그의 도미를 재촉한 것처럼 보인다. 이 무렵에 관한 이야기를 1997년에 시로 쓴 것이 「섬」이다.

그해 여름에는 여의도에 홍수가 졌다.
시범아파트도 없고 국회도 없었을 때
나는 지하 3호실에서 문초를 받았다.
군 인사법 94조가 아직도 있는지 모르겠지만
조서를 쓰던 분은 말이 거세고 손이 컸다.

그해 여름 내내 나는 섬을 생각했다.
수갑을 차고 굴비처럼 한 줄로 묶인 채
아스팔트 녹아나는 영등포 길로 끌려가면서
세상에서 가장 심심한 작은 섬 하나 생각했었다.
그 언덕바지 양지에서 들풀이 되어 살고 싶었다.

곰팡이 냄새 심하던 철창의 감방은 좁고 무더웠다.
보리밥 한 덩어리 받아먹고 배 아파하며
집총한 군인의 시끄러운 취침 점호를 받으면서도
깊은 밤이 되면 감방을 탈출하는 꿈을 꾸었다.
시끄러운 물새도 없고 꽃도 피지 않는 섬.

바다는 물살이 잔잔한 초록색과 은색이었다.
군의관 계급장도 빼앗기고 수염은 꺼칠하게 자라고
자살 방지라고 혁대도 구두끈도 다 빼앗긴 채
곤욕으로 무거운 20대의 몸과 발을 끌면서
나는 그 바다에 누워 눈감고 세월을 보내고 싶었다.

면회 온 친구들이 내 몰골에 놀라서 울고 나갈 때,
동지여, 지지 말고 영웅이 되라고 충고해줄 때,
탈출과 망명의 비밀을 입안 깊숙이 감추고
나는 기어코 그 섬에 가리라고 결심했었다.
이기고 지는 것이 없는 섬, 영웅이 없는 그 섬.

드디어 석방이 되고 앞뒤 없이 나는 우선 떠났다.
그러나 도착한 곳이 내 섬이 아닌 것을 알았을 때
아버지는 돌아가셨고 나는 부양가족이 있었다.
오래전, 그 여름 내내 매일 보았던 신기한 섬.
나는 아직도 자주 꿈꾼다. 그 조용한 섬의 미소,
어디쯤에서 떠다니고 있을 그 푸근한 섬의 눈물을.

여기에서 시인은 자신이 조국을 떠날 수밖에 없었던 상황을 설명하고
있다. 군사정권의 무시무시한 억압 속에서 "수갑을 차고 굴비처럼 한
줄로 묶인 채" 끌려가는 젊은 시인은 "세상에서 가장 심심한 작은 섬
하나 생각"하면서 "그 언덕바지 양지에서 들풀이 되어 살고 싶었다"
라고 고백한다. "이기고 지는 것이 없는 섬, 영웅이 없는 그 섬"이란
인간을 굴비처럼 다루는 억압 없는 세계, 가난하지만 자유로운 세계
를 말한다. 그런데 그가 새로운 땅에 살기 시작한 순간 부친상을 당했
으나 가난한 그는 부양가족 때문에 귀국하지 못하고 아버지의 장례에
참석하지 못한다. 그것을 그는 불효라는 이름으로 말하지 않지만 그
것이 그의 마음 밑바닥에 한으로 남아 있음을 알게 한다. 그것은 그가
어디까지나 일상인이지 혁명가가 아니라는 고백이다. 친구들이 "지지
말고 영웅이 되라"고 격려했지만 그는 일상인으로서 행복하게 살고자
'조용하고' '푸근한' 그 섬을 찾아 고국을 떠난다. 그러나 그는 자신이
"도착한 곳이 내 섬이 아닌 것을" 발견한다. 일상적 안락과 억압 없는
자유를 찾고자 했지만 '내 섬이 아니'라는 발견은 그를 일상인에서 시
인으로 탈바꿈하게 한다. 그는 의사로서의 삶에 만족하지 못하고 "그
조용한 섬의 미소"를 꿈꿈으로써 그 꿈을 표현하고자 한다. 그것은 그

를 시인으로 살게 만든다.

3

일상인으로서 무시무시한 군사독재를 피하여 외국으로 떠난 것은 일종의 망명일 수 있지만 시인에게 있어서 자기 나라를 떠나 산다는 것은 일종의 유배요 형벌이다. 시인에게 있어서 모국과 모국어는 작품의 모태이기 때문이다. 그러나 좀더 과감하게 말하면 19세기 '저주받은 시인'의 말처럼 시인은 이 세상 어디에서나 스스로를 유배되고 형벌 받은 사람으로 느끼고 사는 사람이다. 시인은 '완전무결한 자유의 추위와 배고픔으로 겨울의 들판에서 얼어 죽'은 '자유주의자'를 영화에서 보고 "나도 한때는 거기서 얼어 죽고 싶었다"라고 고백함으로써 저주받은 시인의 자유를 노래하기도 한다. 그러나 풍요의 땅 미국에서 본 세계는 자유만으로 추위와 배고픔을 이길 수 없다는 것을 깨닫는 순간 시인은 자신의 역할이 무엇인지 질문하지 않을 수 없다.

시인이 되고 싶습니다.
시인의 용도는 무엇입니까?
에티오피아에서, 소말리아에서
중앙아프리카에서
굶고 굶어서 가죽만 거칠어진
수백 수천의 어린이가 검게 말라서
매일 쓰레기처럼 죽어가고 있습니다.
캄보디아에서, 베트남에서
오늘은 해골을 굴리며 놀고

내일은 정글 진흙탕 속에 죽는 어린이.
열 살이면 사람 죽이는 법을 배우고
열두 살이면 기관단총을 쏘아댑니다.
엘살바도르에서, 니카라과에서
중앙아메리카에서, 남아메리카에서
해 뜨고 해 질 때까지 온종일
오른쪽은 왼쪽을 씹고
왼쪽은 오른쪽을 까고
꼬리는 대가리를 치다가 죽고
하루도 그치지 않는 총소리.
하루도 쉬지 않는 살인.
하느님 시인의 용도는 어디 있습니까.

—「시인의 용도 1」

고국에서 빠져나온 떠돌이 시인은 세계 도처에서 벌어지고 있는 폭력에 눈을 뜨기 시작한다. 그것은 그런 가난과 폭력 앞에서 시를 쓴다는 것이 무엇인지 시인으로 하여금 질문을 던지게 한다. 가난과 폭력은 시인이 떠나온 고국의 현실만이 아니라 전 세계가 부딪치고 있는 문제적 현실인 것이다. 그는 굶어 죽는 사람도 사람인가, 폭력과 살인을 일삼는 사람도 사람인가, 사람 죽이는 법을 어린이에게 가르치는 사람도 사람인가 질문을 던진다. "사람은 생각하는 갈대라지만/ 아프리카 한복판, 가뭄에 굶어 죽은/ 수십만의 에티오피아 사람들은/ 무슨 생각을 하는 갈대였을까./ 갈대같이 말라서 쓰러져 죽고 마는/ 그 갈대를 꺾어서 응접실을 치장하고/ 생각하는 갈대답게 아프리카를 본다." 생각하는 갈대로서의 삶을 살고 있는 시인은 굶어 죽는 갈대도 생각하는 갈대인가 질문을 던짐으로써 시인의 용도를 묻고 있다. 그것은 시인으로서의 자신의 삶이 사람다운 삶인가 질문하는 것이고 산다는 것 자체에 대해 근원적으로 질문하는 것이다. 그것은 배가 고파 울고 있는 아프리카의 어린아이 앞에서 자신의 소설 『구토』가 한 덩어리 빵의 무게도 나가지 않는다고 개탄한 사르트르의 고민을 그대로 드러낸다. 그러나 시인은 여기에서 멈추지 않고 그러한 질문을 통해서 그리고 그러한 고민의 과정을 통해서 굶어 죽는 사람들에 관해서 시를 씀으로써 그들에게 빵은 제공하지 못하지만 그들의 존재 자체가 인류의 수치이고 세계의 스캔들임을 보여주는 데 다다른다. 이러한 시적인 성취를 통해서 마종기는 시인으로서의 자신의 세계관이 자신이 떠나온 고국이나 자신이 정착한 미국에 한정되지 않고 전 세계로 확대되는 것을 보여주고 있다.

꽃 파는 여자와 결혼한 노동자
나는 바웬사 아저씨가 좋아요.
애국이니 혁명을 말하지 않고
고개 숙이고 헤매는 아저씨 이마의 땀,
밤에는 친구끼리 몸을 기대는
폴란드의 가난한 노동조합원.

일곱 명 아기의 아버지는 죄지은 신자
술 한잔 마시고 그다니스크 시를 걸어가는
술 한잔 취하면 부르는 유행가,

"우리가 죽어서 모두 재가 된다면
폴란드여, 제발 그 재만은 자유롭기를"
얼마나 자유를 그리워하면
무섭지 않아도 눈물이 나고
맨몸으로 쓰러지는 눈 덮인 거리.

"옳은 것은 원래부터 무의식이다"
폴란드의 자유와 생존의 열망이
이제 많이는 땅 밑에 묻혀버렸지만
계엄령의 얼음판에서도 불을 자주 보는
바웬사 아저씨가 나는 좋아요.

—「폴란드 바웬사 아저씨」

동유럽 전체가 소련의 위성국가로 있을 때인 1980년 폴란드의 그다니스크 시 레닌 조선소에서 파업을 주도하고 자유노조를 설립한 바웬사는 폴란드의 민주화를 주도하고 철의 장막을 무너뜨린 지도자로서 나중에 노벨평화상을 수상하고 대통령이 된 인물이다. 시인은 그의 영웅적인 측면보다는 슬하에 자녀를 일곱이나 둔 아버지로서의 바웬사를 '동화풍'으로 노래하고 있다. 그것은 바웬사를 영웅적 투사가 아니라 이웃집 '아저씨'로 부름으로써 일상적 친근감을 살려내고 있다. 그뿐만 아니라 두브체크가 '프라하의 봄'을 주도한 체코슬로바키아의 자유와 민주화가 소련의 탱크에 의해 짓밟힌 것을 본 시인은 「프라하의 생선국」에서 "이대로 늙는 것은 용기가 아니"라며 "다시 기를 들어야지"라고 다짐을 한다. 시인은 세계 도처에서 벌어지고 있는 가난과 폭력과 전쟁을 통해서 시인이 조용하게 살고자 한 섬은 어디에도 존재하지 않는다는 것을 알게 된다.

4

시인이 '도착한 곳이 내 섬이 아닌 것'을 발견한 순간 시인은 절망하지 않을 수 없다. 새로 도착한 섬에서 자신은 가난에서 벗어나서 풍요로운 생활을 하지만 그것이 그에게 행복한 삶이 되지 못한다.

> 안락한 외제 소파에 들고 앉아
> 안락하지 못했던 동학의 전기를 읽는다.
> 헐벗은 백 년 전 전라도, 충청도 땅에
> 볼품없이 씻겨가는 人骨을 본다.
>
> 외국에 나와서 보면 더욱 힘들다.
> 삿대 없이 흐르던 가난한 나라,
> 흙먼지에 얼굴 덮인 죽창의 눈물,
> 그날의 선조가 야속한 관군이 아니고
> 감투 눌러쓰고 돌아앉았던 양반이 아니기를,
> 한여름 냉방 장치의 응접실에서
> 문득 얼굴에 흙칠을 하고 싶다. 돌아앉아 숨죽이던
> 그 양반의 버선짝 냄새.

가난과 억압의 상징인 고국을 떠나 부와 자유의 상징 미국에서 사는 일상생활이란 안락한 것이다. 시인은 그 안락한 생활을 즐기는 것이 아니라 그 속에서 자신이 떠나온 고국의 역사를 읽는다. 백 년 전의 헐벗은 역사 속에서 죽창을 들고 관군에 맞섰던 백성들이 인골로 변해 버린 장면을 읽으며 흙먼지 뒤집어쓴 백성처럼 자신의 얼굴에 "흙칠을 하고 싶다"는 시인의 고백은 "한여름 냉방 장치의 응접실에서" 안락하게 살고 있음에도 불구하고 그 역사를 생각하면서 부끄러워하고 있음을 말한다. 그 부끄러움은 망명하는 마음으로 떠나온 고국을 잊지 못하고 멀어지려는 고국을 끊임없이 상기시키는 시인의 모순된 감정을 그대로 드러낸다. '노벨상을 받은 스페인의 시인 히메네즈'의 말을 빌려서 "신경 쓰지 않아도 되는 자유로움 때문에 미국을 선택한 나는, 자유를 얻은 대가로 내 언어의 생명과 마음의 빛과 안정의 땅을 다 잃어버렸다"라고 한탄하는 시인은 스스로를 망명자가 아니라 유랑자로 생각하게 된다. 유랑자의 생활은 외로움과 그리움, 사랑과 미움, 회한과 원망의 과정을 피할 수 없는 운명을 지니고 있다. 유랑자로서의 시인은 언제나 고향에 돌아갈 날을 기다리며 자신이 살고 있는 이국 땅은 언제나 낯선 곳이지 고향으로 바뀌지 않는다. 그래서 시인은 "외국은 잠시 여행에 빛나고/ 이삼 년 공부하기 알맞지/ 십 년 넘으면 외국은/ 참으로 우습고 황량하구나"(「나비의 꿈」)라고 함으로써 경제적 안정과 사회적 지위를 얻은 자신의 외국 생활이 뿌리를 내리지 못하고 있음을 고백하고 있다. 10년 넘게 자신의 전공을 살려 자리 잡기 위해 "그 겨울을" "지하실의 실험용 쥐들과 같이 지냈"지만, 그리고 "자신의 성공을 위해 무고한 쥐들을 죽여도 되는가" 반성하게 되지만, 그곳에서의 생활에 만족하지 못하고 떠돌이의 삶을 자처하게 된다.

　　　외국에 십 년도 넘게 살면서

향기도 방향도 없는 바람만 만나다 보면
헐값의 허영은 몇 개쯤 생길 수 있지.

호박잎 쌈을 싸먹고 싶다.
익은 호박잎 잔털 끝에
목구멍이 칼칼해지도록
목포 앞바다의 생낙지도
동해의 팔팔한 물오징어도.

배가 부르면 마라톤도 뛰고 싶다
6 · 25 전이었기는 하지만 매일 저녁 맨발로 뛰던
우물집 세천이와 생선가게 광수랑 같이
창경원, 돈화문, 종로 삼가, 사가, 오가
숨이 차서 돌아오던 혜화동 로터리쯤.

이제 그런 세월이 아니라면
산보라도 하고 싶다.
유난히 이쁜 계집애 많던 명륜동 뒷골목들
아침이나 저녁이나 비슷하게 끓던 골목.
팍팍한 그 된장찌개도 먹고 싶다.

이제 알 듯하다.
돌아가신 선친이 다 던지고 귀국하신 뒤
아쉬움 속에서도 즐기시던 당신의 가난을.

가난 속에서 알뜰히 즐기시던 몇 개의 허영을.

——「몇 개의 허영」

시인은 여기에서 '몇 개의 허영'이라고 겸손하게 말하고 있지만 '호박잎' '생낙지' '물오징어' '된장찌개' 등 어린 시절 가난 속에서 먹어본 음식들은 시인의 기억 속에 남아 있는 맛의 원초적 감각이다. 혜화동 로터리, 종로, 명륜동 뒷골목 등은 그의 유년 시절의 온갖 추억이 깃든 원초적 장소이다. 그 원초적 감각은 시인의 핏속에 남아 있는 한국인의 감각이고 그 원초적 장소는 한국인으로서의 그의 삶에 구체성을 부여하는 장소이다. 그것들은 그가 미국 생활을 하는 동안 잊어버리고 살아온 감각이고 장소이지만 경제적 안정을 얻고 난 다음에 그의 의식의 표면에 나타난다. 그가 고국을 떠나올 때는 정치적 억압과 경제적 빈곤과 의료 기술의 후진성을 벗어나야 하는 절박한 현실에 직면해 있었지만, 10여 년의 미국 생활에 정치적 자유와 경제적 여유와 선진 의술을 획득하게 되자 그는 어린 시절의 맛과 추억의 장소를 그리워하게 된다. 그 그리움을 통해서 그는 자신의 선친이 모든 것을 "다 던지고 귀국하신 뒤/ 아쉬움 속에서도 즐기시던 당신의 가난을" 알게 된다. 이러한 추억을 가진 그는 귀국해버린 아버지의 '허영'을 되풀이하는 것이 아니라, 먹고 싶은 것을 먹고, 가보고 싶은 곳을 찾아보고자 모국을 방문해본다.

오랜만에 귀국해서 친구랑
촌길 주점에서 도토리묵을 먹은
그해의 시월은 즐거웠다.

빨간 고추밭 사이로 들깨 터는 소리,
긴 수숫대 돌아가는 고추잠자리,
한국식 잠자리의 순한 눈 때문에
내 온몸은 간지러웠지만
나가 사는 의사니까 알았어야지
간지러움은 앓는 아픔인 것을,
그해 시월은 많이 아팠다.

어릴 적에도 코스모스가 피었다.
피난 시절은 어른들의 먼지 속,
전쟁은 보이지도 들리지도 않던 나이에
나는 아침부터 심심하게 배만 고프고
싸구려 목판의 술 찌꺼기 먹고
메스꺼워 비틀거리던 行者의 발
지천의 코스모스가 종일 흔들리던
그해의 시월은 어지러웠다.

———「그해의 시월」

모국을 방문한 시인은 아름다운 추억을 되찾은 것이 아니라 어린 시절의 아픔을 되살리게 된다. 멀리서 보면 '간지러움'이 가까이서 되찾은 순간 '아픔'이었다는 것을 알게 된 시인은 전쟁의 추억이 '술 찌꺼기' 먹은 '어지러움'으로 환치되는 체험을 한다. 고향이 그리움의 대상은 될 수 있지만 그리움 자체는 아니라는 것을 이처럼 쓸쓸한 아픔으로 노래한 시인은 독자의 마음을 처연하게 만든다. 시인은 귀국해서 자신의 추억의 장소와 맛의 현장을 되찾는 것만이 아니라 자신이 떠나던 시절의 가난과 억압이 고국에 아직도 상존하고 있다는 것도 알게된다.

하느님, 내가 고통스럽다는 말 못 하게 하세요.
어두운 골방에 앉아 하루 종일 봉투 만들고
라면으로 끼니를 잇는 노파를 아신다면,
하느님, 내가 외롭단 말 못 하게 하세요.
쉽게는 서울 남쪽 변두리를 걸어서
신흥 1동, 2동 언덕배기 하꼬방을 보세요.
골목길 돌아서며 피 토하는 소년을 아신다면
엄마를 기다리는 영양실조도 있었어요.

하느님, 내가 사랑이란 말 못 하게 하세요.
당신의 아들이 왜 죽은 줄도 모르는
먼지 쓴 신자의 회초리가 드세기도 하더니
세계의 곳곳에는 그 사랑의 신자들 가득하고
신자에게 맞아 죽은 신자들의 시신,
내 나라를 사랑해서 딴 나라를 찍고
하느님 영광을 찬송하는 소리 들어보세요.
고통도, 사랑도, 말 못 하는
섭섭한 이 시대, 시인의 용도는 무엇입니까.
                                        ―「시인의 용도 2」

자신의 그리움을 달래고자 모국을 방문한 시인은 그러나 처참한 가난과 혹독한 억압을 다시 만나 절망을 느낀다. 시인은 미국에 정착한 다음 그 가난과 폭력이 이미 아프리카, 아시아의 사람들을 사람답게 살지 못하게 한다는 것을 「시인의 용도 1」에서 노래했는데 고국에 돌아와서 다시 한 번 똑같은 현상을 발견하고 절망하고 있다. 세계 도처에서 일어나고 있는 종교 간, 계층 간, 인종 간의 갈등이, 사람이 사람을 죽이는, 폭력으로 발전하고 있는 현실을 보고 '사랑'이란 말을 못 하게 해달라고 기도한다. 자유와 평화와 사랑에 대한 넓고 깊은 안목을 갖춘 시인은 고국이 직면하고 있는 문제들이 전 세계에 퍼져 있다는 것을 인식하고 자신의 개인적 '그리움'만을 해소하기 위해 귀국한다고 해서 자신이 행복할 수 있는 것이 아니라는 것을 깨닫고 있다. 그래서 이미 시인은 아버지의 귀국 사유를 "가난 속에서 알뜰히 즐기시던 몇 개의 허영" 때문이 아닌가 생각하게 된다. 시인은 천여 명의 졸업생 가운데 1등을 한 아들에게 졸업 선물로 고국 방문을 주선한다.

그렇게 가보고 싶다던 네 뿌리의 고국 방문,
아비가 주선한 졸업 선물의 긴 여행이었지.
그 한철 고국에서 열심히 한글을 배우고
한국의 역사에도 흥미가 많아졌다며
자랑스럽게 처음 보는 고국에 감격해하더니
석 달 만에 풀 죽은 배추가 되어 돌아왔지.
얼굴의 상처보다 마음에 난 상처가 더 컸겠지.
데모의 뜻도 모르고 최루탄 연기만 피해 다니다가
데모에 참석하지 않는 놈은 사내도 아니라고

자기 나라 말도 모르는 놈은 바보 놈이라고
너만 한 대학생에게 욕먹고 돌팔매를 맞은 후
멋쩍게 웃는 네 외로움을 어떻게 달랠 수 있겠니.

민중의 노동자가 아니면 매판자본가가 쉽게 되는 시대,
돌팔매질에 앞장서야 광이 나는 한 판과
최루탄 수없이 쏘아대는 딴 극단의 한 판,
그 사이에 보이는 어려운 방정식의 나날들을.
고국의 어려운 곡예의 높이를 내가 뭘 알겠니.
너는 그래서 속한 곳이 없는 것을 알게 되었지.
때때로 자랑스럽고 좋아서 미치는 조국,
미우면 돌팔매질하고 눈물도 흘리는 조국,
그런 감정의 조국이 없다는 것을 알게 되었구나.
대학에 가서는 동양계 학생과 더욱 친해지고
숨어서는 한글 교과서를 열심히 읽는 얼굴.
아비에게 들켜서는 가늘게 웃는 상처의 얼굴.

—「외로운 아들」

외국에서 공부만 열심히 한 아들이 본 조국은 '돌팔매질'과 '최루탄'이
맞서는 현실, '민중의 노동자'와 '매판자본가'만 있는 양극화의 세계
다. 그것은 말로 통하지 않는 폭력이 지배하는 세계지만, "미우면 돌
팔매질하고 눈물도 흘리는 조국"에 대한 감정이 없다는 것을 알게 되
면서 아들은 남몰래 한글을 배운다. 그것은 한편으로 폭력이 지배하는
야만적 현실에 대한 증오가 있지만, 다른 한편으로 그 야만적 현실에

도 속하지 못한 자신에 대한 연민을 통해 현실에 대한 사랑을 표현하고 있다는 것을 의미한다. 그가 고국의 이러한 현실을 보고 완전히 귀국할 수 없는 것은 고국에 대한 사랑이 없어서가 아니다. 그는 귀국한다고 해서 자신이 행복을 느낄 수 있다는 생각을 가질 수 없다. 극단적 대립과 증오로 가득 찬 편 가르기로 나타나는 계층 간의 갈등은 다른 나라에서 볼 수 있는 인종 간, 종교 간의 문제를 그대로 보여주고 있고 산업화 과정의 부산물로 나타나는 공해의 문제도 생각보다 심각하게 나타나고 있기 때문이다.

> 아직도 먼지 속에 남은 가을볕 위에
> 서울의 나뭇잎을 편히 눕게 해다오.
> 매연과 최루탄에 중독되어
> 눈감고 입 다물고 있는 서울 가로수.
> 한정 없이 요동치는 소음과 아우성에
> 난청이 된 낙엽들이 길을 찾고 있군.
> 팔 벌린 길가의 가을 나무 몇 그루,
> 자동차 떼에 밀려서 뼈가 부러지는군.
>
> 뼈가 부러져도 죽지 않는 서울 나무여.
> 눈물 어리게 웃는 것이 보인다.
> 후회할 것 없는 튼튼한 모습으로
> 푸르다가, 흔들리다가, 늙다가 하면서
> 오히려 나를 마음 시리게 하는 나무.
> 정신 없이 살아온 날들이 낙엽으로 진다.

깊은 가을날의 보살이 되어

우리들의 한 일생을 품에 안는다.

　　　　　　　　　　　　　　　——「서울 가로수」

이따금 고국을 방문하는 시인은 매연과 최루탄, 소음과 자동차로 시달
리는 가로수를 보며 그것을 모국의 모습으로 바꾸어본다. 그것은 "뼈
가 부러져도 죽지 않"고 "눈물 어리게 웃"으며 "푸르다가, 흔들리다
가, 늙다가 하면서" "살아온 날들이 낙엽으로 진다." 시인은 그 나무
를 보며 안타까운 마음으로 마음 시려 하지만 나무는 너그러운 보살처
럼 우리의 고달픈 일생을 푸근한 품속에 안는다. "죽기 아니면 살기"
"민중의 노동자가 아니면 매판자본가" "사람이 사람을 죽이는" 그러
한 혹독한 역사 속에서도 살아남은 고국을 품에 안고 사랑할 수 있는
마음이 생긴 것은 자신의 현재의 안락과 여유가 그토록 가혹한 과거
를 토양으로 이루어졌다는 인식을 하게 되었기 때문이다. 그가 오늘의
삶을 이룩한 것은 그가 떠난 고국의 혹독한 과거로 되돌아가지 않고
자 하는 그 자신의 눈물겨운 노력이 있었던 것처럼 혹독한 현실도 미
래의 행복을 마련하는 토양이 될 수 있다는 신념을 시인은 갖게 된다.
그 순간 시인에게는 고국/외국의 지역적 대립도 존재하지 않고, 한민
족/이민족의 인종적 차이도 존재하지 않는다.

5

시인은 이제 세계와 사물을 보는 안목이 따뜻해지고 넓어지는 체험을
하게 된다. 그 체험은 삶과 죽음의 경계선을 무수하게 넘어본 사람의
경륜에서 나온 것 같다. 그의 초기 시에서 나타나던 해부학 교실에서

본 주검들은 그가 사랑한 사람들의 죽음과 상관이 없는 객관적인 대상들이었다. 그렇기 때문에 그는 자신이 그 시신을 객관적으로 바라보며 과학적인 해부를 하고 인간적인 존엄성을 지키는 방향에서 묘사하고자 한다. 그러나 동생의 변고에 대해서는 자신이 동생과 함께 산 기억 때문에 동생의 죽음을 내면의 울음으로 슬퍼하고 있다. 착한 동생에 대한 회한이 처절하게 가슴에 사무치고 있는 모습은 독자의 마음을 아프게 한다. "고잉 홈./ 그래, 너도 결국 집에 가는 거구나"라고 탄식을 하면서 "태평양 너머의 고향이든/ 저 높은 그 위의 고향이든/ 잘 가라"라고 하는 시인의 마음은 일종의 체념을 표현하고 있지만 "잘 있어. 형./ 나는 집에 돌아가는 거래./ 너무 보고 싶어 하지 마. 형"이라는 사자의 "빈 목소리/ 여기저기서 기막히게 들린다"라고 하는 시인의 고백은 미당 서정주의 시 「부활」에 나오는 "내가 혼자서 鐘路를 걸어가면/ 사방에서 네가 웃고 오는구나"라는 구절을 연상시키는 절창으로 동생의 죽음을 얼마나 가슴 아파하는지 알게 한다. 그러나 그는 동생을 죽음으로 몰고 간 범인에 관해서는 한 번도 언급하지 않으면서 그 죽음이 자신에게 준 아픔을 고백함으로써, 죽음의 사회적 문제를 제기하는 것이 아니라, 죽음이 세계의 도처에 다양한 방식으로 존재한다는 죽음의 보편성과 그것이 개인에게 어떤 아픔으로 나타나는지 죽음의 개인적 체험을 감동적으로 고백하고 있다.

여기에서 죽음의 냉엄하고 절대적인 체험을 한 시인은 "당신밖에 하소연할 곳이 없습니다"라고 하면서 '하느님'을 찾고, 이슬로, 봄비로, 바람결로, 맑은 하늘로, 꽃으로 자연 속에 돌아가는 동생의 모습을 상상하며 인간은 누구나 죽는다는 사실을 가슴 깊이 새긴다. 그 순간 동생이 한 마리의 새가 되어 빈 나뭇가지에 앉아 있다 어디론가 날아가버림으로써 시인은 삶의 덧없음이 가져다준 허망함을 체험한다. 아마도 그러한 깨달음에서 연유한 것이겠지만 사랑하는 사람의 죽음을 겪어본 시인은 가슴 아픈 이별 다음에 '작은 새의 사라짐'을 곧바로 '눈부신 열림'으로 연결시킬 수 있었던 것이다. 그러한 열림은 아버지의 임종을 보지 못한 시인이 아버지의 죽음을 생각하며 쓴 「선종(善終) 이후」 연작에서도 "맑은 날 비상하는/ 새 한 마리"의 이미지로 연결되고 있다. 그것은 생명의 유한성에 대한 깊은 깨달음을 통한 새로운 세계에 대한 일종의 종교적 믿음의 표현이다.

시인은 이제 죽음을 두려움의 대상으로 바라보는 것이 아니라 삶의 연장으로서 또 다른 삶으로 바라보는 것이다. 그것은 이곳에서 사라진다 해서 영원히 사라지는 것이 아니라 어딘가에 존재하리라는 종교적인 믿음이다. 그 순간 시인은 죽음 앞에서 공포를 느끼는 것이 아니라 일상적 삶의 한 현상을 보고 생명의 진리에 다가가게 된다. 그의 시 도처에서 발견되는 신에 대한 외경은 그의 시가 겸손하고 따뜻하고 긍정적인 어조를 띰으로써 사물과 세계를 대하는 그의 자세 앞에 옷깃을 여미게 만든다.

　　하늘에 사는 흰옷 입은 하느님과
　　그 아들의 순한 입김과
　　내게는 아직도 느껴지다 말다 하는
　　하느님의 혼까지 함께 섞여서
　　겨울 아침 한정 없이 눈이 되어 내린다.

　　그 눈송이 받아 입술을 적신다.

가장 아름다운 모형의 물이
오래 비어 있던 나를 채운다.
사방을 에워싸는 하느님의 체온,
땅에까지 내려오는 겸손한 무너짐,
눈 내리는 아침은 희고 따뜻하다.
　　　　　　　　　　　　　──「눈 오는 날의 미사」

눈 오는 겨울 풍경을 이렇게 아름답게 노래할 수 있는 것은 마종기 시
인이 가지고 있는 마음과 언어의 아름다움에서 연유하는 것으로 보인
다. 조용하게 내리는 겨울 눈에서 "하느님의 체온"을 느끼는 시인은
눈이 "땅에까지 내려오는" 하느님의 겸손이기 때문에 "희고 따뜻하"
게 느껴진다. 그 순간부터 시인은 자연과 하나가 된다.

　　세상의 모든 것은 하나였다. 다다를 수가 없었다. 그래서 나는 크
　고 작은 것의 차이에서 떠나기로 결심했다. 보이는 것과 안 보이는
　것의 차이에서 떠나고, 살고 죽는 것의 차이에서 떠나기로 결심했다.
　그것은 내게도 어려운 결심이었다. 며칠 후 인적 없는 강기슭을 떠나
　며 작별인사를 하자 강은 말없이 내게 다가와 맑고 긴 강물 몇 개를
　내 가슴에 넣어주었다. 그래서 나는 강이 되었다.
　　　　　　　　　　　　　──「이 세상의 긴 강」

이 강에 오면 "강의 이름도 국적도 모두 희미해지"고 "국적이 불분
명한 너와 나의 몸도/ 깊이 모를 이 강의 모든 물에 젖고/ 아, 사람들
이 이렇게 물로 통해 있는 한/ 우리가 모두 고향 사람인 것을 알"게 된

다. 시인은 이제 고국과 외국을 구분하고 동포와 이방인을 구분하는
모든 차별을 넘어선 세계를 꿈꾸기 시작한다.

사람이 사람을 만나 서로 좋아하면
두 사람 사이에 물길이 튼다.
한쪽이 슬퍼지면 친구도 가슴이 메이고
기뻐서 출렁거리면 그 물살은 밝게 빛나서
친구의 웃음소리가 강물의 끝에서도 들린다.

처음 열린 물길은 짧고 어색해서
서로 물을 보내고 자주 섞여야겠지만
한세상 유장한 정성의 물길이 흔할 수야 없겠지.
넘치지도 마르지도 않는 수려한 강물이 흔할 수야 없겠지.

긴말 전하지 않아도 미리 물살로 알아듣고
몇 해쯤 만나지 못해도 밤잠이 어렵지 않은 강,
아무려면 큰 강이 아무 의미도 없이 흐르고 있으랴.
세상에서 사람을 만나 오래 좋아하는 것이
죽고 사는 일처럼 쉽고 가벼울 수 있으랴.

큰 강의 시작과 끝은 어차피 알 수 없는 일이지만
물길을 항상 맑게 고집하는 사람과 친하고 싶다.
내 혼이 잠잘 때 그대가 나를 지켜보아주고
그대를 사랑할 때면 언제나 싱싱한 강물이 보이는

시원하고 고운 사람을 친하고 싶다.

—「우화의 강 1」

한번 떠난 고국을 그리워하고 이따금 모국을 방문하지만 자유와 다른
문명과 세계를 체험한 시인은 이제 결정적인 귀국은 할 수 없는 존재
가 된다. 시인은 자신이 귀국하는 길은 몸이 고국에 돌아가는 것이 아
니라 오직 모국어로 시를 쓰는 것뿐이라는 것을 깨닫는다. 시인은 오
랜 유랑 생활 동안에 외로움과 괴로움으로 한 많은 삶을 살면서 끊임
없이 귀국을 꿈꾸었지만, 이제 결정적인 귀국이란 영원히 불가능하다
는 것을 안다. 우리는 유랑을 시작하는 순간 고향을 잃어버리는 것이
고 고향을 잃어버리는 순간 귀향은 꿈으로만 존재한다. 시인은 새로
만나는 세계 자체가 떠나온 고향과 다를 바 없다는 것을 알게 된다.
그는 떠돌아다니는 것이나 고국으로 돌아가는 것이 다른 삶이 아니라
같은 것이라는 것을 깨닫는다. 시인은 비록 외국에 살지라도 시를 쓰
는 순간에 귀국하는 것이고 시를 쓰고 있는 한 귀국해 있는 것이다.

시인은 자신의 몸이 고국으로 돌아가는 귀국을 꿈꾸는 것이 아니라
돌아갈 수 없는 고국을 시로 노래하는 귀국을 꿈꾼다. 떠돌아다니는
운명을 타고난 시인은 자신의 정신이 돌아갈 고국이 없다는 데 절망
하고 그것을 노래함으로써 고국을 되찾는 것이다. 그래서 시인은 자신
이 살고 있는 삶, 자신이 보고 있는 세계, 자신이 사용하고 있는 언어
에 대해서 절망하고 다른 삶, 다른 세계, 다른 언어를 꿈꾼다. 마종기
의 시가 우리의 마음을 따뜻하게 해주고 위로해주고 사랑으로 가득 차
게 해주는 이유가 여기에 있다. 시인은 모국어로 시를 쓰는 것만이 귀
향임을 시를 씀으로써 입증하고 있다.

빛나는 대서사의 힘
—홍성원의 소설

1

홍성원의 초기 소설 가운데 「즐거운 지옥」의 주인공 H는 소설가로서 작품의 마지막에 "그는 건강 하나만은 하늘의 복처럼 타고난 인간이다"라고 고백한다. 친구들과 만나서 술을 마시고 통행금지 시간 20분 전에 집으로 돌아가는 버스 속에서 차창에 비친 술 취한 자신의 모습을 보고 그는 눈을 감는다. 순간 "집에 있을 아내와 딸, 안방과 건넌방, 가구와 일용품 따위들이 머리에 떠오른다. 그는 갑자기 목이 졸리는 듯한 괴로움을 느낀다." 그의 소설을 다시 읽으면 젊은 날의 그에게 있어서 "목이 졸리는 듯한 괴로움"이란 무엇일까 되돌아보게 된다. 그것은 일상생활 전체에 속속들이 박혀 있는 우리 세대가 겪어야 했던 가난과 글을 써야 하는 작가로서 소설 쓰기의 어려움이 "한데 뭉친 괴로움"이다. "건강 하나만은 하늘의 복처럼 타고난 인간"이라고 자처한 작가가 우리나라의 평균 수명도 채우지 못하고 겨우 70을 넘기고는 우리 곁을 떠나버렸다.

그는 이십대 후반에 문단에 등장해서 평생 동안 다른 직업을 가져보지 못한 채 오로지 소설만 쓰다가 간 작가로서 한국 소설사에서 찾아보기 드문 예에 속할 것이다. 더구나 장남으로서 7남매의 동생들과 1남 2녀의 자녀들의 성장과 교육을 떠맡은 가부장 노릇은 오직 소설 쓰기에만 의존해온 그에게 너무나 무거운 짐이었을 것이다. 그 무거운 짐을 혼자서 지고 살아온 작가의 삶을 되돌아보게 되면, 자신이 책임져야 했던 부양가족이 모두 독립함으로써 스스로 그 일상적 짐에서 해방되고 정신의 자유를 누릴 수 있게 된 나이에 우리 곁을 떠난 것은 그의 가족에게뿐만 아니라 우리에게도 큰 아쉬움이며 손실이다. 평생 소설만 쓰고 산 그를 생각하면 동시대를 함께 살아온 문학인으로서 안타까운 마음을 달랠 길이 없을 뿐만 아니라 외경심을 갖지 않을 수 없다.

그가 문단에 등장한 1964년은 그의 일생에서 가장 화려한 한 해였던 것 같다. 1월에『한국일보』신춘문예에「빙점지대」가 당선된 것을 시작으로『세대』창간 1주년 기념 문예에「기관차와 송아지」가 당선된 데 이어 장편『디 데이의 병촌』이『동아일보』50만 원 고료 장편소설 공모에 당선됨으로써 그는 한국 문단사에서 보기 드문 화려한 데뷔를 한 작가가 된다. 일반적으로 데뷔가 화려한 작가들은 그 데뷔에 걸맞은 작품 활동을 하지 못하고 말없이 사라지는 데 반하여 홍성원은 그러한 데뷔가 자신을 제대 후의 극빈 상태에서 구해주었다는 것을 깊이 새기며 데뷔 시절의 절박한 심정으로 작품 활동을 계속한다. 몇 편의 단편소설을 발표한 후 그는 신문과 잡지의 연재소설을 맡아서 장편소설을 쓰는 한편 간혹 전작 장편소설을 발표하기도 한다.

1966년 10월부터 『주간한국』에 『막차로 온 손님들』을 필두로 전작 장편소설 『역조』를 발표하고, 1967년 1월 『부산일보』에 『고독에의 초대』를 연재하고, 월간 『세대』에 『호두껍질 속의 외출』을, 월간 『여성동아』에 『산신의 딸』을 연재하기 시작하여 완성하고, 1968년 『경향신문』에 『곡예사의 혁명』을 연재하기 시작한다. 1969년에는 『주간중앙』에 『사랑 강조 기간』을, 『지방행정』에 『가을에 만난 여행자』의 연재를 시작하고, 이듬해 1970년 대하장편소설 『육이오』를 월간 『세대』 9월호부터 1975년 10월호까지 5년 동안 연재하여 완성한다. 나중에 『남과 북』이라는 제목으로 바뀐 이 작품은 그가 가장 심혈을 기울인 작품으로서 분단 한국의 현대사에서 전쟁이 갖는 무자비한 폭력과 민족적 비극, 냉혹한 이데올로기의 집단성과 개인의 파괴, 그로 인한 인간성의 상실과 무수한 죽음이 갖는 우연과 그것을 딛고 살아남은 자들이 만들어가는 필연의 역사를 깊이 있게 파헤치고 폭넓게 다룬 대표적인 작품이다. 그는 이 필생의 역작을 연재하는 동안에도 1970년 월간 『주부생활』 12월호부터 『꿈이 설 자리』를, 1971년 2월 『서울신문』에 『이인삼각』을, 1972년 1월 『국제신보』에 장편 『행복 삽시다』를, 1973년 2월 『동아일보』에 장편 『따라지 산조』를, 12월에는 『서울신문』에 『중역 탄생』을 연재하고, 1974년 월간 『여학생』에 장편 『기찻길』을, 1975년 『여성중앙』에 장편 『낮과 밤의 경주』를 연재한다. 그러니까 홍성원은 대하소설 『육이오』를 연재하던 5년 동안 매년 한 편 이상의 장편소설을 연재한 셈이다.

이러한 놀라운 생산력은 1977년 1월 『대구매일신문』에 장편 『찬란

한 승부』를, 2월 『전남일보』에 장편 『오욕의 계절』을, 5월 월간 『소설문예』에 장편 『두고 온 침묵』을, 1978년 9월 『서울신문』에 장편 『욕망의 바다』를, 1980년 1월 『한국일보』에 『꿈꾸는 대합실』을, 1981년 『주간 스포츠』에 장편 『잃어버린 출발』을, 1982년 『새마을』지에 장편 『새벽의 곡예사』를, 1983년 『주간중앙』에 장편 『깨어 있는 성』을, 월간 『현대문학』에 장편 『마지막 우상』을 연재함으로써 줄어들 줄 모른다. 그 후 1985년 『대구매일신문』에 대하장편소설 『달과 칼』을, 1987년 『동아일보』에 대하장편소설 『먼동』을, 1994년 월간 『현대문학』에 장편 『그러나』를 연재하기 시작함으로써 대하소설에 강한 집념을 보여준다. 총 45권이 넘는 30여 편의 장편소설을 발표했다는 것은 그가 문단 생활을 하는 동안 매년 장편소설 1권씩을 썼다는 계산을 가능하게 한다. 전업작가로서 그가 자신의 직업 정신에 얼마나 충실했는지 알수 있다. 이러한 장편소설 외에도 그는 많은 중단편 소설집을 간행했다. 소설집 가운데 대표적인 것만 들어보면 1976년 『주말여행』『무서운 아이들』『무사와 악사』, 1977년 『즐거운 지옥』, 1978년 『흔들리는 땅』, 1984년 『폭군』, 1994년 『투명한 얼굴』 등으로 중편소설과 단편소설도 70여 편에 이른다.

그는 오로지 소설 쓰는 일에만 평생을 바친 보기 드문 작가임에 분명하다. 많은 작품을 썼다는 것과 문제작을 썼다는 것은 다른 문제임에도 불구하고 그가 중요한 작가로 꼽힐 수 있는 것은 그의 작품 가운데 태작이 거의 없다는 것이다. 적은 원고료와 인세로 대가족을 부양해야 하는 그는 끊임없이 작품을 쓰지 않을 수 없었지만, 그의 투철한 작가 정신은 자신의 문학적 자부심에 걸맞은 일정 수준 이상의 작품을 쓰게 만들었다. 그의 이러한 끝없는 창작 생활은 평생 빚에 쪼들리며 백여 편의 소설을 발표하여 『인간희극』을 구성한 19세기 프랑스의 대표적인 소설가 발자크를 연상하게 한다.

2

홍성원의 소설 세계는 크게 세 가지로 분류될 수 있다. 6·25 사변을 소재로 다룬 『남과 북』계열과, 글 쓰는 지식인의 가난과 자의식을 다룬 「즐거운 지옥」계열, 그리고 역사적 소재로 한국 사회의 변동과 계층 이동을 다룬 『먼동』계열이 그 세 가지 세계를 대표한다.

　한국 현대사에서 가장 큰 사건이면서 한국인에게 가장 큰 상처를 준 것이 6·25 사변이라면 홍성원은 전쟁이라는 폭력과 동족상잔의 비극을 본격적으로 다룬 첫번째 작가이다. 『남과 북』을 통해 그는 1950년 6월 25일 전쟁의 시작부터 1953년 7월 27일 휴전에 이르는 동안 3백만 명의 희생자를 낸 비극의 참상을 약 34명의 등장인물을 중심으로 형상화한다. 일제 침략 36년의 역사가 우리 민족에게 행한 폭력보다 파괴력이 못하지 않은 3년여의 전쟁은 어떻게 진행되었으며 그것을 겪은 젊은이들에게 어떤 삶과 죽음을 강요했는지 작가는 이 작품에서 생생하게 재구성하고 있다.

　이 작품의 완성을 위해 작가는 6·25에 대한 방대한 자료를 수집하여 분석과 해석의 과정을 거침으로써 자료의 객관적 선택과 문학적 수용에 성공하는 한편 역사적 사실을 바탕으로 주인공들의 삶과 죽음이 생명력을 잃지 않도록 문학적 형상화에 성공하고 있다. 여기에는 역사를 분석하고 해석하는 역사학자도 있고, 사건을 신속하게 보도하는 신문기자도 있고, 전통적인 지주 계급과 그 소작인 출신도 있고, 직업군인과 그 밑에 있는 병사들도 있고, 무용 교사와 변호사도 있고, 월남한 의사와 인민군 간호사도 있고 전쟁에 참전한 외국인과 전쟁을 취재하러 온 외국 기자도 있으며 전쟁미망인과 창녀도 있다. 요컨대 전쟁 기간 동안에 우리 사회 전체를 보여주는 인물 구성이나 그들이 살아야 했던 참담한 삶은 전쟁의 폭력이 사회 전체를 송두리째 뒤집어놓은 비극이라는 것을 충분히 제시하고 있다. 전쟁에 동원된 젊은이들은 언제나 죽음에 직면한 극한 상황 속에서 긴장된 순간을 이겨내야 하지만 전쟁 자체의 무자비성은 그 많은 젊은이들을 전사나 부상과 같은 희생의 길로 몰아간다. 전쟁에 직접 참여하지 않은 민간인들은 납치되거나 인민재판이라는 이름으로 처형되거나 사고를 당해 죽는다. 요행히 이런 소용돌이에서 살아난 사람들도 정신적인 상처를 입어 정상적인 생활로 돌아가지 못하거나 육체적으로 불구의 몸이 되어 한 많은 삶을 살게 된다. 때로는 형과 아우가 인민군과 국군으로 나뉨으로써 형제 간에 총부리를 겨누어야 하는 역설적 운명의 주인공이 되기도 한다. 전쟁은 일제 식민지에서 겨우 벗어난 우리 민족에게 너무나 큰 재앙이었다. 그것은 사회계층의 급격한 변동과 인구의 대이동을 가져옴으로써 한국 사회를 밑바닥부터 뒤집어엎는 결과를 초래한다.

그런데 작가는 이 3년 동안의 전쟁이 아직 끝나지 않았다고 선언한다. 왜냐하면 전쟁이 끝났다면 승자와 패자가 있기 마련인데 한국전쟁은 승자도 패자도 없는 상태로 있을 뿐만 아니라 남북의 분단 상황은 계속되고 있기 때문이다. 계속되고 있을 뿐만 아니라 남북의 대치 상태는 끊임없는 도발과 긴장의 연속이었다. 작품이 씌어지기 2년 전에 그 유명한 1·21 사태가 터졌고, 30여 명의 무장간첩이 청와대 뒷산까지 진출해 많은 희생자를 냈다. 뒤이어 벌어진 푸에블로 호 납치 사건은 한반도를 또다시 전쟁의 소용돌이로 몰아갈 분위기였다. 그 후에도 북한은 무장간첩을 남파하여 남쪽 체제를 혼란에 빠뜨리고자 수없이 도발을 감행한다. 그 분단 상황의 계속은 전쟁 중에나 마찬가지로 국민들에게 "배고픔을 참고, 무거운 세금을 참고, 하고 싶은 말을 참고, 부당한 명령과, 잘못된 법률과, 억울한 구타와, 비통한 죽음까지도 참으라고 강요한다". 이러한 전시 체제가 당시 남쪽에서 3선 개헌과 유신 체제라는 독재 정권에게 구실을 준 것으로 본 작가는 바로 그 시기에 이 작품을 착수한 것으로 보인다. 이 작가에게는 서로 다른 체제를 유지하며 상대편과 끝없는 적대 관계를 유지하는 한 전쟁은 끝난 것이 아닌 것이다. "남과 북의 군대들은 각기 고성능의 살상무기들을 휴대한 채 휴전선을 사이에 두고 삼엄한 긴장 속에 대치하고 있"던 당시로 보면 작가 홍성원의 주장은 당연한 것처럼 보인다. 실제로 그 후에도 땅굴 사건이라든가 판문점 도끼 만행 사건이라든가 KAL기 폭파 사건 등은 남쪽의 군사독재를 유지하게 만드는 중요한 구실을 제공한다. 전 세계가 동서 냉전 체제 속에서 긴장과 대립의 관계에 있을 때 분단된 한반도는 독자적인 평화를 누릴 수 없었던 것이다.

『남과 북』의 주인공 가운데 한 사람은 말한다. "양쪽에서 떠드는 '생각'들은 원래 한국에서 발생한 것이 아니고 서양에서 잠시 꾸어온 생각들이었다. 따라서 그것들은 한국인의 전통적인 입맛에는 버터나 러시안 수프처럼 전혀 맞지 않는 것이었다." 그것은 남북한이 서로 내세우는 이데올로기가 외국으로부터 주어진 것이기 때문에 그것이 표방하는 체제도 우리 것이 아니고 남북의 싸움도 우리의 전쟁이 아니라 서로 다른 이데올로기를 표방하는 강대국 간의 대리전이라는 것이다. 작가는 작중인물의 말을 빌려서 38선에 의한 남북의 분단도 우리의 선택에 의한 것이 아니라 강대국에 의해 인위적으로 강요된 것이고,

민주주의와 사회주의라는 남북의 다른 이념이나 체제도 서구와 동구에서 빌려온 것이며 남북한의 전쟁도 한국인만의 희생을 강요한 전쟁이라는 것이다. 6·25의 연장선에서 분단 현실을 파악한 작가의 현실 인식은 소련을 비롯한 동유럽의 몰락과 독일 통일 이후 한반도에 불어온 해빙의 물결과 함께 그 실효성을 잃은 것처럼 보일 수 있다. 그러나 남쪽에 군사정권이 물러나고 민간의 민주 정부가 들어선 이후에도 한반도 안에서는 언제 전쟁이 터질지 모르는 위기가 끊임없이 일어난다. 햇볕 정책을 기조로 남북이 화해와 교류를 시도하고 있는 가운데서도 서해교전이나 북한의 미사일 발사와 핵실험, 금강산 관광객 피살 사건 등이 터져 나온 것은 분단 현실에 대한 홍성원의 인식이 아직도 유효하다는 것을 일깨워준다.

그는 『남과 북』의 서문에서 인간의 물리적인 힘이란 다른 동물들, 예를 들면 고릴라의 완력, 치타의 달리기, 바다제비의 비상력에 비하면 아무것도 아니지만 지혜의 힘으로 직접적인 접촉 없이도 다른 동물들을 쓰러뜨릴 수 있으나 그것이 간교한 변칙 수단이라는 것을 발견한다. 그는 인간이 다른 동물을 능가할 수 있는 진정한 힘은 인간의 의지라고 보고 그것이 본능을 제압하는 인간이 지닌 힘의 독특한 형태라는 것을 발견함으로써 인간에 대한 자긍심을 가졌지만, 다른 한편으로 인류 역사에 나타난 집단적 폭력 앞에서 개인의 의지가 얼마나 무력하고 왜소한 것인지 알게 됨으로써 참담한 절망감을 맛본다. 그는 조직적이고 집단적 폭력의 가장 큰 형태가 몰개성적인 집단 살해를 가져오는 전쟁이라고 단정하며 그것을 극복하는 방법 가운데 하나가 작품을 쓰는 것이라고 밝힌다. "전쟁이나 집단 폭력을 예방하는 효과적인 방법은, 예상되는 전쟁이나 폭력에 대항하는 더 큰 폭력이나 군비 증

강 따위가 아니라, 전쟁의 잔혹함과 어리석음을 꼼꼼하고 치밀하게 지적하여 전쟁의 생생한 고통을 기록으로 보여주는 것이다"라고 말함으로써 자신의 『남과 북』의 집필 의도를 밝히고 있는 것이다. 그것은 전쟁이 승패의 싸움이지만 그것의 예방이 최선의 승리라는 그의 반전사상을 드러내고 있다. 그리고 그러한 반전사상은 산골짜기에서 총상을 입고 죽어가는 젊은 병사가 "아아, 나는 죽는다. 내가 죽는다. 나 혼자 죽는다"라고 외치며 자신의 억울한 운명을 호소함으로써 구체적 감동으로 전해진다.

3

그의 두번째 계열의 소설은 「즐거운 지옥」 「무전여행」 「주말여행」 『마지막 우상』 등 글 쓰는 직업에 종사하는 지식인을 다룬 소설들이다. 이 계열의 작품의 주인공들은 대부분 가난에 시달리면서도 수입이 좋은 다른 직업에 관심을 갖지 않은 채 글 쓰는 사람으로서의 자존심을 지키며 살아간다. 그들은 가난 때문에 일상적 삶의 피곤을 느끼고 있지만 그보다도 그들이 몸담고 있는 사회 자체가 그들을 더욱 피곤하게 만든다. "그들은 지쳐 있다. 스물네 시간 지쳐 있다"로 요약되는 이들 소시민들은 언제나 갈등 속에서 산다. 그들은 비록 가난을 면할 만한 돈도 없이 살아감에도 불구하고 할 말을 하는 비판적 지식인으로 산다. 그들은 어느 순간 편안한 삶을 살고 싶은 유혹에 빠지지만 그러기에는 너무나 자의식이 강하다.

지금까지 넌 깨끗하게 살아왔다. 두 눈을 뜨고 귀를 활짝 열고 누구한테나 '넌 틀렸어!' 하고 삿대질을 하며 살아왔다. 헌데 이제 와서 귀를 막고 눈을 가리고 달팽이 껍질 속으로 '본인 후퇴합니다' 하고 기어들어가? 곤란한데. 곤란하지. 곤란하고말고. 넌 아마 지금의 상태를 지옥이라고 생각하는 모양이다. 그래 그건 지옥인지 모른다. 아니 분명히 지긋지긋한 지옥이다. 그곳에는 리더도 없고 길잡이도 없고, 명령하는 사람도 없고, 오직 순도 백 프로 이상의 완전무결한 자유가 있을 뿐이다.

—「즐거운 지옥」

그들은 누구의 명령이나 지시를 따를 필요가 없는 자유로운 생활을 하지만 그러한 일상 속에서 그들이 할 수 있는 행동은 극히 제한되어 있어서 그 일상에서의 탈출을 끊임없이 꿈꾼다. 그들은 친구들을 만나서 술을 마시며 자기 내부에 감추어져 있던 말들을 토로하고 주말에 피서지로 여행을 가서 여자를 산다든가 개를 잡는다든가 낚시를 함으로써 일상에서 탈출하고자 한다. 1970년대에 씌어진 이 작품들에서 그의 주인공들은 대부분 그들의 시도가 성공을 거두지 못하고 실패로 끝난다는 것을 확인한다. 「주말여행」에서 그들이 개를 잡고자 한 시도가 실패로 끝난다는 것은 아주 상징적이다. 그들이 잡으려고 했던 개가 그들을 물고 달아나는 것은 일상에서 탈출하고자 한 그들의 시도 자체가 낭만적인 허구성을 가지고 있다는 것을 단적으로 보여준다. 왜냐하면 그들의 탈출은 진정한 탈출이 아니라 일시적인 도피의 성격을 띠고 있기 때문이다. 그런 도피는 피곤한 일상을 정면으로 응시하는 것이 아닐 뿐만 아니라 일시적인 마취 이상의 의미를 갖지 못한다. 이미 작가는 전쟁이나 집단 폭력의 참상을 예방하고 극복하기 위해서는 전쟁이나 집단 폭력 자체의 참혹하고 무자비한 참상을 정면으로 응시하고 파헤치는 길밖에 없다는 것을 『남과 북』의 서문에서 밝힌 바 있다. 이 계열의 작품에서 작가가 그리고자 한 것은 일상의 구질구질한 늪의 정체를 밝히고 우리가 그곳에서 빠져나오지 못하는 절망의 현장을 제시함으로써 그것을 똑바로 응시하게 하고 도피의 유혹에 빠지지 않게 하려는 것이다. 그렇기 때문에 그의 주인공은 「즐거운 지옥」에서 친구들과 만나 술을 마시고 여러 가지 토론을 한 다음 집으로 돌아오는 길에 일상적 삶의 허무를 느끼게 된다.

그의 많은 주인공들이 일상의 탈출 방법으로 낚시를 선택하고 있는 것을 독자들은 발견하게 된다. 「남도 기행」을 비롯한 단편소설에서 그의 주인공들은 바다낚시를 즐겨 한다. 낚시는 그의 인물들로 하여금 물고기와 낚시꾼 사이의 긴장 관계를 가장 잘 드러내는 행위이다. 힘으로 다른 동물들을 상대할 수 없지만 인간은 지혜로 그것들을 이긴다는 홍성원의 논리가 가장 잘 드러나는 것이 낚시인 것이다. 낚시의 긴장된 순간을 그리고 있는 다음 문단은 그의 주인공이 낚시에 빠진 이유를 설명해주기에 충분하다.

대물대에 흑돔이 걸린 것은 저녁을 막 때우고 버너에 커피 물을 올려놓을 무렵이다. 다섯 시간 이상 45도 각도로 공중에 길게 안테나처럼 뻗쳐 있던 낚싯대가, 이제 막 연주를 시작한 콘닥터의 지휘봉처럼 사뿐히 바다 속으로 숙여진 것이다. 모든 동작을 중단하고 인규는 갯가로 달렸다. 낚싯대 고리에서 줄을 풀어내고 그는 두 손으로 대와 릴을 함께 잡았다. 맞추는 타이밍이 중요하다. 대물들은 입안의 연골(軟骨)이 단단해서 섣불리 챔질을 했다가는 낚시가 연골에 미끄러져 입에서 빠져버린다. 이 짧은 한순간을 잡기 위해 낚시꾼이 지불하는 대가는 크다. 〔……〕 밋밋한 일상의 삶에서 이런 순간과 만난다는 일은, 그 짜릿한 희소성 하나로도 우리 모두에게 소중한 행운이다.

긴 침묵. 그러나 대 끝은 잠시 후 두번째 예신(豫信)을 보내왔다. 아직도 맞추기는 이르다. 몇 차례의 예신을 거쳐 가느다란 낚싯대 끝이 바다를 향해 수직으로 곤두박일 때가 맞추는 시간이다. 〔……〕

세번째로 낚싯대가 숙였다. "왔다!"라고 고함을 질렀지만 인규의 입에서는 아무 소리도 들리지 않았다. 고함을 친 것은 입이 아니라 낚싯대를 응시한 인규의 부릅뜬 눈길이었다. 힘이라기보다 그 외침은 온몸으로 엄습한 탱탱한 긴장이었다. 위로 힘껏 쳐든 낚싯대가 커다란 호(弧)를 그린 채 오히려 물속으로 한없이 빨려들고 있었다.

　　　　　　　　　　　　　　　　　　　　　　　　—『마지막 우상』

커다란 도미 한 마리를 낚고 있는 이 장면은 낚시꾼이 왜 그처럼 낚시에 빠져들고 있는지 이해하기에 충분한 짜릿한 긴장감을 그대로 전해준다. 그것은 일상적 삶에서 경험하지 못하는 긴장감이며 또 다른 생명체와의 대결에서 인간의 지혜가 승리하는 순간이다. 그것은 현실에서 패배한 개인이 그 패배를 보상할 만한 체험이다. 그의 주인공이 왜 그토록 낚시를 좋아하는지 이해하게 한다. 그것은 오생근이 홍성원의 다른 작품론에서 적절하게 지적한 것처럼 패배한 현실 속에 살고 있는 일상적 개인이 체험할 수 있는 '긴장과 대결'의 짜릿한 순간의 극치에 해당한다.

그런데 바로 그 낚시로 인해서 전혀 다른 삶을 살게 된 이야기가 『마지막 우상』이다. 주인공 인규는 서울에서 여성 잡지사 편집장을 하며 글을 쓰는 작가다. 그는 사장과의 의견 충돌 후에 머리도 식히고 삶의 새로운 에너지를 충전하기 위해 남해로 낚시를 간다. 그가 바다 낚시를 위해 도착한 '가막도'라는 섬은 폐쇄적인 공간으로 그 섬에 들어온 외부인을 그냥 내보내지 않는다. 그는 섬에 머무르는 동안 섬과 육지 사이에 정기적인 여객선의 왕래가 없다는 것과 매월 한 번 왕복하는 마을 공동 소유의 배가 한 척 있다는 것과 그 배를 타기 위해서는 한 달을 기다려야 한다는 사실을 확인하고 섬을 떠날 궁리를 하지만 해결책을 찾지 못한다. 그는 마침내 자신이 그 섬에 갇혀 있다는 사실을 깨닫고 그 섬의 폐쇄성의 이유를 밝히고자 한다. 그 섬은 육지에서의 법률이나 제도의 지배를 받지 않고 자율적인 치안과 관행에 의해 다스려지는 곳이다. 그는 그 섬의 비밀을 알게 된다. 양귀비를 몰래 재배해 그것으로 급한 환자를 치료하고 공동체가 필요로 하는 큰돈을 마련하는 수단으로 삼고 있는 것이다. 그 비밀은 누구에게도 발설해서는 안 되는 마을의 불문율이고 그것을 알고 있는 사람을 섬 밖으로 나갈 수 없게 만드는 금기 사항인 것이다. 섬 마을의 이러한 폐쇄성은 그 자체만으로 보면 범죄 집단의 그것과 같은 것이지만 그것이 가지고 있는 역사적 상처를 고려한다면 자구적인 방어 수단과 같은 것이다. 그들은 자신들의 조상이 섬에 들어오게 된 불가피한 사정이 있다는 것을 인정하지만, 조난당한 외국 선원들을 구해주었다가 살인과 노략질의 피해자가 되고, 6·25 전쟁 때는 남과 북의 공격의 대상으로 섬 자체가 초토화된 경험을 갖고 있다. 그들은 섬 이외의 사람들은 누구도 믿을 수 없게 되자 섬 안에서 자율적인 조직체를 운영하기에 이른다. 뭍에서 들어온 인규는 섬 안에서 벌어지고 있는 양귀비 불법 재배, 전염병의 불고지, 외지인의 감금과 살해 등 온갖 불법행위를 보면서 처음에는 섬을 떠나는 것만 염두에 두었으나 몇 번의 죽을 고비를 넘긴 다음에는 섬에 정착할 생각을 한다. 그러나 폐쇄적인 섬은 전염병으로 인해 많은 희생자를 내면서 육지 보건소의 도움과 행정력의 지원을 받게 됨으로써 개방을 강요당하고 인규도 서울로 돌아올 수 있게된다.

이러한 '가막도'가 20세기 말 한국의 유인도로 존재할 가능성은 사실적 문제를 제기하는 것이지만 그것의 상징성은 큰 폭력에 대한 작은 폭력의 대응 방식으로 드러난다. 인민군 낙오병 출신으로 30여 년 동안 그 섬에 살아온 안종선의 입을 빌린다면 그들은 "폭력이 모두 나쁜 것은 아니다. 자기를 지키기 위한 폭력은 정당방위라는 이름으로 법으로도 보호를 받고 있다. 더 큰 폭력을 방지하기 위한 예방적인 폭력도 있다. 다수와 소수의 개념이라는 것도 경우에 따라서는 해석이 달라져야 한다." "악한 다수와 선한 소수 중 보호를 받아야 할 것은 마땅히 소수여야 한다"고 주장한다. 그러나 그들은 "거짓의 고약스러운 점은 한 번의 거짓이 자기 방어의 필요에 의해 연쇄적으로 또 다른 거짓들을 더 많이 생산한다는 것"을 도외시한 결과 '가막도' 전체를 대한민국이라는 국가의 법 테두리를 벗어난 무법천지로 만들어버린다. 김인규는, 자기 방어를 이유로 가막도가 마약의 밀경, 마약 처방, 외부인의 살해, 전염병 방역 치료를 하고자 하는 의사의 접근 방해, 신문기자 폭행, 방화와 환자의 치사 등 범죄의 집단으로 바뀌는 결정적인 순간에, 반기를 든다. 전염병으로 섬 전체가 오염되는 상황에서도 폐쇄적인 태도를 강화하는 가막도를 개방의 길로 이끄는 데 그는 결정적인 기여를 한다. 그런 점에서 주인공 김인규는 일상적인 소시민적 지식인이 행동으로 나서서 가막도를 개방하고 자신도 그 섬을 벗어난 보기 드문 인물이다.

그러나 이 작품에서 중요한 것은 김인규의 행동에 있는 것이 아니라 겉으로 보기에 평화로운 가막도라는 작은 섬도 겉보기와는 달리 그 나름의 슬픔과 고통의 역사를 지니고 그것과의 싸움에서 스스로를 지키기 위해 몸부림치고 있다는 사실에 있다. 이 엄청난 비극을 지닌 섬이 낚시꾼을 포함한 외부인의 눈으로 보면 아름답고 평화롭다. 그것은 바로 바다라고 하는 거대한 존재가 가진 능력이며 신비이다. 아마도 모든 것을 감싸 안고도 그렇게 내색을 하지 않는 바다의 매력에 이끌려서 그의 주인공들은 세상이나 인생에 새로운 전망을 얻고자 할 때, 그리고 그들의 소진된 에너지를 재충전하고자 할 때 낚싯대를 들고 바다로 달려간 것처럼 보인다. 그런 점에서 그가 『폭군』의 「서문」에서 "바다를 처음 보았을 때의 감동을 잊을 수 없다. 우리가 만날 수 있는 모든 사물 중에 바다는 가장 단순한 구도를 지니고 있다. 한 개의 선과 두 개의 색상이 바다가 만드는 구도의 전부다. 가장 큰 것이 가장 단순해서 바다는 우리를 감동시킨다"라고 쓴 것은 그 단순함 속에 얼마나 많은 것이 포함되어 있으며 그 많은 것을 포함하고 있으면서도 그렇게 단순한 구도를 갖추고 있는 바다를 그는 닮고 싶어 했던 같다. 8남매의 장남으로서, 3남매의 아버지로서 그는 바다와 같은 존재가 되는 꿈을 가지고 살았던 것이다. 그가 묘비명에 이 구절을 써달라고 했다는 것도 그런 점에서 이해될 수 있을 것이다.

4

그의 세번째 계열의 작품은 『달과 칼』 『먼동』 등의 대하소설로 대표되는 역사소설이다. 그는 한국의 역사소설이 지배자들을 중심으로 한 영웅소설에서 피지배자를 중심으로 한 민중소설로 변모하던 시기에 역사소설을 쓰기 시작한다. 그는 『달과 칼』의 「서문」에서 "사관(史官)이 기록하는 사초(史草)들은 주로 임금이나 유명한 장군 등, 큰 사건의 전면에 등장하는 무게 있는 인물들만을 다루"고 있는 데 반하여 "전장에서 죽은 수백 명의 삼수(三手)들이나 외로운 성을 지켜낸 용감한 성민(城民)에 대해서 사관은 단 몇 마디 말로 애도를 표하거나 충절을 칭송할 뿐이다"라고 말하면서 자신의 작품이 어떻게 씌어졌는지 밝히고 있다.

그러나 바로 이 대목에서 사관과 작가(作家)는 행복하게 헤어진다. 사람들의 삶의 궤적을 기록하기는 마찬가지지만, 한쪽은 당시의 사건들을 순위나 시간대를 가려 과학적으로 정확하게 기록하는 한편, 다른 한쪽은 사건의 경중이나 인물의 됨됨이는 가리지 않고, 바로 그 당시의 정확한 정황을 재현하는 데 노력한다. 그리하여 전라 좌수영의 이 수사(李水師) 순신과 발포 전선(戰船)의 노군(櫓軍) 개불이는 적어도 소설에서만은 동등한 지면을 할애받는다. 그 두 사람 중 어느 쪽의 삶이 더 뜻있고 도덕적이며 위대한가는 작가들의 관심의 대상이 아니다. 그가 자기에게 주어진 삶을 당시의 급박한 정황에 따라 어떻게 열심히 살아내었는가가 작가들이 관심을 두고 주의 깊게 살피는 대목인 것이다.

―『달과 칼』, 「서문」

역사가 사건이나 왕조의 주체인 영웅들의 공식적인 활동의 기록이라면 역사소설은 그 사건이나 왕조에서 살고 있는 무수한 개인들의 구체적 삶의 사적인 기록이라는 것을 말해주는 작가의 문학적 입장을 드러낸다. 이순신과 개불이를 동등한 크기로 다룬다는 작가의 입장은 전통적인 역사소설에 대한 거부이지만 그렇다고 해서 민중적 역사소설의 수용도 아니다. 그에게 있어서 역사를 움직이는 주체는 사건을 움직이는 영웅도 되지만, 보이지 않으면서도 그 움직임에 결정적인 작용을 하는 민중도 된다.

그 두 계층의 조화로운 역할이 역사를 만든다는 홍성원의 이러한 역사관은 『먼동』에서도 그대로 드러난다. 그의 대표적인 역사소설인 이 작품에서 작가는 다음과 같이 말한다.

> 사관(史官)들이 빠트리고 건너뛴 여러 행간의 여백과 공간에는 기록에서 누락된 수많은 개인들의 작은 삶들이 그들 나름의 격렬한 몸짓으로 매우 생동감 있게 살아 숨 쉬고 있기 때문이다. 광란과 격변의 시대일수록 이들 개인들의 외로운 삶들은 시대가 압박하는 갈등과 고뇌 속에 매우 감동적인 궤적들을 만들고 있다. 그들의 작지만 곧고 정직한 삶 속에서 우리는 비로소 역사의 격랑에 당당히 맞서 싸운 외로운 넋들의 뜨거운 이야기와 만날 수 있는 것이다.
>
> ──『먼동』, 「작가의 말」

역사의 기록에 누락된 개인들이 갈등과 고뇌 속에서 역사의 격랑과 맞서 싸우는 뜨거운 이야기가 바로 소설이라는 주장은 『달과 칼』에서 작가가 취한 역사관과 다르지 않다는 것을 입증하기에 충분하다. 구한말에서 한일합방을 거쳐 3·1 운동에 이르는 시기에 '남양 성주골'을 중심으로 우리 사회가 겪어야 했던 격동의 역사를 재구성하고 있는 이 작품은 우리 역사상 가장 많은 애국 열사와 가장 많은 민족 반역자를 배출한 시대의 삶의 기록이다. 특히 이 작품은 이들을 선악의 이분법으로 분류하여 결정론으로 판결하는 것이 아니라 그 둘 사이의 경계를 넘나드는 인물들의 사회적 지위와 신분의 변화를 추적하는 것을 넘어 인물 개개인의 성격과 세계관의 변화까지 포착하고 있다는 점에서 앞의 작품보다 소설적 발전을 보여준다.

이 작품에는 중앙정부의 공조판서를 지내고 남양 성주골로 낙향한 김 대감 댁과, 외거 하인 출신으로 마신포의 마름과 선두를 겸하고 있는 송근술 일가와, 김 대감을 수행하여 북경에 다녀온 한의사 박종학 일가가 등장한다. 그들은 전통적인 지주로서 권력의 상징인 양반과, 노비 출신으로 자신의 출생 비밀을 알고 주인인 양반에게 복수하는 상민과, 의술을 배우고 지식을 쌓은 중인이라는 세 계층을 대표한다. 첫번째 계층은 일제의 침략에 항거하기 위해 의병을 끌어들였다가 몰락의 길을 걷게 되고, 두번째 계층은 주인의 재산을 가지고 도주하고 일제에 협력함으로써 새로운 지주로 등장하고, 세번째 계층은 양의사가 되어 친일과 항일 어느 쪽에도 가담하지 않고 자신의 사회적 역할을 증대해나간다. 이들의 계층적 이동을 통해서 작가는, 일제가 식민지 한국을 개척하기 위해 전통적인 지주 계급을 몰락시키고, 자신들에게 협조하는 상민들을 친일 세력으로 구축하여 이들을 새로운 재산가로 만들고, 중립적인 중인 출신들에게 새로운 의술을 익히게 하여 비판적 지식인이 설 자리를 없애는 과정을 파헤치고 있다.

여기에는 의병의 지휘자나 독립운동의 지도자가 주축이 된 것이 아니라 거기에 가담한 무수한 개인들이 주축이 되고 있다. 그 개인들 가운데는 가슴으로는 배일 감정을 가졌으나 생활의 방편으로 혹은 일제의 강압에 의해 친일 행위에 가담한 사람들이 많다. 그것은 인간이란 사회적 조건과 상황의 변화에 따라 얼마든지 다른 선택을 할 수 있고 그 결과 선인도 되고 악인도 될 수 있다는 것을 증언하고 있다. 새로운 세대인 태환과 쌍순은 물론이고 기성세대인 송근술과 보경의 행위에서도 그러한 작가의 역사관이 그대로 드러나고 있다. 그것은 인간이란 생성되는 존재이지 결정론적으로 타고나는 것이 아니라는 작가의 관점을 그대로 반영하고 있다. 작가는 애국 열사로 불리는 인사들이 "얼마나 많은 밤을 번민과 고뇌로 지새우고, 얼마나 많은 개인적인 희생을 조국 광복에 바쳤으며, 지하 감방의 음습한 독방에서 얼마나 혹독한 일제의 고문을 견뎌내었는가" 구체적으로 보여주고, 친일파가 된 인물들도 "조국을 팔아넘긴 매국노로 지탄받기까지는 그들 역시 무수한 밤을 잠 못 이룬 채 지새웠으며, 모멸에 가득 찬 주위의 시선과 부단히 가해오는 동포들의 폭언과 테러, 그리고 무엇보다 민족을 배반한 양심의 가책으로 불안과 외로움 속에 고통스런 나날을 보내"지 않을 수 없다는 것을 생생하게 제시하고 있다. 이러한 작가 정신은 홍성원으로 하여금 역사 자료를 철저하게 조사하여 역사를 왜곡시키지 않으면서 그 격랑을 헤치고 살아가는 인물들을 생생하게 창조하게 만든다. 그 때문에 홍성원은 "행복했던 시대의 역사에서보다도 불행했던 시대의 역사 속에서 더 흥미로운 소설적 공간과 주인공들을" 제시할 수 있었던 것 같다. 그의 소설 전체가 불행한 시대의 기록이라는 것도 이제 이해될 수 있다.

5

홍성원은 사물의 디테일에 대한 철저한 조사를 바탕으로 소설을 쓴다는 점에서 장인 정신을 가진 작가로 보인다. 가령 『먼동』에서 고문을 받는 장면의 잔혹성은 고문의 도구나 방법에 대한 철저한 조사를 바탕으로 씌어진 것이기에 리얼리티를 획득하고 있고, 『달과 칼』에서 거북선에 대한 세부 묘사나 기능에 대한 설명은 5백 년 전의 전투선에 대한 설득력 있는 이해를 가능하게 한다. 그는 이처럼 세부 묘사에 능하면서도 대서사를 만들어내는 선이 굵은 남성적 작가다. 그는 형용사나 부사를 많이 사용해서 우리의 감성에 호소하는 감각적인 작가가 아니라, 끝없는 모험을 찾아서 새로운 이야기를 제시하여 우리로 하여금 삶과 세계에 더 큰 눈을 뜨게 하는 이성적인 작가다. 그는 작중인물에 대해서도 흑백논리로 접근하는 것이 아니라 삶과 세계의 큰 틀 안에서 이해하려는 태도로 접근하는 작가다. 그렇기 때문에 그의 소설을 읽는 독자는 그의 박학다식에 감탄하지 않을 수 없다. 소설가가 얼마나 많은 공부를 하는 사람인가를 말해주는 것이다. 그의 소설을 다시 읽으면서 그의 부재를 아쉬워하는 것은 그의 신작 소설을 더 이상 만날 수 없다는 이유도 있지만 그가 자신의 소설 속 주인공들처럼 평생 동안 소설을 쓰느라고 받았던 스트레스를 풀 만한 시간도 갖지 못하고 예기치 않은 병마의 습격으로 우리 곁을 떠났다는 사실에 있다. 그러나 소설 이외에는 어디에도 한눈팔지 않고 정직하게 살아온 그의 일생과 마찬가지로 대서사로 일관된 그의 소설은 우리 소설사에서 중요한 자리를 차지할 것이다.

상처의 아픔과 치유의 미학
——이청준의 소설

1

1965년 『사상계』에 「퇴원」으로 문단에 등장한 이후 42년 동안 작품 활동을 해온 이청준의 문학 세계를 한 편의 글로 조명한다는 것은 나로서는 너무나 벅찬 일이다. 1백여 편의 중단편소설과 13편의 장편소설을 발표한 그의 중단 없는 왕성한 창작 세계는 너무나 다양하고 풍요롭기 때문에 한눈으로 조망하기에는 너무 넓고 너무 깊다고 고백하지 않을 수 없다. 특히 그는 소설을 이야기 중심의 서술체로 쓰는 것이 아니라 정황 중심의 묘사체로 씀으로써 소설이 무엇이며 무엇일 수 있는지 문학적인 질문에 대답하고자 한다. 그의 주인공 가운데는 6·25 전란을 유년 시절에 체험한 지식인도 있고, 소설을 쓰고자 하는 작가도 있고, 매를 잡는 매잡이나 항아리를 굽는 도공이나 활을 쏘는 궁사도 있고,

득음의 경지를 찾아 온갖 고난을 겪는 소리꾼도 있고, 산업 현장에서 일하는 월급쟁이도 있다. 그의 소재 가운데는 6·25 전란도 있고, 전쟁 때뿐만 아니라 군사정권 시절에 체험한 각종 폭력도 있고, 아버지가 남긴 유일한 재산인 집을 팔아버리는 가난도 있고, 소록도를 낙원으로 만들고자 하는 큰 뜻도 있고, 삶의 고통에서 벗어나고자 종교를 찾는 구원의 테마도 있고, 우리 사회의 비극과 그것을 극복하려는 초월의 문제도 있다.

이러한 주인공들을 형상화하고 그러한 소재들을 문제로 다루는 그의 소설은 그렇기 때문에 한 폭의 세밀화처럼 많은 디테일을 표현하는 과정에서 독자에게 하나의 정답을 제시하는 것이 아니라 미로 게임처럼 여러 가지 가능성을 열어놓고 독자로 하여금 자유로운 대답을 선택하게 만든다. 그의 소설은 어느 순간에도 단정적인 대답을 내놓지 않고 끊임없이 질문을 던짐으로써 독자에게 사태에 대해서 깊은 생각을 하게 한다. 줄거리만 좇아가는 독자들은 그의 소설에서 줄거리의 지체에 답답한 나머지 건너뛰는 책 읽기를 시도하겠지만 그런 독자는 그의 소설을 전혀 읽지 않았다는 느낌을 갖게 된다. 그만큼 그의 소설은 분석적이고 반성적이어서 얼핏 보면 이야기가 흘러가는 것이 아니라 한 점에서 옆으로 번져가는 듯한 인상을 준다. 이야기에 있어서 번짐 현상은 그러나 아무렇게나 번지는 것이 아니라 이야기의 초점을 두드러지게 하는 방향으로 번지는 것이다. 이러한 번짐 현상은 일정한 규칙이 있는 것도 아니고 방향이 정해진 것도 아니기 때문에 주제의 성질에 따라서 그리고 사유의 방향에 따라서 자유롭고 다양하게 이루어진다. 따라서 이청준의 소설 세계에 접근하기 위해서는 그가 선택한 주제의 성질을 파악하고 그 주제에 대한 그의 사유의 궤적을 좇아가는 과정이 반드시 필요하다.

한 작가가 40여 년간 소설을 쓰며 칠순을 앞에 두고 있다는 것은 전업 작가로서 존경의 대상이 될 만한 일이 아닐 수 없다. 말하자면 평생을 중단 없이 소설을 써온 그가 발표한 작품들은 우리가 살아온 삶과 역사에 대해서, 우리의 꿈과 현실에 대해서, 우리의 예술과 종교에 대해서, 우리의 제도와 전통에 대해서 단순한 증언의 차원을 넘어서 깊은 성찰을 가능하게 하고 우리 안에 가지고 있으면서도 우리가 자각하지 못하고 있는 고통과 희열, 괴로움과 즐거움, 분노와 환희를 일깨워주는 역할을 한다. 그가 유년 시절에 체험한 것을 함께 체험한 우리는 그 체험이 그의 작가 생활에 어떻게 투영되고 어떤 변화의 과정을 겪게 되는지 알아볼 때 그의 문학에 보다 가까이 다가설 수 있을 것 같다.

지난 반세기 동안 한국 사회는 엄청난 변화를 겪으면서 산업사회로 진입한다. 한국 사회의 산업화는 농업 중심의 사회 구조를 공업과 상업 중심의 사회로 바꾸고, 이제는 문화와 서비스 산업 중심의 새로운 사회 구조로 변화하는 과정에 있다. 해방 후 남쪽에서 이루어진 서구식 민주주의의 실험은 4·19 학생운동으로 성공의 길로 접어드는 것 같았으나 5·16 군사 쿠데타로 집권한 군사정권은 자유민주주의를 유보시킨 채 경제 성장을 최우선의 목표로 정하여 한국의 산업화에 성공함으로써 기아와 가난에 허덕이던 사회를 풍요롭게 만든다. 경제적 성장에 반하여 민주 제도를 후퇴시킨 유신 정권은 10·26을 계기로 무너졌으나 신군부의 등장은 5·18 광주민주화운동을 폭발시켜 많은 사람을 희생시키고 그 과정에서 억압된 자유가 폭발함으로써 새로운 민주 사회의 도래를 허용한다. 이러한 변화 과정에서 작가가 목격한 한국인의 인간 조건의 변화와 삶의 고통은 문학의 존재에 대한 본질적인 질문을 던지게 만든다. 이러한 변화의 와중에서 그의 문학적 사유와 실험은 깊이를 깊게 하고 폭을 넓히며 그만의 세계를 구축하기에 이른다.

2

이청준은 자신이 겪은 최초의 폭력이 '전짓불'이라는 것을 주인공의 경험으로 들려준다. 「소문의 벽」의 주인공에게 6·25 사변 때의 기억으로 나타나는 '전짓불' 사건은 그가 체험한 가장 큰 폭력으로서 그의 정신에 깊은 상처를 남겨놓는다. '전짓불'을 든 사람은 자신의 정체를 밝히지 않고 어린 '박준'에게 정체를 밝히기를 강요한다. 자신이 어느 편이라는 것을 사실대로 말하느냐 거짓으로 말하느냐는 중요하지 않고, 다만 '전짓불'을 비추는 사람과 같은 편으로 대답했느냐 반대편으로 대답했느냐에 따라서 살 수도 있고 죽을 수도 있는 부조리한 상황은 이념이 다른 두 체제로의 분단이 가져온 비극이며 동시에 동족상잔의 전쟁이 가져온 비극이다. 자신의 생각이나 이데올로기와 상관없이, 그리고 그 생각과 이데올로기에 관해 토론할 여지도 없이 어느 편이냐에 따라서 삶과 죽음의 갈림길에 설 수밖에 없는 양자택일적인 상황은 폭력 가운데서도 가장 잔혹한 폭력에 속한다. 왜냐하면 생각과 이데올로기의 선택이 삶과 죽음의 선택과 아무런 인과관계가 없고 오직 우연에 맡길 수밖에 없기 때문이다.

'전짓불'과 관련된 폭력의 체험은 그의 데뷔작 「퇴원」의 주인공에게도 나타난다. 그는 어린 시절 광 속에 가득 찬 볏섬 사이에 어머니와 누이의 속옷을 깔아놓고 잠을 자는 즐거움을 남몰래 즐긴다. 이 비밀이 아버지의 '전짓불'에 발견되어 주인공은 이유도 모른 채 이틀 동안 감금당하게 된다. 이 경우 전짓불을 든 사람의 정체가 아버지라는 점에서 앞의 경우와 다른 것처럼 보이지만 아버지가 왜 화를 내고 자신을 광 속에 가두어버렸는지 전혀 설명되지 않았다는 것은 앞의 경우와 같은 범주에 든다는 것을 말해준다. 아버지 화의 원인을 알 수 있다면 이틀간의 감금에 해당하는 행위를 자신의 선택에 의해 할 수도 있고 하지 않을 수도 있다. 그것은 「소문의 벽」에서 상대편이 좌익인지 우익인지 알 수 있다면 삶과 죽음을 자신이 선택하는 대답을 할 수 있는 것과 다를 바가 없다.

이 두 상황에서 공통적인 특색은 폭력이 지배하는 상황이라는 것이다. 폭력이 지배하는 상황은 합리적인 사고를 불가능하게 하고 그것을 어디에도 호소할 길이 없게 만든다. 그것은 힘이 지배할 뿐 말을 할 수 없게 하는 상황이다.

작가는 말이 억압당하는 폭력이 폭력 가운데 가장 강한 힘을 발휘하는 폭력이라는 것을 다른 여러 작품에서도 드러내고 있다. 가령 「개백정」의 어린 주인공도 말을 할 수 없는 무시무시한 폭력을 체험한다. 6·25 사변 때 '말씨가 설고 거센 총잡이'들이 나타나면서 어린 주인공은 자신이 살던 산골 마을에 이치를 따질 수 없는 공포의 분위기가 조성되는 가운데 형체를 알아볼 수 없게 된 '복술이'의 귀환에서 저승사자와 같은 폭력의 그림자를 본다. '개공출'로 이미 '노랑이'의 죽음을 경험한 어린 주인공은 죽은 줄 알았던 '복술이'의 모습에서 폭력의 무서움을 다시 체험한다. '앞발 하나를 절뚝거리고' '두 눈마저 이미 시력을 잃고' '오른쪽 눈은 눈두덩이 두껍게 부어올라 이미 뜰 수조차 없게 되어 있었고' '피가 흐르고 있는 왼쪽 눈은 피로 범벅이 된 눈두덩털 때문에 형체를 알아볼 수가 없'게 된 '복술이'의 모습은 무자비한

196

폭력의 정체를 여지없이 드러낸다. 그러나 '복술이'를 죽이려 든 것은 모자라는 '개가죽' 숫자를 채우기 위해서가 아니라 '노랑이'의 가죽을 취한 뒤에 공짜로 먹어본 고기 때문이다. 다시 말하면 개를 죽일 수 있는 권력을 손아귀에 쥔 사람은 공포 분위기를 이용해서 폭력을 마음 대로 행사하게 되고 권력이 없는 사람은 폭력 앞에서 아무런 말을 하지 못한다.

6·25 사변을 무대로 한 이 세 편의 작품에서 주인공들은 분단과 전쟁이 개인에게 얼마나 큰 폭력을 가하고 있는지 알게 한다. 이들의 공통점은 세 주인공 모두 폭력 앞에서 말을 하지 못한다는 것이다. 그들은 자신들의 입에서 나오는 말이 또 다른 폭력을 불러온다는 것을 너무나 잘 알고 있고 그래서 스스로 입을 다물고 침묵을 지킴으로써 말을 잃어버린다. 여기에서 그들이 말을 잃어버린다는 것은 대단히 상징적이다. 무시무시한 공포 앞에서 말은 아무런 힘을 쓰지 못하고 공허하거나 아니면 더 큰 폭력을 불러올 수 있다는 것이다.

그러나 작가가 이 작품에서 말하고자 하는 것은 폭력 앞에서 침묵할 수밖에 없다는 것이 아니라 침묵할 수밖에 없는 인물을 통해서 폭력의 존재와 정체를 밝히는 것이다. 폭력의 존재와 정체를 밝힘으로써 우리 사회가 분단과 전쟁이라는 얼마나 치욕적인 역사를 겪었는지 깨닫게 할 뿐만 아니라, 그것이 단순히 과거의 역사적 사실로 끝난 것이 아니라 현재진행형인 것은 아닌지 반성하게 한다. 왜냐하면 이 세 작품이 모두 경제 발전을 위해 개인의 자유와 권리가 제약을 받아야 한다는 '한국적 민주주의'를 강요하던 시대에 씌어졌기 때문이다. 따라서 이청준의 작품은 지나간 시대를 배경으로 했다고 해서 현재의 상황과 아무런 상관이 없는 과거의 이야기가 아니라 발표 당시 상황과의 관련 아래서 읽어야 한다.

3

이청준의 초기 소설 가운데 많은 작품의 주인공이 소설가, 혹은 문학인을 직업으로 삼고 있다. 가령 「조율사」의 화자인 '나'와, 「소문의 벽」의 주인공 '박준,' 「병신과 머저리」의 주인공 '형'은 모두 소설을 쓰는 인물이다. 그들은 문학에 대해, 소설에 대해 그들 나름의 확고한 생각과 신념을 가지고 있다. 「소문의 벽」에서 주인공은 "작가는 누가 뭐래도 진술을 끊임없이 계속하지 않고는 살아갈 수 없는 족속"이라고 함으로써 자신의 생각을 말로 표현하는 운명을 지닌 존재임을 의식하고 그것을 주장한다. 「지배와 해방」의 주인공은 "작가는 언제나 그가 도달한 세계에서 또 다른 다음번의 이념의 문을 향해 끝없이 고된 진실에의 순례를 떠나야 하는 숙명적인 이상주의자일 수밖에 없다"라고 말한다. 이러한 주인공들의 발언을 통해서 이청준이 강조하고 있는 것은 작가의 사명과 소설의 역할이다. 즉 소설을 쓴다는 것은 진실을 이야기할 수 없는 상황에서도 그것을 말하는 행위이며, 하나의 진실을 이야기하는 것으로 끝나는 것이 아니라 끊임없이 새로운 진실을 찾아서 이야기하는 것이다. 그렇기 때문에 「지배와 해방」에서 주인공은 "독자와 사회에 대한 작가의 책임이란 그러니까 결국 그의 개인적 삶의 욕망과 독자들의 삶을 위한 어떤 일반적인 가치 질서의 실현이라는, 복수가 기여가 되어야 한다는 그 지극히도 이율배반적인 관계 속에서 힘들게 마련되어야 할 운명의 것"임을 자각하고 있다. 그의 주인공에게 글 쓰는 행위는 '누가 뭐래도' 외부적인 조건과 상관없이 작가의 개인적인 윤리적 결단으로 이루어지는 것이다. 그것은 "작가라는 것은, 세상을 향해 뭔가 끊임없이 자기 진술을 계속할 의무를 자청하고 나선 사람들"이라는 의미에서 스스로 작가이기를 선택한 사람이라는 인식이다. 그런데 이들 소설가 주인공에게 진실을 말하지 못하게 하는 외부의 압력이 가해질 경우 작가는 필연적으로 갈등을 느끼고 존재의 위기에 빠지게 된다. 진실을 말하지 못하게 하는 억압적 상황은 유년 시절에 체험한 '전짓불'과 같은 폭력의 체험을 다시 하게 만든다. 이청준의 작가 – 주인공들이 모두 소설을 쓰는 데 실패하는 것은 어린 시절의 전짓불 앞에서 자신의 생각을 진술할 수 없었던 것과 유사한 상황이다. 그래서 「소문의 벽」의 마지막 부분에서 화자는 '박준'에 대해서 다음과 같은 해석을 내린다.

> 자기의 내면에 용틀임 치는 진술욕과 그것을 불가능하게 하고 있는 전짓불 사이에서 심한 갈등과 불안을 느끼기 시작했다. 그리고 그 정체불명의 소문과 갈등을 빨아먹으며 전짓불은 그의 의식 속에서 엄청나게 크게 확대되어갔다. 한데 바로 그 전짓불은 어렸을 때부터 그의 의식 속에서 은밀히 발아를 기다리고 있던 갈등과 불안의 씨앗이었다. 이제 그 씨앗이 발아를 시작한 것이다. 그리고 그것은 박준의 마지막 소설 속에서 한 작가로 하여금 끝끝내 정직한 진술을 할 수 없게 만들어버린 방해 요인의 상징으로 훌륭하게 완성되어지고 있었다.

'박준'이 소설 쓰기에 실패한 요인을 어렸을 때 입었던 정신적 상처 때문이라고 말하는 것 같은 이러한 해석은 얼핏 보면 심리주의적인 것으로 보이기 쉽다. 실제로 「병신과 머저리」의 형이 의사에서 소설가로 변신을 시도하는 것도 자신의 수술 실패로 환자가 죽게 되자 정신적 충격을 받아서이지만 진실을 말할 수 없는 상황 때문에 소설 쓰기에 실패한 것이고, 「퇴원」의 주인공이 아버지의 전짓불에 자신의 행위를 설명할 기회도 갖지 못하고 광 속에 이틀 동안이나 갇히는 폭력을 겪고 정신적 상처를 안고 사는 것도 심리주의로 보이기도 한다. 이청준은 이러한 심리주의적 해석으로 개인이 안고 있는 정신적 상처를 드러낼 뿐만 아니라, 그것을 통해서 우리 사회와 역사에 존재했고 여전히 존재하고 있는 폭력의 정체를 명백하게 밝히고 그것이 우리의 역사와 현실에서 얼마나 수치스럽고 무지한 것인지 말하고 있다. 진실을 말할 수 없게 만드는 억압적인 사회는 어린 시절의 체험으로 끝나지 않는다는 데 더욱 심각성이 있다.

「뺑소니 사고」라는 작품의 주인공 '배영달'은 '기자'로서의 사명감과 '역사에 대한 책임'을 두고 '양진욱'이라는 인물과 부딪친다. 그는 '금식'이라는 이름으로 백성을 속이면서 우상이 되었던 '일파 선생'의 죽음의 진실을 파악하고 그 사실을 신문에 보도하고자 한다. 반면에 '양진욱'은 '일파 선생'의 금식에 속임수가 있지만 그것이 지닌 역사적 역할의 중요성 때문에 자신의 본래 직업마저 던져버리고 '일파사상연구회'를 맡고 나선다. 그 결과 '일파 선생'의 허위 금식에 관한 기사가 신문에 보도되는 대신에 '배영달' 기자의 뺑소니 사고에 의한 사망 기사가 신문에 나간다. 그것은 역사에 대한 책임과 같은 거창한 문제가 몇 사람의 독점물이 될 때 그것이 보이지 않는 사회적 폭력으로 바뀐다는 것을 말한다. 「소문의 벽」의 박준이 쓴 소설 두 편이 하나는 "시대의 양심이라는 것에 바탕을 둔 편집자의 문학 이념과 어긋난다"는 이유로, 다른 하나는 "말썽의 소문을 두려워하는 용기 없는 편집자의 조심성"에 의해 잡지에 발표되지 못하는 것은 그 사회가 보이지 않는 폭력의 지배를 받고 있다는 것을 증언한다. 그것은 소설의 실패가 작가 개인의 문제에서 사회의 문제로 확대되고 있다는 것을 입증하기에 충분한 것이다.

이청준의 주인공들이 소설가로 실패하는 것은 대단히 의미심장하다. 어떤 사람들은 폭력을 직접적으로 다루고 폭력에 저항하는 인물을 그리지 않는 작가에 대해서 심리주의로 폄하할 수도 있다. 그러나 내가 보기에 이청준은 자신의 소설이 폭로소설의 차원에 머무르는 것을 가장 경계한 작가이다. 폭로소설이란 문학 작품을 일회적인 소모품으로 전락시키는 것일 뿐 인간의 삶에 대한 보편적이고 항구적인 문제 제기를 통해서 보다 나은 삶을 꿈꾸게 하는, 시대를 뛰어넘는 깊이와 풍요를 겸비한 감동을 체험하게 하는 문학 본래의 역할에 미치지 못하기 때문이다.

진실을 알고 있으면서도 그것을 말로 표현할 수 없는 상황을 그린 작품은 「빈방」이다. 이 작품은 '나'라는 신문기자가 '지승호'라는 하숙집 동숙인의 '딸꾹질'의 원인을 찾아가는 이야기다. 그는 자기 회사의 생산부 직원으로 근무하는 도중에 충격적인 사건을 경험하고 딸꾹질을 시작한다. 노임을 올려달라는 여공들에 의해 조합 책임자로 받들어진 지승호는 여공들의 알몸 시위가 소방 호스의 찬물 세례를 받고 무산된 다음 자신의 입장을 설명할 수 없는 난처한 입장에 빠진다. 그의 딸꾹질이 시작된 것은 직접적으로 거북한 입장에 빠진 자신의 처지 때문도 아니고 알몸 시위에 찬물을 끼얹은 사건 때문에 생긴 것도 아니다. 그것은 그 사건을 취재해간 기자의 기사가 신문에 나기를 기다리는 과정에서 시작된다. 그 과정에서 그는 11월의 추위 속에서 알몸에 찬물 세례를 받은 여공들의 사건을 정신적으로 다시 체험한다. 여기에서 그는 두 가지 폭력을 경험한다. 하나는 찬물 세례라는 눈에 보이는 폭력이고 다른 하나는 기사가 활자화되지 않는 눈에 보이지 않는 폭력이다. 여기에서 기사가 활자화되지 않았다는 것은 진실이 언어화되지 않았다는 것을 의미한다. 그것은 우리가 경험한 폭력에 대해서 말하는 것이 금지된 공포의 상황이다. 이청준의 주인공은 말을 하지 못하는 상황에서 그것을 항의하는 대신에 딸꾹질이라는 신체적 반응을 보인다. 그것은 진실을 언어화하지 못하는 고통이 '딸꾹질'이라는 소리로 대체되어 나타난다는 것을 보여준다. 그 결과 신문기자인 '나'마저 딸꾹질의 자초지종을 알게 된 다음 딸꾹질을 시작한다고 암시된다. 이청준은 말을 하지 못한다는 것을 말함으로써 말을 하는 소설가이고 그런 의미에서 실패한 소설가를 통해서 소설의 진정한 모습을 추구하는 소설가이다.

4

이처럼 진실이 언어화되지 못하는 상황에서 '딸꾹질' 증세를 나타내는 현상을 이청준은 판소리와 같은 예술로 승화시키고자 한다. 영화화됨으로써 그를 마치 대중적 작가처럼 유명하게 만든 작품집 『서편제』는 전통적인 소리꾼이 자신의 삶과 운명, 꿈과 한을 절창으로 노래하려는 이야기다. 명창으로 득음의 경지에 도달하고자 하는 소리꾼은 엄청난 노력을 기울임에도 불구하고 떠돌이 신세를 면할 수 없는 비극적 운명을 살고 있다. 명창이 되는 고단한 과정을 통해 세속적인 가치들을 버리고 얻은 득음의 경지는 학의 모양을 한 큰 산이 춤을 추는 형상을 보여줄 수 있는 경지이다. 이 아름다운 비유의 세계는 독자로 하여금 감동 없이는 읽을 수 없게 하지만, 그러나 소리꾼 자신에게는 가난과 고통의 삶에 지나지 않으며 아무런 보상도 없는 삶이다. 그것은 전통적인 장인인 소리꾼이 추구하는 아름다움의 세계가 물질적 가치만이 존중되는 현대 사회에서 제대로 평가되기 힘들다는 것을 입증하고 있는 것 같다.

이 작품집 전반부는 「서편제」 「소리의 빛」 「선학동 나그네」 「새와 나무」 「다시 태어나는 말」 등 '남도소리' 연작들로 구성되어 있다. 한 소리꾼 사내가 어떤 과부와의 사이에서 태어난 딸에게 소리를 가르치려 든다. 그 딸은 어머니의 죽음이라는 대가를 치르고 태어났다는 의미에서 비극적 운명을 타고난 출생의 비밀을 갖고 있다. 딸과 함께 소리를 하며 연명하던 소리꾼 사내는 딸의 소리에 진전이 없자 딸의 눈을 멀게 만든다. 눈을 멀게 함으로써 딸을 명창으로 만들고자 하는 소리꾼의 집념은 전율을 느끼게 한다. 명창이 된 소리꾼 딸은 고향에 돌아와서 큰 산이 비상 학의 형상을 하도록 소리를 하고 죽은 아버지를 명당자리에 묻고 떠난다. 「서편제」는 소리꾼 남자와 오누이 사이의 관계, 그리고 소리꾼 부녀를 찾아 나선 오라비의 정체를 밝혀준다. 「소리의 빛」은 오라비가 명창이 된 누이를 만나 그녀의 소리와 함께 하룻밤을 지새우고 가는 그들의 한 많은 삶의 모습을 전해준다. 「선학동 나그네」는 아비의 유골을 들고 돌아온 장님 소리꾼이 소리로 다시 학을 날게 만든 다음 유골을 묻은 뒤 마을을 떠나는 이야기이다. 「새와 나무」는 소리꾼만이 자신의 한을 안고 사는 것이 아니라 대부분의 사람들이 한을 쌓아가면서 소리꾼과 같은 떠돌이의 삶을 이어가고 있음을 확인하게 한다. 「다시 태어나는 말」은 소리에 남아 있는 한을 다도로 풀어간다는 이야기로 앞의 네 작품의 궁극적인 도달점이 '말'을 다시 찾는 것임을 말한다. 오라비가 의붓아버지와 누이와 소리의 세계마저 떠난 것은 '의붓아비에 대한 미움과 복수심을 지키기 위해서'였지만 30년 후 10여 년 동안 의붓아비와 누이를 찾아 나선 것은 그가 미움과 복수심에서 벗어났음을 의미한다. "사내의 헤매임은 말할 것도 없이 자신의 삶에 대한 깊은 화해와 용서의 마음 때문이었다. 아비를 죽이고 싶어 한 부질없는 자신의 원망을 후회하고, 아비와 누이를 버리고 달아난 자신의 비정을 속죄하고" 누이를 찾지만 이미 죽어버린 아비 때문에 여전히 회한 속에 살아가야 하는 것이 그의 운명이다. 그것은 화해와 용서에 도달했다 해서 한을 쌓지 않는 것이 아니라 삶 자체가 한을 쌓는 것임을 말한다. 그렇기 때문에 한을 안고 살 수밖에 없는 소리꾼의 숙명은 서민들의 보편적이며 비극적인 숙명이라는 것을 상징적으로 그러나 아름답게 제시하고 있다. 그래서 '남도소리'는 한의 가락이라기보다는 '한풀이 가락'이 된다. 그것은 "우리의 마음속에 그 몹쓸 한을 쌓는 것이 아니라, 거꾸로 그 한으로 굳어진 아픈 매듭들을 소리로 달래고 풀어내는 것"이다. 그래서 한의 매듭을 풀어내는 사람에게는 한풀이로서의 소리가 자신의 삶 가운데서 '용서의 길'이 된다. 따라서 '자신의 삶 가운데서 용서의 길'이 '참다도'라고 하는 주인공의 말은 그것이 '소리'와 상통한다는 것을 알게 한다.

"차를 마심에서도 법도에만 매달리면 부질없는 형식에 떨어진다 하셨던가요. 거기엔 사람의 삶이 사무쳐 채워지고 있어야 비로소 올바른 법도가 된다고 말입니다. 〔……〕옳은 차 마심의 마음을 익히려는 사람이나 그 누이의 소리를 찾아 남도 천리를 헤매 다니는 사람이나, 알고 보면 모두가 그 한마디 말에 자신을 바쳐 살고 있음이 아

니겠습니까. 그것도 필생의 삶으로 말입니다. 그래 그 용서라는 말은
운 좋게도 몇 번 다시 태어날 수 있지요."

그러니까 작가는 '용서'라는 그 한마디 말을 끌어내기 위해서 그 먼 길
을 우회한 것이다. 왜냐하면 그 말은 '사람들 사이에 아직도 살아서
숨 쉬고 있는 말'이며 '믿음을 지니고 살아 있는 말'이기 때문이다. 그
러한 관점에서 보면 이 작품은 '지금 여기'에서의 삶과 아무런 관계
가 없는 과거의 삶을 그린 것으로 간주된다. 하지만 이 작품들을 그의
「빈방」「잃어버린 말을 찾아서」와 관련해 읽게 되면 그것이 겉으로 보
이는 만큼 단순한 작품이 아니라 복합적인 작품이라는 것을 알게 된
다. 이 모든 작품들이 군사독재 정권 아래에서 씌어졌다는 것은 대단
히 의미가 깊다. 여러 겹의 중첩된 의미는 이 책 제1부 「한국 소설의
현대적 신화」에서 언급한 바 있기 때문에 여기에서 더 이상 중언부언
하지 않겠다.

5

이청준의 작품 가운데 가장 정치적인 소설로 읽히는 것은 나환자들의
섬인 소록도를 무대로 한 『당신들의 천국』이다. 이 작품의 서두에는
두 가지 사건이 동시에 벌어진다. 그 하나는 '조백헌'이라는 현역 대령
이 병원의 새 원장으로 부임하는 것이고 다른 하나는 두 원생의 탈출
사고가 새 원장의 '우연찮은 부임 선물'처럼 일어난 것이다. 이 두 가
지 사건은 이 소설 전체의 구성을 지배하고 있는 중심 모티프라고 할
수 있다. 왜냐하면 새로 부임한 원장은 그 탈출 사고의 원인을 밝혀서
그러한 탈출 사고가 재발하지 않게 섬 자체를 바꾸는 것을 임무로 삼

게 되고, 섬을 탈출하려는 환자들은 그들의 시도가 근본적으로 봉쇄되는 것은 아님을 보여주고자 하기 때문이다. 한번 들어오면 죽을 때까지 나갈 수 없는 이 섬은 죽은 후에도 유골을 찾는 가족이나 친척도 나타나지 않는 곳으로 육지와 완전히 분리된 곳이다. 그들이 지닌 나병이 '천형'이라고 평가되는 것처럼 그들은 그 섬에 들어온 다음 가족과 사회에서 완전히 잊힌 존재가 된다. 그들은 그들끼리만 그 섬 안에서 살아야 하는 숙명을 타고난 존재가 되어 깊은 한을 안고 산다.

새로 부임한 조백헌 원장은 자신과 그들 사이에 침묵의 벽이 가로막혀 있음을 깨닫고 그 '죽음의 섬'에 생명을 부여하는 역할을 자임하고 나선다. 그는 섬 주민들이 스스로 삶을 개척하고자 하는 의지를 잃고 절망하는 것을 바꿔놓기 위해 자신의 모든 것을 바친다. 그는 '장로회'를 조직하고 직원이 사는 곳과 환자가 사는 곳 사이의 철조망을 헐고 미감아들과 직원 아이들의 공학을 실시한다. 그는 건강한 사람들과 환자들 사이의 구별을 없애고 환자들 스스로 마음의 담을 허물고 그 사이에 존재하는 침묵의 벽을 무너뜨리게 만들고자 한다. 그는 전임 주정수 원장의 실패를 교훈 삼아 그들에게 육지 사람과 다름없이 무엇이든지 할 수 있다는 신념을 심어주고, 바다를 매립하여 그들의 경작지를 넓힘으로써 '죽음의 섬'을 '낙토'로 만드는 시도를 한다. 그의 시도는 우선 육지 사람들의 거센 반발을 사지만 조백헌은 그 반발을 이용해서 섬 주민 내부에서의 반란을 제어하기에 이른다. 그가 끝없는 난관을 극복하고 제방 쌓는 일을 성공시키기까지는 '이상욱'과 '황희백'이라는 두 지식인의 비판에 많은 빚을 지게 된다. 그들은 낙토를 이루고자 하는 조백헌 원장의 의욕 속에 감추어져 있을 수 있는 '동상'의 존재를 끊임없이 상기시키며 원장과 주민들 사이를 수직적인 관계가 아니라 수평적인 관계로 만든다. 그것은 원장이 그 섬을 통치하는 것이 아니라 주민들과 함께 가꾸어나가는 것이다. 그것은 개인과 집단의 관계를 개인과 공동체의 관계로 바꿔놓는 것이다. '동상'이란 원장인 지배자의 오만으로 만들어지거나 섬 주민인 피지배자의 지나친 우상으로 만들어지는 것임을 이 작품은 철저하게 보여준다. 그래서 다른 곳으로 전임 발령을 받은 조백헌 원장이 '절강제'라도 지내고 떠나려 할 때 그들은 그가 절강제 이전에 떠나도록 권유한다. 그는 그들의 권유대로 섬을 떠났다가 5년 후에 원장이 아닌 신분으로 되돌아온다.

6

이청준은 이러한 행복한 결말을 황희백이라는 인물의 말을 빌려서 '자유'와 '사랑'의 결합이라고 말한다. 여기에서 말하는 '사랑'이라는 화두가 그 후에 발표된 다른 작품들에서는 '용서'라는 말로 바뀌어 나타나는 것을 볼 수 있다. 이미 앞에서 검토한 작품집 『서편제』에서 '한'을 풀어가는 마지막 단계로 '용서'가 화두로 등장했지만 「잃어버린 말을 찾아서」에서도 소리의 세계가 말의 세계로 바뀔 수 있는 계기를 제공하는 것도 '용서'로 나타난다. 그것은 「눈길」에서 남에게 팔아버린 고향 집을 마지막으로 아들에게 보여주고 아들을 눈길 속에 떠나보내는 어머니가 자신의 내면에 묻혀 있는 한을 풀어가는 방법이다. 전쟁으로 인한 억울한 죽음이나 거기에서 비롯된 가난이나 그 속에서 아무것도 할 수 없는 자신의 무능이나 한을 품게 한 모든 것을 용서하지 않고는 우리 사회에 떠돌고 있는 죽음의 그림자를 제거하는 길이 없음을 이청준은 스스로에게 다짐하며 받아들이고 주장한다.

그의 정신은 초기 소설에서 고향으로부터 탈출하지 않을 수 없는 탈향 의식을 우리에게 보여주고 있다면, 후기 소설에서는 끊임없이 고향으로 되돌아가고 싶은 귀향 의식과 초기의 그에게 탈향 의식을 심어준 모든 것을 받아들이고 용서하는 마음 상태를 보여준다. 그의 작품 『흰옷』은 45년 동안 고향을 등지고 살아온 주인공이 어린 시절의 삶과 꿈이 있던 현장을 찾아가는 형식을 취하고 있다. 그런데 고향을 찾아가는 그 길이 순탄하지 않다. 그의 또 다른 작품 「살아 있는 늪」의 주인공이 고향을 찾아가는 도중에 만나는 광경은 운전기사와 차장의 횡포에 대해서 '사람의 꼴로 당할 일이' 아닌 것을 받아들이는 모습이다. 시골 승객들은 '역겹고 무기력한 수모감을' 견디어내는 데 반하여 거기에 항의한 주인공 자신은 그들의 공격의 표적이 된다. 그 순간 그는 "마침내 죽음처럼 무겁고 갈앉아 들어간 수많은 사람들의 질기디 질긴 삶의 숨결과 그 삶들의 따스한 온기"를 느끼고 그들에게서 자신이 '노인'이라고 부르는 어머니의 모습을 발견한다. 그들에게서 일상적으로 비굴하고 소극적인 그들의 삶의 양식은 막힌 상황을 뚫을 수 있는 힘을 갖게 된다. 그것은 그가 어린 시절에 그토록 떠나고자 했고 기피하며 증오했던 어머니의 참모습이다. 그의 주인공이 어머니를 '노인'이라고 지칭하는 것은 '엄마'라든가 '어머니'라는 호칭이 가지고 있는 혈연적 정서를 부인하고 싶은 심리에서 출발했지만, 그 안에 막힌 상황을 뚫는 힘의 정체를 발견한 결과 어머니에 대한 자신의 지위를 낮추는 겸손의 표현이 되고 있다. 어머니의 힘을 발견한 그의 주인공들은 「여름의 추상」에서도 그런 어머니의 모습을 찾아냄으로써 귀향의 발걸음을 자주 갖는다.

『흰옷』에서 주인공은 45년 전 풍금으로 상징화되어 나타난 그의 꿈이 전란으로 산산이 부서져버린 기억을 되살려서 전쟁의 원혼들을 위로하는 위령제를 지낸다. 그가 사상의 좌우를 가리지 않고 자신의 정서의 근원으로서 그들 모두를 인정하는 것은 그가 밭 농작물을 끊임없이 갈아엎던 불편함에서 벗어남을 의미한다. 초기 소설에서 폭력과 공포를 체험하게 했던 좌익과 우익은 이제는 일방적인 옳고 그름을 구분하는 대상이 아니라 유년 시절의 근원적 정서의 고향일 수 있기 때문이다. 그것은 작가의 유년 시절의 상처가 그의 오랜 작가 생활 동안 문학적 대상이 됨으로써 그의 내면에서 어느 정도 극복되고 치유되었음을 의미하는 것 같다. 그런 관점에서 보면 어머니의 장례를 축제로 다룬 『축제』에서 어린 딸에게 할머니의 죽음을 이야기하는 주인공의 태도는 어머니의 사랑과 용서의 철학을 실천하는 것처럼 보인다.

7

이제 이청준 소설이 가지고 있는 격자 형식의 의미가 어느 정도 드러난다. 그의 소설은 소설 속에서 소설을 쓰는 격자 구조를 가지고 있다. 그것은 주인공의 삶을 끊임없이 되돌아보고 작가가 가지고 있는 문학에 대한 태도를 고정시키지 않고 반성하는 것이다. 그 때문에 이청준은 자신의 문학을 상처에서 치유로, 포한에서 해한으로, 미움에서 사랑으로 가는 길의 도정으로 삼을 수 있게 된 것이다. 이처럼 넓어진 그의 시야는 그의 작품을 타인에 대한 따뜻한 이해와 포용으로 엮을 수 있었던 것으로 보인다. 그가 한국의 대표적인 작가가 될 수 있는 것은 바로 그러한 여정을 가장 충실하게 밟아왔기 때문이다.

3대의 가족사
─김원일의 『전갈』

1

일반적으로 역사소설이라고 불리는 작품은 역사적 사실을 소재로 한 작품을 말한다. 그러나 사실주의 계통의 모든 소설은 역사적 소재를 다소간 지니고 있어서 '역사소설'이라는 부제가 붙지 않은 작품에서도 역사적 사실을 확인하는 것은 어렵지 않다. 사실주의 소설에서 역사적 사실을 다소간 소재로 삼는 것은 그 소재를 통해서 화자가 말하고 있는 이야기가 사실이라는 것을 은연중, 혹은 노골적으로 주장하기 위한 것이다. 그래서 그런 작품을 읽는 독자에게 작가는 지금 당신이 읽고 있는 이야기가 거짓으로 꾸며낸 이야기가 아니라 실제 있었던 이야기라는 인상을 심어주고 있다. 따라서 작가는 역사적 소재를 어떻게 사용하느냐에 따라 독자의 신뢰성을 획득하기도 하고 잃어버리기도 한다.

소설이라는 장르는 태생적으로 작가의 상상력의 소산이기 때문에 작가가 아무리 역사적 소재에 충실했다고 해도 그것을 역사적 사실이라고 주장할 수 있는 근거는 없다. 그렇지만 대부분의 역사소설가는 자신이 쓴 것이 사실에 충실하게 근거한다고 주장하고 심지어는 진실이라고 주장하기까지 한다. 그것은 작가가 쓴 소설이 역사가가 기술한 역사보다도 더 사실에 가깝다는 주장이다. 여기에는 역사와 소설의 차이를 도외시한 오류가 포함되어 있다. 일반적으로 역사소설은 역사적 소재를 그대로 사용하면서도 역사적 사건이나 역사적 인물에 대한 새로운 해석에 도달하는 것을 목표로 한다. 역사적 사건이나 인물에 대한 공적인 기록을 역사라고 할 때, 역사소설은 사건이나 인물에 대한 사적인 기록이다. 사적인 기록은 공적인 기록에 나타나지 않는 것을 드러냄으로써 역사에서 읽을 수 없는 것을 알게 한다. 공적인 기록은 결과를 가지고 평가하는 데 반하여 사적인 기록은 과정을 통해서 사건과 인물을 이해하게 한다. 그런 점에서 볼 때 결과 중심적인 역사와 과정 중심적인 역사소설은 역사적 사건과 인물을 이해하는 데 상호 보완적인 것이다.

일반적으로 작가들은 상상력이 풍부한 젊은 시절에는 역사소설에 관심을 갖지 않는다. 역사적 상상력의 도움을 받지 않더라도 젊은 작가는 자신의 내부에서 솟아나는 욕망과 거기에서 비롯된 무한한 상상력으로 쓰고 싶은 것, 하고 싶은 이야기를 문학 작품으로 전환할 수 있다. 최근에는 젊은 작가들도 역사적 상상력에 의존하여 문학 활동을 시작하는 예외적인 경우도 자주 눈에 띄지만, 대부분의 작가들이 역사소설을 쓰게 되는 것은 젊은 시절 많은 작품을 발표하여 자유로운 상상력이 어느 정도 고갈되어갈 때 역사적 상상력의 도움을 받는 경우이다. 더 정확하게 말하면 상상력이 나이와 함께 고갈되었다기보다는 삶에 대한 경험과 경륜이 젊은 시절의 욕망이나 상상력을 억제할 수 있을 때 역사적 상상력의 도움을 받고자 하는 내적 필요성을 느낀다고 말할 수 있다. 역사적 상상력이란 많은 사람들이 공유할 수 있는 것이어서 젊은 시절에는 개성이 없어 보이지만 나이가 들면 그것이 가지고 있는 보편성의 힘이 진실에 더 다가갈 수 있다는 인식을 갖게 한다. 그렇기 때문에 역사소설은 과거의 역사적 사건, 인물, 풍속을 배경으로 삼음으로써 현대 소설과 구분된다. 그것은 오늘의 삶과 관계가 없는 지나간 역사를 돌이켜보고 있다는 생각을 갖게 한다.

그러나 역사소설은 과연 오늘의 삶과 어떤 관련이 있는지 생각해볼 필요가 있다. 왜냐하면 소설이란 본질적으로 남의 이야기이면서 동시에 나의 이야기가 될 수 있는 것처럼, 옛날이야기이면서 동시에 오늘의 이야기일 수 있기 때문이다. 과거의 이야기이면서 동시에 지금의 이야기가 될 수 있을 때 역사소설이 문학으로서의 존재 이유가 있는 것처럼, 남의 이야기이면서 동시에 나의 이야기가 될 수 있을 때 소설은 독자를 감동시킬 수 있다. 그런 점에서 김원일의 대부분의 소설은 역사소설로 읽을 수도 있고 현대 소설로 읽을 수도 있는 강점을 갖추고 있다.

프랑스의 유명한 누보로망 작가 미셸 뷔토르는 발자크의 소설에 실재했던 인물이 등장하는 기법을 역사소설의 경제적 기법이라고 평가하며 소설이 현실 속에 실재하는 모든 것을 수용하고 활용할 수 있다는 점에서 가장 강력한 힘을 가진 장르라고 평가한 바 있다. 역사적으로 이미 평가가 끝난 실재했던 인물을 소설에 등장시켜서 작가의 상상력에 의해 만들어진 허구적 인물들과 교유하게 함으로써 작가는 많은 서술이나 묘사를 생략할 수 있다. 그것은 경제적 원리를 문학에 도입하는 것이다. 허구적 인물을 새로 등장시킬 때 그의 생김새, 성격, 출신, 사회적 지위, 교유 관계 등을 하나하나 서술하고 묘사하는 것은 문학의 몫이지만, 역사적으로 이미 알려진 인물과의 관계 속에 새로운 허구적 인물을 등장시키는 것은 많은 설명을 생략하고도 작중인물의 위치를 자리매김하고 독자의 이해를 돕는다는 점에서 훨씬 큰 경제적인 효과를 얻을 수 있다. 김원일은 이러한 기법을 가장 많이 사용한 작가 가운데 하나다. 가령 『늘 푸른 소나무』 같은 대작에서 작가는 하인 출신의 '어진이'가 상전인 '백상충'을 스승으로 삼고 1910년대 식민지 한국의 독립운동에 가담하여 '석주율'이라는 새로운 인물로 변신하는 과정을 그리는 데 있어서 이강년, 유인석, 허위 등의 의병장과 박상진, 홍범도, 김좌진 등의 독립군 지도자들의 활약상의 도움을 받고 있다. 이 작품에 등장하는 '백 군수'의 아들 백상충과 백 군수 집 머슴의 아들 어진이는 순전히 허구적 인물이지만 일제의 침략에 대항하는 그들의 싸움은 박상진, 홍범도, 김좌진 등의 역사적 인물들과의 관계에 의해 실재의 역사적 사실 이상으로 사실성을 획득하고 있다. 특히 '대한광복회' 총사령이 된 박상진과의 동향 관계로 인해 백상충과 석주율의 독립운동이나 사회운동은 설득력을 획득하고 있다. 이러한 소설적 장치는 김원일의 대표작 가운데 하나인 『바람과 강』이나 가장 최근작인 『푸른 혼』에서도 발견할 수 있지만 새로운 장편소설 『전갈』에서 특징적으로 나타나고 있다.

2

『전갈』은 그 구조가 염상섭의 『삼대』를 연상시킨다. 우선 소설의 작중 인물이 할아버지인 '강치무,' 아버지 '강천동,' 나 '강재필'로 구성되어 있는 점과, 소설의 전개가 손자인 '나'의 시점으로 서술되고 있는 점, 한 가족 3대 가운데 할아버지와 '나'의 이야기가 중심을 이룬 반면에 아버지의 이야기가 보조적 역할을 하고 있는 점에서 염상섭의 『삼대』를 연상시킨다. 그러나 『전갈』의 주인공 강치무가 머슴 출신인 데 반하여 『삼대』의 할아버지인 조의관은 지주 출신이라는 점에서 두 인물의 사회적 배경이 다르다. 전자가 1900년부터 2000년에 이르는 1백 년의 현대사와 관련이 있다면 후자는 한말에서 1940년에 이르는 반세기의 역사와 관련이 있다는 점에서 시대적 배경이 다르다. 『전갈』의 화자 강재필이 소외된 계층에 속한 인물로서 폭력 집단과 관계를 맺고 있는 반면에 『삼대』의 손자 조덕기는 역사의 격변 속에서 자신의 존재에 대한 의식을 갖고 삶의 방향을 모색하는 지식인의 삶을 보여주고 있다.

그러나 『전갈』의 화자인 강재필이 가난한 계층이라는 출신 성분 때문에 비록 폭력 조직과 관련되어 감옥살이를 하고 나왔지만, 독립운동에 가담했다는 자신의 할아버지의 생애를 기록하고자 하는 것은 폭력 조직과 관련된 자신의 과거와의 결별을 의미하며 새로운 삶을 향한 개심의 결말을 암시하고 있다. 이러한 결말은 그가 지식인은 아니지만 새로운 삶을 모색하고 있다는 점에서 어떤 깨달음에 도달한 지식인의 개심과 유사하다고 할 수 있다. 그러나 그것이 곧 새로운 삶을 보장할 수 있느냐 하는 문제에 대한 해답은 아니다.

1970년 출생인 주인공 강재필은 가난과 폭력으로 점철된 어린 시절을 밀양에서 보내면서 초등학교 시절부터 공부에는 뜻이 없고 다른 학생들에게 소외된 상태로 언제나 방관자의 생활을 한다. 유달리 키가 크지만 남과 어울리지 못하는 그는 온순한 편이었으나 동료 학생의 도발에 대응하다가 싸움을 잘하는 자신을 발견하고 학교에서 주먹으로 통할 만큼 폭력의 상징이 된다. 학교 폭력으로 5개월의 유치장 생활을 하고 고등학교 진학을 포기한 다음 1987년 상경, 폭력 조직에 가담한다. 도합 5년의 감옥살이를 한 그는 우울증을 앓으며 정종에 카페인을 타 먹고 기절했다가 일식집 여자 종업원의 도움을 받고 회생하여 그녀와 결혼한다. 마약사범으로 수감자 생활을 두 차례에 걸쳐 1년 넘게 한 그는 교도소 생활을 한 다음 그녀와의 사이에 아들 종호를 낳는다. 그는 서울역에서 짐 들치기를 하다가 감옥살이를 하는 동안 국밥집을 하여 생계를 유지한 종호 엄마에게 폭력을 행사하고 이혼한다. 성북동 절도 사건으로 다시 체포되어 감옥에서 나상길 사장을 만난 그는 그 조직에서 분당 노인 납치 사건의 하수인 노릇을 한다. 2억 원을 갈취하여 동거녀인 안나와 함께 중국 선양과 할아버지가 살았던 북간도 일대를 9일 동안 여행을 하고 귀국, 공항에서 체포된 그는 3년 동안 감옥살이를 한다.

이러한 과거를 가진 강재필은 출옥하는 순간 다음과 같이 생각한다. "도합 칠 년에 가까운 감금 생활은, 한마디로 나를 정육점 갈고리에 걸린 통돼지꼴로 만들었다. 지방덩어리 살코기라도 그 세월 동안을 매달아놓는다면 수분과 지방분이 죄 빠져 명태가 되듯, 나를 삭막한 인간으로 바꾸어놓았다. 피붙이든 누구든, 설령 인간이 아니라 해도 생명체란 누가 돌보고 자시고 할 것 없이 제 명대로 살다 때 되면 죽게 마련이란 생각이 굳어졌다." 아버지 강천동에 관한 기억은 술주정과 폭력뿐이고. 어머니에 관한 기억은 아버지에게 버림받다시피 하여 거식증에 걸린 다음 1988년 아이들을 할머니께 남기고 세상을 떠난 것으로 남아 있다. 출옥 당시 그를 마중 나온 이복 누나 명희는 1977년에 가출하여 YH무역 염색반 양성공으로 근무하다 1979년 YH 사건 때 신민당사에서 떨어져 절름발이가 되었으나 도시산업 선교회 목사와 결혼해서 안산에 살고 있다. 주인공 강재필은 이러한 자신의 가족사에 대해서 어떠한 긍지도 갖지 못할 뿐만 아니라 자신의 출생 비밀에 대해서 커다란 부끄러움을 느끼고 있다. 그는 출옥과 동시에 폭력 조직과 관계를 끊고 새로운 삶을 살고자 결심한다. 그러나 아무것도 가진 것 없이 출옥한 그는 나상길 회장이 보낸 김 부장에게서 6백만 원의 현금을 받고 폭력 조직의 유혹에 빠질 위기에 처한다. 그는 고향에 가서 자신의 아들 종호와 부자 관계를 회복하고 할머니에게 자신이 새로운 삶을 살기로 한 결심을 이해시킨 뒤에 일제강점기에 만주에서 독립군으로 활동했다는 할아버지 삶의 기록을 복원하고자 한다. 그것은 지금까지 한심한 인생을 살아온 자기 자신에 대한 반성과 새로운 삶을 살고자 하는 자신의 정체성의 확인과 관련된 것이다. 그는 자신이 "왜 이런 냉혈동물 심보를 가지게 되었나 곱씹"으며 "그것이 부모로부터 물려받았을 유전인자 탓이 아닐까" 생각하기에 이른다.

3

그의 아버지 강천동은 할아버지가 북간도에서 독립운동을 할 때 만주 하얼빈에서 태어나 해방과 함께 할아버지를 따라 밀양으로 귀국한다. 할머니 '하루뺑댁'은 강천동을 공부시키려 했다. 그러나 강천동은 공부에 뜻이 없어서 중학교를 마친 다음 고등학교 진학을 포기하고 건장

216

한 몸으로 울산의 토목공사 현장의 일꾼으로 막노동을 하는 한편, 결혼하여 딸 명희와 아들 장필과 아내를 거느리고 1년 6개월 만에 프레스 공장 노동자로 취업한다. 그는 명희가 취학할 때까지 집을 갖게 되기를 꿈꾸며 열심히 살았으나 3년 만에 프레스 기계에 오른손을 잃고 직장에서 해고당한다. 생활이 어려워진 그는 봉대산 기슭에 무허가 판잣집을 짓고 술주정을 하며 세월을 한탄한다. 딸 명희가 여섯 살때 아내마저 심장마비로 잃은 다음 그는 폐기물 정화 처리 회사에 임시직으로 취업한다. 그는 난민촌 첫 이주자로서 밤길에 공장에서 퇴근하는 갯마을 처녀 이필순을 겁탈하고, 그녀의 집에 가서 강제로 결혼을 성사시킴으로써 새로운 가정을 꾸리게 된다. 가진 것이 자신의 힘과 주먹밖에 없는 그는 폭력으로 생활의 방편을 삼았으나 폐기물을 불법으로 방류하며 중앙정보부원을 사칭했다가 정보부에 끌려가서 고문을 당하고 회사에서도 쫓겨난다. 재필이 태어나던 1970년에 그의 부인 이필순은 가난으로 시장 바닥에 떨어진 배춧잎을 주워 먹을 정도였고, 그는 일자리를 찾아 포항과 밀양으로 떠돌다가 실패하고 팥죽 장사, 굴뚝청소부, 개 장사 등으로 생계를 유지하고, 공동묘지를 쓰고자하는 사람들에게서 돈을 갈취하기도 한다. 이필순이 거식증으로 천국요양원에서 죽은 뒤 그는 마암산에 은거하다 1994년 세상을 뜬다.

이러한 강천동은 김원일이 즐겨 다루어온 전형적인 인물 가운데 하나다. 출신 자체가 비천할 뿐만 아니라 가난을 운명처럼 지니고 사는 인물로서 건장한 몸을 유일한 재산으로 삼고 있지만 유소년 시절에 공부에는 뜻이 없다가 성년이 된 다음에 스스로 마음을 되잡아 올바른 생활인으로 살고자 한다. 그러나 배운 기술이나 지식이 없기 때문에 그가 할 수 있는 일이란 막노동뿐인데 운명은 그의 건장한 몸에 상처를 입히고 그로 하여금 술주정과 폭력과 공갈로 점철된 생활을 하게 만들고, 결국에는 사회로부터 제재를 받고 추방당하게 만든다. 그의 아버지 강치무는 그의 이름을 '천동'이라고 부름으로써 '천둥처럼' 우렁차게 자라기를 바랐다고 쓰고 있지만 작가는 "천하게 태어난 아이"라는 이중적 인상을 은연중에 암시하고 있다. 어려서부터 천대받고 자라온 그는 지적인 배움이나 사회적 의식을 갖출 만한 기회를 갖지 못하고 오직 생존의 본능만으로 살아간다. 그에게 운이 있었더라면 평범한 노동자로 살아갈 수 있었겠지만 불행히도 그에게 그러한 행운은 주어지지 않는다. 가난과 불운을 태생적 한계로 지니고 있는 그가 비극적인 삶을 살아가는 것은 당연하게 보일지 모르지만 자신도 아버지 강천동의 한계를 물려받았다고 생각하는 강재필은 가능한 한 아버지의 과거를 들추지 않는다. 그의 할머니 '하루삥댁'은 고향에 찾아온 손자에게 "네놈 아비와 네놈만 생각하면 복장이 터져. 그래서 아직 내 정신이 흐트러지지 않고 명줄이 긴 모양이야"라고 퍼붓는다. 할머니의 이 말 속에는 아버지 강천동이나 아들인 강재필의 삶이 비루하고 비참한 점에서 다를 바 없다는 것을 뚜렷하게 보여주고 있다. 아버지에게 대물림받은 비극적 운명은 아버지가 개인적 폭력으로 감옥살이를 하게 만든 반면에 아들인 재필에게는 폭력 조직에 가담하여 감옥살이를 하게 만든다. 그렇기 때문에 그의 아버지 강천동의 삶에는 역사적 인물들이 등장하지 않는다. 강천동을 순수한 상상적 인물로 볼 수 있을 뿐만 아니라 사적인 존재로 볼 수 있는 근거도 여기에 있다. 강천동은 비천한 가정 출신의 무식한 노동자로서 산업화 과정에서 소외된 인물의 한 전형에 지나지 않는다. 그러한 인물의 아들인 강재필은 "부모로부터 물려받았을 유전인자 탓이 아닐까란 생각에 의심이 멈추더니 요

지부동이었다. 친자냐 아니냐는 디엔에이(DNA) 검사가 증명한다. 나는 부모 염색체를, 아비는 할아버지와 할머니의 염색체를 물려받았을 것이다"라고 생각한다. 아버지에 대한 어떤 환상도 갖지 못한 '나' 강재필은 아버지에게서 자신의 정체성을 발견하지 못하고 할아버지에게서 그것을 발견할 가능성을 모색할 수밖에 없다. 어렸을 때 "대한독립군 출신으로" 과장된 무용담으로 미화되기도 하고 "반벙어리에 빨갱이"라고 비하되기도 한 할아버지 강치무의 실체를 알게 되면 "나라는 실체도 알 것 같았다"는 그의 고백은 왜 그가 할아버지의 기록을 복원하는 일에 그토록 매달렸는지 알게 한다.

4

1900년 밀양 강씨 집안에서 태어난 강치무는 국채보상의연금으로 설립된 동화학교의 교장을 지낸 전홍표 선생 댁에 머슴으로 들어간다. 동화학교가 폐교된 이후 전홍표 선생이 자택에서 사숙을 열어 아이들을 가르칠 때 강치무는 그곳에서 한글을 깨우치고, 그 집에 출입하는 우국지사를 사랑채로 안내하고 주인 서찰 심부름으로 밀양의 유지도 만나면서 민족과 역사에 눈을 뜨게 된다. 그는 전홍표 선생의 추천으로 비밀결사 단체인 일합사(一合社) 회원이 되고 1919년 3·1 만세운동 때 시위에 가담하게 된다. 그해 5월 일합사 동지들과 함께 만주로 간 그는 신흥무관학교 하사관반에 들어가서 장교반에 있던 김원봉과 상봉하고 대종교에서 조직한 '대한군정회'에 소속되어 1920년부터 독립전쟁에 참가, 청산리전투에도 참전한다. 밀양 출신의 대종교 제3대 교주인 윤세복, 그의 형인 윤세용 등과 만나게 되고 김좌진, 홍범도, 이범석 등의 독립군 휘하에서 일본군과 싸우게 된 것도 이 시절이다. 1921년 독립군이 국경 지대로 쫓겨가자 그는 흑룡강성의 국경 도시 우위안 근처 중국인 농장에서 3년 동안 머슴살이를 한 다음 러시아 땅 연해주에서 필부로 살다가 고향의 동지 박일문을 만난다. 그는 박일문의 권유로 1925년 블라디보스토크로 가서 독립운동가들과 접촉을 하며 좌파 독립운동원으로 활동한다. 한국에 공산주의를 최초로 이식한 이동휘의 휘하 대한국민회의 해삼위 지부에서 일하던 박일문과 함께 1933년 일본영사관 형사에게 연행 체포된 그는 학식이 많은 박일문과 함께 무수한 고문을 당한다. 그는 박일문이 '마루타'로서 동상의 실험 대상이 되어 고통받는 것을 보고 그의 고통을 덜어주기 위해 안락사를 시켰으나 동지를 죽였다는 죄책감으로 자살하기 위해 혀를 깨물어 '혀짤배기'가 된다. 일본군 소위 이케다의 눈에 들어 751 관동군 사령부 초병 보조원이 된 강치무는 초병으로 근무할 때 일본군에 체포된 오라비의 소식을 알고자 한 김덕순을 만나 강천동을 낳는다. 해방이 되자 일본인 소좌 이케다로부터 독가스실로 줄줄이 끌려간 마루타들 가운데 드물게 살아남은 강치무는 김덕순과 함께 간도의 명동으로 갔으나 자신이 일본군 초병으로 근무한 전력이 드러날 것을 두려워해 밀양으로 귀국한다. 고향에서 강치무는 일본 헌병대의 고문에 독립군 조직과 기밀을 팔지 않으려 이로 혀를 깨물었다고 소문이 나 '일제 만행 규탄대회'에 산 증인으로 불려가 단상에 앉아 환대받기도 한다. 그는 해방된 조국에 나서서 함께 일하자는 옛 동지들의 권고를 뿌리치고 예림리에 묻혀 산다. 국토가 남북으로 분단되고 반탁과 찬탁으로 국론이 분열되는 혼란기에 그는 좌파의 찬탁 지지 강연회에서 옛날의 독립투사 김원봉을 만나 좌파 운동에 가담하고 1946년 대구 폭동이 일어났을 때 시위의 선봉에서 경찰서를 습격했다가 투옥되었으나 독립군 출신이라는 신분 덕택으로 5개월 만에 석방된다. 강치무는 1948년 남로당의 입산 투쟁을 지지하여 밀양 군당의 중책을 맡고 빨치산 생활에 들어갔다가 이듬해 몰래 하산하여 숨어 산다. 6·25 전쟁이 발발하자 강치무는 이북으로 넘어갈 길을 찾다가 실패하자 사돈인 윤창하의 도움으로 보도연맹에 가입하여 사회로 복귀한다. 해방 직후 미군정 시절에 밀양 치안대 간부를 지낸 윤창하의 도움을 받은 강치무는 1951년 4월부터 10개월 동안 거제도 포로수용소 중공군 포로 통역관이 되어 혼란기를 무사히 넘기고 자유로운 몸이 되어 마암산 자락에서 낚시질을 하며 여생을 보내다가 1958년 세상을 뜬다.

　이러한 강치무의 일생은 이 작품 전체에서 역사소설적인 요소를 가장 많이 가지고 있다. 그가 살아온 삶은 과거의 역사적 사건과 역사적 인물과 함께 이루어지기 때문에 사적인 기록으로만 보이지 않고 역사적 기록으로 보인다. 독립군을 이끈 실재의 역사적 인물과 함께한 그의 삶은 역사의 격랑과 부딪치며 싸우는 격렬함을 지니지만, 그 물결을 넘지 못하고 휩쓸려서 일본군 초병으로 연명하는 삶은 거대한 역사의 파도 앞에서 무력한 개인의 한계를 드러내기도 한다. 그는 자신의 생명을 부지하기 위해 자신이 싸웠던 일본군 부대의 초병 노릇을 하며 해방이 될 때까지 버텨낸다. 그는 그러한 자신의 삶이 얼마나 비루한 삶인지 의식한다. 그렇기 때문에 그는 해방 후 자신의 그러한 행적을 아는 사람이 없는 고향으로 돌아와서 일본군 초병 경력을 감춘 채 독립군으로 일제와 싸운 경력만 내세우며 살아간다. 작가는 여기에서 인간의 미묘한 심리를 끌어내는 데 성공하고 있다. 자신의 약점을 감추기 위해 주인공 강치무는 자신의 독립운동 경력을 인정해주는 좌파 동지들과 함께 좌파 운동에 가담하여 그 선봉에 서게 된다. 입산 투쟁까지 이끌던 강치무는 그들의 투쟁이 실패로 끝나자 사돈 윤창하 앞에 무릎을 꿇고 목숨을 구걸한다. 그가 독립운동에 가담한 것이나 좌파 운동에 가담한 것은 자신의 이념에 의한 목숨을 건 선택이 아니라 자신에게 몰아친 역사의 바람에 자신을 내맡긴 것이다. 여기에서 강치무의 도덕적·윤리적 문제를 가지고 그를 비판하는 것은 이러한 삶의 양상을 너무나 도식적으로 판단하는 것이다. 천민 출신의 강치무가 자신의 생명을 부지하기 위해서 행하는 굴욕적이고도 비루한 행동은 비천한 그의 생존의 방식이고 생명력의 표현이다. 작가는 강치무의 생애를 통해서 인간의 삶이 흑백논리에 의해 구분되거나 평가될 수 없다는 것을 입증하고 있다. 특히 지식층이나 지배 계층 출신 가운데 자신의 선택에 대해서 끝까지 책임을 지며 그 선택에 목숨을 건 경우도 중요하겠지만, 목숨을 건지기 위해 이념을 버리고 온갖 굴욕을 견뎌내는 서민들의 생명력도 무시할 수 없다는 것을 작가는 보여주고 있다. 그런 점에서 작가는 인간이란 상황에 의해 만들어지는 것이지 결정론적으로 운명을 타고나는 것이 아니라는 상황론자이고 생성론자인 것처럼 보인다. 운명이란 타고나는 것이 아니라든가, 역사적 인물도 알고 보면 우연의 지배를 받고 있다든가, 사람은 누구도 절대적 선도 절대적 악도 아니라 상황 속에 만들어지는 것이라는 등등의 메시지가 이 작품 속에 깔려 있다.

5

할아버지 강치무의 이러한 생애를 추적하여 복원하고자 하는 주인공 강재필은 그러한 의식을 가질 만큼 인문주의적 인물이 아니다. 그는 폭력 집단에 가담하여 이미 7년의 감옥살이를 하는 동안 자신의 삶을 되돌아보고 반성하는 인물로 변화한다. 그러나 그 변화는 스스로 '갱생'이라고 부를 수 있는 생활 기반이 있어야겠지만 출옥할 당시 그는 아무것도 가진 것이 없다. 그는 부동산 컨설팅 나상길 회장이 보낸 김영갑 부장에게서 6백만 원이 든 가방을 전달 받고 그 돈으로 할아버지의 생애를 추적하고 복원하는 작업에 착수한다. 그는 고향에 내려가 자신이 감옥에서 기록한 부족한 노트를 보완하고자 할아버지와 관계된 생존자도 만나보고 고향의 도서관에서 향토 역사 자료도 찾아봄으로써 할아버지의 기록을 복원하고자 한다. 할머니와 아들 종호와 화해를 하며 할아버지의 생애를 복원하는 과정에서 그는 옛날의 폭력 조직으로부터 끊임없는 유혹을 받는다. 나상길 회장이 보낸 김영갑 부장의 방문을 받기도 하고 안나의 전화를 받으면서 나상길 회장이 자기 자신을 만나고 싶어 한다는 것을 알지만, 그를 만나는 것이 무엇을 의미하는 것인지 알고 있는 강재필은 여러 가지 핑계로 상경을 미룬다. 그것은 할아버지의 기록이 완성되지 않은 데 연유하기도 하지만 폭력 조직과의 관계를 청산하고자 한 자신의 결심이 흔들리지 않을까 하는 두려움에도 연유한다. 그러나 가진 것이 없는 그는 상경해서 나상길 회장을 만나지 않을 수 없다. 그가 감옥에 있는 동안 '화이트 하우스'라는 종합 부동산 회사 밑에 금융회사, 건설회사, 성인게임업체 등을 각각 1, 2, 3팀으로 거느리고 있는 나상길 회장은 부정과 폭력으로 회사를 확장해왔다. 그는 경쟁 업체 일당에 의해 자신의 아킬레스건이 끊긴 나 회장으로부터 경쟁 업체인 조 회장에게 보복해달라는 제안을 받는다. 강재필은 착수금을 받고 폭력 전과자 두 사람을 거느리고 보복을 계획하다가 현금을 챙긴 다음 거사 전날 혼자서 해외로 떠난다. 그것은 강재필이 폭력 조직과 완전히 결별한다는 것을 의미한다. 그러나 나상길 회장에게 착수금을 받고 해외로 도피함으로써 그가 완전히 자유로워질 수 있다는 결말은 낭만적이고도 싱거운 결말처럼 보인다. 그것은 문제의 해결이 아니라 새로운 출발이기 때문이다. 하지만 그가 폭력 조직과 결별한 것은 사실이다. 그가 그러한 결심을 하기까지 감옥에서부터 오랜 숙고의 과정을 거치는 것은 여러 군데에서 드러난다. 그 가운데서도 그가 할아버지의 생애를 복원하고자 하는 것은, 자기 집안이 내세울 것 없는 하층 계급 출신이지만 할아버지가 독립군으로 활동했다는 사실은 어디에서나 자랑거리가 될 수 있고 자부심을 가질 수 있기 때문이다. 특히 그가 '가족'을 생각하기 시작했다는 것은 획기적인 일이 아닐 수 없다. 왜냐하면 할아버지에서 아버지를 거쳐 자신에 이르기까지 그의 집안에서는 누구도 '가족'을 생각한 적이 없기 때문이다.

"감옥에서 할아버지 생애를 노트에 정리할 때, 나는 가족이 무엇인가를 생각했다. 아직 앞날이 창창한 나이에 한이 맺힌다고 말한다면 애늙은이나 할 소리지만, 가족은 내게 한 덩어리였다. 할아버지 족적을 따라가자 차츰 내 마음이 변해갔다. 내가 변하고 있음을, 나는 그 변화를 감지했다."

이러한 고백에서 드러나는 것처럼 그에게 가족 의식이 나타난 것이다. 그 이전에 그는 할머니나 아들 종호를 생각한 적이 없고 아버지 혹은 할아버지 등의 혈연을 찾지 않았으며 간혹 어렸을 때 자기를 따뜻하게 돌봐준 이복 누이 '명희'에 대한 추억을 간직하고 있을 따름이었다. 그러한 그가 "가족은 내게 한 덩어리였다"라고 고백하는 것은 감옥에 있는 동안 그 자신이 완전히 변화했다는 것을 의미한다. 그리고 그러한 변화의 핵심에 '할아버지'라는 존재가 자리 잡고 있다. 그것은 '술주정뱅이' '가정 폭력의 상징' '정신병자'로만 기억되는 아버지 강천동과는 전혀 다른 존재다. 그는 자신의 정신적 발작이 아버지에게서 물려받은 유전적인 것으로 판단한다. 그는 초등학교 5학년 때부터 조울증을 앓으며 끊임없이 상비약 '프로작'을 복용한다. 그는 고향에 가서 할머니의 적대감을 풀고 아들 종호에게서 '아버지'라고 불러도 좋으냐는 질문을 받았을 때, 감옥에서 생각한 '가정'이라는 개념이 자신의 생활 주변에 형성되는 것을 느낀다. 할아버지와 아버지의 산소를 찾아갔을 때 할아버지의 묘소에는 참배를 한 반면에 아버지의 묘소에 참배를 하지 않은 것은 그가 아버지를 부인하고 할아버지를 통해서 그의 가족을 복원하고자 한다는 것을 쉽게 알 수 있다. 특히 어렸을 때 그의 아버지가 "그 영감, 독립군 출신 좋아하네. 하루삥 왜놈 군대 보초병이 니뻔도 차고 일본군 복장하고선 뻐겼지. 아비 악귀에 씌여 내 신세가 이 꼴이 됐어"라고 할아버지에 대한 나쁜 감정의 말을 한 것을 들은 기억을 가진 그는 아버지를 부인하고 할아버지를 그의 가족의 전면에 내세우고자 한다.

그러나 그가 복원한 할아버지의 생애는 독립군에 가담하여 일본군과 싸우기만 한 것이 아니라 일본군의 모진 고문에 죽음의 위협을 느끼고 일본군 앞에 무릎을 꿇고 초병 생활로 생명을 유지하기도 했다. 할아버지는 해방 후 자신의 친일 행위를 감추고 독립군 시절만 내세우며 좌익 운동의 선봉에 섰다가 입산 투쟁이 불가능해지자 사돈 앞에 무릎을 꿇고 다시 생명을 구한다. 그런 점에서 볼 때 그가 복원한 할아버지의 생애는 독립투사라든가 이념적 투사가 아니라 온갖 인간적 약점을 가진 하나의 필부에 지나지 않는다. 따라서 그가 재발견한 할아버지는 과장된 영웅이 아니라 소박한 한 인간이라는 점에서 주인공을 거짓을 말하는 사람이 아니라 진실을 말하고자 한 사람으로 만들고 있다. 할아버지의 거짓 행동까지도 할아버지의 삶의 일부로 받아들인 그의 태도는 참다운 삶을 살고자 하는 그의 변화에 값한다고 할 수 있다. 그가 할아버지의 기록을 복원하는 목적을 '나를 위한 교훈'에 두고 있다고 고백한 점은 그가 할아버지의 기록이 복원된 다음에 그 기록을 보면서 할아버지처럼 주어진 상황에 휩쓸리는 것이 아니라 결정적인 순간에 그 상황과 결별함으로써 새로운 삶을 살고자 한다는 것을 예견하게 만든다. 문제는 새로운 삶을 위해 어떤 방식을 선택하느냐에 있다. 폭력 집단과 결별하기로 결심한 사람이 폭력 집단과 계약을 맺고 그 계약을 스스로 어기고 폭력 집단에서 받은 돈을 가지고 외국으로 떠난다고 해서, 폭력 집단으로부터 벗어나서 자유롭게 살 수 있는 것은 아니기 때문이다. 따라서 그가 할아버지의 전기를 복원하고 그것을 교훈 삼아 새로운 삶을 살고자 하는 것은 그의 염원에 지나지 않을 뿐이다. 이제 그가 해야 할 일은 그가 타고난 비극적 운명과 새로운 싸움을 시작하는 것이다. 그러한 점에서 작가는 여기에서 문제에 대한 해답을 제시한 것이 아니라 새로운 문제를 제기하고 있다. 그것은 인간의 운명에 대한 작가의 비관적 인식을 그대로 드러내준다. 1900년부터 2005년에 걸친 3대의 가족사를 그린 김원일은 그의 모든 주인공들을 역사적 현실 속에 자리매김하는 데 독보적인 능력을 가진 작가임에 틀림없다.

영혼의 목소리
——정찬의 『회고 둥근 달』

정찬의 소설에는 꿈이나 환상이 자주 나온다. 그의 주인공들은 우리가 살고 있는 현실 속에 사는 인물이라는 점에서 가장 보편적인 삶을 사는 사람이면서도 그들이 꾸는 꿈이나 보는 환상이 특이한 것이라는 점에서 독특한 사람이다. 그들은 자신의 현실적 삶을 깨어 있는 의식 상태로만 인식하는 것이 아니라 잠자면서 꿈에서도 끊임없이 꿈꾼다. 그래서 그들의 꿈과 현실은 서로 뒤섞여서 어디까지가 꿈이고 어디까지가 현실인지 구분하기 어렵게 만든다. 그것은 어쩌면 현실 자체가 그 정체를 알 수 없는 애매모호성을 띠고 있기 때문이기도 하겠지만 자신이 살고 있는 현실에 전 존재를 내던지는 그들의 철저한 삶의 태도 때문일 수 있다. 꿈은 무의식의 표현이라는 고전적 프로이트주의의 이론이 어쩌면 정찬의 주인공에게는 가장 보편화된 현상으로 나타나는 것일 수 있다. 그것은 무의식의 지배를 받고 있는 개인의 삶에서 그 무의식의 심연을 파헤치는 것을 소설의 핵심적 주제로 삼고자 하는 작가적 야심의 표현이다.

가령 「작은 꽃 한 송이를 들고」의 주인공은 연극 무대를 디자인하는 연출가다. 무대를 디자인할 때는 관객에게 연극의 내면을 느끼게 하는 것이라고 생각한 연출가는 주인공이 혼령인 연극을 관객에게 느끼게 하기 위해서 스스로 혼령으로 변신하는 상상을 수없이 되풀이한다. 상상과 현실 사이를 왕복하는 그의 정신은 그로 인해서 수없는 불면의 밤을 지새우게 된다. 그가 무대 디자인을 완성하게 되는 것은 꿈속에서 혼령을 만나고 난 다음이다. 꿈속에서 본 혼령은 자신과 구별되는 존재이면서도 자신과 하나 된 존재로 나타난다. 그 순간 자신이 여자이면서 동시에 남자가 되어 있는 것을 알게 됨으로써 그는 현실적인 존재이면서 동시에 꿈속의 존재가 된다. 주인공은 연극이 끝난 뒤에 여행을 떠나 '펜션 하늘 정원'에 묵게 된다. 마침 결혼식을 올리는 펜션의 주인집 딸을 보는 순간 그녀가 바로 그의 꿈속의 여자와 동일한 여자라고 그는 상상한다. 펜션의 다락방에 자리 잡은 그는 거기에서 그녀가 읽은 시오랑의 책에서 그녀가 밑줄 친 부분이나 자신이 밑줄 친 부분이 일치하는 것을 발견하고 그녀의 일생을 알아볼 수 있는 앨범을 보게 된다. 그는 그녀가 자신과 하나가 되는 환상에 사로잡혀서 무한한 희열을 느낀다. 그 환상에서 깨어났을 때 그 방에 나타난 신부에게 그는 '혼령'의 무대 이야기를 한다. 신부는 '혼령'의 여자와 똑같은 체험을 하고 주인공의 곁에 누워서 잠을 잔다.

여기에서 재미있는 현상은 그가 꿈속에서 혼령을 만난다는 사실이다. 그가 연극을 완성하는 것은 혼령과의 만남을 통해서다. 혼령과의 만남은 그가 연극 속에 완전히 몰입해서 무아의 경지에 들어갔다는 것을 의미한다. 연극의 대본이나 연극에 출연하는 사람들이 '나'와 구별되는 것은 '주체'인 '나'와 '대상'인 극중인물이 하나가 되는 것이 아니라 둘로 나누어져 있기 때문이다. 주체와 대상이 이처럼 구별되어 있는 것은 주체가 몰아의 경지에 이르지 못했다는 것이다. 따라서 하나가 되었다는 것은 몰아의 경지에 도달했음을 말한다. 그 순간의 체험이 연극의 완성을 가능하게 한 것이라면 그것은 사랑의 완성처럼 희열의 경지에 도달하는 것이다. 사랑의 완성에서 나타나는 것이 몰아의 경지에 의한 희열이 아닐 수 없다. 이제 주인공이 펜션에서 만난 여자를 자신이 꿈속에서 만난 여자와 동일하게 인식하는 것이 무엇을 의미하는 것인지 알 수 있다. "작은 꽃 한 송이를 들고"라는 시오랑의 글에서 본 여자가 펜션에서 만난 여자로 현실화되고 여자와의 만남이 완전한 몰아의 경지에 이르게 하는 희열을 체험하게 한다. 한 편의 작품을 완성하는 것은 자신의 꿈을 현실화하는 것으로 현실적 자아를 작품 속에 완전히 투여하는 것이다. 그것은 정신과 육체가 하나로 통합되는 경지에서만 가능하다.

두번째 작품인 「여윈 몸」은 '아버지'의 죽음을 다룬 작품이다. 아버지는 돌아가기 한 달 전에 '무지개'를 보고 싶다고 말한다. 그리고 어머니의 제사를 지내기 위해 서울의 형 집에 올라가고자 한다. 1년 전부터 쇠약해지기 시작한 아버지의 몸으로 그것이 무리라는 것을 알고 있는 화자는 그러나 그 뜻을 저버리지 못하고 아버지와 함께 상경한다. 제사에서 망자에게 절을 하다 쓰러지는 아버지의 모습에서 죽음으로 무너져 내리는 모습을 목격한다. 아버지의 장례식을 치르고 난 주인공은 꿈속에서 꽃들이 핀 강물 위로 무지개가 떠오르는 것을 본다.

어린 시절 매를 때린 강인한 아버지가 홀로 서기도 어려울 만큼 늙고 병든 몸이 되어 죽어갈 때 화자는 아버지의 육체가 누더기처럼 하나씩 떨어져 나가는 것을 통해 작별의 의식을 체험하게 된다. 소설의 서두에 무지개라는 단어가 나오고 소설의 마지막이 무지개와 함께 끝나는 이 작품은 작가 정찬 특유의 치밀한 구성으로 '아버지'의 죽음을 면밀하게 묘사하고 있다. 죽음을 비극으로 받아들이는 것이 아니라 사라지는 모든 자연의 마지막 현상으로 묘사하고 있는 이 작품은 삶의 덧없는 슬픔을 아프게 보여주고 있다. 인도의 갠지스 강물 위에 떠오른 시신과 갠지스 강변에서 화장되는 시신을 단속적으로 상상하게 된 그는 모든 살아 있는 생명체가 어느 순간 부분적으로 하나씩 떨어져 나가면서 대기 속으로 사라지는 모습을 '무지개'처럼 표현하고 있다. 이 작품에서도 드러나는 것은 몽상이라는 깨어 있는 꿈을 통한 그의 무의식의 정체다. 아버지의 죽음이 자신뿐만 아니라 모든 살아 있는 것의 종말과 연결될 수 있다는 사실의 확인은 슬프지만 받아들일 수밖에 없는 삶의 진실이다. 삶을 무지개처럼 어느 순간 나타났다 사라지는 것으로 인식하고 있는 작가는 덧없는 삶의 허무와 씨름하고 있다.

삶의 진실이란 끝없이 반복되는 깨어 있는 몽상이다. 이 소설집의 세번째 작품인 「나비」에서 주인공은 자신의 유년 시절의 꿈을 통해서 아들의 행위와 운명에 대한 이해의 가능성을 찾아가고 몽정으로 나타나는 성장의 과정을 통해서 그것의 설명에 이르고자 한다. 첫번째 부인과의 이혼 후 새 부인을 맞아들인 주인공 선우는 열일곱 살의 아들 명수의 새어머니에 대한 적대적 행위를 자신의 소년 시절의 기억을 통해서 설명하고자 한다. 주인공이 찾아간 사람은 15세 소년 시절 새어머니로 들어왔다가 사라진 여자다. 사춘기의 주인공은 어머니가 죽은

지 6년 만에 새어머니로 들어온 사람에게서 처음으로 자신의 내면에 감추어진 욕망을 느낀다. 그것은 금지된 이성에 대한 욕망이라는 무의식의 표현으로서 그녀의 브래지어가 자위행위를 유발하는 페티시즘으로 작용하고 있음을 입증한다. 아버지의 사랑을 몰래 넘보는 금지된 욕망은 아버지로 성장하고자 하는 무의식적 욕망의 표현이다. 소년 시절 새어머니의 배추색 치마나 브래지어를 만지면서 나비가 날아가는 환상을 체험하고 내면에서 솟아오르는 욕망을 억제할 수 없었던 기억을 되살린 주인공 선우는 소년기를 벗어날 나이에 든 아들 명수의 반항이 그러한 무의식적 욕망의 왜곡된 표현임을 알게 된다. 그러나 그 앓은 금지된 욕망에 근거를 두고 있기 때문에 삶의 고통으로 남을 수밖에 없다. 더구나 출산의 순간에 잃은 아이의 모습을 명수에게서 발견한 새어머니는 무더운 날 등물을 해주며 그를 통해서 자신의 내면에서 관능이 살아나는 것을 느낀다. 금지된 욕망이 가져다줄 엄청난 대가를 두려워한 새어머니는 윤리적 금기와 상관없는 새로운 삶을 찾아 떠난다. 자신의 내면의 욕망을 해결할 수 없는 새어머니나 주인공 선우에게 나비가 떠나버린 삶은 공허한 측면을 지닐 수밖에 없다. 그 공허감 때문에 사람들은 어떤 대상에 대해 집착하는 사랑을 하거나 그 대상을 싫어하는 미움을 지닌다. 그러나 그 공허감은 극복되지 않는 것으로서 삶의 비극적인 측면이다. 삶이란 그런 비극을 지니고 살 수밖에 없는 것이다. 나비란 순간적으로 체험하는 희열이지만 그것은 하나의 환상에 지나지 않는다. 금지된 욕망에 시달리는 주인공은 금지로부터 자유로운 환상에 빠져 자위행위를 하게 되고 그것을 통해서 희열을 느끼지만, 지속될 수 없는 환상이 깨지는 순간 고통의 현실로 돌아오게 된다. 아들 명수가 새어머니를 증오하는 것은 주인공의 소년 시절의 경험에 의하면 자신의 억압된 욕망의 왜곡된 표현에 다름 아니다. 정찬 소설의 아름다움은 삶에 대한 이러한 비극적 인식이 깔려 있다는 데 있는 것 같다.

「희고 둥근 달」은 칼리굴라 역을 맡은 배우의 이야기다. 주인공이 칼리굴라 배역에 그처럼 몰두하는 것은 자신의 삶에서 영원한 것을 갈구하기 때문이다. 그는 배 속의 아이를 지우고 이혼을 요구하는 아내와 헤어진 뒤 12년 만에 아내를 찾아가 마지막으로 드루실라 역을 맡아달라고 간청한다. 그는 이 세상의 삶에서 영원한 것이란 아무것도 없다는 것을 알고 있다. 시간의 흐름 앞에서 모든 것이 부식된다. 사랑마저도 시간의 부식 앞에서는 견디지 못한다. 그래서 칼리굴라가 드루실라의 죽음 앞에서 '희고 둥근 달'을 보고 포악해져 많은 사람을 죽이는 것은 스스로 신의 자리를 차지하고자 하는 욕망의 표현이 된다. 오직 신만이 시간의 부식을 견뎌낼 수 있고 모든 죽음의 위협을 이겨낼 수 있기 때문이다. 자신의 누이인 드루실라와의 근친상간에 빠졌고 청년 귀족 스키피오와 동성애에 사로잡혔던 칼리굴라는 누이의 죽음에서 시간의 부식성을 깨닫고 현실에서 생명이 있는 것은 무엇이나 시간의 부식 앞에서 덧없는 운명을 지니고 있다는 것을 알아차린다. 그는 시간의 부식을 견뎌내는 것이 신이라는 것을 알고 스스로 신이 되어 모든 생명을 무자비하게 죽인다. 생명을 죽이는 것은 신만의 고유한 권한이기 때문이다. 무용에서 프시케로 분장한 여자를 보며 아들을 하나 둔 세 살 연상의 그녀를 사랑하게 되었으나 그의 사랑은 시간에 의해 부식되어버린다.

프시케가 일으킨 사랑의 불꽃은 휘황했다. 영혼 안에서 육신을 탐했고 육신 안에서 영혼을 탐했다. 경계를 잃고 뒤섞인 영혼과 육신은 시간의 그림자 속에서 불멸을 꿈꾸었다. 그러나 시간은 그녀의 얼굴에서 천천히, 쉼 없이 프시케의 가면을 벗겨내고 있었다. 황홀은 그렇게 사라져갔다. 일상은 황홀의 집이 아니었다.

그녀와 헤어진 지 12년 만에 그녀를 다시 찾아간 것은 그 자신 연극 칼리굴라를 완성하고 싶었기 때문이다. 그 완성에의 꿈은 그의 삶 자체가 두 겹으로 되어 있기 때문이다. 그 하나는 무대의 삶이고 다른 하나는 현실의 삶이다. 따라서 그에게는 '배우의 영혼'과 '자아의 영혼'이라는 두 가지 영혼이 끊임없이 뒤섞이는 혼란이 일어난다. 그러나 연극의 완성은 그 두 개의 영혼이 완전히 하나가 됨으로써 이루어진다. 현실과 무대의 구별은 그에게 두 영혼의 구분을 요구하지만 연극의 완성은 두 영혼의 하나 됨을 목표로 삼는다. 무대 생활을 하는 그에게 현실적 사랑을 요구하는 것은 두 영혼의 하나 됨을 통해 연극의 완성을 지향하고 있는 그의 욕망에 배치되고 모순된다. 그것을 깨달은 그는 12년 전의 아내를 찾아가 드루실라 역을 맡게 하고 무대 위에서 그녀를 죽이고 자신도 스스로 자살함으로써 무대와 현실을 하나되게 만든다. 그 순간 두 영혼도 하나로 통합된다. 무대가 그에게 자유를 줄 수 있었던 것은 허구의 공간이기 때문이다. 모든 예술은 바로 그 허구의 공간에서 이루어지기 때문에 예술에서는 모든 것이 허용된다. 현실은 일회적인 공간이고 실제적인 공간이기 때문에 여러 가지 제약에 묶이게 된다. 그 규제나 제약에서 자유로워지고자 할 때 인간은 예술에 자신을 투여한다. 그렇기 때문에 예술가는 현실과 예술 사이에서 끊임없이 갈등을 느낄 수밖에 없다. 예술가의 꿈은 따라서 현실과 무대를 하나로 만드는 것이며 동시에 배우의 삶과 자아의 삶을 완전히 일치시키는 것이다. 프시케에게 드루실라 역을 맡기고 자신이 칼리굴라 역을 맡아 무대 위에서 함께 죽는 것은 그 작품의 완벽한 완성을 의미한다. 그러나 비극적인 것은 그러한 연극의 완성은 곧 그 작품의 종말로 연결된다. 다시 말하면 모든 연극은 그러한 완성을 꿈꾸는 과정에 지나지 않을 뿐 결코 완성에 도달하지는 못한다. 그렇기 때문에 모든 연극은 다시 상연되고 계속 상연될 수 있는 것이다. 그래서 주인공은 다음과 같이 고백한다.

"시간이 흐르자 나는 다시 무대에 오를 수가 있었소. 연기가 한결 깊어졌다는 말까지 들었소. 하지만 결코 극복할 수 없었던 것이 있었소. 칼리굴라였소. 내 영혼은 칼리굴라를 뜨겁게 욕망했지만 번번이 좌절했소. 배역을 받아놓고는 공연 직전 포기해버린 적이 세 차례나 있었소. 〔……〕 인간의 욕망을 가장 강하게 충동하는 것이 무엇인지 아오? 꿈이오. 이루지 못한 것, 이룰 수 없는 것을 향한 인간의 욕망은 상상을 초월하오. 아마 신조차도 그 소름 끼치는 심연을 감히 들여다보지 못할 것이오. 칼리굴라는 나의 꿈이었소. 난 그 꿈을 한순간도 잊어본 적 없소. 꿈속에서도 나의 눈은 보고 있었소. 칼리굴라가 보았던 희고 둥근 달을."

연출가가 무대와 현실을 하나로 인식하는 것이나 배우가 자신의 삶과 연극 속의 삶을 구분하지 않게 되는 것은 현실과 무대의 공간을 분리하는 사람에게는 하나의 환상에 지나지 않지만 무대를 현실 속의 꿈을 실현하는 공간으로 인식하는 사람에게는 삶의 근원적인 욕망의 표현인 것이다. 한 번밖에 살 수 없는 인간은 자신의 내면에서 일어난 욕망 때문에 삶에서 끝없는 시행착오를 거듭하게 되고 그로 인한 자괴감 때문에 방황하는 영혼으로 살게 된다. 스스로 자신의 욕망을 거짓 없이 드러내며 진정한 가치를 추구하고자 하면 할수록 윤리적 파탄을 경험하게 되는 주인공은 황폐한 영혼의 격정에 휩쓸리게 된다.

「폐역을 지나 부서진 다리를 건너」에서 아버지 황우성 씨는 1년에 서너 차례 집을 나가서 떠돌아다니는 상습 가출자이다. 그의 첫 가출은 결혼 3개월 만에 시작되었고 화자가 일곱 살 때는 거의 1년 동안 돌아오지 않았다. 그의 가출 이유에 대해서 그가 스스로 말을 하지 않기 때문에 누구도 아는 바가 없다. 그의 침묵은 어린 시절 북경에서 일본인 학교를 다니고 해방 후 귀국해서 일본인 취급을 받은 데서 연유한다. 한국인이라는 정체성을 인정받지 못한 데서 타인과 소통의 길을 찾지 못한 아버지는 침묵이라는 고통의 길을 선택하고 죽음이 영원한 침묵의 길이라는 것을 알게 된다. 그 죽음의 유혹에서 빠져나온 아버지가 선택한 길은 종교에 귀의하여 사제가 되는 것이다. 그러나 첫 사랑의 유혹은 아버지로 하여금 사제 서품을 받지 못하게 하고 어머니와 결혼에 이르게 한다. 그 결혼은 아버지에게 유랑의 벽을 가져왔고 아버지의 유랑은 어머니의 유랑을 낳는다. 아버지가 유랑의 종착지로 수도원을 택했을 때 어머니는 안도의 한숨을 내쉬었다. 아버지는 수도원에서 눈을 감고 생활하는 소경 흉내를 내었다. 그것은 세상을 보지 않고 살고자 하는 의지의 표현이다. 세상을 보지 않는다는 것은 온갖 유혹에서 자유로워지고자 하는 것이다. 그것은 오직 예수의 십자가의 길만을 생각하고자 하는 고행자의 태도이다. 그러나 이미 세상의 온갖 유혹을 알고 있는 아버지가 다시 유랑의 길을 떠난 것은 그가 두번째로 자신의 영혼을 의탁하고자 한 수도자의 삶에 전념할 수 없었기 때문이다. 그가 죽음의 자리로 선택한 곳은 "폐역을 지나, 부서진 다리를 건너"에 있는 염부 사택이었다. 한없이 낮은 곳으로 내려간 아버지의 영혼은 눈을 감고 소리의 형상을 통해서 바람의 형상을 듣고 그 형상에 따라 움직이는 풀의 형상, 새의 형상, 나무의 형상을 보게 되고 빗소리와 함께 생명의 형상을 보기에 이른다. 자신의 내적 욕망에 사로잡혀 영혼의 눈을 잃어버린 아버지는 고통스럽고 슬픈 삶을 사는 동안 자신의 선택의 대가로 떠돌며 유랑의 길을 걸었음을 알게 된다. 그에게는 인생이란 헛된 유랑에 지나지 않는다.

그래서 「유랑극단」의 주인공은 "인간을 근원적으로 유랑의 존재"라고 생각한다. "아이가 소년이 되고 청년이 되고 노인이 되는 것은, 마침내 산 자의 땅에서 죽은 자의 땅으로 넘어가는 것은 유랑의 존재이기 때문"이라는 것이다. 그는 다음과 같이 쓰고 있다.

진실은 고정되어 있지 않다. 끊임없이 움직인다. 그러므로 진실을 보려면 끊임없이 움직여야 한다. 진실을 잃어버리는 까닭은 움직이지 않기 때문이다. 부패와 타락은 움직이지 않음으로써 생긴다. 세계는 인간을 고정시킨다. 역할에 고정시키고, 영역에 고정시키고, 계급에 고정시키고, 집단에 고정시키고, 이데올로기에 고정시킨다. 인간의 꿈조차도 고정의 대상이다. 고정된 인간은 고정된 얼굴을 갖는다. 〔……〕 고정된 얼굴은 생명의 얼굴이 아니다. 죽음의 얼굴이다. 세계가 거대한 묘지로 느껴지는 데에는 까닭이 있다. 이 묘지 사이를 바람처럼 질주하는 이들이 있다. 유랑자들이다.

여기에서 볼 수 있는 것처럼 유랑자란 그에 의하면 부정적인 것이 아니다. 윤리와 도덕과 제도와 관습의 지배를 받고 있는 세계는 인간을 역할과 영역과 계급과 집단과 이데올로기에 고정시키고자 한다. 유랑이란 그에 의하면 모든 인간을 묶어놓고 고정시키고자 하는 세계에 저항하는 유일한 방법이다. 그것은 죽음에 저항하는 생명의 행위이다. 고정관념으로 모든 사태를 판단하는 것은 진실을 은폐하는 행위이다. 그래서 정찬의 주인공은 끊임없이 떠돌아다니며 고정관념에 저항한다. 그것은 모든 제약과 억압에서 벗어나고자 하는 자유를 향한 몸부림이다. 그래서 그의 주인공들은 사회에서 제대로 인정받지 못하고 어떤 능력을 발휘하지 못하는 소외된 자들이지만 그들의 삶이 가지고 있는 상징적 역할이나 가치는 정찬의 소설을 통해서 살아나고 있다.

이러한 주인공을 내세운 작가 정찬은 이 세계 전체가 도덕적으로 타락한 것이라는 전제를 갖고 있는 것 같다. 「인간의 흔적」이라는 작품에서 작중인물 가운데 하나가 "암이란 단순한 질병이 아니라 인류의 부패를 드러내는 은유"라고 주장하는 데서 그러한 작가적 태도를 엿볼 수 있다. 그래서 산양을 보고자 하는 사람에게 산양이 되라고 주문한다. 산양이 되는 것은 산양의 영(靈)을 자신의 내부로 받아들인다는 것이다.

"만물이 죽음을 거듭하면서도 소멸하지 않는 것은 영이 있기 때문이오. 육신은 죽어도 영은 죽지 않소. 하늘을 떠도는 것은 새만이 아니오. 육신을 떠난 수많은 영들이 떠돌고 있소. 우리는 영들이 떠도는 하늘을 향해 산양의 영을 불렀소. 간절히. 아주 간절히. 영이 우리의 부름에 답하면 우린 산양이 되는 것이오."

인간의 욕망이 허구를 낳는다는 주장을 믿고 있는 작가는 산양의 영을 받아들이고자 한 노인의 영이 작가를 찾아온 '김우현'이라는 인물 속에 들어 있다고 생각하며 생태주의자들의 생명에 대한 놀라운 투시력에 경외감을 갖는다. 그들은 작은 생명체의 생태를 통해 전체 생명체의 생태를 투시하기 때문이다. 그들의 투시력이 문명 세계가 결코 닿지 못하는 삶의 깊은 내면에 닿고 있음을 작가는 느끼고 있다. 그렇기 때문에 그의 소설에는 과학이나 문명으로 설명하지 못하는 환자 같은 작중인물들이 많이 등장한다.

「황금빛 거품」은 갑자기 눈이 먼 한 여자의 이야기다. 아버지와 이혼한 어머니와 함께 살던 주인공 '재희'는 어머니가 자궁암으로 죽은 뒤 어느 날부터 눈이 보이지 않는다. 의사에 의하면 그것은 전환장애라고 하는데, 육체적으로 아무런 이상이 없는데도 불구하고 실제 아무것도 보이지 않는 일시적 장님이 되는 현상이다. 그녀와 상담하는 과정에서 그녀가 이혼한 어머니를 미워하고 이혼당한 아버지를 사랑하고 있다는 사실을 밝혀낸다. 그녀는 환상 속에서 아버지와 근친상간을 하고 그것에 대한 죄의식에서 전환장애를 일으켜 장님이 된 것이다. 오이디푸스가 어머니와 근친상간을 한 사실을 알고 스스로 장님이 된 것과 마찬가지로 그녀는 자신을 정신적으로 징벌한 것이다. 그녀는 어머니가 자궁암에 걸린 것은 스스로 자궁을 유폐시켰기 때문에 자궁에 생명의 물이 고이는 대신에 죽음의 독버섯이 자랐다고 생각한다. 그녀가 아버지와 근친상간을 하게 된 것은 스스로 어머니가 되어 생명의 물을 제공하고자 상상했기 때문이다. 여기에는 합리적 이성이나 논리적 판단이 작용하는 것이 아니다. 왜냐하면 "환상과 현실의 경계선이 지워질 때 인간의 정신은 합리적 판단으로는 이해할 수 없는 놀라운 비상을 하기" 때문이다. 그 비상은 "광인의 비상일 수도 있고" "신적인 비상일 수도 있"다. 그녀가 아버지에 대한 사랑 때문에 다른 어떤 남자도 사랑할 수 없게 된 것이나, 어머니가 죽자 아버지를 찾아가 아버지와 상상적 근친상간에 이른 것은 미치거나 신과 같은 절대자가 되고자 한 것을 의미한다. 그리하여 그녀의 상상력은 사막에서 새의 비상을 보기에 이른다. 어머니의 메마른 자궁이 사막을 의미한다면 새는 새로운 생명의 부활을 의미한다. 그것은 그녀가 어머니로 변신함으로써 가능한 환상인 것이다. 이처럼 정찬은 인간의 무의식 속에 자리잡고 있는 욕망의 정체를 찾아 그의 주인공들처럼 끊임없이 환상의 세계를 떠돌아다닌다. 그것은 덧없는 삶 속에서 '인간의 눈으로는 볼 수 없는 영원의 형상'이다.

영원의 형상은 실체로 존재하는 것이 아니라 그것을 볼 줄 아는 영혼을 가진 사람의 환상으로만 존재한다. 「허공을 걷다」의 소년은 어머니가 죽어 고아가 되었을 때 자신을 과수원집으로 데려다준 외삼촌으로 인해 소녀를 만난다. 그 소녀에게는 말로 형언할 수 없는 향기가 났으나 어느 날 다락방에서 떨어져 죽는다. 간질을 앓던 그녀가 발작을 일으켜 죽은 것이다. 소년은 사람에게는 누구에게나 남이 볼 수 없는 슬프고 고통스러운 아픔이 있다는 것을 알게 된다. 그토록 향기를 풍기던 소녀가 간질병을 앓고 있다는 것을 소년은 그녀가 죽은 뒤에 알게 된다. 그것은 자신이 고아가 된 아픔을 다른 사람이 알 수 없는 것과 같은 그녀의 아픔이다. 성장한 그는 모스크바에 가서 소년 시절의 소녀와 닮은 집시 소녀를 만난다. 가냘픈 집시 소녀는 핍 쇼peep show의 쇼걸이지만 그가 20여 년 전 소년 시절에 보았던 소녀의 영혼을 갖고 있다. 집시 소녀는 몸을 파는 여자지만 자신이 새처럼 나는 꿈을 꾸고 있다. 아름다운 영혼을 가진 집시 소녀가 남모르는 슬픔과 아픔을 가지고 있는 점에서 소년 시절의 소녀와 닮았다. 자기 안에 새가 있다고 생각하며 스스로를 날지 못하는 슬픈 새라고 자처하는 집시 소녀를 보며 이미 주름살투성이의 그는 20여 년 전의 소년으로 되돌아가 그 당시에 죽은 소녀의 영혼을 다시 만난다. 이처럼 끊임없이 인간의 영혼을 이야기하는 작가는 우리의 눈에 보이지 않는 영혼의 존재를 믿으며 이 세상에 떠돌고 있는 영혼들과의 만남을 소설의 주제로 삼고 있다. 작가는 이 세계에서의 세속적 삶의 덧없는 종말 뒤에 영원의 세계가 있고 그것이 죽을 수밖에 없는 인간에게 구원의 가능성이라고 생각하는 점에서 대단히 종교적이다.

그가 「낙타의 길」에서 죽을 수밖에 없는 인간의 운명을 벗어나지 못하는 '길가메시' 신화를 거론하는 것도 그의 종교적 성향을 드러낸다. 길가메시가 역사적 인물이면서 동시에 신화적 인물인 것은 그가 완전한 신이 아니라는 것을 입증하며, 그가 죽을 수밖에 없었던 것도 그가 신이 아니기 때문이다. 죽음도 없고 질병도 없고 슬픔도 없는 '딜문'은 신들의 정원으로서 낙원이다. 그곳에 사는 우트나피쉬팀은 인간임에도 불구하고 불멸의 존재다. 성경의 노아를 연상시키는 우트나피쉬팀은 신들의 홍수에서 방주를 만들어 일가친척과 짐승을 구해낸다. 그는 신의 은혜에 감사하는 제사를 드리고 신에게서 불멸의 생명을 부여받는다. 그는 신들의 정원인 딜문에 살게 된다. 그와 함께 살아가는 사람이 그의 뱃사공 우르샤나비로서 그는 태양의 뜰과 딜문 사이에 있는 죽음의 바다를 매일 헤쳐나간 사람이다. 이라크 전쟁이 한창일 때 우트나피쉬팀에게서 생명을 부여받은 우르샤나비를 자처하는 인물 이브라힘을 그린 것은 작가 자신이 영원히 죽지 않는 인간에 대한 종교적인 구원에 깊은 관심을 보여주는 것이다. '신이 영원한 것은 형상이 없기 때문이다'라는 명제는 인간이 육체를 지니고 있기 때문에 영원히 살 수 없다는 것과 상통한다. 그렇기 때문에 인간이 영원히 죽지 않는다는 것은 인간의 헛된 꿈에 지나지 않는다. 인간의 육체는 덧없는 것이고 언제나 부식하는 것이다. 바로 그 때문에 작가가 인간의 영혼에 그토록 천착하고 있음을 알 수 있다. 그는 '영혼은 낙타가 걷는 속도만큼 걷는다'는 격언을 상기시키며 낙타처럼 끊임없이 걸어온 주인공의 삶을 유랑으로 규정한다. 티그리스 강변에서 낚시를 하던 주인공은 전쟁이라는 부조리한 상황 속에서 생명을 사랑하기 때문에 불타서 흘러내리는 어린 생명의 고통을 덜어주고자 생명을 죽게 하고, 그 영혼을 찾아 유랑 생활을 떠나고자 한다. 그는 모든 성인이나 영웅이 결국 영원을 향한 유랑자임을 간파하고 낙타처럼 어디론가 떠나가는 한 유랑자의 운명을 꿈꾸며 고통의 유랑 생활을 죽음으로 끝낸다. 이 평화의 사도와 같은 이브라힘의 죽음을 통해서 작가는 이데올로기나 권력이나 이권을 위한 전쟁에 대항하여 참평화의 메시지가 무엇인지 슬프고 참담하지만 아름다운 영혼의 모습을 제시하고 있다. 이처럼 깊이 있는 반전소설은 아마도 한국 소설에서 그 유례를 찾기 힘들 것이다.

여기에 오면 정찬이 소중하게 여기는 영혼이 육체와의 단순한 이분법에 의해 이루어진 것이 아니라 보잘것없는 인간의 운명에 대한 깊은 탐구에서 비롯되었음을 알게 한다. 그의 종교적 성향은 배타적·독선적 구원이 아니라 인간의 운명에서 발견한 공허한 무상성과 삶에서 나타나는 허공의 깊이를 알고자 하는 그의 유랑자의 운명을 보여주는 것이다. 영혼을 천착하는 그의 소설은 천박한 현실에 매달리는 것이 아니라 그 현실에서 벗어나고자 하는 끝없는 상상의 세계에서의 유랑이다. 그것은 때로 정찬 소설을 관념적인 것으로 폄하하게 만들기도 한다. 그것은 또한 정찬 소설을 사실주의 소설로도 환상소설로도 분류할 수 없게 만든다. 그러나 바로 그런 이유 때문에 정찬 소설을 일반적으로 한국 소설이 가지고 있는 단순성을 벗어나 복합적인 것으로 만든다. 그의 문학적 목소리가 다른 사람에게서 들을 수 없는 두께와 무게를 지니고 있는 것도 거기에 영혼의 목소리가 들어 있기 때문이다. 그래서 그의 소설은 천천히 읽는 사람에게 작가 정신의 저 깊은 곳에서 솟아나는 영혼의 목소리와 같은 감동을 안겨준다.

진부한 일상과 초현실주의적 상상력
─최수철의『몽타주』

1

최수철의 소설은 한국 소설에서 아주 특이한 자리를 차지한다. 일반적
으로 거대 담론을 주축으로 한 리얼리즘 소설이 주류를 이룬 세계에서
그의 소설은 설 자리가 거의 없고, 그렇다고 해서 자아에 대한 미시적
관찰을 주축으로 한 최근의 소설에서도 그의 소설은 낄 자리가 별로
없는 것 같다. 분명한 줄거리 중심으로 소설을 이끌어가지 않기 때문
에 그의 소설은 독자에게 접근을 쉽게 허용하지 않는다. 그렇다고 해
서 그의 소설이 어떤 주제를 중심으로 전개되는 것도 아니어서 그의
소설은 독자에게 어떤 개념을 가지고 접근해야 하는지 알 수 없게 만
든다.

　그의 첫번째 소설집『공중누각』이나 두번째 소설집『화두, 기록, 화

석』에서 그가 다루고 있는 문제는, 소설이 이야기의 구축이냐 주인공의 의식의 탐구냐 하는 두 가지 태도에서 두 차원을 모두 떠난 언어의 차원으로 주인공이 그를 둘러싼 세계와 맺고 있는 관계에 대한 탐구라고 말할 수 있다. 『공중누각』의 주인공들은 모든 사물이 상투적이거나 관습적인 모습으로 다가오는 것을 거부하고 그것을 철저하게 의식함으로써 새로운 표현을 얻고자 하는 삶을 살고자 한다. 『화두, 기록, 화석』의 주인공들은 삶에 대한 근원적인 질문을 상투적이 아닌 새로운 방법으로 제기하여 표현이 화석화되지 않는 문학을 지향함으로써 작가가 추구하는 소설의 방향을 상징적으로 보여주고 있다. 그의 주인공들은 자신이 살고 있는 세계의 규범을 완전히 좇고 있는 것도 아니고 그것을 완전히 거부하며 살고 있는 것도 아니다. 그들은 자신들이 관찰하고 반응하고 표현하고자 한 현실이 다른 사람들에게도 똑같은 무게를 가지고 있는지 질문하지 않으면서 그 현실의 경험을 공유하고자 하지만 끊임없이 실패하고 만다. 그들은 자신들의 의식을 가득 채우고 있는 문제들과 씨름하고 있지만 다른 사람들의 이해나 도움을 받지 못한다.

이러한 현실은 『페스트』에서 전혀 다른 양상으로 나타난다. 이 작품은 자살이라고 하는 정신적 질환이 가상의 도시에 전염되어가는 과정을 여러 가지 각도에서 조명하고 천착함으로써 육체적 질병을 다룬 카뮈의 『페스트』를 패러디한 작품이다. 자살이 전염병처럼 퍼지고 있는 '무망'이라는 가상의 도시는 일상적 생업에 종사하는 다양한 주민들로 가득 차 있지만 그 거대한 집단 사회는 전염성이 강한 자살이라는 정신적 유행의 병균에 의해 오염됨으로써 도처에서 무너져 내린다. 그 집단 사회를 다스리고 있는 당국이나 정신적 지도자들은 그것을 방지하고 전염되지 않도록 여러 가지 조처를 취하지만 자살이라는 전염병의 확산을 막지 못한다. 그들의 대응 방식은 자살자들의 절실한 사정을 상투적이고 관습적인 말로 재단하는 것이기 때문에, 효과를 보기보다는 오히려 불 붙은 데 기름을 붓는 격이 되고 만다. 그러나 이러한 이야기가 한두 명의 주인공을 중심으로 전개되는 것이 아니라 많은 작중인물 중심으로 다양하게 전개된다. 자살이라는 전염병에 대응하는 여러 분야의 인물들이 다방면에서 노력하고 있음에도 불구하고 자살의 확산은 그칠 줄 모른다. 그것은 이 작가가 데뷔작에서부터 시도했던 소통이 불가능한 언어의 극복이라는 문제와 연결되어 있다. 작가는 일상생활을 하는 여러 분야의 사람들이 자살의 유혹을 받고 자살에 이르는 과정을 종교적·철학적·사회적·심리적 측면에서 다루면서도 관념에 빠지지 않고 삶의 구체적 현실로 부각시킨 점에서 한국 소설의 새로운 시도를 하고 있고 그렇게 읽힐 수 있는 작품이다. 자살에 관한 많은 문헌과 관점을 다양하게 수용하고 있지만 그것이 현학적인 지식이 아니라 경험적 현실로 받아들여지는 것은 형이상학적인 죽음의 문제를 삶의 구체성과 연관시키는 데 성공하고 있기 때문이다. 삶의 문제를 진지하게 생각하는 경우 죽음의 문제를 외면할 수 없다. 일상적 삶의 그 진부한 세계는 사실 일종의 죽음의 세계와 다를 바 없기 때문이다.

2

최수철의 작품집 『몽타주』에는 모두 아홉 편의 작품이 실려 있고 그것이 발표된 시기도 아마 10년에 걸쳐 있는 것 같다. 「확신」 「창자 없이 살아가기」 「진부한 일상」 「격렬한 삶」 「첫사랑에 관하여」 「거인」 「채널 부수기」 「메신저」 「몽타주」 등 아홉 편의 제목에서 드러나는 것은 그것이 대부분 일상적 삶과 연관되어 있다는 사실이다. 일상적 삶이란 늘 반복되는 것으로서, 의미를 부여할 수 없는 하찮은 것들로 가득 차 있다. 일찍이 카뮈는 일상적 삶의 무의미성을 "기상, 전차, 근무, 점심, 근무, 전차, 취침…… 똑같은 리듬으로 월, 화, 수 목, 금, 토……"로 표현한 바 있지만 그 속에서 아무런 의식 없이 살아간다는 것 자체가 일상성을 드러내는 것이다. 그의 주인공들은 끊임없이 다음과 같은 말을 혼자서 중얼거린다.

> 삶은 부조리하지도, 지루하지도 않다. 단지 진부할 뿐이다. 인간은 진부함으로 살아간다. 진부함을 벗어나려는 노력 또한 진부할 따름이다. 진부한 줄도 모르는 게 완전한 진부함이다. 아무도 자기 그림자를 밟지 못한다.
>
> ──「진부한 일상」

진부하다는 것이 오래되고 썩어서 새로울 것이 없다는 것을 의미한다면 주인공이 살고 있는 일상적 삶이란 진부할 수밖에 없다. 「확신」의 주인공은 바로 '확신'이 없기 때문에 진부한 일상을 살아간다. 그가 만나는 사십대 불혹의 나이의 친구들 얼굴은 '물에 팅팅 불은 얼굴'이다. 친구들의 얼굴을 통해서 보게 된 자신의 얼굴도 진부한 얼굴이다. 그 일상적 진부함에서 벗어나게 하려고 그의 친구는 그에게 '청별도'의 빈집에 가서 쉬게 한다. 그러나 청별도에서 경험하는 일상도 진부함을 벗어나기 어렵다.

「창자 없이 살아가기」의 주인공은 자신의 스승뻘 되는 문단의 선배와 수필가 겸 전직 출판사 사장 사이의 소송 사건에서 원고와 피고의 증인으로 지명을 받고 "이번만은 진부하고 저속한 세상에 무력하게 휩쓸리지 않으리라는 자신감"을 갖고 나서지만 그 진부한 소송 사건에 휩쓸려서 그 자신이 법정 구속을 당하는 사태를 맞게 된다. 따라서 그러한 진부한 세계에서 아무런 일 없이 살아가기 위해서는 "창자 없"고 "배알 없"어야 한다는 것을 깨닫게 된다. 왜냐하면 그가 "들어 있는 곳은" "누군가의 창자 속이었"기 때문이다. "창자의 연동과 분절 작용이 활발하게 일어나고 있"는 그 재판정에서는 "반쯤 소화된 채 그곳으로 흘러든 사람들과 그 모습을 보고서 놀라 어찌할 바를 모르는 사람들이 한데 뒤섞여 이리저리 휩쓸리고 있었다." "창자 점막의 분비샘에서 분비된 점액이 그들 위로 쉴 새 없이 오물처럼 뿌려지고 있었고, 수천 종의 장내세균들이 떼를 지어 그들에게 달려들었다." 따라서 창자 없이 산다는 것은 진부함 없이 산다는 것을 의미한다.

「진부한 일상」의 주인공이 공항으로 가기 위해 자동차 열쇠를 꽂는 순간 "거울과 거울 틀 사이의 빈틈에서 거미 한 마리가 기어 나오고 있었다." 그는 "그의 차에 그물을 친 것이 바로 그 거미였다. 거울 틀 속의 빈 공간을 제 집으로 삼고서 그 속에서 먹이가 걸리기를 기다리고 있었"다는 사실에 놀라워하며 "이 삭막한 기계 덩어리가 생명체 하나를 보듬어둘 수 있었다는 사실"에 "신기해하기까지" 한다. 자동차의 거울과 그 틀 사이에 숨어 있는 거미란 일상에서 흔히 볼 수 있는 것이어서 진부한 것이겠지만 주인공은 그 사실에서 '신기함'을 느낀다. 기계 덩어리에 생명이 붙어 있다는 것은 무생물 속에 생명이 존재한다는 점에서 신기하지 않을 수 없다. 그것은 그의 대부분의 삶을 차지하고 있는 일상이 얼마나 진부한 것인지 말해준다. 그는 자동차로 차선을 바꿀 때 타이어와 차선이 마찰하는 데서 일어나는 마찰음을 재미있어 하며 여러 차선을 들락날락하는 난폭 운전을 한다. 그는 적극적인 성격의 여자와 결혼을 하게 되면서 그녀에게 자신을 맞추려고 노력한다. 그러나 그녀와 결혼하는 데 많은 용기가 필요했다는 말을 한 것이 자신의 실언이라고 인정한 다음부터 그는 모든 일에 '무력감'과 '환멸감'을 느낀다. "아침에 쓰레기 봉지를 들고 집을 나설 때, 그리고 쓰레기장에 쓰레기 봉지들이 작은 산처럼 쌓여 있는 것을 볼 때면, 인간들이 가장 잘하는 짓이 쓰레기를 만드는 것"이라고 그는 중얼거리고 "삶의 의지니 사랑이니 하는 것도 종족이나 사회라는 리바이어던이 스스로 존속하기 위해 인간들에게 주입하는 기만적인 이념일 뿐이라는 생각을 곱씹"는다. "모두가 각기 제한된 분야에서 그야말로 진부한 표현처럼 다람쥐 쳇바퀴 돌듯이 살아가고 있는 것"이기 때문에 "그에게는 살아 있다는 것 자체가 죄를 짓는 일에 불과하게 되었다." 그는 모든 사람들이 아무렇지 않게 살아가는 일상적 삶을 지나치게 민감하게 받아들여서 진부하다고 생각한다. "목격자가 없는 도시, 그를 불러들였지만 그에게 관심조차도 없는 도시, 그러면서도 그를 보내주지 않고 붙들어두려는 도시, 메두사의 잘린 머리와도 같은 도시. 삶은 부조리하지도, 지리하지도 않다. 단지 진부할 뿐이다. 내가 가는 모든 길이 나를 진부함으로 인도한다"라고 그는 한탄한다. 그리하여 그는 어느 날 진부함의 "관습을 거부하는 자는 악한 자, 미친 자, 홀린 자다. 내가 나와 저들을 진부함의 굴레에서 벗어나게 해줄 것이다. 내가 곧 괴물이고 악신이고 미친 자이고 홀린 자다. 이제 내가 모든 것을 주관한다"라고 선언한다.

진부함을 거부하는 사람이란 이처럼 미치지 않을 수 없다. 「격렬한 삶」의 서두에서 주인공은 어렸을 때 거리에서 마주친 미친 사람 이야기를 한다.

그중에는 꽤 큰 소리로 혼잣말을 중얼거리며 이리저리 두리번거릴 뿐만 아니라 허공에 대고 삿대질까지 하는 사람들도 적지 않았지. 그때 나는 그들이 미친 탓에 그들 속에서 헛소리가 흘러나오는 것으로 생각했지. 그러나 이제 나는 그 혼잣말이 자기 속의 광기를 달래기 위한 것이었음을 이해하게 되었어. 그들은 자기들도 어쩌지 못하는 광기를 가라앉히기 위해, 어두운 골목길에서 부릅뜬 눈을 두리번거리며, 남자고 여자고 허리춤을 붙들고 자꾸 흘러내리는 바지를 추켜올리면서, 그렇듯 혼잣말을 쉬지 않고 중얼거릴 수밖에 없었던 거야.

진부함을 거부하다 보니 자기 안에서 광기가 솟아나는데 그 광기를 달래려고 하니까 혼잣말과 같은 헛소리도 하고 삿대질과 같은 쓸데없는 몸짓도 한다는 것을 그는 뒤늦게 알게 된다. 따라서 진부함 때문에 진정으로 미치지 않기 위해서는 겉으로 미친 사람이 하는 혼잣말이나 허튼 몸짓을 하게 된다는 것이다. 그것이 그가 미치지 않는 방법이다. 삶이 진부하다고 느끼는 사람은 삶의 의미를 묻는 사람이다. 그리고 진부한 삶을 살면서 삶의 의미를 묻는 사람은 미칠 수밖에 없다. 그래서 그의 주인공은 다음과 같은 고백을 한다.

삶의 의미를 묻는 이 세상의 모든 질문은 인간에게 분노란 무엇인가, 라는 질문과 동일한 것이다. 이 세상의 모든 분노는 기실 자기 자신에 대한 분노일 뿐이다. 남에 대한 분노도 기껏해야 자신에 대한 분노를 잠시 잊기 위한 술책일 뿐이다. 미쳐버리는 것은 분노하지 않기 위해서다. 그리고 이 세상은 몇몇 사람이 미치는 대가로 다른 모든 사람들이 살아가도록 되어 있다.

이러한 논리에 따르면 진부함을 사는 사람은 삶의 의미를 묻는 순간 자기 자신에 대한 분노를 느끼고 자기 자신에 대한 분노를 잊기 위해서 남에 대한 분노를 나타낸다. 남에 대한 분노는 곧 광기로 나타나는데 그것이 그 자신을 미치지 않게 해줄 뿐만 아니라 다른 모든 사람들도 미치지 않고 살아가게 만든다. 따라서 최수철의 주인공들이 주어진 현실에 대해서 수동적으로 살아가다가 어느 순간 '격렬한 행동'을 취하는 것은 얼핏 보면 광기로 비칠 수 있겠지만 진부한 삶을 의식하고도 미쳐버리지 않는 의식의 돌파구를 찾는 행동이다. 그러나 그가 살고자 하는 '격렬한 삶'은 다른 사람에게 이해되지 않는 삶이다. 다른 사람에게 이해되지 않는 삶은 소통이 안 되는 삶이다. 그것은 미친 삶이다.

3

미친 삶이란 '망상'에 사로잡힌 삶이다. 망상이란 사전적 의미로는 병적 원인에 의해 생기는 주관적 신념으로서 객관적으로 불합리한 그릇된 것이다. 「첫사랑에 관하여」에서 주인공의 친구는 동남아에서 있었던 이야기 —전갈 3천 마리와 30일 동안 유리병에서 생활한 여자가 살아난 이야기를 듣는다. 뱀 농장의 조련사로 있는 동안 전갈 독에 면역이 생긴 그 여자가 괴로웠던 것은 전갈의 독이 아니라 배설물에서 나는 냄새라는 것이다. 이 말은 그 친구의 감정 상태를 뒤흔들어버려 그를 온갖 망상에 시달리게 만든다. 그는 자기 몸에서 심한 악취가 난

250

다는 망상에 시달렸고 자신이 전갈이 되어 여인의 몸 위에 기어오르는 망상에 빠졌고 그 여인의 살을 전갈인 자신이 찌르고 물어도 반응이 없는 데 대해 엄청난 분노에 사로잡히는 망상에 젖는다. 그런데 그 분노가 주인공에게 전파된다. "나는 터무니없이 분노하고 있었다. 분노가 내게 망상을 일으키고 있었다. 내 친구의 머릿속에 출몰하던 망상들이 내 머릿속에서도 창궐하기 시작한"다. 그리하여 진부한 일상의 사소한 사물들에 대해서 병적으로 이상한 상상을 한 주인공은 어처구니없는 일을 벌이거나 이상한 습관을 갖게 된다. 왜냐하면 그것이 진부한 일상을 진부하지 않은 방식으로 바라보는 태도이기 때문이다. 그런데 문제는 그 진부하지 않은 방식이 객관적으로 불합리하고 그릇된 것이라는 데 있다. 그렇기 때문에 주인공은 망상으로 인해서 봉변을 당하거나 고통을 느낀다. 때로는 망상이 죽음에 대한 충동으로까지 발전하여 자살을 시도하는 헛된 생각에 시달린다.

　　물론 나는 우리의 무의식이 밤에 꿈을 이용하여, 혹은 벌건 대낮에도 정신착란을 통해, 갖가지 부질없는 몽상과 기이하고 공포스런 상념, 정신을 어지럽히는 허상을 마음으로 올려 보내고, 그것들이 곧 망상으로 이어진다는 사실을 알고 있었다. 그럼에도 불구하고 나로서는 내 속에서 시도 때도 없이 들끓고 있는 그 망상들, 그로 인해 비롯되는 불안, 초조, 분노, 자학, 회한, 질투, 의심 등등의 감정들로부터 좀체 벗어날 수가 없었다. 내가 물리치려 하면 할수록, 오히려 그런 부정적이고 자기 파괴적인 감정들이 비 온 뒤의 죽순처럼 점점 더 쑥쑥 자라나서 급기야는 내가 미쳐가고 있다는, 내가 미쳐가고 있는 게 분명하다는 생각이 들게 만드는 것이었다.

이처럼 미쳐버리게 만드는 병적인 망상은 거의 치료가 불가능한 것처럼 보인다. "요컨대 망상을 이겨내려는 시도도 쉽사리 망상이 되어버려서, 망상을 망상으로 이겨내려는 망상에 빠져버리는 결과에 이르게 된 것이었다. 그렇듯 망상에는 인간의 의지를 근본적으로 무화시키는 힘이 있었다." 그래서 망상을 치유하고자 주인공이 택한 방법은 "혼자 웃고 혼자 울며, 주변을 아랑곳하지 않고서 완전히 자족적인 삶을 사는" 것이다. 그것이 망상을 견뎌내는 방법이 되는 것은 "사람은 누구나 나름대로 미친 짓을 하기 때문에 미치지 않"기 때문이다. 이런 결론을 얻기까지 주인공에게는 첫사랑의 경험이 작용한다. 십대 후반에 한 여자와 가깝게 지낸 그는 어느 날 산길에서 그녀를 젊은 청년들로부터 지키지 못했다는 자책감 때문에 한편으로는 "더 늦기 전에 그녀의 몸을 차지하고 싶다는 공격적인 정욕으로 뒤바뀌어버린" 망상과 다른 한편으로 자신의 "'약한 모습과 비열한 태도"에 '환멸과 구역질'을 느껴 그녀와 헤어져야겠다는 결심, 이 두 가지 모순된 심리적 과정을 체험한다. 그 체험은 다음과 같은 결론에 도달하게 됨으로써 진부한 일상을 살고 있는 우리의 비극적인 성질을 웅변적으로 말해준다.

삶의 비극은 우리가 사랑이 뭔지도 모르면서 사랑을 해야 한다는 데서 비롯된다. 사랑은 죽음과 흡사하다. 죽음은 그 너머로 넘어가기 전에는 아무도 알 수가 없다. 사랑도 그 너머로 넘어가야만 비로소 사랑이 무엇인지 알 수가 있다. 그러나 안타깝게도 우리는 사랑을 하면서 쌀을 끓여야 하고 화장실에 다녀와야 한다. 사랑을 하면서 생존도 해야 한다. 그렇기 때문에 우리는 사랑도 단지 생존을 위해 필요한 어떤 것일지도 모른다고 생각하게 된다.

삶에는 사랑도 있고 생활도 있다. 인간은 사랑만으로도 살 수 없고 진부한 생활만으로도 살 수 없다. 사랑을 하면서 생활도 해야 삶이 유지된다. 삶이란 한 번밖에 살 수 없기 때문에 사랑도 생활도 살아보기 전에는 알 수 없다는 속성을 지닌다. 문학은 한 번밖에 살 수 없는 삶을 미리 살아보게 하고 삶의 매 순간에 할 수밖에 없는 한 번의 선택을 미리 여러 번 해보게 한다. 주인공은 자신의 상상력이 문학의 역할을 대신할 수 있는지 끝없는 실험을 한다. 그 실험은 현재 자신의 한계를 뛰어넘을 수 있는 새로운 존재로서의 자아를 상상하는 것이다. 그 상상이 병적인 것일 때 망상이 되지만 창조적인 것이 될 때 문학이 되고 미술이 되고 음악이 된다.

4

20세기 초현실주의 계열의 작품을 그린 르네 마그리트는 진부한 일상적 사물이나 풍경에 그의 독창적인 상상력을 동원함으로써 사물이나 풍경에 새로운 의미를 발견하게 한 화가로 널리 알려져 있다. 크리스털 술잔에 하얀 뭉게구름을 넘치도록 담아서 산맥을 배경으로 한 야외에 설치한 그림 「심금」이나, 유리창 너머로 날아가는 새의 모양에 파란 하늘을 배경으로 하얀 구름 조각들이 떠 있고 유리창 안쪽의 탁자 위에는 작은 둥지 속에 새알이 놓여 있는 「회귀」나, 중절모자를 쓴 정장의 남자 모습에서 얼굴 부분만 따로 떼어내 옆에 그리고 중절모자와 윗옷 사이에 얼굴 분분을 비워놓은 「순례자」 같은 작품은 진부한 일상의 여러 모습을 작가의 상상력으로 확대, 축소, 이동, 변형시킴으로써 신비롭고 환상적인 이미지를 제시하기도 하고 사물과 풍경에 대해 가지고 있는 상식과 고정관념을 깨뜨리는 시적 이미지를 구축하기도 한다.

「거인」의 주인공은 보험회사 직원이면서 자동차 판매원으로 마그리트가 할 만한 초현실주의적 상상을 한다. 그는 어느 날 자신의 몸이 이상적으로 커지는 현상을 발견한다. 머리는 성장하지 않았는데 몸집만 커진 주인공은 "다 자란" "몸을" 만지기 시작한다. "그것은 혼란스러운 머릿속의 움직임을" "온몸의 감각세포로 분산시키는 방법"으로서 그 자신이 '감각분산법'이라 부른다. 주인공은 고층 건물의 승강기 안에서 감각의 균형을 잡기 위해 자신의 "몸, 팔과 어깨와 가슴과 배와 등을 쉬지 않고 어루만졌"는데 거짓말처럼 그의 "몸이 갑작스레 부풀어 오르는 것을 느꼈다". 그는 혼자서 승강기 안에 꽉 차 있어서 다른 사람의 도움을 받고서야 승강기에서 내릴 수 있게 된다. 평소에는 원래 크기의 몸을 가진 그는 다시금 거인이 된 자신의 몸을 살펴보다가 놀란다. "몸은 산더미처럼 커졌는데" "팔과 손과 성기는 보통 인간들의 것처럼 아주 작게 보였기 때문이었다". 그는 자신의 "몸에서 균형이 깨졌고, 혹시 그것이 커다란 재앙의 조짐이 아닐까 두려워했다". 그러나 "그 부분들이 여전히 작게 보인 것은, 실제로 작기 때문도 아니고, 착시 때문도 아니며, 단지" 그의 "두 눈이 너무 커져서 시야가 너무 넓어졌던 탓이었다." 그리하여 그는 '공간의 폐소공포증'에서 벗어났듯이 '시간의 폐소공포증'에서도 벗어난다. 그에게서 '시간과 공간 개념'이 사라지고 "공간과 시간이 하나가 되어" 그의 "몸속으로 들어"옴으로써 그는 "완전한 과대망상의 세계를 얻"는다. "거인이 되어 보통 인간의 성질을 넘어서게 된 후" 그는 자주 "변화된 상황과 동물들의 본능적 속성과의 사이에 관계를 설정하고자 했다." 그는 "거의 본능적이고 반사적으로" 그의 "주위의 것들에 대해 항상 조심하고 배려하고 성심을 다했으며, 그것이야말로 진정한 거인의 행동이"었다. 그는 진부한 일상에 나타난 초인과 같은 존재로서 그가 원하는 것을 모두 달성하는 경지에 도달한다. 그러나 바로 그 순간 "인간의 비극이란" 자기가 스스로를 "감각하는 것만으로는 결코 만족할 수 없고, 누군가가" 자기를 "있는 그대로 감각해주어야 비로소 만족을 받는 데 있다." 그는 본사로부터 매장에 파견된 경리과 여직원을 만남으로써 데릴라를 만난 삼손처럼 비극적 운명을 맞게 된다. 그가 그녀와 동거를 시작한 다음부터 그의 주변에서 괴변이 일어나자 그의 주변 사람들이 그를 기피하기 시작한다. 그녀마저 그를 피해 변기로 둔갑하더니 그 변기가 공중으로 떠다니며 배설물을 흘린다. 그는 자신의 몸이 거대하게 팽창하여 자신의 뒤통수를 보게 되고 몸이 확장될수록 답답하고 숨이 막히는 것을 느낀다. 몰락한 거인이 된 그는 자신이 시간과 공간의 폐소공포증에서는 벗어날 수 있었지만 삶 자체의 폐소공포증에서는 벗어날 수 없다는 것을 깨닫는다. 그는 스스로 통제가 되지 않는 발걸음으로 움직일 때마다 무수한 생명을 죽이고 벽을 무너뜨리다가 무너지는 벽 밑에 깔려 죽는다.

이러한 이야기는 초현실주의의 상상력에서나 가능한 것으로서 작가의 무의식에 자리 잡고 있는 욕망의 표현이다. 그것은 스스로를 왜소한 존재로 인식한 자아가 거대한 조직 속에 억눌려 있던 욕망을 폭발시키고 있는 무의식의 표현이다. 이른바 거인 전설의 한 유형이라고 할 수 있는 이러한 상상력은 일상적 삶의 왜소성을 벗어나고자 하는 무의식의 작용이 초인적 능력을 갖춘 거인의 출현을 희구한다는 데 근거하고 있지만, 작가는 진부한 일상 속에서 왜소한 개인 위에 군림하는 거인 혼자서의 삶이 불가능하다는 것을 몰락한 거인을 통해 이야기하고 있다. 다른 사람과의 소통이 불가능한 상태에서 거인의 존재는 무수한 괴변을 일으키는 원인이기 때문이다. 그런 점에서 「채널 부수기」 같은 작품은 채널을 맞추려는 많은 노력에도 불구하고 실패하는 이야기다. 또 「메신저」란 소통이 이루어지지 않는 곳에 의사 전달이 이루어지게 하는 역할을 맡은 주인공이 소통을 이루게 하는 데 실패한 이야기다.

　최수철 소설의 특징은 이처럼 거인의 생성 과정을 거쳐 거인의 몰락으로 끝남으로써 이야기가 원점으로 되돌아오는 데서도 발견된다. 「채널 부수기」의 끝부분에서도 화자는 "이제 원점으로 돌아왔으니, 혹자들에게는 터무니없게 들릴 이 이야기도 대충 끝이 난 셈이다"라고 말한다. 이야기가 원점으로 되돌아온다는 것은 얼핏 보면 소설 혹은 문학의 무상성과 관련이 있는 것 같지만 사실은 원점으로 돌아온다는 것이 이야기의 무화나 삭제를 의미하지는 않는다. 작가는 진부한 일상에서 살 수 있는 유일한 길이란 모든 상상력을 동원해서 진부함에 저항하고 그것의 극복을 위해 진부하지 않은 모든 노력을 기울이는 것임을, 문학이란 비록 원점으로 돌아올지라도 진부함에 대한 저항과 극복의 노력을 기울이는 과정임을 주장하고 있는 것 같다. 그렇기 때문에 최수철의 작품을 읽는 독자는 느리지만 정확한 독서를 하지 않을 수 없다. 난파선을 맞추듯 혹은 퍼즐을 맞추듯 흩어져 있는 삶의 파편들을 조심스럽게 수집하여 '몽타주'를 만드는 독자들은 최수철의 초현실주의적 상상력에 짜릿한 즐거움을 경험할 수 있겠지만 조급한 독자들은 그의 소설을 지루하게 생각할 것이다. 최수철의 소설은 속도에 모

든 가치를 부여하고 있는 초고속 시대에 느리게 사는 길을 우리에게
보여주고 있다.

우연과 필연

— 김연수의 두 장편소설

1

김연수가 최근에 발표한 두 장편소설 『네가 누구든 얼마나 외롭든』과 『밤은 노래한다』는 우리 현대사에서 가장 힘들었던 두 시기에 산 인물들을 다룬 주목할 만한 작품들이다. 주목의 대상이라고 하기에는 너무나 고통스러운 시대와 그 속에서의 삶과 죽음에 관한 기록은 독자들에게 역사란 무엇인가, 국가란 무엇인가 질문하게 하면서 그 끔찍한 아픔을 기억하는 괴로움을 피할 수 없게 만든다. 세계 10위권의 경제 규모를 자랑하고 모든 자유를 마음대로 누리는 민주국가로 성장한 우리나라에서 한 세대, 두 세대, 세 세대 전에 일어난 사건들이 오늘 우리의 삶과 연결될 수 있다는 것을 돌아보게 만드는 이 작품들은 오늘의 우리가 안고 있는 문제의 근원을 건드린다. 그것은 국가의 형태를 띤 거대한 집단으로부터 폭력을 당한 개인의 일생이 얼마나 왜곡되고 피폐해질 수 있는지 보여주는 것으로 나타난다. 식민지 시대에 가족과 고향을 버리고 낯선 만주 땅에서 죽음의 위협에도 불구하고 독립군에 가담하여 일본군에 대항해서 싸운 인물들은 누구인가, 또 군사독재 시대의 무시무시한 탄압 속에서도 군사정권에 맞서서 민주화를 외치며 싸운 인물들은 누구인가, 한국의 현대사는 우리에게 질문하게 만든다.

그 물음 앞에서 작가 김연수는 그 주인공들이 처음부터 의식화되어 지배 권력의 부당한 힘과 불의에 저항하는 타고난 인물이 아니라는 것을 보여주고자 한다. 그들은 우연적인 계기가 없었더라면 매달 나오는 봉급에 자신의 삶을 의지하는 한낱 월급쟁이에 지나지 않거나 이 사회의 중심에서 소외된 채로 일용직 노동자로서 연명하는 데 급급한 생활보호대상자를 면하지 못했을 것이다. 작가는 일제강점기에 독립운동에 가담한 사람들 가운데 특별한 사명 의식을 갖고 태어난 사람이 아니라 평범한 사람이 독립운동가로 변모해가는 과정을 면밀하게 추적하고 있다. 또한 군사독재 시대에 사회 변혁 운동을 주도한 사람 가운데 제대로 교육받지도 못한 청년이 군사독재에 항거하는 운동가가 되어가는 과정도 파헤치고 있다. 그것은 작가가 인간의 성격이나 운명이 타고나는 것이라는 결정론에 의존하지 않는다는 것을 말해주며, 동시에 환경과 선택에 따라 끊임없이 변화하는 우연적 생성론에 의존한다는 것을 말해준다. 인간이 사회적 동물이라는 루소적인 인간관과 상통하는 것 같은 이러한 태도는 개인과 사회, 집단과 국가 사이에 이상적인 계약이 무너졌을 때 나타날 수 있는 혁명적 투쟁이 사회 변혁의 힘이라는 것을 인정하는 태도로 보인다.

하지만 그것이 하나의 논리나 주장의 범주를 벗어나지 못할 경우 인간에 대한 깊은 이해에 도달하지 못하고 문학의 감동과는 상관없는 구호로 전락하게 된다. 김연수가 뛰어난 작가라는 것은 인간에 대한 이해가 적과 동지라든가 선과 악이라는 이분법에 의존하지 않고 인간에게는 누구나 적이 될 수도 있고 동지가 될 수도 있으며, 선의 편이 될 수도 있고 악의 편이 될 수도 있다는 정황론을 따르고 있다는 데 있다. 그렇기 때문에 그는 자신의 주인공으로 절대적으로 선한 사람을 선택하지도 않고 절대적으로 악한 사람을 선택하지도 않는다. 그가 주인공으로 선택한 인물들은 근본적으로 선과 악 양쪽으로 열려 있는 인물들이다. 다시 말하면 인간은 본질적으로 선하지도 않고 악하지도 않지만, 상황이 그에게 특정한 선택을 강요함으로써 그 내면에 감추어진 욕망이 선의 얼굴로 비치기도 하고 악의 얼굴로 비치기도 한다. 욕망이란 개인적인 차원에서 그 자체로는 선하지도 악하지도 않지만 사회적 차원으로 옮겨지면 선할 수도 있고 악할 수도 있기 때문이다.

2

김연수의 두 장편소설 가운데 『밤은 노래한다』는 『네가 누구든 얼마나 외롭든』보다 나중에 출간된 작품이지만 시대적 배경은 1930년대 일제 강점기이다. 후자는 시대적 배경이 1980년대로서 전자보다 반세기 뒤의 작품이다. 『밤은 노래한다』는 1930년대 초반 동만주의 항일 유격 근거지에서 벌어진 민생단 사건을 배경으로 한 소설이다. 일본군에 대항해서 독립운동을 벌인다는 독립군들이 5백여 명의 동족을 '민생단'이라는 파벌로 몰아 살해한 사건을 파헤친 작가는 거기에서 살아남은 '김해연'이라는 인물을 만들어냄으로써 상황 속에서 개인의 변화 과정을 포착한 감동적인 작품을 완성하게 된다.

통영의 가난한 집 출신인 화자 김해연은 고학으로 고등공업학교를 졸업한 다음 토목기사가 되어 안락한 생활을 꿈꾸는 소시민에 지나지 않는다. 그는 만철에 조선인 측량기사로 들어가 대련에서 근무하고 있었기 때문에 독립운동에 관심을 두지 않는다. 그는 만철의 용정 사무소에 파견 근무할 때 일본군의 간도 임시 파견대 중대장인 일본인 나카지마 타츠키 중위와 친하게 지낸다. 그는 박길룡의 소개로 알게 된 이정희를 흠모한다. 그녀는 이화여전 출신으로 간도에서 음악 교사로 있는 미모의 여성이다. 그는 그녀를 나카지마 타츠키 중위에게 소개하고 함께 차와 술을 마시며 친밀하게 지낸다.

젊은 장교인 나카지마 중위와 젊은 신여성인 이정희와 젊은 토목기사인 김해연의 만남은 김해연의 운명에 결정적인 변화를 가져오게 만든다. 조선인으로서 만철에 들어갔다는 사실에 우쭐해 있던 김해연은 일본인 장교와 가깝게 지내는 것 자체를 특권으로 생각할 만한 인물이다. 그는 군국주의자가 아니라 낭만주의자라고 자처하는 나카지마 중위에게 이성과의 사랑을 권유받고 이정희를 연모하기에 이른다. 그러나 독립운동에 가담하고 있는 이정희는 그와 나카지마에게서 일제의 정보를 수집해서 독립운동 단체에 건네주는 역할을 하면서도 김해연의 사랑에 대해 명확한 답변을 하지 않고 애매한 태도를 취한다. 그는 이정희 덕분에 조국의 식민지 현실에 대해서 눈을 뜨지만 만철 직원이라는 특권을 누리며 이정희와의 결혼을 꿈꾼다. 그러나 이정희의 갑작스러운 자살 사건으로 그는 일본 영사관에 연행되어 조사를 받는다. 그는 조사 과정에서 이정희가 자신과 나카지마 중위에게서 일본군과 철도호위대의 정보를 빼내서 독립군에게 넘겨준 프락치 혐의를 받고 있다는 것을 알고 충격을 받는다. 그는 이정희의 자살 사건으로 심리적 타격을 받은 데다가 만철에서도 대기 발령을 받자 절망에 빠진다. 그는 대련으로 돌아갔으나 흐트러진 마음을 걷잡지 못하고 사창가에 드나들며 창녀의 꼬임에 빠져 아편을 피우기 시작한다. 아편은 이정희에 대한 그리움을 달래주는 유일한 도피 수단이 된다. 만철에서 해임되자 용정의 총영사관으로 간 그는 나카지마 중위에게 "너는 네가 누구인지 모를뿐더러 자신이 사랑한 여자가 누구인지도 모르는구나"라는 말을 듣는다. 그는 일본 총영사관 밀정 노릇을 하고 있는 최도식에게 찾아가서 이정희가 목을 매단 나무를 가르쳐달라고 하고 거기에 자신의 목을 매 자살을 시도하지만 실패한다.

실직과 실연으로 물질적, 정신적으로 피폐해진 그는 팔가자에서 경성사진관을 경영하는 송 영감을 찾아가서 그의 도움으로 사진을 인화해주는 일을 하며 연명을 한다. 그는 귀머거리에 벙어리인 것처럼 누구와도 말을 나누지도 않고 듣지도 않으며 인화만 하다가 가정부로 있는 여옥을 만나서 그녀가 독립군의 비밀 연락원이라는 것과 경성사진관이 독립군의 비밀 연락 장소라는 것을 알게 된다. 자신을 인간으로 대해준 최초의 남자로부터 '혁명의 도리'를 깨우쳤다는 여옥의 고백을 듣고 김해연은 자신의 새로운 삶의 길을 찾아 나선다. 그의 삶은 이정희와 여옥이라는 두 여자를 만남으로써 새로운 방향으로 선회하는 계기를 갖게 된다. 팔도구 광산에서 일하는 동창생에게서 전신환이 온 이후 송 영감, 길송이 형, 용덕이, 정주댁에게 의심을 받고 있는 김해연은 술자리에서 길송이 형으로부터 폭행을 당하자 이정희의 죽음을 복수하겠다는 발언을 함으로써 독립군의 비밀 연락처인 경성사진관 사람들에게 받아들여진다. 그러나 그 순간부터 그가 독립군이 된 것은 아니다. 그는 경성의 옛 은사에게 총독부에 일자리가 났으니 오라는 전보를 받자 여옥과 함께 경성으로 갈 계획을 세운다. 하지만 그 계획은 여옥의 언니 혼례식을 보러 간 경성사진관 식구 전체가 일제 토벌군의 습격으로 살해됨으로써 실현되지 않는다. 경성사진관 식구들과 함께 이도구 근처의 유정촌에 간 그는 일행과 주민들이 모두 일본 토벌대에 의해 살해되는 현장을 목격한다. 뒤늦게 도착한 박도만의 별동대의 도움을 받아 자신과 여옥만 살아남았으나 여옥도 한쪽 다리를 잃고 불구의 몸이 된다.

유격대에 끌려간 김해연은 민생단으로 몰려 처형될 위기에 처하지만 중국공산당 동만특위 서기인 동세영을 만나 유격구에서 살아남는 행운을 얻는다. 하지만 그는 동세영을 통해서 조선인들이 분파 싸움으로 서로를 불신하고 분열되어 있다는 것을 알게 된다. 그는 자기 의지와는 상관없이 독립운동에 가담하게 되지만 어떤 분파에서도 신뢰를 얻지 못할 것이라는 동세영의 만류에도 불구하고 어랑촌으로 돌아와 적위대 청년들과 함께 지낸다. 여기에서 그는 정치 학습을 받음으로써 새로운 지식을 습득하고 세뇌는 되지만 열렬한 투사가 되지는 못한다. 그는 한편으로 자신의 삶이 바뀌어가는 것을 느끼지만 다른 한편으로 고등공업학교를 나온 계급적 한계를 느낀다. 적위대원이 된 그는 이제 자신도 이도구 분주소를 습격하는 데 참가한다. 그러나 이때 납치해온 중국 청년이 토벌대의 공격에 대한 보복이 아니라 손이 하얗다는 이유로 성난 농민들에게 넘겨지는 것을 보고 그는 충격을 받는다. 그것이 곧 그의 죽음을 의미하기 때문이다. 그는 그것이 옳지 않다고 주장했다가 강정숙에게 비판을 받는다. 그 과정에서 그는 강정숙이 자신의 보호자이자 감시자임을 알게 되지만 그 무시무시한 체제에 대해 비판적인 태도를 취하지는 않는다. 그는 어느 날 어랑촌에서 민족주의자를 반대하고 민생단을 반대하며 파생주의를 반대해서 중국인의 영도 아래 뭉쳐야 한다는 이유로 당내에 피비린내 나는 숙청이 이루어지는 것을 목격하고도 그 체제와 이념에 대해서 단 한 번도 회의를 갖거나 비판하는 태도를 취한 적이 없다.

　　"민생단은 민중의 원한을 받고 있는바, 그 고기를 먹고 그 가죽을 입을 정도로 미움을 받고 있소. 민생단의 인도가 없었다면 어찌 괴뢰군이 유격구를 감히 넘볼 수 있었겠소? 민생단은 유격구 내의 군중들 간에 어느 사람이 주구고 어느 사람이 주구가 아닌지 판별하기 매우 어렵게 만들어 최고의 영도기관 및 유격대의 지휘원도 모두 영향을 받고 있소. 민생단은 일제의 간세(奸細) 조직이며 파생분자들은 민생단의 조수로서 반혁명의 조직이오. 파생분자들은 그 무슨 ML파니 화요파니, 상해파니 서상파니 고려공산청년단파니 나불대는 자들이오. 이 민족의 파벌과 파쟁의 영수들은 모두 일제의 주구 및 간세들로서 사람의 옷을 입고 모자를 쓰고 중국공산당, 반일유격대, 반일회 등 군중단체 속에 섞여 들어와 일제의 간세 작용을 일으키고 중한(中韓) 민중 연합 반일의 민족 혁명을 파괴하고자 하고 있소. 민생단에 대해 전반적으로 철저하게 투쟁할 것을 요구하오."

용정에서 민생단을 결성할 당시 이를 주도한 사람은 박석윤, 조병상 등으로, 이들의 주장은 간도를 '한인특별자치구'로 설정해달라는 것이었으나 중공 측에서 보면 그것이 소련과 연결되어 있다고 판단되어 배척의 대상이 된 것이다. 민생단 분자들의 색출을 요구하는 군중대회가 매일 유격구 안에서 벌어지고 있는 광경을 보며 김해연은 유격구 안에

간첩이 있다고 생각하게 된다. 그러나 유격구 안에서 "지주, 부농 가정 출신인 자, 문장이나 쓸 줄 아는 지식인, 노간부, 과거 조선독립군과 조선공산당 당파에 참가했던 공작 중에 실수가 있었던 자, 유격구의 생활 곤란에 불평이 있는 자, 식사 중 밥알을 흘린 자" 등을 민생단으로 몰아붙인 것은 대외적으로 불안한 유격대가 대내적 숙청을 감행함으로써 결속이라는 이름으로 공포 분위기를 조성하고 협박 정치를 시행한 것으로 보인다.

이런 와중에서 김해연은 중국공산당에 가입하게 된다. 그는 대련의 중국공산당 특위로 떠나기 전에 박도만과 함께 여옥을 만나러 약수동으로 가다가 이도구 일본 영사관 분관에 토벌군이 집결해 있다는 정보를 입수하여 현위원회에 전했다가 현위 서기 손영수에 의해 민생단으로 몰려 결박당한다. 그는 박길룡의 간계로 현위의 적위대에 의해 박도만과 함께 처형당할 위기에 처했으나 구국군의 반대로 처형의 위기를 면한다. 이처럼 적위대 안에서 상호 간의 불신 때문에 수없이 많은 죽을 고비를 넘긴 그는 적위대들과 함께 생활한다. 불구의 몸으로 약수동에서 어랑촌으로 찾아온 여옥과 재회한 그는 그 기쁨도 누리기 전에 순시원 박길룡이 와서 민생단원을 처형하는 총소리를 듣는다. 박길룡은 반민생단원을 숙청한 현위 서기 손영수를 조선인 소비에트를 핍박한 민생단원으로 몰아 제일 먼저 살해하고 거기에 동조한 조선인들을 민생단원으로 몰아 처형한다. 여기에서 김해연은 박길룡을 민생단으로 몰고 가는 박도만과 토론을 벌이지만 아무런 결론을 얻지 못하고 박도만이 박길룡에게 살해되는 것을 목격한다. 어랑촌이 박길룡에 의해 조선인 소비에트가 되자 적위대원으로서 그는 용정에 가서 최도식을 살해하고자 하나 실패한다. 그는 이정희의 죽음에 관한 이야기를 박길룡에게서 듣는다. 총영사관 경찰이 이정희를 체포하러 그녀의 집으로 갔을 때 이정희는 이미 죽어 있었고 그 자리에는 나카지마가 함께 있었다는 것이다. 이 이야기를 듣고 그는 나카지마를 찾아간다. 그는 나카지마의 오른팔에 총상을 입히고 그를 인질로 삼아 일제의 토벌대로 하여금 어랑촌의 포위망을 풀게 하고, 어랑촌에 남아 있던 유격대원들을 이끌고 천리봉 너머로 떠나간다. 그는, 수많은 동지들을 살해하고 토벌대의 포위망을 겨우 빠져나와 도주하는 신세임에도 불구하고 10만 명의 조선혁명군을 양성하여 조국을 해방시키고, 가난한 사람들을 잘살게 하는 낙토를 건설하겠다는 박길룡을 살해한다. 10년이 지난 후 여옥과 함께 가정을 이루어 대련에서 살고 있는 김해연은 기차로 다시 연길에 가서 만주은행에 근무하는 최도식을 만나 이정희가 자살했다는 사실을 확인하게 된다.

이러한 김해연의 변모 과정은 개인이란 시대의 산물이라는 고전적 명제를 그대로 실천하고 있는 것 같지만 여기에는 여러 가지 허점이 드러난다. 왜냐하면 그가 이정희를 사랑하는 방식이 자신의 내면적 자발성에 의한 것이라기보다는 나카지마 중위의 몇 마디 충고에 의한 것이라는 점에서 타율성에 의존하는 바가 클 뿐만 아니라 『대위의 딸』의 주인공에 빗대어 말하는 이정희의 남성관 자체가 근거가 없는 허위의식으로 보이기 때문이다. 더구나 김해연이 나카지마 중위를 인질로 잡아서 어랑촌까지 끌고 가서 토벌군의 포위를 풀게 만드는 것이나 나카지마를 포함하여 불과 여덟 명을 데리고 천리봉 너머로 간다는 것은 사실성의 문제를 제기하게 만든다. 사실성의 문제로 말하면 사흘째 잠을 자지 못한 김해연이 비몽사몽간에 일본 총영사관으로 가서 최도식을 살해하고자 하지만 실패한 이야기는, 비록 서일남의 도움이 있어서 체포되지 않았다고 할 수 있겠지만 무모하기 짝이 없는 만용처럼 보인다. 그가 만철에서 해임된 다음 사창가와 마약에 빠지는 과정은 낭만적이고 우유부단한 그의 성격을 보여주기에 충분하다. 그가 절대로 사람을 죽이지 못할 것이라는 나카지마의 단언은 그러한 그의 사람됨을 정확하게 지적한 것이다.

그러나 그가 나카지마의 예언과는 달리 박길룡을 살해하는 것은 그의 성격으로 볼 때 돌출 행동에 속한다. 그가 처음 만났을 때 자신에게 민생단에 가입하라고 권고한 것도, 그가 마지막에 만났을 때 많은 동지들을 민생단이라는 이름으로 몰아 죽인 것도 박길룡임을 감안할 때 박길룡의 거짓 정체가 드러났음에도 불구하고 그는 박길룡에 대해 한 번도 비판하지 않기 때문이다. 김해연은 수많은 죽음을 목격하고 스스로 죽음의 고비를 수없이 넘었음에도 불구하고 강고한 혁명가는 되지 못한다. 그러나 마지막에 박길룡이 이데올로기의 이름으로 그토록 많은 동지들을 살해하고도 불과 여덟 명의 동지를 이끌고 토벌대의 포위망을 빠져나와 도망가는 신세임에도 불구하고 10만 명의 혁명군으로 조선의 독립을 쟁취하여 공산주의 이상 국가를 건설하겠다고 하자 김해연은 그의 편견과 위선과 허세에 대해 갑자기 의분을 느끼고 응징을 결정한다. 그렇지만 이 대담한 그의 행동이 어떻게 가능했을까 의문을 갖지 않을 수 없다. 오히려 김해연이 자기가 처한 상황에 끝까지 끌려다니며 참담한 생활을 계속하거나 충동적으로 박길룡을 살해한 다음 자신의 살인 행위에 대한 충격에서 헤어나지 못하고 비참한 삶을 살아갔다면 작중인물로서의 독창성도 살고 개성의 일관성도 유지할 수 있었지 않을까 생각된다. 그가 박길룡을 살해한 다음에 아무런 심리적 변화를 보여주지 못하는 것이나 대련에서 여옥과 가정을 꾸리고 살면서도 용정으로 최도식을 찾아가 이정희의 자살을 확인하고 그녀의 편지를 읽는 것은 작가 자신이 이 인물에 대해서 지나친 애정을 가진 것이 아닐까 생각된다. 그는 출신으로 보거나 성격으로 보거나 교양으로 보거나 독립군이 되기에는 혜택받은 계층이기 때문에, 증오와 복수심으로 가득 찬 적극적인 적위대원이 되지 못할 뿐만 아니라 자신이 속한 독립군이 위기에 처해 있을 때 이를 구출하고자 나서지도 못한다. 그는 일본군과 맞서 싸우는 대신에 이념적 갈등으로 독립군들이 서로 죽이고 숙청하는 모습을 한 사람의 대원으로서 적위대 안에서 피동적으로 관찰하고 보고하는 역할에 머물고 있다.

이러한 과정을 보면 김해연이 꿈꾸던 삶이란 안락한 가정을 이루어 유복하게 사는 소시민적인 것이었지만 그가 만난 두 여자는 그러한 그의 꿈을 완전히 바꾸어놓는다. 그가 두 여자를 만난 것은 우연에 속한다. 두 여자를 만난 그가 독립군이 된 것은 필연에 속한다. 역사는 그 자신의 의도와는 상관없이 그를 독립군으로 만들었기 때문이다. 그러나 열정이 없는 사람을 혁명가로 만든다는 것은 얼마나 큰 비극인가.

3

『네가 누구든 얼마나 외롭든』은 1980년대를 산 화자인 '나'와 작중인물 '이길룡'의 이야기다. 『밤은 노래한다』가 우린 민족사의 암흑기인 식민지 시대의 항일운동을 배경으로 삼고 있다면 『네가 누구든 얼마나 외롭든』은 광주 항쟁 이후 불길처럼 일어난 1980년대 군사독재에 저항하는 민주화 운동을 배경으로 삼고 있다. 이 작품의 주인공들은 '광주 항쟁'을 원죄로 타고난 비극적 운명의 주인공들이다. 이 작품에는 총학생회 선전부 차장을 맡고 있는 '나'의 이야기와 분신자살자의 동지로서 분신 현장을 영상으로 담은 운동가 '이길룡'의 이야기가 주축을 이루고 있다. 두 주인공 주변에는 학원자주화추진위원회 선전국장으로 뛰고 있는 '정민'과 민주화 운동을 하며 최초로 분신자살한 '한기복'이 있다. 이 두 주인공의 가계에는 일제강점기를 살아온 할아버지의 존재가 그들의 삶에 그림자를 드리우고 있다.

'나'의 할아버지는 전문대학 재학 중 일제의 학병으로 끌려갔다가 미군의 포로가 되어 수용소 생활을 하고 해방 후 1947년 귀가한다. 할아버지는 고향을 떠나 김제의 갯벌에 살면서 갯벌을 개간하여 농토를 만듦으로써 만석꾼이 되겠다는 허황된 꿈을 꾸고 있다. 낯선 타향에서 혼자서 맨손으로 벌이는 개간 사업은 정보부에 의해 할아버지에게 간첩이라는 혐의를 씌우게 되고, '지하혁명당'에 연루된 죄로 1년 6개월이라는 실형을 살게 만든다. 광활한 개간지가 환각에 지나지 않는다는 것을 확인시켜준 이 사건 이후 할아버지는 자신이 살아온 일생을 시로 쓰며 살다가 세상을 떠난다. 그의 시는 기미년 만세 행렬, 태평양전쟁, 6·25 사변, 4·19 학생 혁명, 5·16 군사 쿠데타 등을 소재로 한 4·4조의 운율로 된 것이다. "世上萬事 一場春夢 돌아보매 無常구나"와 같은 그의 시는 자신의 일생에 대한 사적인 감정을 토로한 것이다. 자신의 의도나 의지와 상관없이 역사의 희생자가 된 할아버지를 둔 주인공 '나'는 대학의 총학생회 선전부 차장으로 군사정부에 대항하는 운동권으로 활동하며 북한 방문 대표단 예비 후보가 된다. '나'는 할아버지의 시를 읽으며 한 시대의 우울을 떠맡겠다는 결심으로, 군사독재에 항거하여 분신자살자가 속출하던 1991년, 전학련에서 파견한 학생 대표가 입북에 실패할 경우에 대비한 예비 후보가 된 것이다.

'나'의 여자 친구 '정민'에게는 정부에서 '훌륭한 청소년상'을 수상

할 정도로 모범적인 삼촌이 공권력의 희생자가 되어 자살한 사건이 일어난다. 그녀의 삼촌은 고등학교 시절 '훌륭한 청소년상'을 수상하기 위해 서울에 왔다가 길을 잃고 중앙전신국 폭탄 투척 사건의 용의자로 몰려 폭행을 당한다. 이 사건으로 "비폭력의 반대가 폭력이 아니라 권력"이라는 것을 깨닫고 고등학교 2학년에 '이런 체제'가 아닌 다른 체제를 찾아 세계 일주를 하고자 한다. 밀항선을 탔다가 마약 밀수 혐의로 곤욕을 치른 그는 해적 출판물 외판원 생활을 하는 동안 외국의 사회과학 서적, 월북 작가의 책, 그리고 일본어로 된 마르크스와 레닌의 저서를 섭렵하고 그 영인본을 출판 판매하다가 긴급조치 위반으로 1년여 세월을 복역한다. 감옥 속의 여행자가 된 그는 출옥 후 새벽 2시에 정민을 뒤에 태우고 오토바이를 몰고 밤길을 질주한다. 그는 정신과 치료를 받기도 하지만 결국 자살로 일생을 마친다. 이러한 삼촌의 기억을 가진 '정민'은 삼촌의 자살의 원인을 그 사회와 소통이 불가능한 외로움에서 찾고, 무주의 외갓집 생활에서 밤마다 전 세계의 방송을 들으며 누군가와 소통되기를 원한다. 그녀는 대학에서 '학원자주화추진위원회' 선전국장으로서 시위의 중심에서 축제와 같은 생활을 하며 외로움을 극복하고자 하지만 명지대 학생이 '백골단'의 쇠파이프에 맞아 죽었다는 소식을 듣고 자신의 삶이 점점 더 우연에 가까워져간다고 느낀다. 분신자살 정국에 대한 우울한 감정과 인식은 그녀를 체제 내에서 살기에 불편한 인물로 만든다.

'이길룡'의 할아버지 '이상수'는 식민지 시대에 전문대학을 다닌 엘리트였으나 태평양전쟁 때 일본에 끌려갔다가 필리핀 근처에서 미군의 포로가 되어 해방 후 2년 만에 거지꼴로 귀국한다. 1966년 옥구의 집에서 식민지 시대의 일본군 상관 '이시하라'의 방문을 받고 히로뽕

270

제조 조직에 참여한다. 일본군에서 히로뽕 제조에 참여한 바 있는 할아버지 이상수는 조직에서 받은 돈으로 가족을 이끌고 부산으로 이사한 다음 민락동에 2층 양옥집을 구입한다. 할아버지는 1968년 히로뽕을 거래해서 번 돈으로 배를 구입하고 히로뽕 밀수출에 본격적으로 뛰어든다. 그는 2년 만에 마약 단속반에 검거되어 조사를 받던 중 병원에서 제주도로 도주하여 일가족을 이끌고 서귀포의 한 여관을 인수하기에 이른다. 그는 가족들에게 여관을 맡기고 자신은 김제에 은신한다. 그는 1975년 폐인이나 다름없을 정도로 히로뽕에 중독된 상태로 마약 단속반에게 검거되었다가 이듬해 병원에서 숨진다. 당시 엘리트에 속한 할아버지 이상수의 일생은 시대를 잘못 타고난 개인의 운명이 얼마나 불행한 것인지 알게 한다. 젊은 나이에 일제의 군대에 끌려간 것, 일제의 패전으로 미군의 포로가 된 것, 귀국 후 가난한 생활을 해야 하는 것, 군대에서 히로뽕 제조에 관련된 것, 군대 상관의 방문으로 히로뽕 조직과 다시 연결된 것 등은 전문 지식의 소유자인 할아버지를 불행한 시대의 희생자로 만든다. 할아버지의 불행한 일생은 역사의 우연에 의한 것이다.

이길룡의 할아버지는 아버지 '이민우'를 화물선 세븐스타호의 선원으로 취직시켜 요코하마, 고베 등지를 왕래하게 함으로써 자신의 불행한 삶을 이민우도 공유하게 한다. 아버지 이민우는 히로뽕 밀수출하는 배를 구입하여 운행하다가 할아버지 이상수를 따라 일가족을 이끌고 제주도 서귀포의 한 여관을 인수, 평화롭게 살고자 한다. 한일 양국의 조직 폭력배들이 찾아와 이민우에게 마약 밀수 루트를 재건하자는 제안을 해오자 그는 가족과 여관에 손대지 않는다는 조건으로 이들의 조직에 가담한다. 1979년 파나마 선적의 만다린호에 밀수품을 싣고 오다가 검경합동수사반에 체포된 아버지 이민우는 할아버지 이상수처럼 만성 중독 상태에 빠져 폐인처럼 되었다가 1980년 광주 항쟁이 발발하던 해 15세의 이길룡 면전에서 부평서 형사에 의해 타살된다.

마약 중독 상태의 할아버지와 아버지를 잃은 이길룡은 여동생을 전주에 사는 어머니에게 보내고 할머니와 단둘이서 부산에 살면서 손에 남아 있는 히로뽕 5그램을 처분하여 생활을 꾸려가고자 한다. 그러나 그 처분에 실패한 그는 전파사 TV에서 광주 MBC 사옥이 불타는 장면을 본다. 그것이 광주 항쟁의 시작이었다. 시위 중인 시민들을 무자비하게 진압하는 과정에서 항의하는 시민들에게 발포하여 많은 시민들을 분노하게 한 광주 항쟁은 "모든 젊은이들을 우연한 존재로 만들어"버린다. 그 순간에 광주에 있었더라면 누구나 죽을 수 있는 존재라는 인식은 광주에 있지 않았기 때문에 살아남았다는 우연과 허무를 넘어 폭압적인 체제에 맞서게 만든다.

15세의 이길룡은, 자신과 할머니에게 쌀을 가져다주는 목사의 은혜를 잊고 강도짓도 하고, 불이농촌으로 가던 도중에 할머니를 기차에 남겨놓은 채 부산 집을 처분한 돈을 가지고 대구에서 내린다. 중학교 중퇴자인 이길룡이 군사정부에 대항하는 운동에 가담하는 것은 19세가 되던 1984년 무등산 관광 공사판에 일을 찾아 나섰다가 야바위꾼에게 남은 돈마저 털리고 막걸리집에서 '한기복'을 만나면서부터다. 고아 출신으로 27세의 초등학교 중퇴자인 한기복은 1980년 도청에서 죽은 야학 선생을 보고 애국자가 된다. 이길룡은 한기복의 '들불단' 단원이 되어 그와 함께 마침 광주를 방문하게 된 교황을 습격할 음모를 꾸미나 거사에 실패하자 1985년 8·15에 서울의 미 대사관 점거 사건에 가담한다. 그러나 이 또한 미수에 그치고 10개월을 복역한다. 치안

본부 대공 분실에서 죽도록 고문을 당하며 강요된 진술서를 쓰고 한기복과 함께 반국가 단체 조직원으로 유죄 판결을 받은 것이다.

교도소에서 나오는 순간부터 그는 '느티나무회' 회원들의 지원을 받는다. 느티나무회는 교수, 변호사, 의사, 문인, 자영업자 등의 친목 단체로서 광주 항쟁의 진실을 증언할 자료를 정리하고 유가족의 생계를 지원하고 있었다. 21세의 그는 느티나무회로부터 사글셋방을 제공받고, 그들의 알선으로 대학 구내서점에 취직을 하고 '열사'에 버금가는 대우를 받는다. 서점에서 사회과학 서적을 탐독한 그는 자신이 재구성한 자신의 경험담을 학생들에게 들려주며 민중운동의 선봉자임을 자처한다. 그의 할아버지는 일제강점기 후지이 농장의 소작인으로서 1927년 이엽사 농장 소작쟁의를 이끈 주동자이고 그의 아버지는 해방 후 좌익 사상을 받아들인 선진적 농민으로서 김제의 진봉모스크바를 이끈 사람이라고 그의 일생을 재구성한다. 그는 한기복이 광주 항쟁 이후 최초로 분신자살할 때 그 장면을 카메라에 담음으로써 스스로 역사의 증인이 된다. 그리하여 할아버지 대의 소작쟁의, 아버지 대의 좌익 운동, 그리고 그의 대의 한기복의 분신자살로 완성되는 그의 이야기는 어떤 사회과학 서적보다 학생들을 감동시키고 큰 영향력을 행사한다. 그는 자신의 일생을 재구성하기 시작하자 그것을 드라마틱하게 만드는 데 온갖 노력을 기울이지만, 바로 그 때문에 한기복의 육신이 불타오르는 분신 장면이라는 악몽에서 깨어나지 못하고 두려움에 시달린다. 그럴수록 그는 학생들과 어울려 술을 마시고 황음 상태에 빠지게 된다. 그가 학교에서 생활하며 여학생들을 유인하거나 자신의 은인인 인권변호사의 부인 이 교수와 섹스의 수렁에 빠지는 것은 그를 열사로 만든 역사의 우연, 그 위선과 거짓의 무게를 감당하기 힘들었기 때문이다. 그는 시간이 흐를수록 자신의 이야기를 정교하게 재구성하여 연민을 느끼도록 여자를 자극해서 동침에 성공한다. 그는 인권변호사의 부인이자 느티나무회 후원자인 35세의 심리학 교수인 이상희의 죄책감을 자극해서 동침에 성공하고 그녀를 위해 시를 쓴다. 그러나 광주의 랭보로 행세하는 그가 쓴 시가 전문 시인의 시를 베낀 가짜시인 것처럼 재구성한 그의 인생은 다른 사람에게 인정받는 방향으로 철저하게 연출된다. 이상희 교수와의 사흘 동안의 도피 행각에서 돌아온 뒤 그는 무등산으로 여학생을 유인해 성폭행한 혐의로 체포된다.

수사 과정에서 그는 고문을 받으며 「그 누구의 슬픔도 아닌」이라는 광주 항쟁 비디오와 그에 따라 사건이 시간 관계와 인과관계로 재구성된 진술을 강요당한다. 그리고 그 과정을 찍은 비디오 화면을 되풀이해 봄으로써 그는 자신의 일생을 철저하게 재구성하기에 이르지만, 그 재구성한 비디오는 이중으로 인간적 모멸감을 느끼게 만들고 자신의 인간적인 존재와 그 정체성에 관해 회의에 빠지게 한다.

이 절망에서 깨어나자 그는 '이길룡'에서 '강신우'로 변신하여 학원에 침투한 프락치가 된다. 그는 안기부 요원들로부터 헤겔, 마르크스, 레닌 등의 저서와 북한의 『민족자주화 운동론』『민족해방철학』 등을 읽으며 철저한 의식 교육을 받고 유물론으로 무장하고, 늦은 나이에 서울대 법대에 입학한다. 그는 1991년 방북 학생 사건에서 학생 대표를 접촉하는 사명을 띠고 베를린에 와서 다시 한 번 전향한다. 그는 기자회견에서 자신이 1985년 무렵 안기부와 연계되고 1986년 학원가에 침투될 목적으로 육성된 안기부의 프락치라고 고백한다. 그는 변증법적 유물론의 문장들을 신앙처럼 받아들이며 "사람만이, 오직 사람만이 모든 것의 주인이고 모든 것을 결정한다"고 외우고 "지금 가장

시급한 일은 민족 해방이며 민족 해방에 있어서 가장 중요한 것은 주체성입니다"라고 양심선언을 한다. 그는 간첩 사건 조작에서 그가 한역할과 총학생회 강화 사업으로서 서대협 건설에서 자신이 한 행위를고백하고 서대협의 우경화와 선거 혁명의 환상에 사로잡힌 투항주의적 노선을 비판하는 주사파적 입장을 취한다.

그는 서울의 인권변호사들과 베를린의 민주청년연합회 회원들로부터 안기부 프락치인지 대남 공작원에 포섭된 인물인지 분간할 수 없는 인물로 취급당한다. 그는 일제강점기에 자신의 할아버지 또한 후지이 농촌에 살았다는 사토 레이코라는 일본 여자와 만나 결혼하고, 조국의 통일과 군부독재의 타도를 위해 목숨을 바치기로 맹세하고 독일정부에 망명을 신청한다. 그와 레이코는 정보부 요원들이 자신을 제거하기 위해 베를린에 올 것이라는 확신을 가지고 어디론가 여행을 떠난다. 그들은 정보부 요원들이 찾아올 것이란 강박관념에 시달리며 그들의 손이 미치지 않는 곳을 향해 떠난다.

4

이 작품에서도 화자인 '나'나 주인공 '이길룡'이 변혁 운동에 나서는것은 자신의 이데올로기나 신념 때문이 아니라 '광주 항쟁'이라는 비극적 사건을 목격하고 권력의 폭압에 항거하지 않을 수 없었기 때문이다. 현장에 있었으면 누구나 죽을 수 있었다는 우연적 존재에 대한 인식은 폭력화된 권력에 대항하는 변혁 운동에 뛰어들지 않을 수 없게만든다. 그렇기 때문에 그들의 선택은 충동적이고 감정적이다. 비교적정상적인 교육을 받아온 화자 '나'는 총학의 선전부 차장이면서도 자신의 행동이나 사유에 대하여 이론적인 정당성을 주장하는 일이 없다.

그가 가장 열성을 기울이는 것은 학자추 선전국장인 정민과의 성적 관계이다. 성적 관계란 어디까지나 사적인 생활이기 때문에 그 자체를 가지고 개인을 평가할 수 있는 영역이 아니다. 그는 공적 자아와 사적 자아 사이에서 갈등과 싸움의 흔적을 보여주지 않는다. 뿐만 아니라 북한에 파견될 대표가 입북에 실패할 경우 대신 입북할 예비 대표가 된 그는 베를린에 가서 친북 인사들을 접촉하고 강시우와 만난다. 그는 자신을 이론적으로 납득시키거나 자신의 행동이 자신의 미래에 어떤 영향을 미칠 것인지에 대해서 고민하거나 불안해하는 것이 아니라 개인적인 외로움 때문에 정민의 따뜻한 체온을 그리워한다.

이런 현상은 '이길룡'에게도 똑같이 일어난다. 그는 가진 것이 없는 상태에서 '한기복'을 만나 마치 변혁 운동의 주인공처럼 행동한다. 그는 자신의 집안과 행적을 실제와 달리 재구성해서 그것을 사실로 선전하며 열사처럼 행동하고 열사 대접을 받는다. 그는 자신을 열사로 대접해주는 여학생들에게 그가 받은 고통에 대한 연민을 갖게 함으로써 동침에 성공하고, 자신의 후원자인 인권변호사의 부인인 이상희 교수에게 죄책감을 갖게 하고, 그것에서 벗어나고자 사랑의 도피 행각을 벌이게 만든다. 좋은 가정에서 태어나 미국 유학을 마치고 대학교수가 된 그녀는 전태일의 전기를 읽고 자신의 학문이 얼마나 무력하고 한가한 것인지 깨닫고 죄책감에 시달리고, 광주 항쟁에서 죽은 젊은 영혼들 앞에서 살아남은 사람의 슬픔과 부끄러움을 느낀다. 타고난 성분과 사회적 위치에 대한 콤플렉스를 가진 그녀는 이길룡과의 섹스에 빠진다. 아마도 그것이 이길룡과 하나가 되는 유일한 방법으로 생각되었겠지만 그것이 그녀가 안고 있는 문제의 진정한 해결은 아니다. 사회변혁 운동에 대한 이론적·이념적 사유의 길을 찾지 못하고 단지 거기에서 소외된 자의 외로움을 해소하고자 하는 욕망의 희생자가 된 사람은 결국 자기 파멸에 이르게 된다. 그것은 삶의 의미를 잃는 것이기 때문이다.

반면에 이길룡은 누구에게도 콤플렉스나 죄책감이 없기 때문에, 열사로 대접받을 때는 열사로 살고 프락치로 학원가에 침투했을 때는 프락치로 산다. 그의 삶이 잘못된 것은 그의 책임이 아니라 사회가 잘못되었기 때문이고 역사가 그를 그렇게 만든 것이다. 아무런 죄의식이 없는 그가 레이코와 결혼해서 함께 어디론가 떠나는 것도 역사의 우연이 자신의 필연적인 삶을 만들었기 때문이다. 그의 할아버지와 레이코의 할아버지가 후지이 농촌과 연관된 것은 우연이지만 그들의 결합은 그 우연이 만들어준 필연에 속한다.

이러한 관점에서 본다면 국가나 권력이 부당한 폭력을 행사하면 거기에는 수많은 혁명가나 변혁 운동가가 만들어질 수밖에 없다는 것을 알 수 있다. 일제강점기에 군대에 끌려간 할아버지를 둔 사람이든 조직 폭력배와 연결되어서 마약 밀매로 생계를 유지하는 사람을 조상으로 둔 사람이든 간첩으로 몰려 억울하게 감옥살이를 한 사람을 인척으로 둔 사람이든 국가나 권력이 부당한 폭력을 행사할 때는 얼마든지 열사도 될 수 있고 변혁 운동가도 될 수 있다는 것을 작가는 말하고 있다. 포스트모던한 사회에서 그것이 나타나는 형태는 다양할 수 있기 때문에 국가나 권력은 어느 경우에도 정당하고 정의롭도록 끊임없는 감찰과 감시의 대상이 되어야 한다고 작가는 주장하는 듯하다.

여기에서 한 가지 짚고 넘어가야 할 문제가 제기된다. 국가 권력이 폭력을 행사하는 것에 대항하기 위해 '나'나 '방북 대표단'이 북한에 들어간다는 것은 무슨 의미가 있는가? 그것은 남쪽의 군사정부가 행한 폭력에 대항하기 위해 북쪽 권력의 도움을 요청하는 것인가, 아니면 두 체제 가운데 북쪽 체제를 더 선호한다는 것인가? 3백만 명을 희생시킨 반세기 전의 6·25 사변을 일으킨 것까지 거슬러 올라가지 않더라도 매년 30만 명의 어린이를 기아에 헤매게 하고, 남쪽 사회를 혼란에 빠뜨리고자 무장간첩을 남파하여 많은 인명과 재산 피해를 입히고, 권력의 세습을 통해서 전대미문의 유훈 통치를 함으로써 전 세계에서 전근대적 국가라는 비웃음의 대상이 되고, 남북 화해와 평화 공존을 위해 비핵화를 선언하고도 핵실험을 강행하는 북한에 운동권의 대표로 들어간다는 것이 상황을 반전시킬 수는 없다. 그것으로써 남쪽의 군사정권을 무너뜨리고 정권의 폭력을 응징하고자 했다면 그것 또한 분단 상황을 이용하고 고착화시키는 행위에 지나지 않기 때문이다. 그것은 끊임없는 군사적 도발과 위협을 가하고 있는 북쪽의 공산 정권에 대항하려면 개인의 자유와 권리가 약간의 제약을 받더라도 강력한 지도자 아래 일치단결해야 한다며 남쪽의 군사정권이 분단 상황을 이용한 것과 다를 바 없다. 분단 상황을 이용해서 억압적인 정권의 정체성과 정당성을 얻고자 한 군사정권의 태도와 유사하기 때문이다. 따라서 학생 대표를 북한에 파견하는 것은 분단 상황을 이용하여 자신의 존재를 입증하고자 하는 분파주의에 지나지 않는다. 그것은 군사정권 아래 있는 남쪽의 민주화를 세습 정권 아래 있는 북쪽에 호소하는 것과 다를 바 없다.

바로 이러한 비논리성 때문에 예비 대표인 '나'나 입북 대표단을 만나러 온 '강시우'는 북한에 들어가서 무엇을 하고자 하는지, 그것이 무슨 의미를 갖는지 반문하고 생각하는 순간을 한 번도 갖지 않는다. 따라서 군사정권의 폭력에 대항하고자 하는 그들의 의분은 역사적 사건의 우연한 경험에서 나온 필연적인 결과이지만 그들이 선택한 행동은 낭만적 반항의 범주를 벗어나지 않고 있다. 이들 주인공과 같은 세대를 산 작가는 한편으로 그들 행동의 순수성을 인정하면서도 다른 한편으로 그것이 가지고 있는 낭만적 성격 때문에 당장의 사회 변혁에 성공을 거두기 어렵다는 것을 알고 있다. 하지만 그것이 역사의 긴 흐름에 영향을 미칠 수 있는 것은 그 열정의 순수성 덕택이다. 우리가 살고 있는 오늘날의 민주화된 사회는 낭만적 열정의 소유자인 그 주인공들의 희생에 힘입고 있고, 그 열정의 순수성은 독자들의 마음을 감동시킨다.

자아의 존재론적 탐구
—— 조경란의 『우리는 만난 적이 있다』

1

조경란의 소설은 빽빽하게 가득 찬 듯한 문체와 자신의 존재에 대한 질문을 통해서 독특한 분위기를 자아내고 있다. 처음 그의 소설을 읽는 독자는 그의 쉴 틈 없는 문체 때문에 숨죽이고 긴장한 채 그의 낮은 목소리에 귀를 기울이지 않을 수 없다. 그러나 그의 소설을 좀더 읽게 되면 그토록 우리를 긴장하게 한 것이 단순히 그의 문체가 아니라 그가 작중인물을 통해서 제기하는 문제의 근원적인 성질 때문이라는 것을 알게 된다. 그의 소설은 '나는 누구인가'라는 존재론적 질문을 소설의 서두부터 제기한다. 『우리는 만난 적이 있다』의 주인공은 1969년 12월 31일에 출생한 것으로 되어 있으나 그의 어머니는 죽음을 눈앞에 두고 그의 진짜 생년월일이 1968년 12월 31일이라고 함으로써 그가 가장 확실하게 알고 있는 자신의 생년월일마저 믿을 수 없는 상황에 빠진다. 그는 자신의 정체성을 의심하게 되고 '나는 누구인가'에 대해 깊은 의혹에 사로잡힌다.

자신의 출생에 관해 의혹을 가진 소설의 화자는 삼십대 초반의 젊은 여성으로 어머니의 자궁에서 세상 밖으로 나오는 자신의 출생의 순간을 되돌아보고 있다. 그 서술은 자신의 기억에 의존하고 있다고 할 수도 있고 아버지에게 전해 들은 것이라고 할 수도 있을 정도로 구분이 되지 않는다.

화자가 이야기하고 있는 '서술의 시간'은 1999년이고 화자가 다루고 있는 '사건의 시간'은 1969년부터 시작된다. 그러니까 조경란의 주인공은 자신의 오늘을 설명하기 위해 30년 전 자신이 세상에 태어나던 과거로의 시간 여행에서 출발하고 있다. 주인공은 출산의 고통을 이기지 못해 아버지에게 욕설을 퍼붓는 어머니의 목소리도 듣고, "보이지 않는 힘에 떠밀려 어둡고 좁고 축축한 엄마의 자궁에서 빠져나오기 위해 사력을 다해 발버둥치고 있었"던 기억도 하고, 자신의 출산 이후 아버지가 정관수술을 받은 뒤에야 '엄마'의 방에 받아들여진 것도 알고 있으며, 그 후 자신이 엄마의 사랑을 받아본 적이 없이 한 살 차이의 '오빠 강이'와 함께 산 기억만을 가지고 있다. 그리고 '강이'가 떠난 이후 화자는 혼자 살고 있다. 소설의 서두는 이처럼 화자의 과거를 한마디로 요약할 수 있도록 한꺼번에 정보를 제공하고 있다. 화자는 자신의 과거가 어떤 것인지 충분히 알 수 있도록 독자에게 설명한다.

여기에서 화자는 서술의 시간인 1999년 12월 31일 현재로 돌아온다. 그에게 있어서 현재는 일상적인 시간이다. "나는 아무 데도 가지 않았다"라든가 "나는 빈집에서 혼자 타임캡슐을 만들었다"라는 말은 나의 일상적인 생활로부터 떠나지 않았다는 것을 의미한다. 실제로 화자는 현재의 자신의 일상적인 삶을 그리고 있다. '강운'이라는 이름의 화자는 혼자 사는 자신의 일상을 형성하는 것들을 정보로 제공한다. 삼십대 초반으로 학원의 영어 강사 생활을 하며 동료 강사들과 점심을 같이 먹거나 저녁 시간을 함께 보내는 화자는 그러한 일상의 자신의 모습을 우리에게 제시한다. 그는 고소공포증 때문에 높은 곳에서의 약속을 기피하고, 6층에 있는 사무실을 엘리베이터로 올라가지 못하고 비상계단을 이용하며, 빌딩의 꼭대기 층에 있는 식당에 오르기 위해서 진땀을 흘리며 엘리베이터를 타고 올라갔다가 그처럼 높은 곳에서 약속을 한 서휘경을 혼자 남겨두고 집으로 돌아오고 만다. 그의 삶은 혼자 사는 삶이다.

그의 혼자 사는 삶은 오빠 '강이'가 보스턴으로 떠난 후 귀국하지 않으면서부터다. 그 이전에 그의 삶은 '강이'와 함께 사는 삶이었다. 그는 '엄마'에게서 사랑을 받아본 기억이 없을 뿐만 아니라 아버지에게서도 사랑을 받지 못했다. 어쩌면 아버지가 그들을 사랑했을지도 모른다는 증거는 있다. 엄마와 아버지가 나란히 앉아 있고 그 뒤에 강운이와 강이가 나란히 서 있는 한 장밖에 없는 가족사진이 그것이다. 뿐만 아니라 마당에 심은 두 그루의 사과나무에 아버지가 그의 두 아이의 탯줄을 묻었다는 것도 아버지가 그들을 사랑했다는 증거일 수 있다.

여성으로서 아름다움을 간직한 '엄마'는 아버지를 사랑한 것이 아니라 아버지의 사랑을 받는 입장이었다. 아버지에 대한 어머니의 사랑의 투정은 자신의 미모로 볼 때 그녀의 권리인 것처럼 행사되었다. 아버지의 일방적인 사랑을 받은 어머니는 아버지를 노예처럼 구속하고 강이와 강운이를 마치 이웃집에서 얻어온 자식처럼 돌보지 않았다. 아버지가 한때 사업 실패로 살던 집을 떠나 셋집에 살게 되었을 때, 어머니는 아버지의 사업 실패를 안타까워한 것이 아니라 큰 집을 떠나 작은 셋방으로 가는 것을 서러워했다. 그리하여 어머니는 이웃 사람과 공동으로 쓰는 화장실을 가지 못하고, 방 안에서 요강을 사용하며 그걸 비우는 일을 아버지에게 맡겼을 정도이다. 어머니가 유방암으로 죽게 되자 아버지는 어머니의 시체 옆에서 자살을 할 정도로 어머니에 종속되어 있었다. 청혼할 때 함께 죽기로 한 약속을 지키기 위해 아버지까지 자살을 했으니, 그 부모는 남매만을 남겨놓고 세상을 떠날 만큼 두 사람만의 삶을 생각했다.

어려서 부모에게 버림받은 강이와 강운이는 둘이서 함께 사는 방식을 터득한다. 벌거벗은 채 둘이 껴안고 자면서 강이의 손가락을 입에 물어야 잠들 수 있는 강운이의 삶은 부모의 사랑을 받지 못한 사람의 갈증을 표현하고 있다. 남매의 관계는 거의 근친상간의 관계에까지 이른다. 그들은 부모에게 버림받다시피 한 고립된 삶을 살고 있기 때문에 그들만의 깊은 우애를 누린다. 강운이는 그의 생일인 12월 31일을 언제나 부모 없이 강이와 함께 보내게 된다. "매해 12월 31일은 강이와 단둘이 보냈다. 〔……〕 엄마와 아버지는 해마다 그맘때면 여행을 가고 집에 없었다." 그러나 '강이'마저 보스턴으로 떠난 다음에는 "생일은 언제나 혼자였다". 이렇게 혼자 보내기 시작한 생일은 그 후 서휘경과 사랑을 할 때조차도 마찬가지다. 그는 "사랑이란 걸 하면서 한쪽으로 다른 비상구를 만들 수" 없어서 사랑하는 사람과 헤어지고 만다. 자신이 세상에 태어나던 순간을 기억하고 있는 화자는 산부인과 의사인 서휘경에게서 "아이들은 날마다 태어나고, 세상의 모든 여자들이 꼭 순번을 기다리면서 차례대로 애를 갖는 것처럼 정신이 없"다는 말을 들었을 때 자신의 출생이 어떤 과정을 거쳐 이루어진 것인지 확인하게 된다. "혼자 간 엄마가 불쌍하고 애처로워서" 따라서 죽은 아버지는 외롭지 않겠지만, 자신은 서휘경과도 헤어지고 강이마저 보스턴에 떨어져 살며 부모님의 장례식에도 오지 않아 완전히 외로운 삶을 살고 있다. 그녀는 '엄마와 아버지'를 떠나보내고 난 다음 '향이'라는 새로운 이름을 갖는다. 이름을 하나 더 갖는다는 것은 혼자이면서 둘일 수 있는 유일한 방법이다. 한 사람에게 두 개의 이름을 부여하는 것은 외로운 사람이 자신을 혼자로 생각하지 않으려는 무의식의 작용에서 유래한다.

강운이 생전의 부모에게 사랑을 받지 못하고 살아왔다는 생각은 나중에 그에게 어려운 일이 생겼을 때 나타난 부모의 유령에게 보호를 받으면서 저승에 간 부모가 강운을 보호하고 있다는 생각으로 바뀌긴 하지만, 그것은 전생과 현생, 그리고 앞으로 올 내생이 계속된다는 김석희의 윤회설을 체험한 다음의 이야기다.

2

외로움에서 벗어나고자 하는 강운의 노력은 혼자가 된 '지난해 봄'에 서휘경과 만나 "잠결에도 내 엉덩이에 닿는 그의 맨몸의 보드랍고 따뜻한 감촉 때문에 혼자가 된 것을 문득문득 잊어버렸"다고 하는 고백에서 볼 수 있는 것처럼 누군가와 함께 있고자 하는 것으로 나타난다. 그가 오빠인 '강이'와 함께 있을 때 그랬던 것처럼 육체적 접촉은 자신의 존재가 혼자라는 것을 잊게 해주는 하나의 방법이지만 그것은 어디까지나 육체의 속임수에 지나지 않는다. 그것을 알고 있는 그는 주말에 자신과 사진 전시회를 구경한 잭이 "격정으로 빛나는 눈을 들어"

그의 "손을 끌어 잡았"을 때 잭의 손이 "몸을 오그린 채 그 안으로 파고 들어가 다리를 뻗고 눕고 싶을 만큼 따뜻하고 안락한 느낌을 주었"으나 그는 "화가 난 듯 손을 뿌리쳤다."

그는 자신의 주민등록증을 대신 찾아간 인물이 신경정신과 의사 김석희라는 것을 알고 그를 피하고자 하지만 김석희의 추적의 손길을 피하지 못한다. 김석희는 최면을 이용한 전생 퇴행 요법을 시행하는 의사이다. 그는 김석희의 최면 상태가 무의식의 상태에서 전생의 기억을 마치 오래된 사진을 들여다보듯 선명하게 볼 수 있다는 것을 믿지 않는다. 왜냐하면 그에게는 최면이 의식의 죽음이요 소멸을 의미하기 때문이다. 그러나 김석희의 집요한 노력으로 그 자신도 최면에 걸려 자신의 의식이 육체를 떠나 놀라운 빛의 힘에 이끌려 어디론가 쏜살같이 달려가는 체험을 하게 된다. 그것이 5년 전의 일이었는데 지금도 그는 김석희의 추적의 대상이 된다. 김석희는 이따금 그의 집으로 전화를 걸어서 그가 언제 어디에서 무얼 했는지 다 알고 있다는 사실을 알려주며 그에게 전생 퇴행의 경험을 하러 그의 치료실에 들러줄 것을 집요하게 요구한다. "오래전부터 내 인생은 그렇게 정해져 있던 것"이라고 생각하고 있는 김석희는 다른 사람의 운명도 정해져 있다고 생각하며 자기 자신이 강운과 만나고 있는 것도 운명으로 생각하고 있다. 김석희는 최면에 걸린 강운이 전생의 자신의 목소리를 듣고 전생의 자신의 지시를 받고 있음을 입증하기도 한다. 신경정신과 의사인 김석희가 의사를 그만두고 전생 퇴행이라는 일에 매달리게 되는 것도 자신의 현재의 존재가 무엇인지 알고자 하기 때문이다. 지금의 자신이 전생과 어떻게 연결되는지 앎으로써 현재 자신의 운명을 설명할 수 있으리라고 김석희는 굳게 믿고 있다. 김석희는 최면을 걸어서 강운으로 하여금 자신이 전생에 강운과 함께 있었던 인연을 보여줌으로써 이 세상에서의 자신과 강운의 관계를 기정사실로 만들고자 한다. 이 세상에서 서로 알고 지내는 사람들은 전생에 서로 만난 적이 있고 그때의 인연으로 이 세상에서도 다시 만난다는 김석희의 윤회설은 불교적인 것이지만 자신의 존재를 알고 싶어 하는 모든 사람들에게 그 해답이 될 수 있는 것처럼 보인다. 그렇기 때문에 이 작품에서 삶이 무엇인지 알고자 하며 방황하고 있는 모든 작중인물들이 김석희의 사무실이라는 한자리에 모이게 되고 거기에서 최면 상태에 빠져 전생 체험을 하게 된다.

그곳에 모인 사람은 모두 그와 알고 지내는 사람들이다. 대리석처럼 차가운 피부를 가진 아름다운 '하선'은 어렸을 때부터 그의 집에 드나들며 가까이 지내는 사이다. 이따금 그의 집에 나타난 하선은 "너는 네가 누구인지 알고 싶지 않으냐"고 그에게 질문을 던진다. 하선은 어딘가를 떠돌다가 그의 집으로 돌아와서 며칠 묵고 또다시 떠난다. 하선은 모두가 함께 만날 날이 있을 것이라고 말하며 그의 집에서 밤에 불을 끄고 수정구를 가지고 비교(秘敎) 의식(儀式)을 치르기도 한다. 강운이 다시 하선을 만난 것은 전생 퇴행 워크숍에서다. 하선은 그곳에서 최면에 걸려서 1850년대 인도의 수도승이었던 자신의 모습을 만난다. 동굴 속에서 수도하다가 짐승에게 할퀸 어깨의 통증을 이승에까지 가지고 왔기 때문에 어깨의 통증과 어둠에 대한 공포에 사로잡히게 된다. 하선은 그 전생의 업을 떨쳐내기 위해서 전생 퇴행을 더 시도해야 한다고 믿고 있다. 하선이 끝없는 방황을 하는 것도 결국 자신의 정체성을 찾기 위한 것이며 그로 인해서 하선은 전생 퇴행에 참여한다. 강운은 제주도에 사는 '하선'의 어머니에게 이따금 안부 전화를 걸어 어딘지 모를 곳으로 끊임없이 떠났다가 다시 돌아오곤 하는 하선의 소식을 전하기도 하며, 자신이 제주의 하선의 집에 남겨놓고 온 옷들을 생각하며 달려가고 싶은 충동에 사로잡히기도 한다.

자신이 세 들어 사는 하얀 3층집의 1층에 혼자 사는 남자는 냄새를 제거하기 위해 출입문 앞에 입던 옷을 걸어놓는 습관을 가지고 있는데, 3층에 사는 화자인 향이의 강한 항의를 받기도 한다. 교통사고로 한쪽 다리를 잃고 소형 승용차를 몰고 끊임없이 어디론가 사라졌다가 나타나는 1층 남자는 화자의 3층으로 찾아와서 저녁식사를 함께하자는 제안을 하며 "정말이지 오늘은, 혼자 밥을 먹기 싫군요"라는 고백을 한다. 박치원이라는 1층 남자는 강운이 감기를 앓고 있다는 사실을 알고 그에게 감기를 낫게 하는 끓인 포도주를 만들어주며 "혼자 사는 사람은 시시콜콜 아는 게 많죠"라고 말한다. 그것은 혼자 사는 사람이 혼자서 모든 것을 해결하며 살아야 하는 자기 충족적인 삶의 방법이다. 그렇지만 그러한 자기 충족적인 삶에도 불구하고 인간은 완전하지 못하기 때문에 '함께' 사는 삶을 필요로 한다. 4년 7개월 전에 집안의 반대를 무릅쓰고 결혼했지만 중앙선을 넘어온 탱크로리와 정면 충돌하는 사고로 부인이 죽은 뒤 전국을 누비며 죽은 아내가 걸어오는 말소리를 들으며 혼자 살아온 박치원은 "혼자서는 도저히 견딜 수 없는 저녁이 있습니다"라는 고백으로 자신의 외로움을 드러낸다. 박치원은 교통사고로 왼쪽 다리를 잃었지만, 없는 다리에 통증이나 가려움증을 느끼며 때로는 쥐가 나기까지 한다는 것을 고백한다. 이 고백은 육체가 이미 없어진 부분까지도 느끼고 있는 것처럼 자신의 존재가 전생의 삶과 관련되어 있다는 생각을 간접적으로 드러내고 있다. 그는 "한 가지를 열망하면 언젠가 그 기원은 이뤄지게 마련이"라는 믿음을 갖고 강운의 귀가를 기다릴 수 있게 되고 이제는 죽은 아내의 말소리가 들리지 않는다고 함으로써 강운에게 다가서고 있음을 보여준다.

산부인과 의사인 '서휘경'은 세상의 모든 여자들이 순번을 기다리면서 차례대로 아이를 갖는 것처럼 느끼고 자신의 직업에 대해 지겨운 생각을 하고 있을 때 치유될 수 없는 상처를 입는다. 그것은 선천성 심장 기형의 아이가 태어나자마자 사망하는 사고로 소송에 휘말린 사건이다. 재판에서 승소하기는 했지만 갓난아이를 부검까지 한 그 사건으로 인해서 상처를 입는데, 한 달 뒤에 그의 아내도 출산을 하다가 아이와 함께 죽는다. 그는 정신적인 공황 상태에서 강운을 만나지만 4년 반 만에 헤어진다. 헤어진 이유는 밝혀지지 않았지만, 서휘경은 이따금 예고도 없이 강운에게 전화를 걸어 저녁 약속을 하고 식사를 하거나 강운을 찾아온다. 마치 거리를 배회하던 방랑자가 자신의 휴식처를 찾아오는 것처럼 와서 당연한 것처럼 강운과 정사를 갖고 다음 날 새벽에 말없이 빠져나간다. 서휘경은 어느 날 저녁 자신을 찾아 집으로 온 강운을 받아들이면서도 자신이 죽었다고 생각한 아이의 울음소리와, 아이를 낳다가 죽은 아내와 자신의 딸아이의 숨소리를 듣고 있다. 그는 그들의 죽음과 함께 자신이 죽은 것으로 생각한다. 그는 의사로서의 삶을 살면서 죽은 사람들의 목소리에 끊임없이 괴로움을 당한다. 그는 자신에게 그러한 운명을 가져다준 전생의 업을 갚기 위해 전생 퇴행 워크숍에 참여한다. 그는 최면에 걸려서 보이지 않는 태풍 속에 온몸을 흔들어댄다.

3

김석희가 남기고 간 워크숍 쪽지를 보고 강운은 자신도 모르는 사이에 지정된 시각에 그 장소를 찾아간다. 그가 그곳에서 만난 사람은 자신과 사랑을 나누었던 서휘경과, 1층 남자 박치원과, 함께 만나는 날이 있을 것을 예언한 하선과 학원의 동료 교사인 현 선생과 캐나다인 강사 캐서린과 잭 등이었다. 강운은 그 모든 사람들, 이미 죽은 그의 엄마와 아버지까지 포함해서 현생에서 만난 모든 사람은 전생에서 나쁜 인연을 끊지 못하고 이 세상에서 청산해야 할 업이 있기 때문이라는 주장을 듣는다.

　　　또 나는 돌아보게 되었다. 나의 높이에 대한 두려움과 엄마와 나와
　　　의 관계, 혹은 엄마와 아버지와의 관계, 나와 강이, 서휘경과 나, 하
　　　선을 비롯한 관계들을. 그 속에서 일어난 사건들을. 그리고 나와 한
　　　시절의 전생을 함께했던 김석희의 얼굴을.

강운은 그곳에 참여했던 모든 사람들이 그 사실에 대해서 언급을 하지 않는 것에 대해서 의아하게 생각하지만, 그도 그 사실을 발설하지 못한다. 그 사실을 강운이 박치원에게 상기시키자 박치원은 자신이 까맣게 잊어버렸기 때문이라고 말하면서 그것이 하나의 낯선 경험일 뿐 중요한 사건이 아니라고 주장한다. "만물끼리의 보이지 않는 관계에 대한 해석도 어려운데 하물며 사람의 일이야 누가 함부로 말할 수 있겠습니까"라고 말함으로써 자신의 상상을 뛰어넘는 일에 대해서 함구를 하며 세상에 말로 설명되지 않는 게 있는 법임을 강조한다. 여기에는 박치원의 현실주의가 김석희의 신비주의에 대항하는 방법으로서 망각이라는 것이 있음을 알게 한다. 강운은 김석희의 녹음된 목소리에서 폐업해버린 병원의 치료실에서 최면사와 피음자의 역할을 바꿔서 전

생 퇴행을 해보자는 제안을 받고 자신이 왜 김석희의 전생을 보아야 하는지 모르기 때문에 김석희가 그에게 폭력을 휘두른다고 생각한다. 그러나 며칠 후 김석희의 죽음을 알리는 부고를 본 강운은 김석희가 다음 생에서 자신의 죽음의 행위까지 책임을 져야 한다는 생각과, 김석희가 자신의 죽음을 강운에게 암시한 것으로 보아서 자신과 김석희 사이의 관계가 그냥 헤어져도 상관없는 관계가 아닐까 하는 의구심을 갖게 된다.

강운은 일요일에 오빠 강이의 전화를 받는다. 강이가 결혼 날짜를 받았다는 전화다. 강운은 그 상대가 자신이 아니라는 것을 알고 오빠가 자신을 영원히 떠난다는 것을 섭섭하게 생각한다. "강이야, 내가 세상에 태어나서 처음 만난 사람은 너였어. 그랬다는 걸 누구보다 넌 잘 알고 있잖아. 네가 그런 나를 떠나?"라는 절규는 헤어질 수밖에 없는 외로운 운명을 타고난 존재를 절망적으로 확인하는 목소리다. 강이의 결혼 소식은 강운에게 너무나 큰 충격이어서 강운은 거리로 나가 인도에 쓰러질 정도였다. 강이의 떠남은 강운에게 모든 사람의 떠남을 의미한다.

강운은 또 서휘경의 전화를 받는다. 그는 그것이 서휘경의 작별의 말이라는 것을 알고 그를 붙들기 위해 오래 에둘러서 말을 한다. 두 사람은 긴 대화를 나누지 못하고 단속적인 말을 한마디씩 뱉으면서도 오랜만에 긴 대화를 나눈 것으로 생각한다. 두 사람이 만나면 아무런 말을 하지 않고 서로의 육체만을 탐했기 때문이다. 강운은 단속적인 대화만이라도 길게 끌고 싶어서 일방적으로 전화기를 붙들고 있지만, 결국 전화기의 신호음과 함께 두 사람의 관계는 끊기고 만다. 서휘경이 강운에게서 영원히 떠난 것이다.

강운은 하선이 집에 돌아온 것이 좋아서 어깨를 끌어안기도 하고 저녁 식사를 맛있게 차리기도 하며 환영한다. 그러나 하선은 생수를 사러 간다는 핑계로 집을 나서더니 어디론가 사라진다. 강운이 하선의 어머니에게 전화를 걸자 하선의 어머니는 "그 애가 떠난 걸 알고 있니?" "혼자 간 게 아니라는 것도. 너도 알고 있는 거냐?"라고 묻는다. 이처럼 강운 주변의 모든 인물들은 김석희의 신비주의의 영향으로 삶에서 설명될 수 없는 것을 운명으로 간주하고 있다.

강운은 학원의 직장 동료인 캐서린과 잭도 그들의 나라로 떠날 계획이라는 말을 듣는다. 강운의 일상적 삶의 공간을 늘 채워주었던 그들과의 만남도 이제 끝날 예정이다. 연하의 한국인 남자와 사랑에 빠진 캐서린이나 강운에게 뜨거운 눈길을 주던 잭마저 떠나버린다면, 강운의 일상적 공간은 폐허처럼 메마르게 된다. 강운에게 한 가지 희망이 있다면 그것은 박치원의 존재다. 그는 긴 답사 여행에서 돌아오는 길에 절뚝거리는 걸음으로 '매발톱꽃' 화분을 강운에게 선물로 준다. 자신의 저녁밥을 준비하고 있는 박치원에게 돌아가는 강운은 다음과 같은 독백을 한다.

그들은 다 어디로 갔을까. 왜 이렇게 누구의 모습도 보이지 않는 것일까…… 이른 저녁의 어둠 속에서 나는 홀연히 내가 누구인지 모른다는 사실을 발견한다. 아마도 그건 내 곁에 아무도 없기 때문일 것이다. 내 생의 한 시기를 함께했던 사람들이 사라졌기 때문에. 내가 누구인지 알기 위해서는 내 옆에 누가 있는지를 알아야 하는 법이기에. 그러나 우리는 영원히 헤어지지는 않을 것이다. 단지 잠시 사라진 것일 뿐. 한번 인연을 맺은 영혼들은 거듭되는 생에서 다시 만날지니.

마치 김석희의 윤회설을 그대로 믿는 것 같은 이러한 독백은 자신의 존재가 무엇인지 그 긴 여정을 탐색하고도 앎에 도달할 수 없는 강운의 슬픈 고백이다. 그 슬픔은 자신의 삶의 정체를 알고자 하는 모든 사람에게 주어지는 슬픔이다.

4

조경란의 소설은 삼십대 초반의 미혼 여성을 통해서 '나는 누구인가'라는 근원적인 질문을 제기하게 하고 그 질문을 풀어가는 과정을 잔잔하지만 단호한 목소리로 우리에게 전해주고 있다. 모든 인연을 맺은 사람들과 헤어질 수밖에 없는 삶은 곧 혼자 사는 삶이다. 누구나 자신의 삶은 혼자 사는 것이고 혼자서 책임을 지는 것이라는 인식은 그의 주인공이 외로움에서 벗어나고자 온갖 몸부림을 쳐보아도 바뀔 수 없는 것이라는 삶에 대한 비극적 인식이지만, 바로 그렇기 때문에 삶에 대해서 헛된 환상을 갖지 않고 삶과 정면으로 대결하지 않을 수 없음을 조경란은 보여주고 있다. 전생 퇴행이라는 신비주의적 주제를 다룬다는 것은 자칫하면 결정론에 빠질 우려가 있음에도 불구하고 예민한 감각을 가진 주인공을 내세워 삶의 순간순간을 예리하게 포착하고 사람 사이의 미묘한 관계를 감각적으로 드러내준다. 이성적으로 설명할 수 없는 것을 구체적 관계의 제시를 통해서 느끼게 하는 작가의 능력은 그의 소설을 읽는 재미를 보장해주고 있다. 주인공이 자아의 탄생 자체를 의심하기 시작하여 어디에서도 자기 존재를 확인할 수 없는 위기의 상황에 빠져 있을 때, 전생 퇴행이라는 유혹의 깊은 골짜기에서 절망적으로 빠져나오고자 할 때, 주인공은 부모의 죽음, 오빠의 결혼, 사랑하는 사람과의 이별, 친구의 떠남 등으로 절대 고독의 상황에서 버티고자 하는 처절한 싸움을 자신과 벌인다. 그 결과 주인공이 던진 '나는 누구인가'라는 질문은 작가 자신이 답을 내려버리는 저급한 방식을 거부하고 그 많은 노력에도 불구하고 문제를 제기할 수밖에 없는 소설가의 운명을 철저하게 인식하도록 해주는 역할을 한다. 그런 점에서 이 작품은 섬세한 감각과 세밀한 문체로 삶의 미세한 부분까지 포착한 조경란의 작가적 장인 정신의 결정이라고 할 수 있다.

Ⅲ

세계를 향한 발돋움
—— 2005년 문학적 상황

1

2005년은 한국 문학이 세계적인 화제의 중심에 오른 특별한 한 해
였다. 노벨문학상이 발표되기 전까지 한국의 어떤 시인, 어떤 작가
가 2005년도 노벨문학상 수상 후보에 올랐다는 보도가 국내외 언론
에 연일 나오고 독일의 프랑크푸르트 세계 도서전에 한국이 주빈국으
로 초청되어 수십 명의 작가와 시인 들이 독일 전역을 누비며 한국 문
학을 소개하고 독일의 독자들과 대화를 나눈 기사가 보도되었다. 그
것은 1995년 프랑스 정부의 '아름다운 외국 문학'이라는 '벨 에트랑제
르Belle Etrangere' 프로그램으로 한국의 작가, 시인 13명이 프랑스 전역
을 순회하며 한국 문학 작품을 소개하고 낭독하며 프랑스의 독자들과
대화를 나눈 이후 10년 만에 이루어진 사건으로서, 한국 문학이 세계

의 주목을 받고 있다는 것을 의미한다. 한국 문학이 이처럼 세계로부터 집중적인 조명을 받게 된 것은 한국의 국가적 혹은 민족적 위상이 그만큼 높아졌다는 것을 나타내기도 하지만 한국 문학이 세계적인 수준에 도달했다는 것을 의미할 수도 있다. 어떤 의미에서든 그것은 한국 문학이 머지않은 장래에 노벨문학상을 수상할 수도 있다는 희망을 갖게 하고 실제로 그럴 수도 있다는 가능성을 열어놓았다. 그 가능성은 가능성으로 끝날 수도 있고 실현될 수도 있다. 그런데 그것을 마치 실제 일어나고 있는 사실처럼 과장 보도하고 작가와 시인 들이 노벨상의 수상에 지나치게 매달리는 것처럼 보이는 것은 한국 문학을 위해 결코 바람직한 현상이 아니다. 세계 도서전에 주빈국으로 초대된 것이나 노벨문학상 후보에 오른 것은 분명히 하나의 사건임에 틀림없지만 그것이 곧 한국 문학의 수준을 말하는 것도 아닐 뿐만 아니라 한국 문학이 노벨문학상을 위해 존재하는 것도 아니기 때문이다. 한국의 작가나 시인이 노벨문학상을 수상한다면 그 자체는 좋은 일이고 축하할 일이다. 그러나 노벨문학상을 수상하기 위해 작가들이나 시인들이 여기저기 뛰어다니며 자기 문학을 선전하고 한국 문학에서의 자신의 위치를 과장하는 것은 문학이 추구하는 가치에 위배되는 것이고, 문학인으로서 취해야 할 태도와 상반되는 것이다. 중요한 것은 어떤 작가나 시인이 노벨문학상을 수상하느냐에 있다기보다는 자신의 문학이 과연 그런 수준에 도달했느냐 하는 데 있다. 문학상의 수상 여부는 우연의 결과일 수 있지만 문학적 수준의 도달 여부는 필연의 결과이기 때문이다.

노벨문학상을 수상하기 위해서는 여러 가지 여건도 갖추어져야 한다. 그 가운데 가장 중요한 것은 뛰어난 문학 전문 번역가가 나와서 그 작품의 문학성을 드러낼 수 있는 외국어로의 좋은 번역을 내놓는 것이다. 외국어로의 좋은 번역은 하루아침에 이루어지는 것이 아니다. 이번 프랑크푸르트 국제도서전에서처럼 1년 동안 백 권의 책을 번역한다는 것은 진정한 의미에서 번역이라기보다는 그 문학적 성격과는 상관없는 외국어로의 단순한 옮김에 지나지 않는다. 그 경우 번역된 작품의 문학성은 거의 전달되지 않고 작품의 줄거리만 전달될 수 있다. 한번 번역된 작품은 다시 번역되기 어려울 뿐만 아니라 한국 문학 전체의 수준을 평가 절하하는 데 기여하게 된다.

외국어로의 좋은 번역은 능력 있는 번역가의 양성을 전제로 한다. 일본의 가와바타 야스나리가 노벨문학상을 받았을 때 그것을 가능하게 한 인물 가운데 가장 큰 공로자로 에드워드 사이덴스티커 같은 번역가가 지목되었다. 그는 일본 문학에 조예가 깊고 일본인의 정서를 이해하고 일본어를 일본인처럼 구사할 줄 알 뿐만 아니라 가와바타 야스나리 문학에 심취해 있던 미국의 교양인이었다. 그의 영어 번역은 가와바타 야스나리의 소설에 서양인들이 감동하기에 충분할 만큼 일본적 아우라를 살린 것으로 널리 평가되었다. 좋은 번역가를 양성한다는 것은 그만큼 여러 가지 조건을 갖추어야 한다. 우선 한국을 좋아해야 하고, 오랜 기간 한국어를 배워서 능란하게 구사할 줄 알고, 한국 문학을 번역할 만큼 문학적 소양을 갖추어야 한다. 훌륭한 번역자를 양성하기 위해서는 우선 한국 문학을 외국어로 번역해서 생계를 유지할 수 있다는 생각을 갖게 할 정도로 좋은 번역에 대한 충분하고 지속적인 대가가 있어야 한다. 전 세계의 대학에 개설되어 있는 한국학과의 현황을 파악하고 거기에서 한국 문학을 전공하는 학생들 가운데 번역에 관심 있는 학생들을 전문 번역가로 양성하는 장기적인 프로그램과 투자가 있어야 한다.

이렇게 번역된 문학 작품은 그 번역의 질을 평가할 수 있는 기관에서 공정한 평가를 해야 한다. 평가 기관의 공정성에 대해서 신뢰가 없을 때는 현지의 일류 출판사에서 출판된 번역 작품을 좋은 번역으로 추정하고 지원하는 방안도 강구될 수 있다. 왜냐하면 외국의 일류 출판사들은 자체적으로 문학성과 번역의 질을 평가하는 기구를 갖추고 있기 때문이다. 이름도 없는 개인 출판사에서 자비 출판의 형식으로 문학 작품이 출판되는 것은 어떤 문학 작품이 번역 출판되었다는 사실 자체에 만족하는 것일 뿐 아무도 그 작품의 번역 사실을 알지 못하고 현지의 독자 누구도 그 작품을 읽지 못한다. 일류 출판사에서 나온 좋은 번역 작품은 현지의 언론에도 소개되고 서평란에 비평의 대상이 되기도 하고 각종 광고에도 등장하게 된다. 그것은 하루아침에 이루어지지 않기 때문에 장기적인 전망과 투자를 필요로 하고 이를 담당하는 기관도 전문가에 의해 운영되어야 한다.

2

지난 1년 우리 사회의 분위기가 어수선한 가운데도 우리의 문학은 그 어느 해보다 풍성하고 다양한 작품들을 보여주었다. 한국 시는 세계 어느 나라에서도 볼 수 없는 많은 독자의 사랑을 받고 있다. 아마도 우리나라처럼 시인이 많은 나라도 없겠지만 시 독자가 많은 나라도 없다. 그것을 시서화에 능한 사대부를 존중하던 유교적 전통의 덕택으로만 돌리기에는 어딘지 미흡한 감이 있다. 한국 시가 한국 사회 속에서 버텨온 힘을 제대로 보지 않고 도외시하고자 하는 태도에 지나지 않는 이러한 관점은 한국 시의 끝없는 도전과 실험의 과정을 제대로 파악하지 못한 결과에서 나온 것이다. 한국인의 심성에는 첨단 과학의 발달에도 불구하고, 어쩌면 바로 그렇기 때문에 더욱더 시를 쓰고자 하는 무한한 욕망이 솟아나고 있고, 그래서 해마다 수백 명의 새로운 시인이 탄생하고 있으며, 그 시를 읽는 독자도 줄어들지 않는다. 여러 대학에 문예창작학과가 신설되고 문화센터마다 창작 특강을 실시하여 시를 배우고 쓰는 인구가 증가하는 것도 무시할 수 없고, 한편으로는 문학 창작을 공부함으로써 광고문 작성자나 카피라이터로 진출해서 생계를 유지하는 수단을 찾는 사람도 적지 않을 것이다. 대부분의 문학 지망생은 자신의 내부에서 나오는 글을 쓰고자 하는 욕구를 충족하는 길로 해마다 시인으로 등단하기도 하고, 기성 시인들의 작품을 읽는 데서 자신의 내적 욕망을 승화시키는 독자로 남아 한국 시의 풍요에 밑거름 역할을 하는 사람도 있다. 오늘의 한국 시는 풍성한 독자들의 호응에 의해 그 풍요를 누릴 수 있었다고 말해도 지나치지 않는다. 세계 어느 나라에서도 한국처럼 많은 시 독자가 존재하는 예를 찾아보기 어렵다. 아마도 한국 시에 대한 사회학적 연구는 그러한 현상에 대해서 의미 있는 분석과 해석을 가능하게 해줄 수 있을 것이다.

시가 이처럼 많은 독자들을 확보할 수 있었던 이유로 한국 시가 맡아온 사회적·문화적·역사적 역할의 중요성을 들 수 있다. 그것은 수많은 시인이 시의 영역을 확대하며 끝없는 새로움을 추구하고, 시의 여러 가지 위기에 대처함으로써 가능했던 것이다. 군사독재 시대에 언론이 표현의 자유를 억압당하고 있을 때 한국 시는 언론의 역할을 대신할 수 있었다. 표현의 자유를 획득하고 구가하기 위해 한국 시가 기울인 노력은 시인과 독자를 하나로 묶는 역할을 수행했다.

그런 점에서 우리 사회의 민주화는 한국 시의 미래에 새로운 전기를 마련한 것이고 그 전기는 위기로 발전할 수 있었다. 군사독재 시대에 시는 싸워야 할 대상을 시 바깥과 시 안에서 찾을 수 있었다. 싸워야 할 대상을 많이 가지고 있다는 것은 시 쓰기가 그만큼 쉬울 수 있었음을 의미한다. 군사독재가 무너지고 민주화가 이루어진 시대에 시는 싸워야 할 대상을 시 바깥에서 찾기가 쉽지 않다. 싸워야 할 커다란 대상이 사라진 세계에서 또 다른 시적 대상을 발견한다는 것은 쉽지 않기 때문이다. 눈에 보이는 가시적인 적이 없어진 세계에서 눈에 보이지 않는 새로운 적을 찾아내는 것도 쉽지 않거니와 그것이 적이라는 것을 독자에게 설득시킬 수 있는 수준의 시적인 성취를 이루는 것은 더욱 어렵기 때문이다.

원로에 가까운 시인에서부터 신인에 이르기까지 지난 한 해 동안 발표된 시를 보면 내부의 적을 찾고자 하는 시인들 자신의 노력이 다양하고 풍요롭게 전개되었음을 확인할 수 있었다. 첨단 문명 속에서 생명이 겪고 있는 고통을 호소하며 자연 속에서 생명의 황홀경을 발견하는 시인이 있는가 하면, 초기에 초현실주의 계통의 시를 쓰다가 군사정권의 억압과 폭정이 기승을 부릴 때 현실주의 계통의 시로 고통의 정체를 찾고자 했던 시인은 자연 속에서 유유자적하며 자연 풍경에서 자아의 정체를 발견하여 소통하고자 하는 시적 성취를 보여주고 있다. 그것은 음풍농월의 한가한 여유가 아니라 자연으로 돌아가고자 하는 생명의 순응 능력이기 때문에 감동 없이는 읽을 수 없다. 또 다른 시인은 삶의 경험과 시적 상상력을 언어의 균형감각으로 형상화함으로써 생명의 순간순간을 깊이 있는 안목으로 바라볼 수 있게 한다. 여러 종류의 소음에 시달리고 있는 현대인에게 생명의 말없는 움직임은 생명만이 가질 수 있는 침묵의 언어의 깊이를 가늠하게 한다. 그것은 현실주의 시로 출발한 시인이 생명의 시에 도달할 수 있는 경지를 설명해준다. 말을 바꾸면, 소음이 가득한 세계에서 아우성과 같은 절규는 한 사람의 존재를 알게 하지만, 그보다 더 큰 힘을 발휘하는 것은 소음 속의 침묵임을 말한다. 언어의 침묵에서 침묵의 언어로 가고 있는 이 시인의 세계는 나이가 주는 지혜의 경지를 말하기에 충분하다. 무의미의 시로 출발하여 언어의 절대적 세계를 개척하는 데 전 생애를 바쳐온 또 다른 시인은 최근에 발표된 그의 날이미지로서의 시론과 상응하는 시집을 통해서 한국 시의 영역을 끝없이 확대하고자 하는 각고의 노력을 보여주고 있다. 그의 노력은 갈수록 일상화되고 쉬워지는 한국 시에 언어적 긴장을 불어넣으며, 난해하지만 깊이 있는 세계를 구축하고 있다. 오랜 침묵 끝에 시단에 다시 등장한 여성 시인은 삶과 세계에서 우리가 지나쳐온 것의 참모습을 발견하고 그것을 요란하거나 과장하지 않고 조용한 속삭임처럼 낮은 목소리로 말함으로써 닫혔던 우리의 귀를 열리게 하고 감았던 우리의 눈을 뜨게 하는 놀라운 힘을 발휘하고 있다. 이러한 모습은 시란 우리가 쓰고 있지 않더라도 삶에 대한 통찰력이나 자연에 대한 친화력을 연마하면 언젠가는 언어의 화려한 개화가 가능하다는 것을 보여주는 예이다.

이러한 시인들은 오랫동안 시를 써오면서 시적 대상을 자아 바깥에서 안으로 전환하고 있는 것을 알 수 있다. 그 전환은 자아에의 집착에서 연유하는 것이 아니라 자연 상태로서의 자아를 인식함에서 연유하는 것으로 보인다. 그것은 자아를 자연과 분리해서 파악하는 것이 아니라 자연과 융합시켜 파악하는 것으로, 자아와 자연이 하나가 되는 경지에 도달하는 것이다. 그것은 자연으로의 도피를 의미하는 것도 아니고 자연과의 대립을 의미하는 것도 아니다. 그것은 자연과 자아가

오랜 분리의 과정을 거친 다음 본래의 상태, 즉 하나의 상태로 돌아온 것을 의미한다. 하나 됨의 지향은 모든 것의 자연 상태에 지나지 않는다. 그럼에도 불구하고 그렇게 많은 우여곡절을 겪은 다음에 거기에 도달할 수 있는 것은 시인 자신의 끝없는 자아 성찰로 가능한 것이다. 이러한 시적 성취를 이룩한 원로에 가까운 시인들이 존재하는 한 한국 시는 독자들에게 외면당하지 않을 것이다. 그 가운데서 특히 주목할 만한 시집은 최하림의 『때로는 네가 보이지 않는다』, 오규원의 『새와 나무와 새똥 그리고 돌멩이』, 천양희의 『너무 많은 입』, 이성부의 『작은 산이 큰 산을 가린다』, 김명인의 『파문』 등이다.

한국 시가 풍요롭다고 할 수 있는 것은 사오십대의 중견 시인들의 활동과 이삼십대의 젊은 시인들의 끝없는 도전에서 비롯되는 것 같다. 민주화 이전의 노동 시들은 삶의 어려움을 고통스럽게 인식하면서 그것을 극복하기 위한 공격적인 고발의 깃발을 들고 공감과 의분을 불러일으키고자 했다면, 지난 1년의 노동 시들은 고통과 연민으로 현실을 인식해야 하는 아픔의 후유증을 그리고 있다. 그 후유증은 우리가 읽은 현장의 아픔을 두고두고 음미하며 그것에서 자유로울 수 없을 것 같은 비극적 운명에 대한 깊은 성찰을 강요한다. 이러한 시적 성취는 경제 발전이 이루어졌다는 온갖 주장에도 불구하고 우리가 추문 속에 살고 있다는 깨달음에 고통스럽게 이르게 한다.

대중문화의 압도적 영향을 기억으로 간직한 중견 시인들 가운데는 장난감과 같은 유년의 추억들을 시적 모티프로 삼고 변두리적 삶에 대한 회한과 향수를 불러일으키는 서정성을 지닌 시인들이 있다. 남루한 과거의 추억에 대한 복고적 환기는 오늘의 풍요로운 삶이 지니고 있는 파괴되고 해체되고 파편화된 현실에 대한 절망의 다른 표현이다. 그

다른 표현의 또 하나의 양상은 일상적 삶과 죽음 너머에 있는 우주적 세계에 대한 신화적 상상력의 발현이다. 그것은 삶과 존재의 근원에 대해 질문하는 것으로서 눈에 보이는 가시적 현실을 넘어선 심화된 상상력의 결실이지만 초월적 세계로 전환되는 종교적 해결이 아니라는 점에서 문제 제기적이다. 그러한 시적 상상력을 가진 시인들은 평범한 사물과 삶의 장면들에 접혀서 드러나지 않고 있는 '주름'을 깊이 천착하여 보이지 않는 부분을 보이게 만드는 역할을 한다. 그래서 비교적 담백한 시어를 통해 투명한 서정성에 도달한 이들의 시는 시의 독자들과 가까이 있다. 허수경, 이윤학, 권혁웅, 장석남, 김기택의 시들이 이룩한 시적 성취가 여기에 해당할 수 있을 것이다.

젊은 시인들의 시에서는 한마디로 여러 가지 경계가 무너지고 있고 산문적 요소가 강화되고 있다는 점에서 시적 새로움의 실험의 장을 경험하게 한다. 남성과 여성, 환상과 현실, 주체와 대상의 구별이 분명하지 않고 산문화된 이미지의 범람은 포스트모던한 현실에 시적으로 대응하는 방법적 모색의 표현처럼 보인다. 아직 뚜렷한 개성이라고 이름 붙이기에는 어려운 이들 젊은 시인들의 시 세계는 그들의 기성을 뛰어넘고자 하는 끊임없는 시도가 독자들의 상상력과 지나치게 멀어지지 않는 한 한국 시를 풍요롭게 하는 데 기여할 것으로 보인다.

3

2005년 한국 문학을 풍성하게 만든 또 하나의 분야가 소설이다. 소설에서도 원로 작가에서 젊은 작가에 이르기까지 다양한 작품들을 통해 끝없는 도전과 새로운 시도들이 문학적 성취를 이룩하고 있는 것을 볼 수 있다. 그 성취의 가장 큰 경향 가운데 하나는 소설에서의 서사의 회복이다. 1990년대에 집단 창작이니 혼성 모방이니 하는 새로운 시도로 인해 한국 소설은 이야기로서의 기능보다는 기법으로서의 기능이 강조된 적이 있다. 그때 많은 사람들은 한국 소설이 몇십 년 동안 쌓아온 독자층을 무너뜨리고 문학 전공자만이 읽는 서구의 1960년대의 현상을 답습하지 않나 우려하지 않을 수 없었다. 소설이 자기반성을 하기 위해서는 19세기적인 이야기 중심에서 탈피하여 기법의 문제를 제기하는 것은 당연하다. 그러나 그것이 지나쳐서 젊은 작가들마저 역사적 상상력을 빌리거나 고전이 된 작품을 패러디함으로써 젊은 시절의 넘쳐나는 상상력을 써보지도 않고 고갈시키는 결과를 가져올 때 한국 소설은 독자에게서 외면당하고 설 자리를 잃어버리는 위기를 맞이할 수밖에 없다. 방법적 새로움에 지나치게 매달리게 되면 소설의 땅은 메마르게 되고 이야기는 삶과 유리되며 가슴으로 하는 문학이 아니라 아이디어로 하는 문학만 남게 된다. 그 결과 많은 독자는 여성 주인공들의 사적인 심리 묘사나 제도적 현실에 대한 반항적 삶에서 이야기의 재미를 찾으며 새로운 소설적 시도를 외면하게 된다.

2005년 소설은 이러한 1990년대 한국 소설이 지니고 있던 문제점을 뚜렷하게 벗어난 이야기의 회복으로 특징짓는다. 서울의 한 소외된 동네의 삶을 동화적 발상으로 따뜻하게 감싸고 있는 기법으로 이야기하고 있는 경우나 시골의 작은 읍 소재지에서 전쟁 후의 혼란기에 한 가족이 살아가는 모습을 다양한 관점으로 형상화한 경우나 제주의 4·3 사건에서 한국전쟁을 거쳐 광주민주화운동에 이르는 한국의 현대사에서 희생자들의 원혼을 달래주기 위해 여러 가지 환상적 기법을 동원한 경우, 전통적인 이야기의 문자 그대로의 복원이 아니라 방법적인 복원을 성공적으로 이룩한 것이다. 임철우, 윤대녕, 은희경, 성석제, 구효서, 조경란, 하성란 등으로 대표되는 중견 그룹의 괄목할 만한 활동이 여기에 속한다.

이들 중견 소설가들의 서사 문학의 회복과 함께 주목해야 할 현상은 젊은 소설가들의 새로운 실험 정신이 일상 언어의 과감한 전용과 역사적 인물과 사건에 대한 새로운 해석, 끝없는 반전으로 독자의 기대를 배반하는 이야기의 전개와 새로운 감각적 표현으로 나타나고 있는 현상이다. 김영하, 김연수, 천운영, 박민규, 박성원, 김경욱 등의 젊은 작가들이 이끌고 있는 새로운 소설은 한국 소설의 미래를 낙관적으로 전망하게 만든다. 그들은 이미 알려진 역사적 사실들을 통념과는 달리 파악할 수 있는 길을 열거나, 가난의 극복 수단으로 한국으로 시집온 조선족 여성의 자아 발견과 자유의 추구라는 새로운 소재를 발굴하거나, 현실과 환상의 경계선을 보여주지 않는 정교한 변환으로 우리의 일상적 현실에서 끝없는 일탈적 상황을 제시함으로써 놀라운 순간들을 체험하게 하는 이야기 기법을 사용하거나, 현실과 환상, 의식과 무의식을 뚜렷하게 구분 지으면서도 비극적 운명을 게임처럼 즐겁게 체험하게 하는 경이로운 실험을 보여준다. 진지하면서도 익숙한 현실이 희화되고 그것을 낯설게 받아들이게 하는 이야기 제시 방법은 그들의 감수성이 새롭다는 것을 입증하기 어렵지 않다. 이야기로서의 소설을 단선적인 기술이 아니라 입체적인 효과가 나도록 서술하는 이 새로운 세대의 작가들은 그 이전 세대 작가들과는 전혀 다른 소재, 전혀 다른 주제, 전혀 다른 문체, 전혀 다른 구성, 전혀 다른 비유, 전혀 다른 어법 등을 사용하고 있는 점에서 주목의 대상이 되어야 한다. 그것은 한국 문학을 다양하게 하고 풍요롭게 한다.

4

시와 소설의 풍성한 발표와 비교될 수 있을 만큼 희곡 분야도 전례 없이 많은 작품이 발표되고 있다. 한 해에 백여 편의 창작 희곡이 무대에 올려진다는 사실은 연극 분야는 물론 그 대본이 되는 희곡이 활발하게 발표되고 있음을 입증하기에 충분하다. 그것은 창작 활동을 펼치고 있는 극작가들의 활동이 그만큼 다양하게 전개되고 있음을 말해준다. 많은 관객을 불러들이는 것을 보면 지난 한 해의 희곡 작품이 일정한 수준을 유지하고 있다는 것을 알 수 있다. 그러나 차범석, 오태석으로 이어지는 기성 작가들의 문제작에 비견할 만한 작품들은 나오지 않고 있다. 이러한 현상은 시나리오 부문에서도 나타나고 있다. 천만 명의 관객을 동원한 영화가 있다고 해서 시나리오가 거기에 값할 만큼 높은 수준에 이르렀다고 말할 수 없을 때, 지난해 영화의 대중적 성공이 공허해지는 것은 분명하다. 콘텐츠가 결여된 성공은 일시적이거나 우연적일 수 있기 때문이다.

이에 비해서 아동문학계는 활발한 창작 활동이 이루어지고 있다. 최근에 일고 있는 어린이 도서 출판 붐이 아동문학계에 많은 자극을 주고 있음을 알 수 있다. 이에 걸맞게 여러 종류의 아동문학상이 제정되고 아동문학 잡지가 창간되면서 많은 신인들이 등장한 것은 아동문학계를 위해 대단히 고무적인 현상이다. 이러한 현상이 제대로 정착하기 위해서는 아동문학 평론이 보다 활발해져야 한다. 그것이 아동문학의 질적 수준을 향상시키는 길이기 때문이다.

문학의 분단 극복을 위하여
—— 2006년 문학적 상황

1. 문학의 통일 운동

2005년 여름, 분단 이후 처음으로 남북 작가들이 백두산에서 만난 것을 계기로 2006년에도 금강산에서 남북 작가들이 만났다. 이번 만남은 특히 북한의 핵실험 이후 남북 관계가 긴장된 가운데 이루어진 것이어서 많은 문학인들의 관심을 불러일으켰다. 2005년 첫번째 만남에서도 60년 가까운 분단 상황 속에서 서로 자유로운 왕래가 불가능할 뿐만 아니라 서신마저 자유롭게 교환되지 못하는 현실을 극복하고자 하는 문학인들의 뜨거운 열정이 작용했다. 지난여름 북한은 전 세계로부터 비난의 화살을 받을 것을 예상하면서도 핵실험이라는 벼랑 끝 전술을 감행하여 스스로를 고립시키는 정책을 폈다. 남측 정부가 북한에 보내던 인도주의적 원조마저 중단한 상황에서 '민족문학작가회의'

가 주축이 된 남측 작가들은 금강산에서 북한 작가들과의 만남을 성사시켰다. 폐쇄된 북한 사회의 문을 두드려 개방 사회로 나오게 하는 데 있어서 대화만큼 효과적인 방법이 없다는 논리에 많은 작가들이 공감했기 때문이다. 만남은 대화와 개방의 첫걸음이라는 데 이론의 여지가 없고 그것이 통일의 길로 나아가는 첫걸음이라는 데도 이의를 제기할 수 없는 것이다. 더구나 전 세계가 인터넷의 보급으로 국경의 개념이 흐려지고 있는 현실에서 오직 북한만이 밖으로 향한 모든 문을 걸어 잠그고 '우리 식으로 잘 살아보자'는 구호를 외치며 핵실험을 감행하는 것을 볼 때 같은 민족으로서 안타까움을 금할 수 없다. 전쟁 후 반세기가 지났는데도 천만 명을 헤아리는 민족이 분단과 이산의 아픔으로 고통을 받고 있는 현실에서 그나마 열려 있던 남북 당국자 간 대화의 채널이 끊겼을 때, 민간 차원의 문학인이 만나 대화를 나누는 것은 민족의 화해와 협력의 활로를 찾는 일일 것이다. 정부와 같은 공식 기구가 핵 문제로 대립하고 있을 때 이와 독립적으로 민간 차원의 접촉은 서로를 알고 이해하는 데 기여할 것이고, 나아가서는 분단의 극복과 세계 평화와 인류 공존의 길에도 도움이 될 것이다.

그러나 이러한 만남은 만나서 무엇을 했고 앞으로 무엇을 할 것인지 투명하고 공개적인 보고가 뒤따라야 한다. 2005년의 제1차 만남에서처럼 감상적이고 낭만적인 통일 논의와 북한이 오해할 수 있는 작품 낭독이 없었던 것은 이번 만남이 보다 발전된 양상을 띠었다고 하겠으나, 그것이 진정으로 발전된 양상이 되기 위해서는 만남 전체에 대한 공식적인 보고가 뒤따라야 한다. 그 보고는 단순한 행사의 보고가 아니라 어려운 상황에서 이루어진 만남의 고민과 갈등이 드러나야 하고 진정한 대화를 향한 노력이 드러나야 한다. 남북의 문학인들이 만나서 어떻게 하는 것이 이 땅에 평화를 정착시키는 데 기여하는 것이며 무엇이 민족의 동질성을 회복시킬 것인지, 그리고 이 땅이 가난을 극복하고 자유롭고 평화롭게 사는 땅이 되기 위해서 문학인들이 어떤 역할을 해야 할까 허심탄회하게 의견을 교환하고 진지하게 고민해야 한다. 그리하여 양측의 문학 작품에서 그러한 노력이나 흔적을 찾아 분단의 장벽을 넘어설 수 있는 가능성을 논의하는 것이 대화의 물꼬를 트는 것이고, 그 만남은 문학적·역사적 의미를 갖게 된다. 어느 시인의 표현대로 "우리의 뒷마당에서" 이루어진 핵실험이 얼마나 위험한 일인지 알 수 있게 하고 한반도 비핵화의 필요성이나 중요성이 지역의 평화와 공존의 전제조건이 될 수 있다는 데 인식을 같이하는 노력으로 발전해야 한다. 이번 만남이 지난번 만남보다 발전된 것은 '조국은 하나다'나 '민족은 하나다'와 같은 감상적이고 폐쇄적인 구호를 외치거나 내세우지 않은 데 있다. 대화란 상대편의 기분을 거스르거나 자극하지 않도록 주의하면서도 이쪽의 의사 표시를 분명하게 할 때 가능한 것이다. 대화는 서로의 의견을 주고받음으로써 의사를 소통하고 상대방을 이해하고 인정하는 상호적인 행위이다. 어느 한쪽이 자기주장만 되풀이하고 상대편 의견이나 주장에 귀를 기울이지 않는 것은 상호적인 행위가 아니다. 따라서 남북 문학인의 만남은 이러한 대화의 상호적인 정신을 살리는 방향에서 이루어져야 하고 앞으로 거기에 대한 정확하고 투명한 보고가 뒷받침되어야 한다.

2. 민족 혹은 민족 문학

2006년 말에 민족문학작가회의가 '민족'이라는 표현을 삭제하고자 하는 움직임을 보임으로써 열린 사회를 향한 진취적인 자세를 내비쳤다.

돌이켜보면 1974년 군사독재가 절정에 다다른 유신 체제 아래에서 반유신·반독재 운동을 벌이기 위해 문인들이 결집하여 민주화의 불씨를 지폈던 자유실천문인협의회는 김지하의 석방 운동에서 출발하여 문학의 자유와 사회의 민주화를 위한 운동의 중추적 역할을 담당해왔다. 1987년 6월 항쟁을 계기로 '표현의 자유와 사회의 민주화를 위하여 헌신했던' 자유실천문인협의회의 정신을 계승하여 '참다운 민족 문학을 이룩하'고자 창립된 민족문학작가회의는 우리 사회에 민족 문학을 정립하고 민주화를 실현하는 데 기여하며 분단 상황을 극복하는 길을 모색해왔다. 우리 사회의 민주화 이후 민족문학작가회의는 '변화하는 현실 속에서 문학인의 권익을 지키'고 '활발한 국제 교류를 통해 우리 문학의 위상을 높이'는 역할을 담당하고자 했다. 그러나 오늘날 세계는 인터넷의 일반화와 의사소통의 자유화가 일반적인 추세로 나타나고 있고, 대부분의 국가에서 '민족'을 내세우는 세력들이 극우적이고 국수주의적인 경향을 띠고 있기 때문에 '민족'이나 '민족 문학'을 내세우는 것 자체를 기피하는 현상을 보이고 있다. 특히 최근에 우리 문학에서 노벨문학상 수상 가능성이 끊임없이 논의되고 있는 시점에서 민족문학작가회의가 '민족' 혹은 '민족 문학'을 그 명칭에서 떼어내고자 하는 논의를 한다는 것은 의미 있는 일로 보인다. 물론 노벨상을 받기 위해서 '민족'이나 '민족 문학'을 포기하자는 것이 아니라 오늘의 변화하는 상황이 그것을 기피하게 만든다는 것이다. '민족'이라는 표현이 우리에게 절대적으로 다가온 것은 일제강점기였다. 일본 제국주의가 19세기적 식민지로 우리 땅을 강점했을 때 일제의 식민지 정책에 저항하는 가장 큰 힘이 '민족'이라는 동질성을 지키는 것이고, 일제로부터 독립을 쟁취하는 가장 큰 힘도 '민족주의'라는 정신으로 뭉치는 데 있었다. 그러나 제2차 세계대전 때 나치의 경험이나 최근에 전 세계 곳곳에서 일어나고 있는 민족주의가 보수적 국수주의로 흐르고 있고 배타적 이기주의로 변질되고 있는 것은 오늘의 변화하는 상황에서의 '민족' '민족 문학'의 표방을 다시 생각하게 하기에 충분하다. 그런 점에서 민족문학작가회의가 자체 안에서 스스로 문제를 제기한 것은 세계화의 시대에 걸맞은 진취성을 보여주었다고 하겠다.

민족문학작가회의의 이러한 내적 진통은 한국문인협회에도 내적 반성을 촉구하는 계기를 마련했다고 말하기에 충분하다. 한국 문학의 발전에 기여하고 문학인의 권익을 옹호하고자 하는 두 단체가 서로 다른 성격을 유지하며 스스로의 역할에 대한 철저한 반성과 인식을 토대로 발전할 때 문학 단체는 문학인의 창작 활동을 간접적으로 원활하게 지원한다는 존재 이유를 갖게 된다. 하지만 그것이 곧 문학 자체를 발전하게 하는 것은 아니다. 문학은 결국 작가 개인의 재능과 노력으로 이루어진 작품으로 말해지기 때문에 최종적으로는 작가의 책임 아래 놓여 있는 것이다.

3. 소설

지난해 출판계의 일반적인 목소리는 최근에 문학 독자가 전체적으로 줄어들고 있다는 것이다. 한때는 1년에 몇십만 부가 팔리는 베스트셀러 소설이 10여 권씩 나오던 때가 있었으나 최근에는 한두 권이 나오면 다행으로 여길 정도로 문학 독자의 수가 줄어들고 있는 것이 현실이다. 그것은 소설이 그만큼 독자의 관심을 끌고 있지 못하다는 말로 설명할 수는 있지만, 그렇다고 해서 소설의 질이 떨어진다고 말할 수는 없다. 베스트셀러는 독자 사회학과 관련이 있을 수는 있지만 문학 작품의 질과 상관관계가 있는 것이 아니기 때문이다. 문학 독자가 줄어들고 있는 것은 한국만의 문제가 아니라 전 세계적인 현상이다. 특히 멀티미디어 산업이 확장됨으로써 영상 문화가 위력을 발휘하기 시작한 이후 문학 작품을 비롯한 활자 문화는 갈수록 독자를 잃어가는 추세다. 독자들은 문학 작품 이외에도 관심과 흥미를 끄는 것이 너무나 많고 일상생활에서 시간을 할애해야 할 것이 너무나 많아지고 있기 때문이다. 특히 인터넷의 일반화나 휴대전화의 생활화는 독자들의 일상생활을 바쁘게 만들어서 한가롭게 책을 읽을 수 있는 시간을 독자에게서 빼앗아가는 결과를 초래한다. 인터넷에서 새로운 사이트를 찾아가고 이메일을 받아보고 모바일 폰 덕택(?)으로 언제 어디에서나 타인과 통화를 해야 하는 일상생활은 독자를 너무 바쁘게 만든다. 더구나 정서적인 욕구나 지식의 필요성을 인터넷에서 쉽게 해결할 수 있게 된 오늘의 문화적 시스템은 굳이 소설책이나 시집에서 그것을 해결할 필요성을 느끼지 못하게 만든다.

그런 가운데서도 공지영의 『우리들의 행복한 시간』, 박현욱의 『아내가 결혼했다』, 정이현의 『달콤한 나의 도시』 등이 10만 부가 넘어선 베스트셀러의 대열에 오른 것은 소설의 독자가 줄었다는 주장을 반박할 수 있는 주목할 만한 현상이다. 동명의 영화와 함께 베스트셀러가 된 공지영의 작품은 그의 수필집과 함께 일종의 현상을 이루고 있지만 그것이 가지고 있는 감각이나 메시지는 다분히 전통적인 휴머니즘에 근거를 두고 있는 것으로서 우리 독자들의 건강한 윤리 의식을 반영하고 있다. 반면에 박현욱과 정이현의 작품은 전통적인 윤리 의식이나 생활 감각으로는 도저히 생각할 수 없는 새로운 의식, 새로운 감각으로 씌어진 작품으로서 우리가 살고 있는 일상적 생활에서 일탈하면서도 일상이 가지고 있는 거짓과 허구를 아프게 찌르는 새로운 풍속소설이다. 그것은 한편으로 우리의 일상적 생활과 동떨어져 있는 것 같으면서도 한 번만 바꾸어 생각하면 바로 일상생활의 보이지 않는 뒷면을 적나라하게 파헤치고 있다. 이 세 편의 베스트셀러가 가진 공통점은 재미있는 이야기를 뼈대로 삼는다는 점이다. 그것은 소설 장르에 대한 반성이 아무리 철저하다고 할지라도 '소설은 이야기다'라는 문법을 무시하고는 독자의 관심의 대상이 될 수 없다는 것을 말해준다. 공지영을 제외한 두 작가가 새로운 풍속도를 제안하고 있으면서도 그들의 작품이 독자들의 관심을 끌 수 있었던 것은 두 작품 역시 이야기의 차원을 떠나지 않았다는 데서 찾을 수 있다.

그것은 다른 말로 하면 소설에 대한 근본적인 질문이나 반성을 토대로 이루어진 새로운 소설에 대해서 독자들은 별로 관심이 없거나 있다고 해도 극소수의 전문가로 한정될 수밖에 없다는 말이다. 그런 소설의 대표적인 경우로 최수철의 『페스트』를 들 수 있다. 이 작품은 자살이라고 하는 정신적 질환이 가상의 도시에 전염되어가는 과정을 여러 각도에서 조명하고 천착함으로써 자살의 사회적·심리적 현상을 파헤친 뛰어난 작품이다. 자살에 관한 많은 문헌과 관점을 다양하게 수용하고 있는 이 작품은 형이상학적인 죽음의 문제를 삶의 구체성과 연관시키는 데 성공함으로써 자살을 경험적 현실처럼 인식하게 만든다. 이야기가 일상적 차원에 머물지 않고 형이상학적 차원까지 확대된 이 작품은 상당한 수의 독자들의 관심을 끌 수는 있었지만, 전문가들의 분석의 대상이 되지도 못했고 문학상의 수상 대상작이 되지도 못했으며 베스트셀러의 대열에 오르지도 못했다.

이러한 현상은 한국 문학이 가지고 있는 장점이면서도 단점으로 평가될 수 있다. 일정한 틀에 들어오지 않는 문제 제기나 이야기는 독자에게 더 많은 질책과 요구를 받게 된다는 점에서 까다로운 평가의 과정을 거친다는 장점을 갖게 되지만, 전위적이고 실험적인 문학 작품은 전문가들의 거론의 대상은 될지라도 독자의 관심에서 멀어질 수밖에 없다는 단점을 갖게 된다. 가령 지난해 문제작으로 꼽아야 할 작품들 가운데 김중혁의『펭귄 뉴스』, 박민규의『핑퐁』, 이기호의『갈팡질팡하다가 내 이럴 줄 알았지』등은 전혀 새로운 감각에 의한 블랙유머를 내포한 가벼운 소설이다. 이들의 이야기는 황당하기까지 한 우연과 의외의 연속이고 한국어의 문어체를 벗어던진 것으로서 기존의 어떤 계열에도 귀속시킬 수 없는 작품들이다. 작가 자신들이 아날로그 시대에 태어나서 디지털 시대를 사는 사람으로서의 갈등과 모순을 한꺼번에 보여주고 있어서인지 몰라도 그들의 작품은 너무나 낯설다. 이 낯선 세계에서 자신의 감춰진 과거나 보지 못하는 현재나 예측할 수 없는 미래의 단면들을 읽어내는 전문가들은 그들에 대한 분석을 시도할 수 있지만, 일반 독자들은 그것이 어떻게 소설이 되는지 질문하지 않을 수 없다. 이들의 등장은 한국 소설의 다양성과 새로운 가능성을 엿보게 한다는 점에서 한국 소설을 풍요롭게 한다.

이들보다 10여 년 먼저 등단하여 새로운 감수성으로 현실에 접근한 김영하의『빛의 제국』, 그보다 20년 먼저 등단하여 여전히 문단의 현역으로 활동하고 이는 최인호의『유림』과 김원일의『전갈』등은 이미 문단의 중진이 된 작가들의 야심작이라는 데 주목을 받아 마땅하다. 40년간 남한에서 간첩으로 살아가야 하는 리철신이라는 한 인물을 통해서 서울에서 중산층으로 살아간다는 것의 진정한 의미를 묻고 있는 작가 김영하의 야심은 그의 두번째 장편소설에서 활짝 꽃피고 있다.

가톨릭교도로서 살아가고 있는 작가 최인호는 불교적 삶의 세계를 추구한『길 없는 길』에 이어 유교적 삶의 세계를 파헤친『유림』을 완성한다. 인혁당 사건의 진상을 파헤친『푸른 혼』을 발표한 지 1년여 만에 소설가 김원일은 20세기 시작부터 21세기 초엽에 걸쳐 있는 한 가족 3대의 삶을 통해서 한국 현대사의 비극의 진정한 의미를 묻고 있다. 이들의 작업은 한국 소설의 폭과 깊이가 얼마나 넓고 깊은지 가늠하게 한다.

한국 소설은 새로 등장한 신인들이나 문단의 원로가 된 작가들뿐만 아니라 그 두 그룹 사이에서 끊임없이 자기 길을 개척해가고 있는 많은 중견 작가들의 작품 활동으로 보다 풍부한 결실을 맺었다. 복거일, 전성태, 성석제, 이혜경, 윤성희, 권여선, 은희경, 구효서, 윤대녕, 김인숙, 김경욱, 이현수, 김애란, 정미경, 편혜영, 김윤영, 강영숙, 김언수, 심윤경, 박성원 등 이십대에서 육십대에 이르기까지 많은 작가들이 보여준 왕성한 작품 활동은 한편으로 젊은 세대의 새로운 감수성에 의한 실험적인 시도로 나타나기도 하고, 국경을 넘나드는 세계 속에서 진정한 삶의 정체성을 찾아 헤매는 주인공들을 통해 이야기로서의 소설을 지키고자 하는 노력을 보이기도 하며, 중산층 가정 출신의 주인공들의 삶에서 볼 수 있는 미묘한 심리 세계를 정치하게 엮어내기도 한다. 이러한 현상은 적어도 양적인 면에서 풍요한 결실을 거두고 있기 때문에 한국 소설이 위축되거나 위기를 맞이했다고 하기에는 적합하지 않다는 것을 입증한다.

4. 시

소설의 풍요로운 결실 못지않게, 오히려 소설보다 더욱 활발하게 움직인 것이 시단이라고 할 수 있다. 칠순을 눈앞에 둔 황동규에서 미래파를 자칭하는 이십대 시인들에 이르기까지 지난해에 발간된 시집의 숫자는 정확한 통계를 참조하지 않았지만 1천여 권에 육박할 것으로 보인다. 이러한 시의 양적 팽창은 시집 출판을 지원하고 있는 문화예술위원회의 문학 지원 정책에도 힘입은 바 크겠지만 시에 대한 열정, 혹은 시인이 되고자 하는 욕망이 우리 사회에 팽배해 있다는 표현으로 설명할 수도 있을 것 같다. 그 이유에 대해서는 사회학적인 접근을 해보아야 알 수 있겠지만, 우리 사회가 아직은 문학을 하기에 좋은 사회라고 말할 수 있을 것 같다.

이러한 사회적 분위기에 부응하기라도 하듯 황동규가 『꽃의 고요』를 출간하여 새로운 시적 경지를 개척한 것을 필두로, 시에서 여러 가지 도전을 시도하고 있는 경우들을 목격하게 된다. 그것은 우리 사회가 명실상부하게 시적 풍요를 누리고 있음을 실감하게 한다. 그 대표적인 것만 든다면 40여 년을 미국에서 의사 생활을 하면서도 한 번도 시작 활동을 멈추지 않고 계속해온 마종기는 『우리는 서로 부르고 있을까』를 출간하여 그의 따뜻한 시 세계가 단순한 따뜻함이 아니라 삶의 고통을 내면화함으로써 이루어낸 따뜻함이라는 것을 보여주고, 몸은 고국을 그리워하며 귀국을 꿈꾸고 있으면서도 정신은 열린 세계를 향한 도정에 서 있어서 귀국할 수 없는 복합성을 띠고 있음을 간파하게 한다. 또 한 사람의 주목할 시인은 첫번째 시집 『상실』이 불온하다는 이유로 1975년 유신 정권에 의해 판금된 이후 30여 년 만에 두번째 시집 『어느 날 꿈에』를 지난해에 내고 금년에 『상실』의 개정판을 낸 최민이다. 30년 동안 강요된 침묵을 지켜온 최민이 이제 다시 시작 활동을 개시한 것은 초현실주의적인 그의 시 세계의 독창성으로 볼 때 한국 시에 상당한 자극제가 될 수 있을 것 같다.

이와 더불어 최근에 화제의 초점이 되고 있는 '미래파'에 속하는 젊은 시인들의 활동도 주목을 요한다. 장석원, 이장욱, 황병승, 김행숙, 김민정, 유형진, 김언 등으로 대표되는 이 젊은 시인들의 작품들은 기존의 작품들과 다른 파격적인 언어, 환상에 가까운 상상력, 전복적인 표현, 쉬운 접근을 허용하지 않는 난해성, 무의식의 범람 등으로 일반 독자뿐만 아니라 기성 시인들의 반발을 불러일으키고 있지만, 그것이 20세기 초 러시아의 미래파가 그랬던 것처럼 하나의 에콜로 발전하여 한국 시의 변화에 어떤 전기를 마련한다면 지금은 이해하기 어려운 그들의 작업이 신선한 충격으로 기록될 수 있을 것이다. 그렇게 되기 위해서는 이들의 작업을 일반 독자에게 이론적으로 설명할 수 있는 동세대의 비평이 나와야 하고 이들의 작업을 설득력 있게 이론화해야 할 것이다.

5. 평론

한 나라의 문학이 활력을 얻기 위해서는 동시대의 문학평론이 중요한 역할을 담당한다. 문학평론은 한편으로 문학 일반 이론에서 시작해 각 장르론에 이르기까지 일반적 이론이나 특성을 규정하는 데 기여하는 작가와 작품을 평가하는 작업과, 다른 한편으로 그런 이론이나 규정과는 별개로 특별한 개성으로 독자의 감동을 불러일으키는 힘을 가진 작가와 작품을 평가하는 작업을 수행하기 때문이다. 다양한 작가와 작품들을 아우를 수 있는 이론화 작업은 문학의 깊이를 깊게 하고 폭을 넓게 한다. 반면에 개개의 독창적인 작가나 작품이 독자를 감동시키는 것은 그 이론을 뛰어넘는 어떤 것을 지니고 있기 때문이다. 지난해에 예년에 없이 많은 평론집이 출간된 것은 이러한 비평적 역할에 충실하고자 한 평론가들의 피나는 노력의 결과일 것이다. 문학의 영토를 확장하는 열린 전망과 작품을 보는 균형감각과 문학적 입장을 드러내는 주장을 개성 있는 논리와 문체로 펼치고 있는 많은 평론집들이 눈에 띈다. 그 가운데 백낙청의 『통일시대 한국 문학의 보람』, 정한용의 『울림과 들림』, 구모룡의 『시의 옹호』, 류보선의 『또 다른 목소리』, 문홍술의 『형식의 운명, 운명의 형식』, 김형중의 『변장한 유토피아』 등은 칠십대 원로에서 삼십대 젊은이까지 다양한 평론가에 의해 쓰어졌으며 다분히 논의 대상이 될 수 있는 평론집들이다. 서로 다른 이들의 다양한 목소리는 '미래파' 논쟁을 주도하고 있는 권혁웅, 김수이, 박수연과 신수정, 김동식, 김경수, 방민호 등의 젊은 비평가들과 우찬제, 황종연, 이광호, 박혜경, 유성호, 권성우 등의 중견 비평가들의 활약과 함께 한국 문학의 비평에 활력을 불어넣고 있다. 이들의 노력이 빈 수레처럼 소리만 요란할 것인지 한국 문학의 질적 수준을 향상시키는 데 기여하는 성과로 발전할 것인지 지켜보아야 한다.

6. 희곡

다른 장르에 비해 희곡은 우선 작가의 절대적인 수적 열세와 함께 발표된 작품 자체가 적어서 호황을 논할 수는 없을 것 같다. 희곡은 무대에서 공연을 목적으로 하는 연극의 대본이 되는 경우와 공연과는 상관없이 순수하게 읽히는 것을 목적으로 쓰어진 문학 작품으로 구분될 수 있지만, 그 어느 쪽에서도 활발하게 발표되지 않고 있다. 번역 작품이나 번안 작품이 공연된 연극의 절대 다수를 차지하는 현실에서 창작극의 열세가 창작 희곡의 부족에 기인하는 것인지 연출자가 외국 희곡을 선호하는 데 기인하는 것인지 정확하게 따져보아야 하겠지만 어느 쪽이든 창작 희곡의 부족을 부인할 수는 없을 것 같다. 그렇다면 창작 희곡의 활성화를 위해 어떤 방법이 모색되어야 하는지 모두 진지하게 생각해야 할 것 같다. 게다가 말초신경을 자극해서 관객을 모으고자 하는 연극이 횡행하는 이상 창작 희곡은 비록 훌륭한 작품이라 할지라도 주목의 대상이 되기 어렵다. 더구나 요즈음 외국에서 들여온 뮤지컬이 인기를 끌고 있는 현실에서 좋은 창작 희곡이 나오기를 기대한다는 것은 산에서 물고기를 찾는 것만큼이나 힘든 일이다. 창작 희곡은 그 질을 평가하기에는 너무 적기 때문에 우선 그 양적 확대 방안이 강구되어야 한다. 희곡 전문지가 거의 없는 현실에서 소설과 시 중심의 문학지에 희곡 작품을 실어주기를 기대하는 것은 어려운 일이다. 이를 극복하기 위해서는 상품적 가치가 떨어지더라도 희곡 작품을 발표할 수 있는 전문지가 확대되어야 하고, 그런 작품에 대한 분석과 비평이 활발하게 이루어져야 한다. 그랬을 때 지난해의 가장 뛰어난 작품으로 평가된 「경숙, 경숙 아버지」 같은 작품이 일시적인 흥미의 대상이 아니라 독자의 머릿속에 오래 남을 수 있는 걸작이 될 수 있을 것이다. 각종 문학상에서 희곡이 소외된 것도 좋은 희곡 작품이 나오지 않는 이유 가운데 하나로 지적될 수 있다.

7. 수필

수필은 양적으로 보면 시나 소설에 못지않은 풍작을 거두고 있다. 여러 종류의 글로 된 책에 수필집이라는 꼬리표가 붙어 있고 그 양적인 팽창은 가공할 정도이다. 그러나 대부분의 수필집이 신변잡기에 약간의 감상주의를 곁들인 글로 이루어진 것을 보면 수필이란 일상생활에 대한 일종의 감상에 지나지 않는다는 생각이 든다. 그것은 수필이란 '붓 가는 대로 쓰는 글'이라는 정의를 잘못 이해한 데서 기인하는 것 같다. 거기에는 생활인의 철학이 들어 있어서 우리가 일상생활에서 깨닫지 못한 진실이나 진리를 깨우치는 예리한 통찰과 아름다운 문체가 결합되어야 한다. 그렇지 못하기 때문에 한 권의 수필집을 읽게 되면 남의 신변 이야기를 엿본 듯한 불쾌감을 지울 수 없고 보다 근원적인 것을 갈망하던 마음에 갈증을 남겨준다. 이러한 현실 때문에 고급한 철학적 에세이는 나오기 힘들어지고 나온다고 해도 수필의 영역에서 제외되어 독자들의 외면을 받을 수밖에 없다. 너무 많은 수필집에 대해서 질적 평가를 독자에게만 맡길 것이 아니라 수필가 자신들이나 비평가에게 평가의 기회가 주어져야 한다.

8. 문학지

오늘날 우리나라의 문학지는 전성시대를 맞이했다고 할 정도로 다양하게 쏟아져 나오고 있다. 그러나 그 많은 문학지들을 읽으면서 일정한 질적 수준을 유지하는 문학지가 극히 제한되어 있다는 것을 발견하고 놀라지 않을 수 없다. 문학지가 스스로 질적 수준을 유지하기 위한 자체 검증 기구를 운영하지 않고 투고된 모든 작품을 무차별로 게재하는 것은 문학지뿐만 아니라 문학 자체의 무덤을 파는 행위다. 문학이 정치적인 행위로 전락하거나 매명의 도구로 전락하는 것은 문학이 가장 경계하고 고발해야 할 대상이다. 그럼에도 불구하고 일부 문학지들이 신인상이라는 이름으로 문학인을 양산하고 그것을 통해서 문학적 세력을 확장하고 있는 현상은 개탄의 대상이 되어 마땅하다. 문학인이라는 이름을 얻고자 하는 욕망과 야합해서 그것을 그 문학지 발간을 유지하는 수단으로 삼고 있는 일부 문학지는 가장 비문학적인 문학지로 전락하고 만다. 이에 대해서 문학지에 대한 평가는 독자들이 내릴 것이라는 주장도 있을 수 있지만 그런 주장은 실제로는 무의미한 것처럼 보인다. 왜냐하면 몇몇 문학지를 제외하고는 대부분의 문학지들이 5백 부 미만의 유가지를 내면서도 발간을 중단하지 않고 있기 때문이다. 그러한 문학지들은 한편으로 발간 지원비를 받고 다른 한편으로 그 문학지에 작품을 발표하는 문인들에게 재정적 부담을 안기면서 그들의 적자를 메우고 있다. 이러한 악어와 악어새의 관계는 한국 문학을 타락시키고 나아가서 고급의 문학지마저 설 자리를 잃게 만든다. 따라서 문학지의 질적 수준을 향상시키는 것도 한국 문학에 주어진 과제 가운데 하나인 것 같다.

한류와 한국 문학
——2007년 문학적 상황

1. 문학의 교류

2007년 한국 문단의 큰 사건이라고 한다면 그것은 한국과 중국 사이에 활발하게 진행된 문학적인 교류를 들 수 있다. 봄에는 파라다이스 문화재단이 중국 상하이작가동맹과 푸단 대학의 중국당대문학창작과 연구센터의 지원을 받아 상하이 푸단 대학에서 한중작가회의를 개최했고, 가을에는 대산문화재단이 한국문화예술위원회와 베이징작가동맹의 지원을 받아 베이징에서 한중작가회의를 개최했다. 지리적·역사적·문화적으로 이웃 관계에 있는 두 나라는 동서 냉전 체제 아래에서 대립과 단절의 관계를 지속하다가 중국이 개방 정책을 표방한 1980년대 말부터 점차적으로 교류를 확대해왔지만 문학적인 교류는 그동안 극히 미미한 상태였다. 그런 점에서 파라다이스재단이 4월에 개최한 한중작가회의는 두 나라 사이의 문학적 교류의 출발점이 되었다는 점에서 대단히 의미가 깊다고 하겠다. 특히 두 나라 문학인들 간의 첫번째 만남의 주제가 '상처와 치유'였다는 것은 두 나라 사이에 있었던 전쟁의 상처를 현실로 인정하고 그대로 받아들인 다음에야 그 상처의 치유가 가능하다는 역사적 인식을 바탕으로 하고 있다. 그 역사적 상처너머로 식민지 체험과 전쟁, 분단과 이산이라는 한국 현대사의 상처가그대로 자리 잡고 있고, 문화혁명이라는 중국 현대사의 상처가 겹쳐져 있다는 점에서 두 나라가 치유해야 할 상처를 안고 있다는 공통적 현실에 대해서 한중의 문학인들은 대화를 나눌 수 있었다. 상처란 뚜렷하게 드러내고 제대로 파악하고 근원적으로 치료하지 않으면 치유되지 않는 것이다. 상처를 가진 두 나라의 문학인이 스스로의 상처의 정체를 밝히고 그 치유를 이야기할 수 있다는 것은 두 나라의 교류가 문화적 깊이를 얻게 되었음을 의미한다. 10여 년 전부터 한류(韓流)라는 이름으로 한국의 영화, 드라마, 스포츠, 대중가요의 인기가 중국에까지 물결을 일으키며 퍼져나갔다고 하지만 그것을 진지한 문화적 교류가 될 수 있게 하기 위해서는 문학적 교류가 뒷받침이 되어야 한다. 왜냐하면 대중문화의 단순한 보급은 한국에 대한 깊은 이해를 전제로하지 않을 때 일시적인 유행으로 끝날 가능성이 높고, 그렇게 되면 유행이 지난 의상처럼 촌스럽고 시대에 뒤진 것 같아 혐오와 기피의 대상이 되기 때문이다.

그런 점에서 한중 두 나라가 문학적 교류를 시작했다는 것은 상호간에 깊이 있는 교류를 가져올 수 있는 계기를 마련했다고 보아야 할것이다. 특히 이번 작가회의에 참가한 작가들의 면모를 살펴보면 그들이 모두 두 나라에서 대중적인 인기를 누리는 작가들이 아니라 두 나라의 문학을 대표한다고 할 수 있을 만큼 무게 있고 의미 있는 작품 활동을 하는 대단히 비중이 높은 작가들이라는 사실이다. 한국 측에서는 소설가 김주영, 오정희, 임철우, 박상우, 성석제, 공지영, 이현수, 천운영, 시인 황동규, 정현종, 이시영, 조은, 평론가 김치수, 김주연, 오생근, 성민엽, 홍정선, 우찬제 등 18명의 문학인이 참가했고 중국 측에서는 상하이작가동맹 주석인 소설가 왕안이(王安憶), 소설 『허삼관 매혈기』 『살아간다는 것』이 번역되어 한국에도 널리 알려진 위화(余華), 소설 『정상인』의 작가 선산정(沈善增) 등과, 저항 시인 바이화(白樺), 몽롱파 시인 수팅(舒停), 서정파 시인 천둥둥(陳東東), 문학평론가로서 푸단 대학 중문학과를 이끌고 있는 천쓰허(陳思和), 조선족 시인으로서 길림조선어신문 사장이며 『장백산』 책임편집인 남영전(南永前), 조선족 평론가로서 남경대학 교수인 최성덕(崔成德) 등 23명의 문학인이 참가했다. 이 한중작가회의는 양측을 대표한 왕안이 교수와 김주연 교수가 발제를 맡았고, 천쓰허 교수와 성민엽 교수가 주제 발표를 했고, 작가·시인 들은 상대방 작가·시인 들의 작품을 번역문으로 낭독하고 자신의 작품을 각자가 모국어로 낭독한 다음 토론을 거치는 순서로 진행되었다. 이러한 작가회의는 상대편의 문학을 이해하는 데 도움이 될 뿐만 아니라 자신의 문학을 알리는 데 큰 기여를 했다. 한국 문학에 대한 중국 대학생들의 관심이 상상외로 높은 것을 확인하면서 문학 교류가 한중 관계의 발전에 큰 도움을 줄 것으로 기대하게 했다. 언론 보도에 따르면 이러한 전망은 가을에 있었던, 대산문화재단이 조직한 한중작가회의에서도 확인되었다. 해마다 교대로 한국과 중국을 오가며 갖게 될 한중작가회의가 앞으로 한중일작가회의로 발전하기를 기대한다.

2. 세상을 떠난 문인들

2007년 한국 문단은 네 사람의 중요한 문인을 잃었다. 2월에 들려온 오규원 시인과 가을에 들려온 김영태 시인의 타계 소식은 한 시대를 대표할 만한 우리 시단의 중요한 시인들의 사라짐을 우리에게 상기시켜주어서 많은 문학인들의 가슴을 아프게 했다. 1968년에 『현대문학』에서 추천을 완료하고 문단에 등장한 오규원은 『왕자가 아닌 한 아이에게』 『이 땅에 씌어지는 抒情詩』 『가끔은 주목받는 生이고 싶다』 『사랑의 감옥』 『새와 나무와 새똥 그리고 돌멩이』 등 절대적인 탁마의 과정으로 엮어낸 시를 발표함으로써 한국 현대 시의 중요한 한 경향을 대표하는 시인으로 깊은 업적을 남긴 시인이다. 그의 언어들은 사물이나 사건 자체에 직접적으로 다가가고자 하는 시적 노력 때문에 의식이 개입할 여지를 없앤 사물이나 사건 자체이고자 하는 그의 시론에 의한 결정이다. 이른바 '날이미지'로 표현되는 사건이나 사물의 진경에 도달하고자 하는 그의 시론은 언어에 의식의 때가 끼지 않도록 수식어가 거의 사라진 사물화된 시어를 발견하기에 이른다.

1959년 『사상계』를 통해 문단에 등장한 김영태는 『여울목 비오리』 『남몰래 흐르는 눈물』 등 10여 권의 시집과 많은 산문집을 발간한 시인으로서 일상적 삶의 순간에 스쳐간 풍경들을 삶의 일부분으로 묘사하는 시를 씀으로써 사랑과 이별과 애수의 감정들을 과장되지 않으면서도 멋들어진 시어로 표현하는 데 도달한 독특한 시인이다. 황동규, 마종기와 함께 3인 시집 『평균율』을 내기도 한 그는 무용평론가, 음악평론가로도 일가를 이룬 재능의 소유자로서 『지구 위의 조그만 방』 『물 위에 피아노』 『질기고 푸른 빵』 등 20여 권의 저서를 남겼고 많은 삽화와 회화 작품으로 6회에 걸쳐 개인전을 갖기도 했다. 만능 예술인으로서 그가 보인 재능은 아마도 당분간 문단 주변에서 찾기 힘들 것이 분명한데, 그는 실로 자신이 좋아하는 예술을 위해 일생을 바친 개성 있는 멋쟁이의 삶을 살았다.

이 두 시인 이외에 1950년대 소설의 대표적인 작가 하근찬 씨가 언론에 보도되지도 않은 채 타계했다. 1957년 『한국일보』 신춘문예에 「수난 2대」로 등단한 그는 다작은 아니지만 밀도 있는 작품들을 발표하여 제2차 세계대전과 6·25 사변을 중심으로 한 전란 과정을 통해 민족적 수난을 형상화한 작가이다. 『야호』 『산에 들에』 등의 장편소설과 『수난 2대』 등의 단편집을 통해서 그는 궁핍한 농촌에서 벌어지는 전쟁의 참상과 민족의 비극과 그 속에서도 지지 않는 삶의 아름다운 모습을 소설화함으로써 1950년대 소설을 대표하는 작가 가운데 한 사람이 되었다. 가난 속에서도 전업 작가의 길을 묵묵히 걸어온 이 작가가 세상에 알려지지도 않은 채 타계했다는 것은 작품 활동만 해온 작가에 대한 우리 사회의 무관심을 보는 것 같아 씁쓸하다.

지난가을에는 계간 문예지 『21세기문학』을 창간하여 10여 년 동안 발행인으로 문학인들에게 발표 지면을 제공하고 '이수문학상'으로 문학인들의 창작 의욕을 고무하며 소설가로서 마지막 정열을 불태웠던 소설가 김준성 씨가 타계했다. 금융인과 경제인으로 활동하느라 오랫동안 문단을 떠났다가 육십대에 문단으로 돌아와서 왕성한 작품 활동을 함으로써 개인 문학전집까지 출판한 그는 소설가로서 주목받아 마땅한 작가이면서도 한국 문학인들의 후원자로서 그가 가진 역량을 십분 발휘하다가 88세를 일기로 세상을 떠났다. 문학을 누구보다 사랑하고 이해하여 많은 문인들의 후원자를 자처하면서도 스스로 창작 생활에 몰두하여 말년을 행복하게 보낸 소설가 김준성 씨의 타계는 한국 문단과 사회에 커다란 공백을 가져온 사건이 아닐 수 없다.

이 자리를 빌려 네 분의 명복을 빈다.

3. 소설

2007년 소설계를 조망해보면 어느 해보다도 풍성한 한 해였던 것 같다. 팔십대의 문단 원로에서 삼십대 초의 신인에 이르기까지 많은 작가의 소설이 발표되었기 때문이다. 박완서의 『친절한 복희씨』, 이청준의 『그곳을 다시 잊어야 했다』, 김원일의 『전갈』, 황석영의 『바리데기』, 조정래의 『오 하느님』, 이문열의 『호모 엑세쿠탄스』, 김훈의 『남한산성』 등 문단의 원로들의 작품들이 눈에 띄게 풍성한 것은 한국 소설의 풍년이라고 말해도 좋을 것 같다. 여기에다가 김영현의 『낯선 사람들』, 은희경의 『아름다움이 나를 멸시한다』, 윤대녕의 『제비를 기르다』, 신경숙의 『리진』 등의 중견 작가들의 작품들과 김영하, 조경란, 김경욱, 윤성희 등 젊은 작가들, 그리고 김애란, 윤이형, 김숨, 백가흠 등의 신인 작가들의 작품에 이르기까지 많은 작품들이 출간된 것은 2007년을 소설의 해라고 불러도 손색이 없을 정도다. 그 가운데 박완서, 김훈, 황석영, 신경숙, 공지영, 정이현 등의 작품들이 베스트셀러에 올라 독자들의 열렬한 사랑을 받음으로써 소설이 문학사의 흐름을 주도하는 전통을 살려주고 있다. 여기에서 특별히 주목해야 할 현상은 이청준과 김원일처럼 투병 중에도 작품을 써내는 치열한 직업 작가 정신과 김애란, 윤이형, 백가흠, 김숨 등의 젊은 작가들이 새로운 소설을 쓰고자 시도하고 있는 실험 정신이다. 문단에 등단한 지 40여 년 동안 한결같이 작품 활동을 해온 두 작가가 투병 중에도 작품을 발표한 데

대하여 경의를 표하며 빨리 완쾌하여 더 많은 작품을 남겨주기를 기원한다.

감각이 전혀 다른 신진 작가들의 작품의 경우 내 자신의 감수성으로 받아들이기 어려운 측면도 있지만, 이들 신진 작가들의 새로운 시도에 주목할 필요가 있다. 왜냐하면 디지털 시대로의 문명사적 전환기에 아날로그 시대와 전혀 다른 새로운 감각으로 사물과 사건을 묘사하고 서술하려는 시도가 없다면 새로운 소설의 탄생이 불가능하다는 것을 인정해야 하기 때문이다. 문제는 이들의 시도가 얼마나 많은 독자들을 설득시키고 공감의 영역으로 끌어들일 수 있느냐 하는 데 있다. 그것은 반드시 베스트셀러를 의미하는 것이 아니라 보편성의 획득을 의미한다. 이들 신진 작가들의 작품에서 엽기와 폭력을 자주 목격하게 되는 것은 퍼스널 컴퓨터에서 게임을 많이 한 사람에게 감정의 문턱이 너무 높아진 결과가 아닐까 하는 혐의를 갖게 만든다. 이들 엽기와 폭력이 삶과 세계의 보편성을 획득하지 못한다면 그것은 단순한 반항의 과잉과 파괴의 과시라는 범주를 벗어나지 못할 것이다. 따라서 이들 신진 작가들의 새로운 소설의 시도는 허심탄회한 논의의 대상이 되어야 한다. 이들 신인들이 발표할 지면이 많다든가 발표 기회가 많다는 것은 한국 소설의 장래가 낙관적임을 의미한다. 그런 점에서 한국 문학은 보수적이기보다는 진보적이고 닫혀 있다기보다는 열려 있고 굳어 있다기보다는 유연하고 권위주의적이기보다는 민주주의적이며 과거지향적이기보다는 미래지향적이다. 그것은 소설 장르의 태생 자체와 밀접하게 연관되며 그 정신을 그대로 구현하고 있다는 것을 의미한다.

4. 시

소설계의 활기에 비하면 2007년 시단은 예년보다 활기가 떨어지는 한 해였다. 물론 시 작품의 발표가 예년보다 줄었다는 이야기가 아니라 문제를 제기하는 시적 활동이 두드러지지 않았다는 이야기다. 출판된 시집을 기준으로 할 경우 박이도의 『빛과 그늘』, 문충성의 『백 년 동안 내리는 눈』, 김광규의 『시간의 부드러운 손』 등의 원로 시인의 시집과 최승호의 『고비』, 신대철의 『바이칼 키스』, 이시영의 『우리의 죽은 자들을 위해』 등의 시집이 눈에 띈다. 그것은 전 세계에서 시를 가장 많이 읽는 나라에서 시의 독자가 현저하게 줄었다는 것을 의미한다. 원로 시인들의 활동이 줄어든 한편 정인화, 이소구가 노동 시의 명맥을 유지하고 있다면 젊은 시인들의 활동도 커다란 물결을 이루던 2000년대 초에 비해 비교적 조용한 편이다. 황병승, 엄원태, 조용미, 김중일, 최하연, 조동범, 성윤석 등의 시집이 그 나름의 개성을 지닌 목소리를 내고 있다고 할 수 있지만 전년에 비하면 현저하게 목소리가 낮아진 것이 사실이다. 전년에 미래파를 중심으로 벌어졌던 논쟁들과 시 운동에 비추어볼 때 시단이 금년에는 비교적 조용한 한 해를 보낸 것 같은 인상을 주는 것도 여기에서 연유하고 있다. 이러한 분위기라면 시집의 출판도 현저하게 줄어들었을 것이라는 짐작을 가능하게 한다. 그러나 시의 목소리가 요란하게 커야만 시단이 활성화되는 것도 아니고 시적 성취가 높은 것도 아니다. 어쩌면 금년은 시 운동에서 어떤 조정기가 아니었을까 짐작된다. 그렇다고 해서 시 전문지의 숫자가 줄어든 것도 아니고 시의 발표 지면이 좁아진 것도 아니기 때문이다. 이제야말로 새로운 시대와 감각에 맞는 새로운 시의 등장을 준비하고 있는지도 모른다. 언어에 대한 인식의 변화를 짐작하게 하는 신인들의 작품들이 여기저기에서 눈에 띄고 있기 때문이다.

5. 희곡

해마다 문학계를 돌아보는 자리에서 가장 눈에 띄게 부진한 분야가 희곡 분야일 것이다. 신춘문예에 희곡을 모집하는 경우가 줄어들기도 했지만 문예지나 계간지에서 희곡에 지면을 제공하는 경우는 극히 드물다. 여기에는 탁월한 희곡 작가의 부재가 원인일 수도 있고 무대에 오르기 이전의 희곡을 읽지 않는 우리나라의 독서 풍토가 원인일 수도 있고 우리나라 문예지나 계간지의 편집자가 희곡에 무지한 현실이 원인일 수도 있다. 희곡은 문학 장르 가운데 가장 오래된 장르임에도 불구하고 우리나라에서는 희곡에 대한 이해가 부족한 것이 현실이다. 노벨문학상 수상자 가운데 상당수의 작가가 희곡 작가라는 것을 상기하면 희곡에 대한 무지는 우리 문학의 수치가 아닐 수 없다. 바로 그 때문에 창작 희곡이 갈수록 줄어들고 그것에 대한 독자들의 관심도 멀어진다. 지난해 무대에 오른 희곡 가운데 창작 희곡이 차지하는 비중이 10퍼센트도 넘지 않는다는 것은 한국 문학을 위해서나 한국 연극을 위해서 부끄러운 일이 아닐 수 없다. 언제까지나 관객들의 입맛에 야합하며 외국의 번역 희곡이나 번안 희곡, 그렇지 않으면 지나간 작품의 재탕으로 무대를 채울 것이지 생각해보아야 한다. 문화예술위원회도 창작 희곡의 활성화에 기여하는 방안에 관심을 가져야 할 것으로 보인다.

6. 아동문학

지난 1년 동안 가장 활발하게 움직인 분야가 아동문학계로 보인다. 매일 쏟아져 나오는 아동 도서의 숫자는 아동문학의 양적 팽창을 실감할 수 있게 만든다. 양이 질을 결정하지 않는다고 하지만 아동 도서의 양적인 팽창은 내용이 없다면 불가능하다는 것을 감안할 때 질적 향상을 예견하게 한다. 아동문학에 종사하는 문학인이 많다는 것은 탁월한 작가와 작품이 나올 가능성이 그만큼 크다는 것을 의미한다. 더구나 아동문학의 독자는 어린이로 국한되지 않고 바로 어린이의 교사와 보호자로 확대된다. 아동문학을 때로는 어린이와 함께 읽고 때로는 어린이보다 먼저 읽는 교사와 보호자는 어린이 이상의 독자라고 할 수 있다. 따라서 오늘날의 아동문학의 활기는 단순히 아동문학가의 창작에만 기인하는 것이 아니라는 것을 알아야 한다. 이를 효과적으로 지속시키기 위해서는 아동문학에도 비평이 활성화되어야 할 것이다.

7. 평론

최근 들어 문학평론 분야도 독자가 많지 않은 장르로 취급되면서 문학지나 계간지에서 제대로 대접을 받지 못하고 있다. 독자가 많지 않다는 이유로 문학지에서조차 문학평론은 월평이나 계간 평론의 지위를 벗어나는 경우가 드물다. 계간지조차도 평론의 청탁은 200자 기준으로 60매로 제한되고 있기 때문에 문학평론은 종합 문학지의 구색을 갖추기에 급급해하는 수준에 머물고 있다. 문학적인 문제를 제기하고 거기에 대응하는 대답을 모색하기 위해서는 그 분량에 제한을 받아서는 안 되지만 문학지나 계간지가 독자가 많은 소설, 특히 인기 작가의 소설을 많이 싣기 위해서 문학평론에 지면을 할애하고자 하지 않는다. 이러한 현실 때문에 비평의 원론을 주장하고자 하거나 문학의 어떤 현상을 분석하고자 하는 글은 비평 전문지의 몫이 되어버리고 짧은 작가

론이나 작품론만 문학지나 계간지가 수용하게 된다. 그렇다면 비평 전
문지가 주의나 경향에 따라 다양하게 나올 수 있어야 하지만 현재 비
평 전문지는 하나밖에 없는 실정이다. 평론이 발달하지 않으면 창작
작품에 대한 올바른 평가가 이루어지지 않고, 평가가 이루어지지 않
으면 창작도 장기적인 발전을 이룩할 수 없다. 그렇기 때문에 장르마
다 고유의 평론지가 있어야 하고 주의와 주장에 따라 다양한 평론지가
나와야 한다. 비평을 재미없다고 외면하고 분석과 논리를 통해 주장
을 내세우는 글을 골치 아픈 것으로 취급하면 비평이 설 자리는 없어
지고 문학의 발전은 기대하기 어려워진다. 작품을 분석·평가하고 문
학에 대한 이론을 발전시키는 것은 문학을 제대로 감상하고 즐기는 데
거치지 않으면 안 되는 길이다. 한국의 문학 이론도 이제는 한국의 문
학 작품을 분석하고 해석하는 과정에서 형성된 것이어야 한다.

평론의 활성화를 위해서 논쟁이 있어야 한다는 주장이 끊임없이 제
기되어왔다. 그러나 진정한 논쟁은 주의 주장이 다른 다양한 평론지가
존재하면 자연스럽게 이루어진다. 하나의 문학지 안에서 논쟁을 벌인
다는 것은 우리의 정서나 인적 구성으로 볼 때 대단히 어려운 일이다.
다양한 평론 전문지가 나오거나 적어도 개성을 갖춘 다양한 계간지들
이 나올 때 논쟁도 가능하고 평론도 활성화되며 한국 고유의 비평 이
론도 가능할 것이다.

지난해에 발간된 평론집의 숫자가 많지 않은 것도 평론계의 이러한
현실과 관련이 있다. 그럼에도 불구하고 많은 신진 평론가가 등장하고
활동하는 것은 한국 문학을 위해 그나마 다행한 일이다. 이들을 지원
하는 일에 우리 사회가 앞장서야 한다. 비평이 없는 사회는 부패하기
쉬운 것처럼 평론이 활발하지 않은 장르는 발전이 없기 때문이다.

8. 문학지

지난 1년 동안에 발간된 문학지나 계간지의 숫자는 정확하게 조사하지 않았지만 세계 어느 나라에 비해도 손색이 없을 만큼 많았다. 그러나 어떤 문학지, 어떤 계간지는 문학청년들의 습작기의 동인지 수준에도 미치지 못하는 것들이 많았다. 그것은 비평이 활성화되지 못한 데 기인하는 바가 크다. 그러나 문학지와 계간지 들의 양적 팽창은 문학 인구의 저변 확대에 기여할 수 있다고 볼 수 있다. 실제 그 많은 계간지와 문학지가 채산을 맞출 정도로 많은 독자를 확보하고 있다면 그런 주장도 맞는 말이다. 그러나 대부분의 문학지와 계간지 들이 외부 기관이나 독지가의 지원 없이는 발간할 수 없을 정도로 재정 상태가 부실하다면 그 문학지나 계간지는 문학 인구의 저변 확대에 기여하는 것이 아니라 독자들에게 재정적 부담을 떠안기게 된다. 이 경우 문학지나 계간지의 질적인 평가를 통해서 유관 기관은 재정적 지원이 필요한 것과 필요하지 않은 것을 구분해서 지원 여부를 결정해야 한다. 문학지나 계간지가 영세하지만 그렇다고 해서 모든 문학지나 계간지를 지원할 필요는 없기 때문이다. 지금으로서는 문학지나 계간지에 대한 지속적인 질적 평가가 필요해 보인다.